你来春风就来

来就为春天你

韩运旗 ———— 著

中国言实出版社

图书在版编目（CIP）数据

你来春风就来 / 韩运旗著 . -- 北京 : 中国言实出
版社, 2024. 6. -- ISBN 978-7-5171-4829-6

Ⅰ . I267

中国国家版本馆 CIP 数据核字第 2024ZN2807 号

你来春风就来

责任编辑：王蕙子
责任校对：邱　耿

出版发行：中国言实出版社
　　地　　址：北京市朝阳区北苑路180号加利大厦5号楼105室
　　邮　　编：100101
　　编辑部：北京市海淀区花园北路35号院9号楼302室
　　邮　　编：100083
　　电　　话：010-64924853（总编室）　010-64924716（发行部）
　　网　　址：www.zgyscbs.cn　电子邮箱：zgyscbs@263.net

经　　销：新华书店
印　　刷：北京铭传印刷有限公司
版　　次：2024年8月第1版　2024年8月第1次印刷
规　　格：710毫米×1000毫米　1/16　17.25印张
字　　数：290千字

定　　价：56.00元
书　　号：ISBN 978-7-5171-4829-6

自序

　　小学四五年级的某一天，我突然诗兴大发，一阵苦思冥想之后，手握毛笔，在我家代销店木门背面，歪歪扭扭地写下了第一句原创诗："登上长城举目眺，天遥地远古今同。"这是我文学梦的萌芽。

　　到了初中，一次课外阅读，让我认识到了写日记的重要性。我从家里背馒头、咸菜到学校，节省下一笔在学校食堂吃饭的钱，订阅了报纸《青少年日记》。我开始学习写日记，把自己的学习点滴、生活感悟及时记录下来，并和交心的朋友一起交换日记阅读，相互学习，相互鼓励，语言表达水平逐步得到了提高。初三那年，我模仿报刊上一篇学生作文的布局，满怀深情地写了一篇题为《母亲的眼睛》的作文，被语文老师当成范文在班上朗读。这无疑给了我极大的信心，从此更加喜欢阅读和写作。以后，又有几篇作文被语文老师在全班朗读。但那时候我还不知道如何投稿，对于《中学生作文指导报》上发表的中学生作文，只有羡慕的份儿。

　　在唐河县城读高中，周末和同学们一起逛街，在一个偏僻小巷，我无意间发现了县广播站挂在墙上的投稿信箱。后来，学校举办"一二·九"运动纪念活动，当天我写了一篇二百字左右的广播稿，第二天一早跑到县广播站，把写在稿纸上的广播稿投进了信箱。县广播站当天就播出了我的稿子，后来给了我几元钱的稿费。这是我写的文字第一次公开发表。高二文理分班后，我和几个喜欢写作的同学，创办了《红月亮》三抄报，把自己稚嫩却热烈的文字，和学校的通知贴在同一面墙壁上。曾经在校园引起一阵轰动。不记得《红月亮》总共办了几期，现在看来　参与创办这个民间文学刊物，标志着我在喜欢文学的道路上又向前迈出了一步。

　　在开封上大学期间，我参加了系里的通讯报道小组。学习之余写一写系内外的通讯稿件，投给校广播站、校报和《开封日报》。一九九三年暑假，为了迎接毛泽东诞辰一百周年，我只身去了一趟韶山，参加暑期社会实践，回来后写了一篇纪实散文，发表在《河南大学报》文艺副刊上，文章的题目叫《寻访伟人的故乡》。后来又陆续在校报、宿舍管理报上发表了另外几篇文学作品。那时候我花在通讯宣传的精力过多，文学著作的阅读不足，文学写作不深入，文学功底打得并不牢固。

到北京参加工作以后，受杨孝文、邱永铮、苗军等几位年长同事的影响，我对翻译投稿的兴趣超过了文学创作的兴趣。自一九九九年五月在《青年参考》上发表第一篇两千多字的翻译文章起，到二零一四年左右，我相继在新浪、TOM、腾讯等门户网站发表科技、军事、国际新闻、娱乐等翻译稿件数百篇，在《环球军事》、《世界新闻报》、《生命时报》等报刊发表翻译文章数十篇，与别人合作、主笔翻译出版了《美利坚雏鹰小布什》一书。参加工作以后的将近二十年间，我的文学梦被翻译梦彻底碾压击碎。

二零一七年七月，网络上的机缘巧合，我认识了南宁师范大学的文学博士刘兴超老师，开始格律诗的学习创作，重新燃起了文学梦。为了写出满意的诗句，我几乎达到了痴迷的地步，吃饭走路时构思写诗，开车时突然灵光一闪，头脑中冒出一个好句，遇到红灯时赶紧用笔写在纸上；半夜躺床上，为把尚未写成的绝句写完整，把诗带进梦里面。此后两年，我继续学习诗词创作，前后创作了二百多首诗词，有的发表在《光雾山文学》等刊物上，这是我文学创作梦无意间发出的一个旁枝，开出的另一朵花。

在学习诗词创作的同时，我又重拾旧笔，进行散文随笔等文学作品的写作。自二零一七年至二零二四年间，先后创作了散文随笔、游记、小说等题材的文章一百多篇。这些文章，大部分发在一些微信公众号或自媒体平台上，部分发表在《躬耕》、《北京劳动就业报》、《唐州风》、《廊坊日报》等报刊。

北宋思想家张载在《横渠语录》中将中国传统知识分子的人生梦想归纳为："为天地立心，为生民立命，为往圣继绝学，为万世开太平。"此言一出，即被历代知识分子奉为人生理想。立德、立言、立功，也是自春秋战国时代以来无数有理想、有追求的中国人的人生目标。出一本自己的书，是我多年来的一个梦想，我自知才疏学浅，怕写出来的文字被世人耻笑，所以虽然渴望早日出书，又害怕对不起读者，提到出书总是诚惶诚恐。幸运的是，身边关注、关心我的一些亲友文友，一再希望我能尽快将自己的文章结集出版，他们给了我莫大的信心和支持。

　　母校河南大学退休教授孙青艾老师，多年来一直给本人的拙作热情留言，成为激励我写出更多优秀作品的强大动力。天津的徐斌表伯，是我二姑父的弟弟，和我父亲同一年出生，多次向我表达将来的文集一定要送他一本的愿望，殷殷期盼之情，令人动容。小子不才，却忝受徐伯百倍推崇，内心十分感激。我的直接领导，军队转业干部、朝阳区劳动能力鉴定中心主任王琨，对本人业余从事文学创作一事大力支持，期待我能够在写作方面取得更大成绩。他们热切的言语，都让我发自内心地感动。

　　我的第一本散文随笔集马上就要出版了，我其实很清楚，在这个流量为王的新媒体时代，不会再有多少人愿意花几十元钱来买书。当然，我出这本集子，不为赚钱，只是不想辜负童年以来对文学的那分热爱，不辜负众多亲友文友对我期待的那片冰心。

　　为什么取名《你来春风就来》呢？这本是一篇小文的标题，我希望读者打开这本文集阅读时，能够有一缕春风迎面吹来的感觉。果真如此，我就知足了。

　　轻轻地吹吧，这一缕春风，带着感动和忐忑。

2024 年 3 月 9 日

目 录

第一辑 / 乡关回望

家乡的爆米花

爆米花是一份甜蜜的童年记忆。如今进电影院观影，爆米花似乎成了人们观影的一种开胃佐料：一部电影配上一桶爆米花，好像电影才更有味道。我偶尔才去电影院看一两场电影。一进电影院售票处，爆米花的香味就扑鼻而来。那爆米花是圆形的，是现代新型的爆米花机制作出来的，形状口感味道都不错，没有炸不开的铁豆，似乎比农村传统的爆米花改进了很多，颇受青年男女们的青睐。

但在我这个 70 后心目中，还是家乡的爆米花更有味道。

一过农历腊月初八，像酿造出的美酒佳酿，家乡的年味一天比一天浓郁起来。闻到了年味，炸爆米花的师傅开始走村串巷了。

在村子住家相对稠密的地方寻一处路边空阔地带，把"黑葫芦"爆米花机、炉子和收集爆米花的长袋子各自安置好，再拿出一把低矮的小板凳，戴上一双颇有年头的手套，炸爆米花的大营就这样稳稳地扎下来了。师傅不用自己做广告，早有村里大大小小的孩子到处替他吆喝："炸苞谷花儿的来了！炸苞谷花儿的来了！"自己拿苞谷，自己拿柴火，炸一锅爆米花只需出加工费两毛钱。大人们经不住孩子的纠缠，找来谷瓢或是搪瓷茶缸，舀上 2 斤金黄金黄的玉米，用一个蛇皮袋子装上，再装上一小竹筐干爽易燃的苞谷芯，摸出两毛钱塞给孩子，孩子们就屁颠屁颠地去找炸爆米花的师傅去了。

不大一会儿，炸爆米花师傅身边围满了大人小孩儿。师傅熟练地打开那个黑铁葫芦的盖子，把生玉米（一炉大概 2 斤）装进铁葫芦的大铁肚子，封上口，拧紧，然后老练地点着炉子里的火，把玉米芯或是玉米秆烧得旺旺的，开始给黑铁葫芦加热。为了加快爆米花出炉进程，炸爆米花师傅往往给自己的炉子加装一个小型手摇鼓风机。只见他双手并用，左手往炉子里添加玉米芯或玉米秆，拿个黑色的铁火棍这里捣捣，那里戳戳，把玉米芯布置均匀，并注意让火心尽量虚起来；右手握着黑铁葫芦的摇手，不停地摇动架在铁架子上的黑铁葫芦，让它受热均匀。

漫长的十几分钟过后，师傅似乎听到了黑铁葫芦里玉米噼啪炸响的声音，不时低头看着黑铁葫芦前端、摇把后面的压力计，再加热一会儿后，再看看压力计指针是否到了预定的地方。人们的心跳也跟着师傅看压力计的举动加快起来，小孩子们的心更是提得离嗓子眼儿越来越近。师傅一遍一遍地看压力计，最终到了万事俱备的时候，师傅手中的鼓风机立即成了哑巴，刚才有节奏的"嘎喇嘎喇"声马上消失了。师傅站起身，拿过地上早已摆好的蛇皮袋垫子（把多个用过的化肥袋子剪开，缝制在一起，做成大小不等的垫子），顺着一长溜空地铺开，再拿过装盛爆米花的大家伙（前头是一截铁圈子，后面扎着长布袋子）。胆子小的大人小孩儿一看爆米花机要开炮了，赶紧后退几步，用手捂上两只耳朵。

只见师傅气定神闲地摆好架势，拿出一根一尺多长、一头实一头空的铁棍子——给黑铁葫芦放炮的"撞针"，把黑铁葫芦的尾部扭过来，对准铁圈口，在黑铁葫芦上垫一块厚布，用一只脚紧紧踩在上面，把铁棍子往盖子口上的铁尖一套，右手用力一扳，只听得"嘭"的一声巨响，一大团白烟顿时笼罩了四周。响声一过，躲在附近不远处的大人孩子们，不等白烟消散，立即从四面八方跑过来，争抢着洒落出来的爆米花。甘香醉人的味道，立即弥漫开来。

新炸的爆米花热乎乎、香喷喷的，如绽放的梨花，吃在嘴里，脆、酥、香、甜，绝对是人间美味！以前人们穷，没有条件往玉米里加白糖或蜂蜜，都是花几毛钱从代销店包一包糖精，炸爆米花的时候让师傅往玉米里放几粒，这样炸出来的爆米花就有了甜味。

排队炸爆米花的人家真不少，师傅往往从上午一直忙到天完全黑下来。有的人甚至闻风从邻村赶来，加入炸爆米花的排队大军。真不知道师傅是怎么安排吃饭、上厕所这些事情的。

记得那时候的冬天，母亲已经快做好晚饭了，我看到炸爆米花的地方仍是一片火光，执着的大人孩子还在坚持排队，等着那一炮或两炮属于自己家的爆米花。熊熊火光映红了师傅那饱经风霜却毅然乐观开朗的脸庞，也映红了黑铁葫芦周围孩子们天真稚嫩的笑脸。

人少的家庭，炸一锅爆米花就够吃一个春节。我们家四个孩子，一锅只够自己家吃到过年，没办法拿来招待亲戚家的孩子，所以每年会炸上两锅甚至三锅。那时候过年可以吃的零食少，爆米花成了很多孩子的最爱。

春节快过完了，爆米花即使没吃完，也因为受潮放皮塌了，不那么香脆怡口，于是就不被人们待见了。吃到最后，是考验你的牙齿是否够硬的时候。总会有一小部分玉米没有炸开，成了"金豆"、"铁豆"。

我已经有很多年没有吃到家乡的爆米花了。去年春节回老家，听大姐说邻村有用黑铁葫芦炸爆米花的，但因为忙着帮家里办年货、串亲戚，没能凑出时间去炸爆米花。这让我更加想念家乡的爆米花。

家乡的爆米花，是一道家乡的年味。马上又要过年了，但愿今年春节能吃上家乡的爆米花。

2018 年 2 月 1 日

家乡的老屋

我的家乡在豫西南，往南不到十公里就是湖北枣阳。家乡的老屋位于村子南头，西临村子主干道，东边和南边是绕村流淌了千年的蓼阳河。

据父亲讲，老屋于 1958 年农历正月动工兴建。那些年，村里木匠归大队林厂统一管理，须按照厂里统一安排出工，无法每天参与盖房，加上当时男劳力外出做工，壮劳力缺乏，又赶上下雨频繁，影响了工程进度，仅有三间房子的老屋历时 3 个月才竣工。

老屋是砖包皮的那种瓦房，占墙壁三分之二体积的里墙是土坯，外墙包一层青砖。土坯墙上抹一层掺了碎麦秸的黄泥，外墙青砖自然裸露。三间屋子顶部，椽子上全部铺有一种烧制的青色长方形薄砖片，这是当年我们那里农村建房的豪华标准。房顶上是一色的青瓦。老屋进深一丈四尺，堂屋东西宽一丈二尺，东房、西房各宽一丈。

老屋有两扇对开木门，总宽不过一米，两扇木格窗户，不大，所以即使在白天，屋里也不够亮堂。

屋檐低矮，大约一米七几那么高，个子高的人到我家，稍不注意就会碰头。1996 年春节到我家体验中国农村春节民俗的美国外教 Mike Dumber，身高一米九许，就被我家的门楣碰过几次脑袋。

老屋冬暖夏凉，住起来非常舒适。当年，老屋盖好后立即被生产队征用为食堂，我们家人只好临时借住在别人家里。老屋起初只是一个生产队的食堂，后来被当成第一、二两个生产队的食堂。两个生产队大概 200 多号人，在我们家堂屋里垒起的锅灶上，过起了吃饭不用花钱的"共产主义"生活。当时正值"大跃进"年代，"浮夸风"盛行，基层声称本队、本县粮食产量特别特别高，上级就要求按收成比例缴"爱国粮"。农民的余粮卖完了，家里麦茓子早就空了，有的干部还说老百姓的口粮都留着呢。这样的大环境下，1959 年农历腊月二十三日，老屋里的生产队食堂再也无法开伙，吃食堂的日子悄无声息地结束了。

可怕的"断伙"，也就是新中国历史上的三年自然困难时期到了。种地的农民普遍没有粮食吃。老屋见证了农民那几年难捱的苦难岁月。父亲说，即便是男劳动力，也饿得靠拄拐棍走路，村上饿死了不少人。小姑说，要不

建于 1958 年的家乡老屋

是她偷偷从生产队里弄些红薯、白菜之类的东西，奶奶和父亲说不定也饿死了。

奶奶在老屋里度过了她的晚年时光，直到 1975 年底因病离世。奶奶和母亲之间的婆媳关系处得并不好。可以想象，她们曾经在老屋里生过不少气，双方难得有过得特别舒心的日子。

老屋是父母婚姻和爱情开始的地方，也是我们姊妹几个生命诞生的地方。父母 1964 年在老屋结的婚，1965 年有了他们婚姻的第一个结晶——大姐。20 世纪 60 年代末、70 年代初，二姐、我和小妹也先后在老屋出生。那个年代，农村人生孩子，都在自己家里生产，村里有经验的老太太负责接生。由于农村卫生和医疗条件差，有些不幸的农村妇女，因难产丢了命。幸运的是，我们姊妹几个都顺产，母子平安，万事大吉，真得感谢上苍的殷殷眷顾。

老屋是我们的家，更是我们生命的港湾。父亲只上过小学二年级，母亲高小毕业，婚后过着普通而平淡的日子。儿女们多了起来，花钱的地方也越来越多，家里收入却十分有限，父母时常会因如何花钱的问题（比如春节期间该给谁家孩子多少压岁钱等）发生争吵，有时候会吵得很凶，吓得年幼的我们不知所措。母亲争执不过父亲时，往往会气得头疼，为了缓解头疼，她就把围巾紧紧地系在头上。看我们儿女还小，她忍着痛苦给我们做饭，自己坚持不吃一口，有时候连续几顿一直这样。我们很心疼母亲，就劝她吃点东西。这时候，老屋的每一块砖瓦似乎都含着怨愤和痛苦。

庄稼地里有了好收成，一家人忙前忙后往家里搬运棉花桃、绿豆角、落花生、玉米棒，堂屋正间里庄稼堆得几乎没有人下脚的地方，丰收的喜悦写在每个人的脸上。

学校放寒假、放暑假，我们把末尾写有"特发此状，以兹鼓励"字样的

奖状交给母亲时，父母亲脸上乐开了花。这时候，老屋的每一个角落，洋溢着藏不住的欢声笑语。

大姐初中毕业，向父母提出辍学，选择在家务农，长年与老屋为伴，帮父母做各种农活。后来我们家开代销点，她又帮家里进货，从来不辞辛苦。

二姐、小妹和我则坚持走完求学之路，直至"功德圆满"。在外面上学期间，我们就像从老屋飞出去的一群候鸟，周日离开老屋，一周、一月或几个月回来一次，补给生活物资，从父母、老屋那里获得继续前进的力量和动力。

大姐从别人那里要来一棵桔子树苗，栽在老屋前的花池里。桔子树枝繁叶茂，渐渐成了气候，遮盖了老屋前的一大片空地。好的年景，能摘上百斤桔子。后来，父母嫌桔子树把老屋光线挡得太厉害，委托妹夫把它卖给了郭滩一家种果树的人家。

除了桔子树，老屋院子里，先后还种过杏树、香椿树、银杏树、葡萄树。前几种树都先后砍掉了，现在只剩下母亲钟爱的葡萄树。母亲每年都能摘下几十斤、上百斤葡萄，她跟村里懂技术的妇女学习酿酒技术，把它们酿成一大罐葡萄酒，让亲戚和村上人品尝，一起分享生活的甜美。

四季轮回，老屋有着不同的风景。屋前曾经春有桃杏花开，燕子衔泥筑巢、繁育后代；夏夜凉风习习，蚰蛐与青蛙轮番献唱，偶有绵绵阴雨，屋顶长出成百上千棵灰白、淡青色的瓦松，给老屋平添一抹幽幽古韵；秋日朗月当空，光亮的银河从老屋上的天空横过，偶尔有几颗流星，从老屋上的天际划过；冬天白雪铺地，老屋银装素裹，时见觅食的麻雀在屋前印下雪泥小爪。

可能是习惯了，一直到现在，父母坚持烧柴做饭。炒菜的时候，才偶尔用一用煤气灶。灶屋屋顶升腾的袅袅炊烟，几十年来始终是老屋的标配，它们相互依恋，相映成趣。

老屋的左前墙、西墙先后出现过裂缝，母亲张罗着找人修补，总算没有倒塌。

上世纪80年代，老屋差一点被拆掉。按照原来的村发展规划，老屋前后一大片要建成大队部、卫生所等村公共设施，大队干部多次做父母工作，要我们家搬迁他处，并给我家选好了一处新的宅基地。但由于我们家四个子女有三个在上学，家里根本拿不出钱来拆旧起新，大队也不愿意给拆迁补偿款。所以，各种原因使老屋得以保留下来。

儿女们渐渐长大，父母也一年年变老。今天，家乡的老屋已有近62年的沧桑历史。和周围拔地而起的一座座新楼房相比，它显得那么低矮、阴暗、陈旧。经过多次做思想工作，父母终于同意将老屋推倒，在旧址上盖起一座新屋，供他们颐养天年。

承载了几代人光荣与梦想、欢乐与泪水的老屋，完成了自己的历史使命，终于要被新的一座房屋代替。虽然千般不舍，万般不愿，不久的将来，老屋将走进历史，成为我们永远的记忆。

别了，家乡的老屋；别了，老屋里的岁月。

2019 年 12 月 7 日

（此文发表于 2020 年《唐州风》秋季刊）

家乡有条弯弯的小河

《蓼阳河情思》

常思碧水抱村流，千里莼羹百味休。

廿载怅然绳检内，更深梦里戏沙洲。

这是我最近为家乡小河所写的一首七绝。

作为一个离开家乡多年的游子，家乡的山山水水、一草一木都令我念念不忘。我家门前的小河，更是一直流淌在我的心中。

它发源于我们的邻镇——湖阳镇的蓼山，全长仅三十公里左右，在苍台镇陈李沟村附近注入唐河，流经我们村的河段呈"S"形，是它中游的一部分。

记忆里，它曾经是一条神秘而可怕的河。大人们说，河里有"淹死鬼"，老晌午或天快黑的时候，要是你胆敢孤身一人下河洗澡，河里的鬼很可能会猛不防拉住你的一条腿，使劲儿往深水处拖，然后用河底的淤泥堵上你的口鼻，直到把你捂死，在水下跟他做伴。

村里曾流传着这样一个真实的故事，是住老王嫂子屋后的大奶亲身经历的：有一次，大奶在河边洗红薯，不小心把削红薯皮的菜刀掉水里了，但奇怪的是，那菜刀漂浮在水面上，不往水下沉。大奶心里很害怕，却强装镇静地对着水面说："你等着，老子回去拿个竹耙再来捞你！"大奶爬上河岸，回头望着河里仍漂浮着的菜刀，大声骂："老子知道你是鬼，你别想缠死我！菜刀老子不要了！"话音刚落，那鬼似乎泄了气，大奶的菜刀一晃一晃就沉到河底去了。

听了以上的故事，好几年时间里，我从来不敢一个人到河边玩耍。蓼阳河给我最初的印象是恐惧。

后来慢慢长大，以往可怕的故事终究挡不住童年那颗好奇、贪玩的心。蓼阳河渐渐成为我童年时代一条充满欢乐的河。"S"形河段的拐弯处，有一个被洪水多次冲击而形成的深潭，乡亲们都叫它"老鳖潭"。最深处两米以上，可潜藏大老鳖（甲鱼），村里也确实有人在这里逮过老鳖（中午气温高，潭里的老鳖喜欢到河岸上晒盖儿，不小心就被乡亲们捉回家吃了），老鳖潭的确实至名归呀。

老鳖潭是上天赠予我们的天然儿童戏水乐园。在这里，很多人学会了游泳、逮马儿（水中相互追逐的游戏，以水中抱住被追者为赢，可两人玩，也可多人玩，被逮住者反过来要去追刚才逮人的人）、滑泥（在水边有坡度的地方抹出一段光滑的黄胶泥道，光屁股从上面滑下，一直滑到水里）、跳水、钓鱼、摸鱼、捞鱼等。

在老鳖潭学游泳，"传帮带"加自身实践，便解决了一切问题。老教大，大教小。会不会游，先下河再说。在水浅的地方把浑身打湿，再按照"师傅"的传授，逮一只水爬叉（一种水上昆虫，成虫大概2厘米左右长，在水面爬行如履平地，据说吃了这种昆虫就会游泳）吃了，然后学它的样子，伸开四肢，让自己先在水中浮起来。一般学习两三次就解决狗刨技术了。以后再逐步学习更高的游泳技巧，像仰泳、踩水、侧泳、潜泳（我们叫扎猛儿）等。学会了游泳，老鳖潭的深水区慢慢就敢去了。后来再尝试参加水里的各种游戏，像逮马儿等。

逮马儿的游戏玩起来很刺激，被追的伙伴害怕被追上，使出浑身解数，奋力划水，想把追击者甩得远远的；眼看追赶的人到来，又一个猛子扎到水底，往更远或相反的方向游走。逮马儿的人怕追不上，水中的"马儿"怕被追上，双方都十分紧张。有时候明明已经追上了，等你伸手去抱的时候，因为身上有水，被追的人一滑又逃了。又得费半天力气去靠近下一个猎物。老鳖潭到处是紧张快活的喊叫。

在老鳖潭跳水更令人难忘。第一次心理突破非常艰难，起码对我来说是这样。胆子大的小伙伴，一跳成功，没有丝毫犹豫。我是试了好几次才敢跳下。离水面最低的河岸不是十分陡峭，中间还有一块儿凸出来，你得鼓足勇气沿着河岸跑下去，然后再往水中跳。有些跳水高手，不满足于仅仅一两米的高度，他们不断挑战自己，在旁边最陡峭的河岸往下跳，"咚"的一声响，水面溅起一个大水花，像我一样站在一旁观看的胆小鬼们，直看得心惊肉跳。

老鳖潭东北角有一大片沙滩，是我们那批小顽童的另一处乐园。农历正月十五晚上，十多个小伙伴拿着从家里搜罗来的干刷子疙瘩（刷锅用的刷子用久了，剩下的刷子尾部）、扫帚疙瘩，用绳子拴住，蘸上点煤油点燃，以自己的大臂为轴在空中由慢而快在沙滩上抡起来，画圆，并随机加速，在空中划出一个野蛮而美丽的火圈。有时候一个人抡，一群人看；有时候三五个小伙伴同时抡，一边抡一边大喊大叫，引来附近的大人们到河岸边围观。

盛夏，沙滩是我们游泳的放松之地。我们在这里挖沙坑、堆沙堡、修沙渠，虽然头顶烈日，但玩兴十足。费了很大工夫堆好的沙墙、沙屋，最后三脚两脚再把它们踢毁。看看吧，万千繁华，不过是一捧河沙。即便没有人去破坏你的得意沙作，一场洪水冲来，它们就又归于原始和平静。

深秋初冬，河滩上的斑茅（学名蒲苇）开出一片一片毛茸茸的斑茅花。在翠绿的斑茅叶子中间，一束束洁白的斑茅花向天空舒展，像一只只白色的鸡毛掸子。我们小心翼翼把斑茅花连茎一起折断，插在沙地上，一枝挨着一枝，排成一个首尾相连的大大的圆，或排成一条长长的线。仔细观察了风向之后，从上风头将起头的那束白花点燃，迅速退到一边观看。火苗从头烧到尾，往往只是十秒二十秒时间，像花儿一样次第绽放。天黑以后燃引最好看，随着"嘶嘶"的燃烧声，龙腾蛇游般的火光，映照着我们那一张张纯朴的脸庞。奇异刺激的场面映入眼帘，印在我们童年的记忆里。

我们还把斑茅叶子当箭玩儿：摘一片细长的叶子，把靠近根部的地方掐整齐，再小心把叶茎从根部劈开，使茎干两边的叶子大致平衡，用左手捏紧被劈开的叶子两端，把茎干和叶子主干部分搭在左手手臂上，右手食指放在左手上面、茎干和叶子头部下面，然后突然而迅猛地发力，茎干和叶子主体部分就像箭一样"嗖"地飞了出去，落在前方几米远的地方。

蓼阳河也一度是小村的天然渔场。上小学期间，几乎每年夏天都有人往河里撒"鱼藤精"（后来用稻田除草剂）闹鱼，准确地说是晕鱼。这种药可以将中小体型以下的鱼闹晕，却对人体没有伤害。被闹晕的鱼飘到水面上，无法自如游动，但药效一过，它们就又恢复如初了。闹鱼往往在夏季一大早，家住河边、起床早的人会首先发现渔情。闻风而动的人家，从家里找出各种可以捞鱼的工具，渔网、竹篮、竹筐等，纷纷来到河边捞鱼。最多见的鱼是鲫鱼、白头翘（也叫白条儿）、鲤花儿面，也有一些嘎牙鱼（也有叫黄腊丁的），头黄色、身子褐色，胸鳍和背鳍特别坚硬，后缘还有锯齿，一不小心就会扎破手，让你鲜血淋淋，疼得倒吸凉气。

小河里摸鱼（来自网络）

捞鱼的乡亲八仙过海，各显神通。大家都在抢时间，抢速度，希望在"鱼藤精"失效前尽可能多捞些鱼上来。不少人急着捞鱼，却忘了带装鱼的盆、桶等器具，后来又百米冲刺回家拿。有的人为了捞深水处的鱼，顾不上大清早的河水凉透肌骨，只穿着裤衩径直下到河里，一边游走一边捞鱼。在那缺食少肉的年代，这些河里的鱼，成了人们餐桌上的佳肴美味。

小河还是两岸乡亲的天然浴场。似乎是约定俗成的规矩，白天孩子们专用，晚饭前男劳力们专用，晚饭后女人专用。当然也有例外，白天也有老妪下河洗澡的，晚上也有母亲带着小儿子下河的。

河水也曾经是很多乡亲的饮用水源。大队在村西南头打有一口水井，离水井远的乡亲去挑水，要走一里多路，他们就到河里挑水吃。孤寡老人吃水少，用水罐从河里提水。天刚蒙蒙亮，男劳力们就挑着水桶到河边挑水，保证家里的水缸不缺水是他们天然的家庭责任。水缸里水不多了，女人们就会及时提醒男人："他爹，缸里水不多了啊！"正在院子里忙活的男人会马上应一声："晓得了，一会儿就去！"经过一夜沉淀过滤，河水清亮亮的，还带着微微的甜味。住在河附近的人，不光吃水，洗菜、洗衣也到河边去。

这条弯弯的"S"形小河，和乡亲们融洽相处，和谐共生。她慷慨地给予我们太多美好的东西，教我如何不爱她呢！

不过，小河也有耍性子、发脾气的时候。1975年8月，全县各地暴雨，蓼阳河上、中、下游浊浪滔天，洪水像一头被彻底激怒的狮子，大有冲毁沿岸万物之势。那时我将近5岁，只记得大人们在生产队队长的带领下，连夜在河岸边抢修河堤，在房子周围垫土、加固房屋。父亲把拉车棚吊架在家门口的楝树和榆树杈上，准备洪水淹没房屋时全家人到树上去住。百年一遇的洪水肆虐了几天后，终于消退。谢天谢地！我们的老堂屋安然无恙，我们最终也没有到树上去睡觉。

后来大概又过了5年，蓼阳河再发洪水，河水水位与六七米高的河岸齐平，昔日的沙滩早已不见踪影，村南头河边的大杨树只能看见树梢。很多乡亲都沿着河岸巡看洪水。那时我第一次听到"洪水"这个名词，以为"洪水"就是红颜色的水，便使劲睁大了眼睛，想看看到底哪里才是红水，那种好奇兴奋的心情简直难以言表。

站在河岸边看激流滚滚而下，大概由于产生了视觉错觉，有一段时间只感觉整个人眩晕起来，吓得我赶紧后退。个别勇敢矫健的村民，在洪流汹涌之际竟敢下到河里，打捞上游冲下来的家具、西瓜、花生等物，或直接游到河对岸。也是在那时，我见识了猪、狗在洪水里游泳过河的情形。洪水所到之处，河滩上的庄稼，绝大多数付诸西流。

偶发脾气的小河很少能吞噬人的性命。那时候村里孩子多，即使有小孩在河里遇到点危险，也会有大人或大孩子及时将他们救上来，不会有溺亡的危险。二姐说，她就曾经被人从老鳖潭深处救上来过。我也曾亲眼看到过：村里有个小女孩儿，从老鳖潭上边浅水区被水流冲到深水区，手在空中乱抓乱舞，连喝了几口水，情况十分危急，旁边的大孩子见了，二话不说，几步跳进深水中，把她救了上来。

后来，农村社会也发生了深刻变革，青壮年外出打工，村里空巢老人和留守儿童越来越多，夏天的小河成为留守儿童最大的安全隐患。过去十年间，村里至少发生过两起本村孩子或亲戚家孩子在河中溺亡的悲剧。

改革开放的春风席卷神州大地，家乡的小河也深刻地感受到了。急功近利的人们，逐渐忘记了一直以来哺育他们成长的小河，把各种污染物排放河里，把生活垃圾扔进河里……河水慢慢变质了，不再像以前那样清澈，也再没有人敢吃河水、敢用河水洗菜洗衣了。流淌了不知多少个春秋的蓼阳河，变成了一条令人避之不及的臭水沟，杂草丛生，蚊蝇密集。我仿佛听到这条曾经给过我无数童年欢乐的小河，在一个个黑夜里哭泣。

历史的车轮滚进了 21 世纪，乡亲们的钱包越来越鼓，日子越来越红火。蓼阳河被污染的状况也越来越严重。曾经有几年时间，小河断流，几近干涸。以牺牲环境为代价的发展方式，给人们敲响了一次又一次警钟。继续恶性发展走向健康和生命的毁灭，还是选择逆袭，走可持续发展之路，在发展经济、提高生活质量的同时注重留住绿水青山的优美生态环境，成为一个摆在人们面前、迫切需要回答的时代问题。

幸运的是，政府意识到了问题的严重性，决心下大力气纠正以往以牺牲环境为代价的错误发展策略。河长制开始在全国推行，蓼阳河也分段任命了河长，负责各河段的河道清淤疏通、沿岸植被保护等工作。经过几年不懈的努力，蓼阳河水终于又恢复了流淌，蓼阳河最终获得了重生！

这两年回老家，从村南拱桥上经过，再次听到河水哗哗西流的声音，我不禁感慨万千：蓼阳河，她曾经那么清纯可爱，用自己宽广的胸怀，哺育了多少家乡的亲人，给了多少人童年的欢乐，虽然受过令人发指的虐待，变得奄奄一息，但只要人们稍微对她好起来，她就重新焕发生机，日夜不息地向着大河流去，注入汉江，汇入长江，归于东海……

蓼阳河，家乡的母亲河啊，你是我心中永远的歌！

晚自习上的鬼故事

小学三年级开始，学校为我们开了晚自习课。主要是背课文、写作业，做油印的语文和算术卷子，最后老师讲评。

那时候，家家户户都还没用上电，教室里也没有安装任何电气设备。上晚自习必须自带煤油灯。煤油灯全部是自制的：找个玻璃瓶做灯身，用两枚铜钱夹着一根粗棉线做灯芯；或者找一个用过的空墨水瓶做灯身，用砸扁的两块洋铁片夹着一根细棉线做灯芯，为的是让油燃得慢一点，省点儿油。

虽然物质条件艰苦，提到上晚自习，大部分学生表现得异常兴奋。孩子们丢下饭碗，背着书包就往学校跑了。负责教课的老师大都是同村的代课教师，他们还要顾及家里的农活，所以一般要比学生到校晚。在等老师到教室的那段时间，是我们大脑细胞最活跃最兴奋的时候，也是我们最开心的时候。除了在教室外的空地上玩老鹰捉小鸡等各种游戏，给我印象最深的，就是听大孩子们讲鬼故事。

班上年龄较大的那几个孩子，像陈中超、陈毛选、陈青来等几个人，比其他学生多了几年生活阅历，添油加醋地给我们讲述他们从大人那里听来的鬼故事。

他们说，鬼有很多种，每一次非正常死亡都会产生一个新模样的鬼，每一种鬼又有不同的形象：吊死鬼披头散发，伸着长长的舌头、瞪着快要掉下来的眼珠；冤死鬼会经常在半夜里出现，走在村里的马路上，"呜呜"地哭；淹死鬼会在水中出现，趁小孩子一个人洗澡时，猛然把小孩子拉进水里淹死，陪他做伴……还有一种他们说起来有鼻子有眼的鬼，叫"路神"，体形高大，常常悄无声息。"路神"有好坏之分，并说村上邻居家的某某女孩儿有一次就碰到过一个好"路神"，"路神"一直悄不作声，把那个看夜戏半夜迷路的女孩子领回家中。坏"路神"则会把你带到荒郊野外、乱岗坟上，让你迷向，找不到回家的路。

最可恶的是，那帮大孩子在晚上自习课前给我们讲了鬼故事，知道我们心里已经产生了对鬼的恐惧心理。等晚自习下课后，故意迅速撤离教室，呼啦一阵风，往教室后面那条土路跑了。教室后面的空地，有四五座附近人家的祖坟。听了鬼故事的我们，晚上再走过坟地边的道路，小小的心脏怎么受得了？年龄小些的同学，一听老师说可以放学了，便以最快速度把课桌上的薄薄几本书和作业本往书包里胡乱一塞，吹熄了油灯，冲出教室，紧跟在大孩子身后一阵猛跑。因为恐惧加紧张，能明显感觉到自己的心脏突突直跳。那一刻，真恨不得自己能飞起来，跟紧大孩子们的步伐。跑到家，心脏还在剧烈跳动，身上已经跑出汗来了。

鬼故事，没听的时候好奇向往，想听；听的时候，心里害怕还想继续听下去；听完后不敢往黑暗处看，担心黑影里就藏着鬼呐。

后来在小学高年级阶段，从同学那里借来一本《宋定伯捉鬼》的连环画。这是一本专门讲述古代人与鬼斗争的小人书，又帮我补充了关于鬼的知识。

现在想想，虽然鬼故事曾经吓得我晚上不敢轻易出门，但能够在晚自习时间听听鬼故事，也算获得了另外一种知识吧，起码比我儿子他们这帮"00"后孩子整天玩电子游戏更能增长社会知识。

2017 年 4 月 24 日

永不褪色的三幅图画

一个人的童年经历，往往是一辈子也抹不掉的人生记忆。岁月不居，多少曾经鲜活、生动的童年，逐渐隐没在历史的烟云。本文描述的三个童年生活画面，虽然最初的样子早已不复存在，但它们却像悬挂在艺术博物馆里的名画，被一遍遍擦拭，一直保持着原来的品相，历久弥新，永不褪色。

画面一：生产队一个掌鞭的（负责给生产队赶大牛车的"牛司机"，也叫牛把式），悠闲自得地坐在车辕内缘，驾着牛车从我家西边的村主干路向南，大概是去村南公坟地拉黄土。那时五六岁的我全身赤裸，不知道受了谁的欺负，独自站在我家堂屋西山墙边，沐浴在金色的夕阳余晖里，手捂着脸呜呜地哭。当时，我受伤的幼小心灵多么需要大人的一丝安慰啊。可是，父母没在跟前，他们无法给我抚慰；同一个生产队的车把式（按辈分我应该叫他伯伯）似乎很

13

忙，没工夫或是不愿意为我停下来。我想，哪怕他跟我说一句不疼不痒的话，甚至是嘲笑我的话也好啊。可是，他没有理我，也没有别人理我。当时我虽然站在阳光下，却感受不到阳光的温暖，心中所能感受到的，是无助、无奈、冷漠和孤独。

40 年过去了，这一画面至今仍保留在我的记忆里。

画面二：由北向南延伸开来的村主干路东边，是一条新中国成立前扮演过寨河角色的水沟，水沟总长约 400 米，被人为一段一段隔开，为的是方便住在附近的村民往来、出行。夏天多雨时节，老寨河才会注入半沟雨水。水沟东岸第二生产队（再往北是第三生产队）的高地上，散落分布着五六口红薯井地窖，地窖上面都盖着圆圆的石头井盖。高地最南头（起初在北头）有一间土坯垒砌的茅草顶小屋，是我们生产队唯一的五保户的家。按辈分，我得管这个五保户叫老爷（我们那里对和曾祖父同辈的长辈称呼），印象中他六七十岁的样子，天冷的时候经常戴一顶气死风帽子。

高地上，一群不更事的男娃女娃，穿着粗布衣衫，在红薯井中间的空地上摆成阵势，热火朝天地玩着老鹰捉小鸡的游戏。当"鸡头"的一般是年龄稍长、个头稍大些的孩子，在孩子群中的威望较高，被大家公认能够保护他身后的"小鸡"们；在一字形鸡队伍前当老鹰的，一般是动作灵活、善于来回快跑的小子。孩子们叫着、喊着，高地上充满了快活的气氛。

这块高地是我童年的一个乐园，我和小伙伴们在这里玩各种不怕脏的游戏。除了玩老鹰捉小鸡，有时候我们会玩打仗游戏，模仿战斗片里攻山头的场面，一帮人守山头，一帮人攻山头，攻山头的人从干沟里往高地上冲，守山头的一帮站在高地上，居高临下，负责把攻上来的"敌人"推下山，双方直打得天昏地暗、人人汗流浃背；有时候我们玩打出溜滑，坐在高高的土坡上，顺坡往下滑，感受自由下滑的快乐，就像现在的小孩玩滑梯那样。打出溜滑，还有在河岸边做一个光滑顺溜的泥坡，人坐在泥坡上往河水里滑，不正是现在游乐场滑草、滑沙的雏形么。

画面三：面对再次欺负我的几个同学，我迅速从附近地上找到几块礓石、砖块抱在胸前，做出攻击的姿势，一边喊着："谁敢再欺负我，我就不客气了！"一边把手中的礓石、砖块等"小规模杀伤性武器"向着几米开外的目标胡乱抛去。无数个日子里我所受的屈辱，全部转变为愤怒，通过我手中的"武器"，在他们耳畔、身旁"嗖嗖"响起，可能由于情绪太激动，手头失准，没有任何"武器"对这几个经常欺负我的同学造成伤害。但我身上那种由于长久压抑爆发出来的怒气，着实把那一帮无良小子吓得不轻。他们想不到，在校园欺凌面前一向逆来顺受的"韩小个"（那几个上完三年级蹲班到二年级的大孩子给我起的绰号），突然间发起了威风。我舍命维护人身自由的事情很快传开了，其他没有经历现场的浑小子，听了我的故事，也开始对我畏惧三分。我小学阶段遭人随意欺凌的日子一去不复返了。

在此之前，我经常在父母面前诉苦，有时候甚至是哭着向他们讲述我在学校遭受的欺凌：谁谁谁又打我了，谁谁谁又骂我了。父母通过各种手段教育我。他们给我讲后面邻居家海发大伯如何教育儿子的故事，说海发大伯的儿子在外面被欺负，回家哭着讲述自己的经历，海发大伯就让儿子伸出手来，说："他们欺负你用的是他们的手，你自己有手没有？"他的儿子受到启发，以后再受人欺负的时候，就学会了出手还击，从此不再回家哭诉受欺负的事情。父母还给我讲三队爱民如何应对外人欺负的故事：爱民有胆有识，比我大两三岁，有一帮孩子同时欺负他，他也不怕。他会迅速从附近找到很多礓石、砖块等可以当攻击性武器的东西，抱在怀里，对着"敌人"大叫："谁敢来？谁敢来我就抡死谁！"结果，一些个头、年龄都比他大的孩子，都不敢再轻易对他下手。母亲就鼓励我，让我向海发大伯的儿子和爱民学习，对付欺负我的那几个无良少年。正是受了父母的启发鼓励，才有了画面三里的故事。

2017 年 5 月 22 日晚

在教室里烤火

上世纪 70 年代末，农村生活物资匮乏，村里的小学没有火炕，更没有暖气和空调，加上门窗四下漏风，冬天的教室贼冷。每年都会出现脚冻肿手冻烂的学生。

那时候的冬天，才真正叫冬天。每个冬天都得下几场像样的大雪，坑塘里的水全部冻成了冰，男孩们在冰上打陀螺，女孩们在冰上跳绳、踢毽子。房顶的雪化了，再经过傍晚和一夜上冻，半尺长、一尺多长、水晶似的冰凌条从屋檐上垂挂下来，成为那个年代冬季农村的一道标配风景。

为了不让学生们冻坏，学校统一给各班主任老师开会，做迎接寒冬的工作部署，提前给各班级学生下达捡柴火的任务：七八岁的一二年级学生，上交 3 斤柴火；其他高年级的学生，一人交 6 斤柴火。为了完成捡柴火的任务，小伙伴们八仙过海，各显神通。有的在村里捡椿树梗、楝树梗，有的到秋收后的庄稼地里捡玉米秆、棉花秆。

你关注什么，眼里就会出现什么。秋风吹落了椿树和楝树的叶子，随后又吹掉了它们细长的树梗。放学回家的路上，只要看到哪棵树下横七竖八地躺着一片树梗，我们的眼睛立马就放起光来，赶紧跑过去一阵捡拾。刚掉落的树梗，一头粗一头细，绿中带黄，尚带生机，分量较重。掉落了几天的树梗，变成枯褐色，也变轻了。

回到家，写完数量不多的家庭作业，完成家长交代的家务活，找出一段纳鞋底的细绳或布条儿，到家附近的树下捡树梗。幸运的时候，一棵树下只有自己一人捡，没有人争抢，就会暗自得意。

但很多时候，一棵树下往往挤了两三个小伙伴。没有人发令，一场无声的比赛开始了。谁能成为比赛的最大赢家，就看谁眼疾手快。大家你追我赶，争着把尽可能多的树梗抓到自己手里。手里拿不下了，就先放在树下某个地方，然后接着捡。地下的树梗捡光了，如果发现树上还有恋恋不舍不愿意掉落的，我们就合起伙来抱着树干摇晃，或是用脚猛踹树干，让更多的树梗掉下来。

树下再也捡无可捡、树上再也摇晃不下来的时候，比赛自动结束。大家开始整理自己的树梗：头对着头，尾对着尾，攥紧较粗的头部，然后往地上捯几次，让自己的柴火看起来更有"型"一些，再取出底线绳和布条儿，在靠近尾部几厘米的地方把它们紧紧捆绑起来。

经过一两个星期的课余付出，同学们捡柴火的任务就基本完成了。提前完成任务的同学，一大早就把捆扎整齐的柴火带到学校，当着全班同学的面，一脸自豪地交给班主任老师。班主任把学生交上来的柴火堆放在教室前面或后面的角落。年级越高的教室，柴火堆就堆得越高。

哪天可以烤火，只有班主任说了算，学生不允许擅自取柴烤火。有时候正上课，老师见有的同学冷得直打寒战，就对着台下说："你们都觉得冷的话，跺跺脚吧！"命令一下，班上二十多个同学马上行动，一边望着讲台上的老师微笑，一边在简易木课桌下"噗噗踏踏……"跺起来。简陋阴暗的教室奏起一首由老师指挥、同学们集体演奏的激昂高亢的乐曲，并透过单薄的窗玻璃传到外面。不大一会儿，隔壁教室似乎受了我们班的传染，也传来下饺子似的跺脚声。

三两分钟后，大家身上就有点暖和了。老师及时叫停了跺脚行动，笑吟吟地问台下："大家还冷不冷？""不冷了，不冷了！""还冷！"……大家七嘴八舌地答着。

北风刮得厉害的天气，或是前一天晚上下了大雪后，班主任老师就命令班长组织大家烤火。一听说要烤火，同学们的情绪一下子就高涨起来。大家边嘻嘻哈哈地说笑，边开始动手，

课间挤暖儿（来自网络）

将教室中间的课桌、板凳、椅子拉到一边，腾出一片烤火的空地。早有人取来了一抱柴火，也早有同学递上来一张用过的作业纸来引火。班主任蹲下身子，从火柴盒里取出一根火柴，"嚓"的一声，火苗燃起，先将引火作业纸点着，再赶忙把引火纸放在小柴堆下。热心的学生围凑在班主任身边，歪着头，鼓着腮帮子，噏起嘴来帮老师将小火苗吹大。

堆在教室的柴火干燥易燃。很快，红红的火焰伴着一阵青紫色的烟雾升腾起来，教室里火光熊熊。师生们围着火堆，或坐或站，把脚啊腿啊手啊尽量往火苗附近伸，让自己快冻僵的手和脚尽快暖和起来。老师和学生一起说着、笑着、烤着，常常有人被一团烟呛得直流眼泪。

大家正美滋滋地烤着，忽然闻到了衣物烧煳的味道，反应快的同学大声嚷叫起来："谁的衣裳烧煳了？"众同学赶紧低头去寻，确认自己的衣服没有烧着，就帮忙查找那位不幸的同学到底是谁。一阵忙乱之后，会发现某同学的棉靴或棉裤裤脚被烧了个小洞。虽然年龄小，但遭遇小小不幸的同学充满了革命乐观主义精神。除了害怕回家后被大人揍一顿外，惹火上身的同学并不怨天尤人，他们会不失时机地自嘲一番，给自己找个台阶下。

对付寒冷的办法，除了跺脚和烤火，我们还通过玩"抗膀子"游戏来挤暖儿。课间休息期间，一群同学靠着教室的山墙，你挤我，我顶你，嘴里"嗨哟、嗨哟"地喊着号子，这样来回活动几分钟，身上也会变得热烘烘的。

还记得，我们捡交的柴火，一个冬天是烤不完的，因为烤火的次数不像我们希望的那样多。烤不完的柴火，老师会在天气暖和起来后，帮我们卖了，从街上买些作业本发给我们。

就这样，我们渡过了一个又一个异常寒冷的冬天。

2018 年 6 月 3 日

张开理想的翅膀

理想，是茫茫大海上指引人生航船前行的灯塔。有了它的指引，人生才不会随意迷失方向。

人在不同的人生阶段，会产生不同的理想。如果一个人从童年时代开始，就一直拥有比较稳定的人生理想，而且坚信这一理想一定会变成现实，同时付出行动和努力，朝着这个目标前进，这个理想十有八九会变成现实。

前一阵刚刚看过张德芬《遇见未知的自己》这本书，书中这样说：每个人天生都带有一种自动成功机制，坚信某种想法会变成现实，每天都在脑海中勾画有关成功的所有细节，而且一遍一遍重复这样的细节，最后这细节的内容就会变成真的。

我的人生理想，还要从生平第一照说起。我们家族对于拍照留念十分不重视，爷爷奶奶一辈子没留下一张照片给我们，我们家第一张不完全版全家福照是我平生第一次照相。那是我快上小学或上小学一年级时照的一张黑白照片：照片上有母亲、二姐、我和小妹四人，父亲可能干活去了，没赶上拍照，记得大姐当时不愿意照，所以这是一张不完全版的全家福。一头乌发、梳着两个粗辫子的母亲抱着小妹坐在一把板凳上，神情凝重，小妹手里抱着一对西头小孩"老展"的橡胶兔子玩具，二姐站在母亲右手，我站在母亲左手，迎着初升的朝阳面对镜头。

照片中的我，头戴一顶缀着红五角星的解放军帽，神态呆滞，因为没有照相经验，摄影师按快门的时候低头往地上看，结果被照成了"瞎子"。其实，我帽子上的红五角星是我摆放上去的，照完相就又拿下来了。为了照个相，故意往帽子上摆放个红五角星，别人可能觉得这只是小孩子调皮罢了。其实，他们不知道，一颗红五星，代表了我幼年时期关于未来的梦想：我渴望有一顶真正的军帽，长大了当一名无比光荣的解放军战士。

相信我们那个年代成长起来的男孩子，都曾拥有像我一样的心愿。因为在那个时代，我们没有现在孩子们触手可及的电子设备、手机、电子游戏和日本动漫，除了跟大人一起上地干活、上学和玩各种实体游戏，我们能接触到的最具有教育意义的媒介，就是拷贝电影。那个时候的电影，革命教育片、战争片和纪录片居多，我们幼年时期的理想萌芽，大都是从看电影产生的。红军、八路军、新四军、解放军是我们心中高大伟岸的英雄形象，地主、日本鬼子、汉奸、国民党，则是我们恨之入骨的坏蛋。

能够戴一顶缀着红五角星的军帽，成了我那时一度日思夜想的最初人生理想。但那时家里穷，一两元钱就可以满足的愿望，父母却无法满足我。他们起早贪黑地干活，一年到头也只是能勉强养活一家人，除了满足基本的吃穿外，他们哪里还有财力来满足我们那些不切实际的什么愿望呢。

这个并不算过分的生活奢望曾几乎变成现实。有一次父亲上街赶集，遇到了邻省湖北一个卖鱼的大叔。大叔挑的鱼集罢了也没卖完，他就想等第二天再赶另一个集接着去卖。父亲和他聊得比较投机，就邀请他到我家歇住一晚，第二天再赶集。湖北大叔来到我家，受到全家人热情欢迎，大叔见到我，跟我聊了天，夸了我，然后许诺要到街上给我买一样东西，并问我想要什么。我就把自己想要军帽的事给他说了。他答应到街上给我买一顶。第二天，或者是第三天，因为我已不记得他在我家住了几个晚上，我跟着他到了我们龙潭街。在公社供销社大楼（说是大楼，其实只有上下两层），他带着我上下看了看，最后没给我买成。原因是没有适合我戴的帽子。那时候，我经常盼望自己早一天长大，长大了穿一身军装，拿着枪去打敌人，那该是多么英雄啊。

可能是小学三年级前后的样子，我们老家流行男孩子夏天穿背心，而且在背心上加一些自己喜欢的手工印染图案。有一天去赶集，母亲带我到了龙潭街北头那家卖背心的商店，准备给我买一件新背心穿。选好了背心，母亲和商店服务员让我从墙上几个图案中选一个自己喜欢的。其实可选的图案并不多，大概有三四种，我来回看了两遍，选中了那幅战斗机在云层穿越的图案。那时候，我的最初级理想，就是长大了能穿军装、戴军帽，扛枪打仗。现在，我又多了一种选择，我就选择了当战斗机飞行员！驾驶雄鹰在蓝天上飞翔，肯定比扛枪打仗更威武！服务员和母亲对我的选择给予了赞许，鼓励我长大后开飞机。

人的一生可能会有很多巧合，或许是命中注定吧。少年时期一个幼稚的梦想，也许就成了我们长大后进行职业选择的一个潜意识参照点。穿上手工印染战斗机图案的背心那年起，寒窗十几年后，我大学毕业了，经过层层选拔考试，我被空军的一个技术侦察单位特招入伍，成为一名大学生空军军官。虽然没能开上战斗机，但也算圆了小时候的空军梦。

少年时期是一个造梦的时代，对于自己长大后要做什么、成为一个什么样的人，每名儿童都会做各种各样的梦。这个时期，往往一部影视剧、一本书，或是别人一句鼓励的话语，就会成为激励儿童为个人理想而奋斗的有形或隐形动力。有生以来我自己花钱买回家的第一本书——《张开理想的翅膀》，就曾经一度激励我从小要树立远大的理想。这是四川少年儿童出版社 1987 年出版的一本道德修养方面的书，作者余心言，价格应该不超过 0.5 元。我至今记得这本书第一章的题目是《少年心事当拿云》，文章语言浅显易懂，用张海迪、向秀丽、保尔·柯察金等人的先进事迹作例子，鼓励青少年从小树立远大理想，为共产主义事业而奋斗。这本书也有美中不足，就是针对性不强，它没有教懵懂的少年如何树立更贴近现实的理想。

朴素的理想产生于现实生活中。一个人理想的树立，受家庭教育环境、学校教育环境和社会大环境的影响。可能在小学高年级或是初中低年级的时候，我初步树立了自己关于未来学业的理想。有一天晚上，父母都在灶伙（我们那里对厨房的说法）里，我看着灶台上来回摇曳的微弱煤油灯火，向父母说出了自己的未来理想：我长大了要上大学，当大学生！这是我关于未来学业朴素的理想。那时候，我上的学越来越高，读的书越来越多，视野也越来越开阔，"大学生"这一新名词开始闯入我的人生词典，并逐渐生根发芽。在那个时代，大学生是让无数莘莘学子艳羡的社会身份。我暂时忘却了早些年那朵长大后要当解放军的人生理想小花，开始憧憬离我尚远的明天。说出要上大学那句话的时候，虽然我自己心里也没底，但对于将来考上大学、跳出农门成为一名万人敬仰的大学生，确实有一种发自内心的憧憬和渴望。

人生的道路是漫长的，让我们张开理想的翅膀，在现实的天空自由翱翔！

2018 年 6 月 3 日

舌尖上的回忆

从小到大，注定要品尝数不清的食物，或苦或甜，或辣或酸，就像生活本身一样。记忆里总有一些与吃有关的话题，不管岁月怎样无情流逝，回味起来总让人津津乐道。

几块糖果醉心怀

刚上小学那几年，农村还没有实行联产承包责任制，在公社、生产队的行政管理下，家家都穷得叮当响，天天能吃上白面馒头，一度成了农村人口中心中的幸福生活标准。能把肚皮填饱已经谢天谢地了，谁还讲究个色香味，谁还顾得上营养齐全。零食么，是梦里才敢想一想的奢侈品。

一个大队设有一个供销社，出售一些农村日常生活用品，主要是糖盐酱醋等副食品。供销社对于包括我在内的孩子心中，是个极有吸引力的地方。因为那里有很好闻的糖果的味道、酱油和醋的味道、酒的香味、香皂的香味。

有一次，小河张得贵舅到我们家玩，见我一个小孩子家围在他身边转，突然心血来潮要带我去供销社买糖果吃。后来，他果真在供销社给我买了1角钱的糖果。双手捧到七八颗糖果的时候，我高兴得快要跳起来了。我小心剥开其中的一块，把黄色、晶亮的糖块塞到嘴里，把其他几块糖果仔细装进上衣口袋。幸福感顿时充满了我身体的每一个细胞，那一刻，我觉得自己是天下最幸福的孩子。

小学二年级左右，有一阵时间没有吃过糖果了，肚里的馋虫咬得我心里痒痒的。我背着父母，向同班同学李盛超借了5分钱，然后去大队部旁边的新供销社买糖果吃。糖果吃完没两天，李同学径直到我家要账来了。当时父母不在家，大姐了解情况后，让李同学在屋子外面等着，然后从我家那个旧报纸叠糊成的大纸钱包（跟现在的钱包格局类似，也分大小格，除了装点零钱，还装着母亲给全家人做鞋的鞋样、五颜六色的丝线等）里取出5分钱，还给了李同学，替我解了围。因为贪吃竟然向同学借钱，我为此颇感脸红。

烧粉团的香

生产队里下粉条，到最后总会剩下一个粉团，连半露勺也装不满，负责烧锅的生产队员找出一根比较直溜的树棍，把粉团来回揉几下，缠在树棍一端，放在大柴锅下余威犹存的草木灰堆里烧。

粉团在火坑里"吱吱"地响着，向外冒着热气。

大概十来分钟，粉团就烧熟了。把树棍取出来，嘴对着冒白气的粉团吹两下，拧下一小块来，尝尝粉团到底烧熟了没有。烧得正好的粉团，表皮稍微有一点糊，但从外到内完全烧熟了，吹一吹，慢慢咬上一口，又筋道又香，实在是人间不可多得的一道美味。

如果运气好，碰上自家大人烧锅或是负责捶勺子，在下粉条的地方转悠半天，候到最后才能吃上一块筋道香甜的粉团（老家话叫 juju，四声）。这时候，粉团不能独吞，要跟其他小伙伴分享。因为父亲不喜欢争强好胜，生产队下粉条，十次有八次我运气不好，粉团早被其他善于钻营的大人给抢走了。

一碗素食满口鲜

在龙潭乡中上初中，农村已实行了联产承包责任制，粮食产量猛增。父亲每学期都会给二姐和我拉去一小车麦子，送到镇上的面粉厂，再拿面粉厂开的收条，到学校换成饭票。饭票可以在学校食堂买馒头、面条和稀饭，吃菜要用现金购买菜票。虽然不缺粮了，但农民手头依然缺钱花。父母每星期给我几元菜钱。

有肉的菜要5角钱一份，太贵。素菜2角3角就可以买一份，对缺钱的农村孩子来说，非常划算。一到春天，蒜苗和菠菜大量上市，价格十分低廉，伙上大批量购进。蒜苗加粉条，或者菠菜加粉条，一度是我中午的必吃美味。蒜苗靠近根部的地方很有嚼头，吃起来非常过瘾，粉条是真材实料的红薯粉条，菜里虽然油水不多，吃起来却很有获得感。菠菜掺粉条也好吃，但一碗菠菜吃完，感觉舌尖木木的，不知道是菠菜里什么成分起的作用。

唐中最忆是捞面

我就读的唐河一高中，当地人简称为唐中。几年高中生活下来，给人印象最深的吃食，不是正规食堂做的什么馍呀肉啊，而是老板娘的捞面条！老板娘和她的男人负责为全校学生烧开水，开水间在学校中间食堂（学校大礼堂东北角，门向西）北边。为了贴补家用，不知从什么时候开始，夫妻二人干起了卖捞面条的生意，而且一炮走红。

老板娘的捞面条究竟有多好吃，只有吃过的人才知道。一到中午饭点，老板娘的男人早早摆好了那张红褐色的长方形桌子，夫妻二人再把盛面条的大铝盆抬到桌子上，揭开了一场美食争夺战的序幕。

上午第四节下课铃声一响，四层楼房的教室里、教学楼前的尖顶房教室里，呼啦啦涌出一股股干饭大军，像田径场赛道上的运动员，向着饭堂冲去。很多人径直冲到老板娘的捞面条汤盆前，刚才还冷清的开水间门口，一下子成了喊声震天的校园闹市。青春勇猛的学子，使出浑身解数，有举着饭盆、伸长胳膊压在个低同学肩膀上往前挤的，有见缝插针冲出一条血路的，也有采取迂回策略来到汤盆前面的，不管怎么挤，目的只有一个：尽快吃上老板娘那廉价可口的捞面。

因为等者甚众，老板娘的捞面条根本来不及煮到九成熟，却因为只有七八成熟变得更加筋道。捞面的浇头也没什么特色，咸淡合适大家就很满足。好不容易盛到捞面的学生，赶紧找个地方蹲下来，几个要好的同学围成一个圆圈，吸溜吸溜开吃。上了一上午的课，有时候一碗根本吃不饱，那就再来一碗，非要吃得肚圆才满意。

古汴京物美价廉

在开封上了四年大学，感觉那里有两个最大的特点：一是文化积淀深厚。一个普通的小学教师，可能就是一个造诣了得的书法大家；普通家庭非常重视子女文化艺术的教育熏陶，琴棋书画类的培训班异常火爆，来自古都汴京的很多艺术类节目频频亮相央视春晚。二是物价明显比 70 公里外的省会郑州低很多，美食价格尤其如此。

河南大学老校区南门外马路对面，"羊肉串！一串一毛！"的吆喝声，不知送走了多少届河大学生。中年摊主那底气十足、干脆利落、节奏感强、信息明晰的叫卖声，是无数河大校友梦中的回忆。虽然还是上世纪 90 年代，但一串羊肉一毛钱，还是够便宜的了。不过，由于母亲讨厌羊肉的膻味，我们家从来不买羊肉、不吃羊肉，河大南门外的羊肉串，我也从没有品尝过。

河大校医院有一个小门，穿过后可以直接来到明伦街上。有时候吃厌了学五食堂的面条、米饭，就约上同学或外教老师，到学校外面换换口味。那里有好几家饭店，最常去的是"小李刀削面"。不管是哪家，饭、菜都很便宜：一大碗带肉的刀削面 2.5 元，一个拍黄瓜 3 元，一盘醋熘土豆丝 4 元或 5 元。两个人就餐，一盘素菜，两碗刀削面，量足味鲜，最多 10 元，管你吃饱，你说便宜不便宜。如果请客，再加一个肉菜 8 元，两瓶啤酒 5 元，总的算来，一荤一素，两瓶啤酒，两碗刀削面，也不过 20 元出头，你说便宜不便宜。重要的是，菜品新鲜，口味纯正，就餐环境也比较干净。学校西门外也有一溜饭店和商店，那里的饭菜和物品也都不贵。

热闹的鼓楼夜市，也是大家尤其是女同学时常光顾的美食聚集地。有时候外地来了同学，也带他们去逛逛。小几十块钱，就让两三个人直叫"吃撑了"。

舌尖上的回忆，不同的人会有不同的版本，因为不同的生活阅历，带给我们的是不同的美食、不同的味道。

2019 年 5 月 20 日

那年冬天挤火车

眼下又到了春运季，订机票、抢高铁动车票或火车票、开私家车、搭顺风车、拼车，远离家乡的游子，根据自己的条件，选择不同的交通工具和出行方式，向着家的方向、亲人的方向出发。

家是我们灵魂的家园。回家过年，是安顿我们灵魂的最好去处。

正操忙着回家的各种事项，我的思绪突然飞到了上世纪 90 年代初，和老乡们一起挤火车回家的经历，像放电影似的，一幕一幕重新清晰起来。

那时候，我是河南大学外语系的一名在校学生，可以按规定享受一年四次开封和南阳之间的硬座火车票半价优惠。临放寒假，我就约上同校老乡，拿着学生证到火车站买半价火车票。

出发的日子，我们提前一两个小时就赶到火车站。那时候铁路交通落后，赶火车像坐飞机一样紧张。不像现在，高铁发车前 20 分钟进站就万事大吉。坐火车表现如此积极，主要是归心似箭，也担心错过了火车。

漫长的等待之后，一串刺耳的火车笛声破空而来，候车大厅里广播员慵懒的提示语响起，我们攥着长条形的白色火车票，背着大包、提着小袋，汇入等着上车的人流蜂拥进站。车少人多，车门口挤满了旅客和行李，旅客根本无法从车门有序上车。

时间紧迫。再有十几分钟就要发车了。可我们仍在绿皮车厢外左右徘徊，个个心急如焚。那时的火车车窗能够由旅客手动推开，有旅客开始从车窗往里爬，我们决定立即效法。训练有素、身手矫健的体育系老乡率先成功上车，然后向车窗外探出头、伸出手，把身体没有那么灵活的男生、女生老乡，一个一个连拉带拽，全部弄上了车。晚上车的在后面帮忙抬脚、往里递行李。平时的大学生淑女，这时也顾不了许多，在男生的帮助下爬进车厢。殿后的也是勇猛刚毅的体育系老乡。

我至今忘不了从车窗爬进火车车厢的那种感受：紧张慌乱中，你从陌生旅客的背部爬过去，从他们的肩膀甚至头上爬过去。等整个人落了地，才感觉到安全和踏实，感觉没有被开往家乡的火车抛弃，没有被那个时代抛弃。像刚刚进行了一场剧烈运动，又像刚刚经历一场战斗，里三层外三层的冬衣里面，早已是热烘烘、汗津津的了。

站稳脚跟，放眼望去，车厢里到处是人，座位上、走廊里、洗手池边、厕所门口，人挨人，人挤人。各种行李箱、大布包袱、化肥袋子、背包、塑料袋，在人海中毫无规律地摆放着，形成一座座山、一道道岭，让你插翅也难以越过。

艰苦的环境也许更能养成乐观的性格。青春的我们沉浸在"劫后余生"的兴奋和激动情绪中，毫不顾忌地大声说话，你一言我一语地相互调侃着，不时发出开心的大笑。火车上人声鼎沸，我们的欢声笑语立即被淹没在喧嚣的浪潮中。

在如此拥挤的车厢里，即便火车票上印着座位号，也很难对号入座。谁能够对号入座，简直就是一种奢侈。这就造成大多数返乡学子只能站在走廊里，少数几个老乡才能幸运地坐下来。

机车"哧哧"放几声汽，一声汽笛响过，火车启动，站立的乘客身体向后晃动一下，站台、车厢外的乘务员慢慢向后退去，火车离站了。

隆冬时节，车窗外寒风刺骨，旅客们身体散发出的热量越聚越多，虽然没有暖气，车厢内气温可不低。但车厢内空气流通性差，人们的不同体味、各种食品的味道混合在一起，让人觉得呼吸不太顺畅。抢登列车的激情和热情逐渐消退，身上的汗开始变凉，粘粘地贴在身上，很不舒服。

列车行驶一段时间后，少数侥幸抢得座位的老乡发扬互助友爱精神，自己坐一会儿，便主动把座位让给站累了的其他老乡坐。

在这样的车厢里，不上厕所活受罪，上厕所呢，受舌罪。上一趟厕所，你得下定决心，排除万难。要想成功上一趟厕所，你需要"翻山越岭，跋山涉水"，嘴里不停地重复着一句"让一让，请让一下"的客套话，绕过一个个人堆，迈过一个个行李障碍，短短一二十米，要耗费十几分钟，才能修成正果，释放掉身体中的不能承受之重。但这只是万里长征走完了一半，回到伙伴和行李旁边，这样的历练你需要再来一遍。

即使行动如此艰难，列车上敬业的售货员却从不畏惧。他们推着带轮子的窄窄长长的货车，在人海里步步为营，"花生瓜子饮料"地吆喝个不停。上半夜还好说，下半夜，他们的叫卖声在我听来特别刺耳，那是干扰睡眠的噪音。

后半夜，人们睡意渐浓。狭小的桌子上趴着熟睡的乘客，有的打着呼噜，有的流着口水。走廊里，人们坐在自己的行李上、倚靠两排座位中间的隔板打盹儿。有人困得实在撑不住，还想躺平了睡觉，就在陌生旅客的座位下，随便铺张报纸、铺件衣服，当成自己的"床铺"睡下来。令我惊骇不已的，是有些年轻的乘客，竟然别出心裁地爬到车厢行李架上呼呼大睡。后来，我也试着爬上行李架，学着他们的样子睡觉。你别说，在这样的特制"高架床"上睡觉，也别有一番滋味呢。一时间，人们双眼迷离，鼾声四起，睡态万千。

负责在车上查验车票的乘务员，查了车厢开头的几个旅客，就再也查不下去了。暑假再回家，列车上仍然人如潮涌，我们有时就开始逃票。其实，那时候半价火车票才十几元钱，但想到父母在家里挣钱非常不容易，就想为父母节省一点儿。想来贪小便宜，也是人的一种心理吧。

从车窗爬上火车（来自网络）

回家的火车上还发生过另外一件趣事：卖座位。这也是脑子活络的某个体育系老乡的"杰作"。因为列车上只有少数人能坐到座位，座位成了稀缺资源，很多人梦寐以求想得到一个座位，让自己少受些罪。有个体育系老乡往车座上一站，大声吆喝起来："我这儿有剩座，20元一个，谁买？"人群沉默片刻，很快就有人表示愿意买座。确认过座位，旅客交了现金，老乡便把座位给了人家。其实，卖座位的老乡上车也没有座位，他是从下了车的旅客那里"捡"到一个座位，然后就转手卖了，没花钱还赚到了钱，纯属空手套白狼。体育系老乡够大度，他把这轻易赚到手的钱换成花生、瓜子、啤酒，散给一起回家的老乡们吃喝，大家过得十分开心。

大四那年寒假，美国外教迈克提出要到我家体验中国农村过春节的习俗。那一次我买了两人的火车票，规规矩矩地当了一名合格的大学生乘客。咱不能在外国人面前丢份儿，是吧。

千淘万漉虽辛苦，吹尽狂沙始到金。当年一起挤火车回家的河大老乡，如今星散于祖国天南海北，到了将知天命之年，房子、车子、妻子、票子、孩子该有的都有了，早已"五子登科"，回乡省亲，再也不用像学生时代那样拼死挤火车了。但那段令人不堪回首的挤火车、逃票经历，相信很多人一辈子都无法忘记。

2020 年 1 月 4 日

养鸡往事

如今，能吃上一只真正的柴鸡并非易事，因为现在很少人散养柴鸡，即使有也价格奇贵。但在上世纪七八十年代，农村家家养柴鸡，少则五六只，多则一二十只，"鸡鸭成群"是那时候农村家庭的真实写照。

那时候，人们很少在外面流动，过着粗茶淡饭的穷苦日子，很多家庭都遇到这样的窘境：开学了，孩子的几元钱学费拿不出来，只有厚着脸皮向别人张口周转。为了让自己手里多添俩活钱儿，很多家庭开始养鸡养鸭养鹅、喂猪喂牛喂羊。

为了养鸡，很多农村人家在院子里用碎砖块砌个鸡笼，一共两层，下层供鸡睡觉，上层做成鸡窝，让母鸡在里面孵蛋。我家的鸡笼就在一出堂屋往右拐的屋檐下。

养鸡得有鸡崽儿（鸡娃子），鸡崽儿从哪里弄？一是靠自家的老母鸡孵化，二是从炕鸡崽的人那里买。

从卖鸡崽儿的人那里买相对容易些，关键是不易分出公母。在养鸡方面，农村普遍存在"重女轻男"的现象。原因很简单：公鸡留下一两只做种，其他的只好卖掉或杀吃了；母鸡则不然，开始孵蛋后，除了歇窝的时间，会源源不断地给你生蛋，成为农村人细水长流的"钱袋子"、"鸡屁股银行"。

靠自家母鸡孵小鸡，程序要繁琐多了。先是选蛋选鸡。最好自家攒有足够的鸡蛋，攒不够就得东买西借，然后从中选出受精蛋。受精蛋怎么看？母亲挑选受精鸡蛋的方法是：拿着鸡蛋站在堂屋门口，对着门外的太阳光看，如果能看到鸡蛋的某个部分有"榆钱"状的一个小黑点，就可以确定这个鸡蛋"大有培养前途"，专门挑出来放好。受精鸡蛋挑选多少合适？依母鸡的体格大小而定。一般也就十几二十只鸡蛋。

下一步是选出可胜任抱窝任务的母鸡。要提前观察家里母鸡的"言行举止"。母鸡临抱窝前，一般会停止下蛋，羽毛变得明显蓬松起来，颈部羽毛竖起，挓着翅膀，发出跟平时不一样的叫声，整天霸占着鸡窝却不下蛋。但也有出现特殊状况的母鸡，它们对抱窝只有几天的新鲜劲儿，几天过后，体内的泌乳激素下降，重归下蛋路了。假抱窝的母鸡绝对不能委以孵蛋重任，在事关十多只鸡的生死上，它们会误大事的。

鸡蛋和母鸡选好后，需要给母鸡做个"产房"——铺个孵小鸡的窝。在我家，母亲是在堂屋正间的一个角落给母鸡铺窝，里面铺上旧棉花、麦秸或刨花之类的软物，把选好的受精蛋小心放进去。孵蛋母鸡会十分配合主人，乖乖进窝，一卧就是老半天，尽心尽责地孵蛋。

有的孵蛋母鸡，为了孵育后代也是拼了，一连几天都不下窝。等憋得实在受不了时，才极不情愿地挪离那温暖的窝，在附近地面吃喝拉撒一番，清理肠胃、补充体能。这时候，懂行的主人会赶紧将事先准备好的旧棉衣盖在鸡蛋上面，以免鸡蛋降温幅度过大，无法孵出小鸡来。

鸡，鸡，二十一；鸭，鸭，二十八。受过精的鸡蛋经过 21 天孵化（气温高的时候，十八九天小鸡就能破壳而出），不用麻烦接生婆，就能诞生出神奇的小鸡。这些刚出壳的小鸡，睁着一双黑豆似的可爱的小眼睛，"唧唧、唧唧"地叫着，探头探脑、步履蹒跚地寻求母鸡翅膀的庇护。

刚问世的小鸡只能用熟小米喂养。经过二十来天养育，小鸡体型慢慢变大，开始跟着母鸡到处觅食。有些年，一家同时有两个老母鸡抱窝，于是就出现了两只母鸡同时领着各自的孩子四处觅食的壮观场景。

过上五六个月，小鸡基本上就变为成鸡了。公鸡开始学着打鸣，母鸡准备媆蛋，以实际行动回报自己的主人。

刚媆过蛋的母鸡，鸡冠颜色较为鲜红，瞪着一双小眼，左看一下，右瞧一下，"咯咯咯咯—咯哒"地叫个不停，自豪地迈着八字步向你走来，理直气壮地向你索要奖赏。

到了媆蛋高峰期，走在家乡的村路上、巷子里，到处都能听到母鸡媆蛋后夸功似的叫声。在穷苦的农村人听来，这叫声不啻于一节丰收的乐章。

收鸡蛋是大人交给我们的"甜差"。只要胳膊往鸡窝里一伸，一个一个带着母鸡体温的鸡蛋就握在手中了。

后来，家里鸡养多了，一个鸡窝不够用，有些鸡开始在灶伙的柴堆里下蛋。不久，父亲在门楼上又铺了一个鸡窝。说来也怪，你给鸡铺了下蛋窝，它们很快就心领神会，照着你的意思飞进去下蛋了。门楼上面的鸡窝太高，须踩在椅子上才能够着鸡蛋。因为天天收蛋不太方便，攒了几天才收一回，一回能收到七八个甚至十多个鸡蛋，满满的获得感、幸福感。一个人往往无法完成任务，需要姊妹们当中的两个人合作才能顺利收完。

鸡的一生充满了凶险。幼鸡有被老鹰叼走的，有被黄鼠狼吃掉的，有被狗咬死的，也有被雨淋死的。一窝小鸡长成成鸡，10 只能够存活 5 只以上就不错了，成活 8 只就算主人烧高香了，10 只全部成活简直就是奇迹。好不容易长成了成鸡，一场鸡瘟可能又会让它们遭受灭顶之灾。鸡瘟流行最厉害的时候，10 只鸡只有两三只体格强壮的幸免，其他的全都感染而死。所以，鸡瘟爆发高峰到来之前，父母会专门请来兽医，给所有的鸡打一遍防疫针。

公鸡打鸣也值得书写一笔。以前农村的公鸡，一般一夜会叫三遍：头遍在夜晚 12 点左右，二遍在凌晨 2—3 点左右，三遍在凌晨 4—5 点左右。公鸡打鸣，是典型乡村生活不可缺少的一个标志物，是天下游子记忆里的一抹乡愁。

公鸡白天也叫，但我不理解它们白天啼叫的含义。小时候过年走亲戚，中午吃完一顿丰盛的"场伙"，大人们有一搭没一搭地聊着天，小孩子们如果没机会和自己年龄相仿的孩子一起玩耍，就会倍觉无聊，一心想早点回家。这时候，会有一声接一声嘹亮的公鸡叫声传入耳膜，让人听起来觉得懒洋洋的。"咯儿咯儿咯儿——"叫声清脆辽远，而且带有余音，任由人们回味和咂摸。

不知道为什么，小时候在阎庄大姑家听到的午后鸡叫，给我留下的印象最深。大姑和大姑父早已作古，那鸡鸣声却仍然回响在我的脑海里，久久不散。

2020 年 11 月 18 日夜

打账鸭娃儿

上世纪七八十年代，农民生活普遍比较拮据，温饱问题虽然基本解决了，但腰包干瘪，生活质量不高。为了增加收入，父辈们想了很多办法，养鸡、鸭、鹅等家禽，养猪、牛、羊等家畜就是常见的"致富"法宝。

由于手头缺少真金白银，扎不下本钱，但家里又迫切需要养一群鸡鸭来开辟新的"经济增长点"。在这种时代背景下，打账鸭娃儿（即赊账小鸭）便应运而生了。

开春之后不久，阴历三四月间，来自古城的第一批打账鸭娃儿进村了。它们的第一主人用扁担挑着两箩筐鸭娃儿，沿着村里高低不平的土路，边走边扯开嗓子吆喝："鸭娃儿——卖打账鸭娃儿——"

抑扬顿挫的叫卖声传入低矮的农舍。那时候，农村人还没有太多要忙的庄稼活，他们有的是时间。孩子们也没那么多作业，正无聊地穷玩儿。听到叫卖声，爱看热闹的大人孩子很快就围了过去。

卖打账鸭娃儿的庄稼汉放好扁担，摆好两个盛满小鸭子的箩筐，掀开盖在箩筐上的破布单，一群张着小扁嘴、浑身毛茸茸、不停地"呱儿呱儿"叫着的小东西，一览无余地展现在准顾客们面前。淡黄色的、黑色的、有黄有黑的，一个个瞪着好奇可爱的小眼睛，胆怯地挤在一起。妇女们和卖鸭娃儿的人搭讪起来，七嘴八舌地交流着，对着箩筐里的小鸭指指点点，品评着鸭娃儿的优劣。农村人购物，从众心理很普遍。只要有一家女人吵着嚷着开始挑选购买小鸭娃，其他家的屋里人也开始摩拳擦掌、准备下手了。一番讨价还价之后，张家 6 只、王家 8 只，大白鸭、乌鸭、花鸭，几十只可爱的小家伙被自己的新主人兜回了家。

不论自己挑选，还是由卖鸭娃儿的给你挑选，价格都一样。自己挑，你得会看公母，因为养鸭的目的是靠下蛋增加收入，如果买回去一群公鸭，虽然卖鸭娃儿的以后不收你钱，但你付出的精力、饲料就收不回本钱，农村人很现实，他们深知养公鸭根本不合算。卖鸭娃儿的是行家，让他帮你挑，能挑到母鸭娃儿的机率就大得多。抓起鸭娃儿，把肚子翻过来，抬起它们的屁股，只要三两秒钟，公鸭母鸭他就能说个八九不离十。当然，也有看走眼的时候，把公母看颠倒了，那他们就得付出一点点代价，秋后公鸭免单。

打账，就是先记下账，农历八月十五前后再来收账。卖鸭娃儿的往往会带个记账本，谁家买多少，在本子上记下来。

出生不久的鸭娃儿，须小心侍候，用破旧的棉花、碎麦秸之类的柔软之物给它们铺个窝，特意给它们蒸些小米当饭吃，用鸡食碗给它们盛水喝，还要防止黄鼠狼、饿狗等其他动物祸害。

到了麦收罢，第二批、第三批打账鸭娃儿来了。这时候，农活相对清闲一些了，农村人养鸡养鸭的心气儿更高，往往 8 只、10 只的往家买。

天热起来了，闲不住的农家父辈，带着子女下河，或是下坑塘里，摸回一堆田螺、河蚌，用碎砖、礓石砸开，连壳带肉扔给小鸭子。见了荤腥的鸭娃儿们胃口大开，饕餮一阵，直到把嗉子吃得快耷拉到地上才罢休。吃了田螺和河蚌的肉，鸭娃儿不过十天半月，就长得有模有样，有了成鸭的雏形了。

农历八月十五刚过，天高气爽，卖了一些农作物，手里有点活钱了，农村人正享受着秋收的喜悦。在这个合适的时间节点，卖打账鸭娃儿的来收账了。买鸭娃儿的向卖鸭娃儿的汇报自家鸭娃的公母数量，卖鸭娃儿的对照账本，不计公鸭数量，收下母鸭的钱。千百年来，勤劳、质朴的农村人，以诚信为本，不欺瞒、不做假，靠着彼此的信任，过着简朴而又心安理得的日子。

但林子大了什么鸟都有，极个别人买鸭娃儿时报假名字，让卖鸭娃的秋后"瞎火儿"，有账收不上来钱。这种人当然是极少数，虽然占了便宜，但背后被人戳脊梁骨，为人所不齿。

第一批打账鸭娃儿喂得好的，年底就能下蛋了。捧着自家当年新鸭刚下的绿皮鸭蛋，农民哪个脸上不乐开花呢。

农村实行联产承包责任制之后，地里的庄稼活儿一下子多了起来，农民靠鸡屁股、鸭屁股"银行"换点油盐钱的日子渐行渐远，打账鸭娃儿的叫卖声，和村落上空的袅袅炊烟一起，被时代的风吹散在那片遥远的、却令人怀念的天空。

童年游戏回忆杀

"打老倭"

"打老倭"是我小时候特别喜欢玩的一种多人游戏。

据称，这一民间游戏源自明朝末年的东南沿海抗倭斗争。明时，今唐河县（河南南阳下辖的一个县，笔者家乡）龙潭镇曹庄出了个叫曹文衡的一品大员，人称曹都堂，曾带兵参加抗倭斗争。后来，他将自己指挥抗倭的实战经验进行了简化，把攻与防的一些技巧演化成游戏，这就是"打老倭"。

具体玩法是：选一块地势相对开阔的平地，3 人以上（人越多越好玩）的玩家围成一圈，每人手持一根长约 1.5 米、尾端带钩的木棍，在自己正前方约 30 厘米的地上捣出一个小土窝（或用有些粉化的砖头画出一个圆圈），把木棍尾端放在土窝（圆圈）内，负责守卫各自的土窝"据点"；在众人围成的圆圈中心处，挖一个相对大一点的土窝儿，找一个圆形或接近圆形的礓石或石块当"老倭籽"，选 1 名体格相对强悍一些的玩伴当"眼儿"（就是老倭，矮子，相当于斗地主游戏中的庄家），同样手持一根尾端带钩的木棍，负责从圈外向内进攻。负责进攻的"眼儿"成功把"老倭籽"赶进大家包围起来的土窝中，而且同时能成功占领其中一名伙伴刚才一直严守着的其中一个外围土窝（圆圈），一局游戏宣告结束，失掉自己原"据点"的人就要移步圈外，当下一轮的"眼儿"，新一局游戏开始。

这是一款尤其适合冬季参与的游戏。这时节天气冷，玩游戏可以帮助快速驱寒。

游戏一开始，玩伴们立即神经紧绷，赶"老倭籽"的攻击者拼尽力气把"老倭籽"往大家构成的防御圈中赶，谁离"眼儿"近，就有义务把"老倭籽"赶到尽量远的地方去，守住自己镇守的一片领地，确保自身周围是一片安全之地。瞅得准、出手快、力量大的伙伴，有时竟能把"老倭籽"一棍击到一两丈远的地方去，当"眼儿"的伙伴就会很沮丧地跑过去，从头开始赶"老倭籽"。

突破大家的防线，把"老倭籽"快速、精准地赶进众伙伴严防死守的目标土窝并非易事，需要掌握并实施一定的战术。你得学会麻痹对手，你可以声东击西，身在 A 处但意在 B 处甚至 C 处，在防守力量相对比较薄弱的地方寻找突破口，将对方的防线快速撕开一个口子，然后以平地起风雷之势，躲开来自四面八方的防守力量，一口气将"老倭籽"赶入土窝内，然后在防守队员一起喊"窝里——换"口令的时候，瞅准时机，说时迟、那时快，挥棒占据防御圈上的其中一个据点，方能宣告获胜。

当一名合格的守卫队员也不容易，需时刻警惕倭贼来犯，一旦敌人来犯，必须快速出手，御敌于大概两米外的安全线之外。如若不然，则形势危矣，敌人随时可能攻打进来。即便守住了自己的一亩三分地，也不可固步自封，而应有整体意识，发挥团队协作精神，主动出击，帮助队友守好地盘、用木棒尾端的钩子把离中心土窝越来越近的"老倭籽"往圈子外勾。只要守卫队员团结一致，众志成城，敌人就很难找到突破口攻进去。就怕队员内部不团结，人为造成"两不管"防御真空地带，给敌人造成可乘之机，一步失利，全盘皆输。

"打老倭"游戏不仅讲究战术技巧、团队合作，而且对抗激烈，有时候两根木棒交锋在一起，互不相让，木棒与木棒撞击发出的"砰砰"声，和伙伴们的喊叫声混合在一起，组成一首乡村合奏乐曲，飘荡在村子的瓦房茅屋之间。有时候几根木棒绞在一处、勾在一起，激烈、热闹的程度更加厉害。实际上，游戏一开始，所有人就都忙活起来。尤其是当"眼儿"的玩伴进入防御圈内时，所有人都行动起来，手持木棒，赶的赶，勾的勾，争取早点把"老倭籽"重新赶出防御圈外。十几个回合下来，小伙伴们身上热烘烘的，寒气早已被驱散得不知哪里去了。

因为"打老倭"是一种民间游戏，加上当年生活物资匮乏，伙伴们买不到、也买不起防护用具，玩游戏的过程中，时常有棍棒或"老倭籽"伤了脚踝、膝盖或腿面骨的情形发生。伤轻的忍一下继续玩，伤得重一些的，就被迫暂别沙场，下火线观战了。

2011年出版的《风流唐河人》一书中，有关唐河民俗的"民俗文化"专栏下，介绍了"叨鸡"、"摔哇呜"等十几种具有我们本地特色的儿童游戏，但"打老倭"却榜上无名，这未免让我有几分失望。

或许，"打老倭"只是我们龙潭镇的特色游戏，唐河其他地方没有，在全县不流行，所以最终没有被列入全县民俗文化榜单；也可能编写这一部分内容的作者所了解到的唐河民俗有限，没听说过这种游戏。

"打老倭"游戏常在我家宅子后、雪庭奶奶家老宅子的一处空地上进行。虽然玩的次数不是很多，但它展现的魅力至今令我难以忘怀。

2020 年 12 月 12 日

摸树旮儿

大家小时候都玩过捉迷藏（我们那里叫"藏老猫儿"）的游戏吧，那你们是在哪里玩的？巷子里，屋子里，还是院子里？肯定是越隐蔽的地方越好玩，越是有旮旯的地方藏家就越愿意钻。

那我今天要问大家：你们在树上玩过捉迷藏吗？没有？哈哈！我可是玩过哩。我们小时候玩的摸树旮（家乡话念 lao，四声）儿就是在树上捉迷藏。

摸树旮儿游戏只有两种角色："摸家"和"藏家"，"摸家"只一个，"藏家"有多个。"摸家"必须闭上双眼，凭感觉、靠双手双脚在树枝间腾挪移换，在保证站稳脚跟的同时，伸出其中一只手去抓摸"藏家"；"藏家"则在各树枝间上下往来穿梭，躲过"摸家"的触抓。任意一个"藏家"被"摸家"抓到，一轮游戏结束。被抓到的"藏家"变成"摸家"，开始新一轮游戏。

不是所有的树上都能摸树旮儿。长得不是很高、枝杈多、不长刺的国槐和毛构树，常常是摸树旮儿的理想场地。因为它们的树枝不扎人而且便于毛孩子们往来攀爬和藏身。村里的国槐应该不只一棵两棵，但经过小伙伴们多次实地侦察后，大家一致认为我大伯家屋后的那棵国槐最适合摸树旮儿，因为这棵树再高一尺就太高、再矮一尺就过矮，枝杈多少也合适，4 到 5 个孩子在上面玩刚刚好。

摸树旮儿既惊险，又刺激。惊险就是说有一定的危险性，但既然敢爬到树上玩游戏，玩的就是心跳，玩的就是刺激。"摸家"一闭上眼睛，身体和眼睛的最佳协调性暂时丧失了，光是来回移动就费劲儿，只能凭听觉和触角移动身体、搜寻目标。"藏家"要在尽量不发出声响的前提下，在树上有限的空间里腾挪转移，安全而悄无声息地躲过"摸家"的抓摸。

"摸家"事先已经知道树上主要有几根粗树枝，几根细树枝，也知道它们的大致分布位置，可一旦闭上眼睛，方位感似乎就出了问题，简单的位置却让你颇费周折，有时候非常相信自己的判断，有时候又突然对自己怀疑起来，以至于一次次错失良机。明明听见头顶有"藏家"在树上移动的声音，伸手往空中一摸，摸到的却只有空气。有时候已经轻触到某一伙伴的衣角了，却又被他伶俐地躲闪过去。一次次充满了希望，又一次次失望。碰到手脚笨拙的"藏家"被你摸着了，那算你幸运，你就可以睁开眼睛、转换角色了。

"藏家"在树上躲避"摸家"抓摸也不轻松。有时候"摸家"的手就在你脸前乱晃，而你又前有"摸家"、后无退路，这时你所能做的，就是屏息静气、一动不动地抓紧树枝站在那里，身体尽量无声地往后倾去，不让"摸家"抓到你。如果"摸家"够勇敢，估摸准了你就在那里，再往前探近一步，你就等着被抓到吧。也有勇敢的"藏家"，在没有退路的情况下，为了逃避被"摸家"抓到的风险，干脆来个"金蝉脱壳"，手一松跳到地上，然后再悄悄爬回树上。

有一回在毛构树上摸树旮儿，比我小几岁的"藏家"小峰为躲开"摸家"抓捕，双脚悬空，左右手倒挂，向树枝越来越细的地方攀爬，躲避"摸家"的抓摸。"摸家"从声音上判断自己前方肯定有人，就穷追不舍，于是和身为"藏家"的小峰玩起了心理战。两人相持不下，"摸家"非要抓到"藏家"，"藏家"偏偏不让"摸家"抓到，两人离树梢越来越近。相持了大约七八分钟，最后"摸家"心里害怕了，放弃了继续追抓。小峰虽然躲过了"摸家"的追抓，但已经把自己置于危险的境地：他的双手已经没了力气，无法回到树上安全的地方，但他离地面还挺高，直接跳下来很可能会摔断腿。发现自己身处危险境地后，小峰也害怕了，开始向周围的人们呼救。最后在闻讯而来的大人们帮助下，小峰才安全下到地上。

有时候，大家摸树旮儿临近中午饭点，有人不想玩了。他就用眼神跟离他最近的其他"藏家"交流，往树下的方向努努嘴，发出撤退的信号。另一个"藏家"马上心领神会，再用手势通知树枝上的其他"藏家"悄悄撤退。最后撤走的"藏家"负责掩护，故意在树上弄出一些声响，迷惑"摸家"，让他感觉树上一切正常，所有"藏家"还在树上待着。

最可笑的是，所有"藏家"已经穿好各自的鞋子溜之大吉，不明就里的"摸家"还在树上小心翼翼地边移动边伸手瞎摸，回头一望的"藏家"便捂了嘴暗笑。

贪玩的"摸家"惨了，成了被人捉弄的"眼子"（外行，容易受欺负的人），爬来摸去，终究一无所获。时间一久，感觉树上出奇地寂静，便感觉不对劲儿，睁眼一看，方才发现其他玩伴早已四散而去，一种上当受骗的愤怒情绪顿时涌上心头。

"去你的！下回不跟你们玩了！"

生气归生气，过几天同伴再约着一起摸树旮儿，过去的不愉快很快就抛在脑后，大家又开始地在树上紧张刺激地摸起树旮儿来。

2020 年 12 月 13 日晚

小时候的年味

不同时代有不同的年味。最令人难忘的，是小时候的年味。

俗话说，过了腊八就是年。腊八这天中午吃了米齐（当地习俗，把面条、大米、小米、蔬菜、豇豆等六七样东西放在一起煮，加盐）或是喝了腊八粥之后，小孩们就开始天天盼着过年了。米齐是一定要洒一些在枣树上的，大人们说，枣树上洒了米齐，来年才会结出更多更甜的枣子。

时令交了腊月，农事日闲，村里娶新媳妇的、打发姑娘的喜事一桩接着一桩，鞭炮声声，青烟弥漫，空气里的年味一天比一天浓。赶集人越来越多，家有喜事的人家，今天赶完单日集，明天还要赶双日集，因为要置办的东西实在太多了。

家庭条件好一点的，直接带儿女上街买时新的成衣。大多数人家，都是扯回来布料，由内当家的手工给孩子们做衣服，不管衣服的样式如何，突出一个"新"字，和新年的整体气氛协调一致。多少个寒冷的冬夜，为了给我们姊妹四人每人做一身新衣服，母亲在昏暗的煤油灯下，佝偻着身子，不停地飞针走线，把她对儿女的爱，一针一针地缝进那花花绿绿的布料里。而她和父亲，过年时很多时候仍然穿着平日的衣服，他们对于过年的心思，好像只在孩子们身上。

腊月二十三一早，母亲就开始在厨房里忙开了：和面、发面。面发了，母亲把发好的面取出来，开始在砧板上揉，揉好以后切成一个一个差不多大小的面剂。先在擀好的面剂上涂抹酱油、撒上葱花儿、大小不一的盐粒，卷起来，用擀面杖轻轻擀一下，外面再包一层面剂做成的面皮，团成圆形，擀平。所有的面剂都做成了火烧胚，先在柴锅里炕。半熟之后，放蒸锅里蒸。这就是我们小从吃到大的小年火烧。

二十三下午，父亲带我上坟，给地下的先祖烧纸钱。夕阳西下，倦鸟归林，各家的依依炊烟慢慢散尽，母亲嘱咐父亲放了鞭炮之后，一家人围在一起吃火烧，喝酸酸香香的粉条汤：汤里有红薯粉条、菠菜、豆腐，还有最让人喜欢的肉片。

二十四，扫房子。母亲让父亲帮忙，把灶屋里的大面板搬到外面，端来一盆水，拿刷子仔细冲刷，然后在阳光下晾晒。母亲还会包个头巾，换上一身旧衣服，拿一根尾部绑了长木棍的大扫帚，把厨房里、堂屋里，从上到下，从房顶到屋角打扫一遍，蜘蛛网、灰条子纷纷落下，屋里似乎一下子亮堂了许多。如果再有阳光照射进来，会让人感觉新年真的一步步到来了呢。临近春节的阳光，和平时真的不一样，里面有让人心动的甜蜜，有沁人心脾的香气。

二十五，磨豆腐。大姑家大表哥比父亲只小两岁，年轻时就开始磨豆腐，到现在仍然没有中断。我们家过年自己吃的、待客用的豆腐，基本都由大表哥"特供"。刚磨的豆腐，有一股诱人的香味，是豆香味。我常常趁父母不注意，偷偷用菜刀切一小块凉豆腐吃，有时候根本不用菜刀，直接上手抠下一块塞进嘴里。凉凉的，糯糯的，香香的，令人回味无穷。

二十六，割猪肉。我写过一首《杀年猪》的小诗：腊月农家锣鼓响，磨刀霍霍宰猪忙。今夕快手送君去，明日嘉宾满口香。二十世纪七八十年代，农户养猪、养羊是寻常之事。春暖时节，到集上买个猪崽回家，精心喂养一年，到了年底，如果不出意外，一头猪长到200多斤应该不成问题，两年的猪甚至能长到400至500斤。有的拉到集上卖了，有的就在村里杀掉分了。我家右后手的邻居宽子，是个优秀的杀猪匠。家中兄弟三人，他排行老大，终身未娶。他中等身材，家中有一组杀猪刀具四件套：最长的刀细长形，尖头，锋利无比，用来要猪的命；一边卷起的铁制工具专门用来刮猪毛；短小的是剥皮刀；最重的是砍骨头用的。宽子一穿上他那件蓝色的长围裙，浑身上下就充满了力量。

杀猪前，要先在室外找一个有斜坡的地方，就地势挖一个圆坑，搬来几十块砖头，垒起一个临时锅灶，支上一口大铁锅，提前烧开一锅水。在铁锅不远处，由壮年劳力拉来一辆木头拖车，从杀猪的人家摘下一块门板，固定在拖车上。被杀的年猪一早就被捆得结结实实的，由五六个壮汉抬上门板，按住不动。不甘心被宰杀的猪扯开了喉咙嚎叫，做一番无为的挣扎。生了恻隐之心的小孩子，赶忙捂紧了耳朵。

宽子在猪脖子上找准下刀的地方，一刀捅进去，再拔出来，鲜血喷溅，早有一只大瓷盆在下面接着，接了一满盆血，大肥猪最后嚎叫几声，蹬几下腿，再也没有了声息。放完了血，再由几个壮汉把死猪扔进沸腾的大铁锅，拿木棍来回翻动它的身子。猪毛烫得差不多了，起锅，刮毛。毛刮净，宽子用小刀在猪的四蹄处各开一个小口，再用一根探条插进猪皮肉之间，把肉和皮离开。扎紧三处，只留一处，向猪皮和猪肉之间吹气，吹一阵，用棍子捶打一番。直到把一头猪吹得浑身胀鼓鼓的。

在两棵树之间绑起一根横木，用铁钩子把猪挂起来，开膛破肚。猪下水一般交给主家处理，猪肉由村里的乡亲你五斤我十斤地分掉。小孩子们围着看热闹，到后来，几个孩子去争抢那个没人吃的猪尿（sui）脬。幸运地抢到猪尿脬的孩子，也不嫌其脏腥，深吸一口气，鼓着嘴，对着那个肉乎乎的口子吹，一气吹成个大气球，直吹得头晕眼花、两个腮帮子发疼。吹完，让大人用麻线绳扎紧口袋，再找一根花柴杆儿，或是直木棍，把它拴在棍子一端。完事，举着棍子到处跑，当成球来摔，摔地上，摔墙上，摔小伙伴的头上、身上。大人们看着小孩子们疯玩，也嘻嘻地笑着，菜色的脸上露出难得的笑意。

二十七，杀公鸡。小时候的公鸡，血性十足，即使被锋利的菜刀抹了脖子，仍然能啸叫着昂首前冲，边跑边拍打翅膀，直到浑身气血散尽，一头栽倒地上，再挣扎一阵，这才断气。杀鸡前，要对着鸡说至少一遍："鸡，鸡，你莫怪，你是人间一道菜。今年早早去，明年早早来！"前几年有人送我两只活柴鸡，妻弱子幼，杀鸡的重任便落在了我肩上。从头到尾，即便被我补一刀才被杀死，这两只鸡连声像样的叫声都没有发出，让我感慨现在的喂养鸡完全失去了血性。

杀鸡当天，父母联手蒸豆包、蒸菜包。父亲负责劈硬木柴，负责和面、发面，母亲负责煮豇豆、绿豆。豇豆、绿豆分成两锅煮，柴火烧得旺旺的，豆子煮得烂烂的，我们那里包豆包，直接把煮烂的豆子包起来蒸。咬开豆包，能看到一粒粒完整的豆子。菜包一般用粉条、萝卜、猪油做馅，吃起来美味可口。

二十八，贴花花。喜欢凡事往前赶的人家，二十八这天就把对联贴齐整了。大红的对联映着门窗，直耀人的眼，空气中本来已到处弥漫的年味更浓更重了。很多人家往往到了年三十才贴对联，有的甚至拖到年三十下午才贴好对联。农村有个老习俗，只要对联一贴上，要账的就不能再登门讨债了。

马上就要过年了，家里年货没办齐的，加快了行动步伐。家家户户的厨房里，仍是一片忙碌。炸藕合、炸丸子、炸麻叶、炸鸡块、炸鱼块，有时候还会炸油条。记得我们家炸油条经常是吃罢晚饭后才开炸，白天跑了一天玩了一天，小孩子早早就上床睡觉了。不知睡了多久，睡梦中的我们被父母叫醒，虽然有点不舒服，但看到父母递给我们每人一根热腾腾、香气扑鼻的油条，心里早就乐开了花，接过油条，躺在被窝里就吃开了。吃完一根还想吃，母亲说，不吃了，吃多了不好消化，明天再吃。手上粘的都是油，"手上有油咋办啊？"我们不约而同地问。

"抹头上，头发亮！"母亲毫不犹豫地回答。我们就真的把手上沾的油往头发上左一下、右一下地抹着。

年三十终于到了。人们见面都比平时客气得多，相互问候年货办得怎么样了。即使年货办得并不舒心的"掌柜"（一家之主）们，嘴上也说着"都齐了"之类的漂亮话。

上午，母亲在厨房又剁又拌又擀，准备饺子馅、饺子皮，一直忙到下午。二伯、父亲和小叔带我们晚一辈的男孩上完坟，夜幕已经如期降临了。放过一挂比腊月二十三长一些的鞭炮，全家人开始吃传统的年夜饭——饺子。年夜饭为何如此简单寒酸，可能是明朝以来形成的传统吧。据史料记载，明末，由于战争破坏，民生凋敝，全县十室九空，总人口才16000多人，而现在我们一个小镇的人口，就有40000多人。在那样的恶劣条件下，能有口饭吃，能活下去，很多人就已经很知足了。400多年过去了，我们那里的年夜饭仍然只是一顿饺子，可能跟这段历史有一定的关系吧。

除夕晚饭后，父亲把事先找好的几根木棍，放在家门口石门墩外的空地上，称之为"拦门杠"，意思是拦着各种大鬼小鬼，不让它们进家门。

一家人说着笑着，开始点灯熬年。母亲把大家的新衣服都拿出来，放在各自床头，准备初一早上穿。趁着我们还不困，父母掌握好时机，给我们发"压腰钱"。小妹年龄最幼，一家人都逗她，给她说磕了头才能给"压腰钱"。妹妹趴在母亲的床中间，磕头讨赏。为了多拿些"压腰钱"，妹妹在母亲面前一直磕个不停，一家人看了哈哈大笑。父母再三叮嘱：明天是大年初一，千万不能说"死"一类不吉利的话，不能骂人，只能说好听话。我们答应得很干脆，但有时候玩着玩着就又忘了。

初一一大早，我们的美梦早被四下里噼噼啪啪的鞭炮声惊醒。母亲帮我们穿上新衣服，在院子里摆上八仙桌，摆好供品，焚香烧纸，口中念念有词，敬拜老天爷、老天奶（王母娘娘），祈祷天上的神灵保佑我们全家人来年平平安安、六畜兴旺，风调雨顺。父亲将严营四姑家表哥送来（那时我家的鞭炮由会制鞭炮的四姑家"特供"）的大长挂鞭炮燃放了，炮声刚落，晨雾中便有几个孩子跑过来捡地上未炸响的余炮。耳畔全是远远近近、长长短短、此起彼伏的爆竹声响；眼前是人家院子升腾起来的紫烟，鼻腔里是好闻的硝烟味。不是过年，哪里有这样的景象和味道呢？

初一在村上串门拜年，初二开始走亲戚。走亲戚的顺序有讲究，初二走舅爷家、舅家、外婆家，初三以后走姑家、姨家，一直走到破五。新婚的女子，初四携"新客"（新姑爷）回娘家。亲戚多的人家，沥沥拉拉能走到元宵节前。

在我们老家，中小学生一般年初七八就开学了。一开学，热热闹闹、令人激动兴奋的年基本上就过完了。在满是不舍的情愫中，心底又开始憧憬着下一个"遥远"的新年。

2021 年 1 月 23 日

那半碗香喷喷的冬瓜肉

中午在单位食堂就餐，今天素炒冬瓜的味道很特别，在荤素搭配的 8 个菜品中独领风骚，是我这顿午餐的最爱。顾不得身边是否有人耻笑，我用筷子夹起其中一块冬瓜，放在鼻子前仔细端详，看着这块半透明、酱红色的冬瓜，记忆的闸门一下子打开，30 多年前那一碗冬瓜肉在我眼前又逐渐清晰起来……

那是 1984 年秋天，我刚上初二，家里正在宅子西南角盖一间小偏房。可亲可敬的舅爷也在我家帮忙盖房子。

那是个星期六的下午，我从 7 里外的龙潭乡中回到家里过周末。那时候周末实行单休制，周日才是休息天。我们在镇上中学的学生，一般每周回家一次，把脏衣服拿回家换洗，同时补充粮草弹药——拿足一星期的饭票、买菜票的生活费，再带一罐头瓶或一搪瓷缸腌咸菜，夏天蒜薹，秋天豆豉，冬天萝卜辣椒，这样能省点生活费。

那时候我正长身体，母亲说我每次回家都说饿，所以对我心疼有加。这次周六，一进自家院子，就看到到处堆放着砖头、和好的一堆泥、铁锹、泥包等建筑材料和建房工具，舅爷和一帮伙计正有条不紊地忙碌着。我跟院子里正干活儿的舅爷和几个伙计打了招呼，放下背回来的行李，走到灶房门口，跟厨房里同样不拾闲的母亲打招呼："妈，我回来了！"母亲应了一声："回来了！饿不饿？"

"饿啊！"厨房里飘散的菜香味迅速征服了我，我听见自己的肚子在咕噜噜作响。当时离开饭为时尚早，但考虑我下午上了两节课，走了好几里地到家，母亲从灶台上冒着热气的黑铁锅里盛出多半碗刚炒好的冬瓜，从装馒头的竹筛里给我拿出半个馒头，从筷笼里抽出一双筷子，向我递过来："拿着！你先吃点垫垫，吃饭还要一会儿哩！"

我顺从地接过馒头、菜碗和筷子，走出灶房，找个不碍事的地方开干。可能是上了半天学、走了几里路，中午吃进胃里的饭食早已消耗一空。我确实感觉自己太饿了，所以吃相就有点不太好看，两口馒头一口菜，绝对是狼吞虎咽。那天的馒头那么筋道，母亲用猪油加酱油炒出来的冬瓜，块儿大，厚实，炒菜的火候掌握得十分到位，炒出来的冬瓜色香味俱全，非常有嚼劲儿，实在是难得的人间美味！我刚吃了半块，禁不住脱口而出夸奖道："这冬瓜炒得真好吃，跟大肉块子一样！"

大肉块子，是那个年代农村孩子一提起就两眼放光、口水直流的舌尖美味。经典的大肉块儿，肥而不腻、入口即化，一口下去，满嘴流油，吃的人幸福指数迅速飙升。一年下来，也就过年走亲戚时才能一睹其真容，一品其真味。平时想见到大肉块，纯属白日做梦。所以，我对母亲炒出来的冬瓜，给予如此高的评价，让母亲感到十分惊喜。我看到她的脸庞顿时像花儿绽开了一样，眼睛眯成了一道缝。

若干年后，母亲和我们一起回忆上世纪 80 年代时，还不止一次提到我的这句夸赞之词。直到今天，我跟母亲电话聊天时，她仍清晰地记得这件小事。我又何尝不记得！！这半碗冬瓜肉的模样和味道，以及它们在我唇齿、喉咙经过时的感受，仍清晰如昨。所以我对素炒冬瓜，有一种异于他人的特殊情感。

30 多年过去了，岁月早已将当年那个正发育身体的青葱少年，变成一位两鬓苍苍的中年大叔。这 30 多年间，从条件简陋的路边摊到富丽堂皇的高档酒店，从普通的刀削面到各种山珍海味，人世间的很多美食我都品尝过。万水千山走遍，归来仍是少年，当年母亲递到我手中的那半碗冬瓜肉，其色、其香、其味，始终无法从我的记忆中抹去。

那是少年的味道，母亲的味道。

2021 年 8 月 18 日

学骑二八自行车

农村实行了联产承包责任制，温饱问题基本解决之后，农民开始追求生活的便利，曾经作为身份象征的自行车走入千家万户。

在农村，自行车曾经是个稀罕物件。农村有条件骑自行车的，常常是公社干部、大队干部、邮递员（他们骑那种通身涂成绿色的邮局专用自行车）和兽医。

那时候农村娶新媳妇，自行车总是被新人们列入结婚必置物品清单。除了自行车，清单上还有上海牌的手表、缝纫机、皮箱、衣柜等。有的人家，即使儿女们年龄尚小，轮不到谈婚论嫁，大人们也会拿出平时省吃俭用攒下的200多元钱，给家里买一辆自行车。骑着新自行车上街赶集、走亲戚，打着清脆的铃响，呼吸着农村新鲜的空气，脸上倍觉无限光彩，心里那个舒坦劲儿就更不用提了。

人们对新买来的自行车珍爱有加，为了确保锃亮的黑漆不被磨掉，买来3厘米宽的塑料带子，把三角梁、车架、车座等涂了漆的地方，能缠起来的地方全部包得严严实实的。那种爱惜劲儿，就差让自行车骑着人走了。有些更讲究的人家，在自行车轮胎辐条上安上了彩色的珠子，别上了五颜六色的公鸡羽毛。经过这样一番精心装饰，自行车仿佛成了一件艺术品，不再是什么新型交通工具。只要自行车动起来，塑料珠子和辐条相碰撞，发出"格朗格朗"悦耳的声音，像是奏响了一曲新时代的交响曲。

那时候的农村孩子，最小的七八岁，大的也就十几岁，凡是家里有条件的，会想尽办法、利用一切机会学骑自行车。那时候自行车种类少，而且百分之九十都是二八大杠。孩子们的个头普遍较低，骑自行车的难度就相对较大。我学骑自行车时，应该是小学四年级，11岁左右，体重25—30公斤，身高1米3左右。

学骑二八自行车，也有几个必须一一过关的科目：推车、靠车、上下车和骑车。具体先从哪个科目学起，每个孩子可依据自己的情况而定。推车是基本功，如果连车都推不稳，还怎么骑车呢。我学推车时，身高刚刚比自行车高一点，要想轻松地把自行车推着往前走，并不容易。身高限制了你的视野和驾驭能力，自行车常常不听你使唤，一会往里拐，一会儿往外拐。你得把两个胳膊抬得高高的，一只手把着一个把，努力寻找车子的平衡点。时间一长，两个胳膊，尤其是掌外把的胳膊，酸痛酸痛的。

接下来的挑战更多。靠车，就是推着自行车向前走，左脚放在自行车的内脚蹬上，右脚在地上向后滑，给自行车一个前进的推力，在掌握好人车平衡的情况下，右脚离地，人和自行车合二为一，自然向前滑行。学靠车时，不少孩子因为掌握不好平衡，经常出现人仰车翻的情形。学靠自行车，主要是找到那个平衡感。有的人几天就能找到感觉，悟性差的人就慢一些。

骑车似乎是所有科目中最容易过关的。有的人学自行车，上来就学骑车。让一个大人或是两个仅比自己大几岁的哥哥、姐姐在车座一旁帮忙扶稳自行车，上死车，直接开骑。因为身高原因，多数骑车少年只能坐在自行车的横梁上。在大梁上坐好了，车座两侧的"师傅"会告诉你："一会儿骑的时候，两眼只管向前看！"学车人歪歪扭扭骑行时，"师傅"们双手紧紧地抓着车后座，尽量让整个车身不失去平衡。教学车的其实比学车的更累。大梁上的少男少女，在身后"师傅"满头大汗的帮助下，来回骑上几圈，慢慢就找到了感觉。遇见车感强的孩子，几圈下来，"师傅"就在身后悄悄放了手。十几分钟前对骑车还无感的学员，此时已经能够独立在打麦场上转圈了。

学会在固定场地转圈，已经向完全掌握骑车技术迈出了一大步。下一个要攻克的技术堡垒就是上下车了。有了靠车这个技能支撑，上车也就相对容易了。靠车过程中，右腿从车后往前一搭，就上了车，这种上车方法叫搭腿上。但对于个头矮的孩子来说，搭腿上车难度大，而且有人仰车倾的危险。勇敢的孩子，尽管自身条件不允许他搭腿上车，但他偏偏要挑战自己，只见他把车子推跑起来，左脚站在只有一两厘米厚的脚蹬拐子支柱上，右腿"嗖"地一下，从车后搭上了车子。除了搭腿上车，小孩子最常见的是掏腿骑车：右腿从左腿里面掏着向上伸上大梁，或插入自行车的三角梁中间，弯着两条腿骑车。掏腿骑、坐梁上骑，这两种骑法我都实践过。掏腿骑其实最累人，腿需要半蜷着，上身也歪扭着，骑不了多远就会很累。

至于下车，在"师傅"的帮助下，先减慢车速，将右腿从车上收回来，也就成了。

在平路上骑车是最安全的，但村里村外总有一两处上下坡的路。可能是初生牛犊不怕虎吧，那时候虽然刚刚学会骑车，但骑车的速度一点都不慢，主要是想向人们炫耀一下自己其实还笨拙的车技。我家宅基地旁边的村主干道，是一条自北向南逐渐下降的慢下坡路。我刚学会骑车，就想在这里向小伙伴炫耀一下车技。我让妹妹坐在前梁上，开始自北向南骑。起初一切都好，我得意，妹妹也很享受。后来车速越来越快，我害怕起来，因为妹妹身子坐得太直，影响了我的视线，我怕看不见前面的物体，就喝令妹妹把头低下去。妹妹似乎没听见我的话，我有些急躁，低下头，对着她的头顶就是一口，她一疼，把头低下去了。过后，妹妹为此埋怨我，我为此颇感内疚。

学会了骑自行车以后，村里凸凹不平的土路、长满葛巴草的田间小路上，立即增加了一些摇摇摆摆、让大人心里捏一把汗的骑车少年的身影。后来，他们在自行车的车筐里放上一罐水，给庄稼地里辛勤劳作的父母、哥哥姐姐送去，或者，在车后座上捆一捆青青的草，运回家给羊和兔子吃。

2021 年 9 月 11 日

红薯情缘

大概是由于来自农村的缘故，我对红薯有着一份特殊的感情。自打记事起，我就和红薯结下了深深的缘。在我的童年和青少年时期，栽红薯苗、翻红薯秧、刨红薯、窖藏红薯、晒红薯干等跟红薯有关的农活，多多少少我都干过。

正月里，年味儿还未完全褪去，勤劳的庄稼人就开始着手育红薯苗了。春风微暖，农人们手持钉耙、铁锹，在一处空地砌出一个长方形池子，先在里面铺上厚厚的一层黄沙，软软的，像一床柔和的褥子。接着，将红薯母头朝上、尾向下，靠着红薯池的土墙摆放整齐，直到把整个池子码满。往红薯母上洒一层水，再铺一层细碎的牛铺粪，用一根长木条把牛铺粪表面赶平。在红薯池四角、中间位置垫上砖头，担上几根横木，覆上一层塑料薄膜，一圈用土压实，就专等红薯母出芽了。

大地回春，阳气渐长，红薯母正月埋进池子里，红薯苗二月就开始泛绿了。尖儿嫩红、叶儿翠绿的红薯秧在和煦的春风里摇曳，扭动着可爱的身躯，仿佛提示农人说：我要长大，快给我移栽到更宽阔、更舒适的田里去吧！为了给红薯秧找一个最终的归宿，农人们早早下了功夫：在准备栽红薯的地里挖好垄、打好埂。风和日丽的日子，抑或是春雨如烟的天气，农人们将红薯秧移栽到合适的地块。两株红薯秧之间的距离，不能太近。有经验的老农，单凭目测就能判断出两棵红薯秧苗间的距离是否适当。

一两个月之后，原先不起眼的红薯秧，开始长出一个又一个龙头。龙头越长越长，越长越多。一场酣畅淋漓的夏雨之后，红薯的龙头发了疯似的猛长，很快就将所有的田垄、地山沟爬满。夏日的晴空下，站在红薯田边看过去，满眼都是翠绿、墨绿的红薯叶，风一吹绿浪滚滚。好像有一只神奇的大手，在人们不经意间，为大地铺上了一块巨大的绿毯。

雨霁之后，大人跟着大人，后面带着家里的孩子，下田翻红薯秧。翻红薯秧，就是把红薯秧的龙头拽离地面，往一个固定的方向甩过云。再过几天，或是

43

再下一场猛雨之后，红薯秧的根须又扎进地里，新一轮翻秧工作又要开始了。其实，翻不翻红薯秧始终有两种截然对立的观点。赞同翻红薯秧的人声称，翻秧可以减少红薯主茎营养的分散，结出来的红薯大，产量高；反方观点则认为，翻不翻红薯秧其实对红薯的产量影响不大，所以根本不用翻秧。我父母是前一个观点的支持者，所以我们家每年都有翻红薯秧的任务。半天下来，往往累得人腰酸背疼。但当我们直呼腰疼的时候，母亲便笑着说：小娃儿们没腰！一家人便一起笑，笑声回荡在沾了我们汗水的绿油油的红薯地里。

不小心拉断的红薯秧，拿回家去，一部分喂牛喂羊喂兔子，一部分摘了叶子、掐了细梗，叶子丢面条锅，细梗剥了表皮的筋丝，和青椒放一起炒着吃，嚼起来相当有嚼头。看起来一点也不起眼的红薯叶，据说有止血、降糖、解毒、提高免疫力、保护视力、延缓衰老的作用。

在没有手机、没有电视的年代，有着大把时间的孩子们，把红薯叶梗掐成一小段一小段，做成一副天然的耳坠儿，分别挂在两只耳朵上，炫耀式地展示给自己的小伙伴看。小伙伴也不甘示弱，很快也做出一副相同的红薯梗耳坠儿挂上。农村孩子家里穷，但他们并不缺少爱，不缺乏童年的欢乐。

经过整整一个夏季风雨的洗礼，红薯的果实在人们目光无法企及的地下一天天变得粗壮起来。金风吹动，雁群南飞，一个丰收的季节如期而至。田垄上，红薯秧下，轻轻地掀起繁密的红薯主副茎条，看吧，红薯爪下的那一处处地面隆起、一个个被红薯撑开的土地裂口，给忙碌了近一年的农人多大的心灵安慰啊。那些土地裂口，多像农民脸上从来不需要刻意加以掩饰的笑口。他们做梦都希望见到这样的隆起和裂口呢。

为了让红薯有个好收成，辛勤的农人除了给它们翻秧，还一遍又一遍地给它们撒草木灰肥、拔除杂草，雨水繁多的时候，高挽裤腿，深一脚浅一脚地下田排除积水，防止淫雨泡坏了红薯根。几个月的呵护，更依赖于大自然的慷慨馈赠，农民们终于迎来了收获的时刻。还在打芝麻、割黄豆、掰苞谷、薅花生的时候，农人们就对今年的红薯收成作过无数遍猜想：今年的红薯几天才能刨完，需要几拉车才能装完，红薯井能否装得下，是不是今年再下点红薯粉条吃。当娘的则想，擦点粉渣，做点凉粉，给一家人改善改善生活。

春红薯收得早，冬小麦播种之前就刨完了。麦茬红薯要等到立冬前后才能刨。种红薯最让人着迷的地方在于，在没有正式开刨前，你永远不知道当年的红薯收成到底怎样。一场严霜过后，油绿、墨绿的红薯叶子一夜间变成了黑色，放眼望去，满地都是蔫头耷脑的红薯茎、红薯叶。一场大规模的秋收之战随时拉开帷幕。

刨红薯的第一道工序，是割红薯秧。红薯秧早已将田埂、地山沟爬得严严实实，在这样的红薯地里走路，一不小心就会被茎茎相覆盖、叶叶相交通的红薯秧绊倒。在大人的指导下，孩子们倒着身子，将脚下纵横交错的红薯龙头拽起来，顺茎找到红薯粗壮的根，一镰下去，红薯根地上与地下部分分开了，只露出红薯爪留在地里。下面就好办了，将割下的红薯茎叶向后翻卷，滚雪球一样，将紧挨着的红薯茎叶卷在一起，找到新的红薯根，割掉，再翻，再滚，再割……红薯茎叶组成的椭圆球越卷越大，大到不能用胳膊拦抱的时候，将整个卷子与其他的茎叶割开，顺势用手一推，用脚一踢，红薯茎卷一弹，一落，便安安稳稳地卧靠在地山沟里。清理红薯茎叶，腰始终是弯着的，手始终是忙碌的，一连串行云流水般的动作，像极了舞蹈表演。受到惊吓四处逃窜的蟋蟀、蚂蚱等小动物，像是在为收获的人们伴舞。

一大片土地将自己的肌肉裸露出来，那些红褐色的红薯爪下面，静静地躺着一窝又一窝硕大的红薯，等待主人来收获。三个齿的钉耙抡起来了，一窝红艳艳、粉嘟嘟、胖乎乎的红薯便暴露在一家人眼前。一窝又一窝红薯被刨了出来，农人的脸上不时露出惊喜的神色，孩子们哇哇哇地喊叫着，他们看到了超出预想的、奇形怪状的红薯。那些大红薯，有的半尺多长，圆得像个大脑袋，长得像人，有头有身还有腿，有的两个连体，什么模样的都有。最大的红薯一枚可达3斤以上。

"自从海外传嘉植，功用而今六谷争"。红薯自明朝万历年间被中国人偷偷引种到国内并迅速传播开来之后，它的地位一直十分重要，虽然无法替代大米、小麦等传统五谷，但在很大程度上，对传统五谷起到了有益的、重要的补充。它丰富了人们的餐桌，改变了人们的生产和生活习惯。

产量高的红薯田，亩产可达七八千斤，甚至上万斤。没有刨坏、身上无疤无痕、个头中等及以上的红薯，准备下到红薯井里窖藏。红薯井已经提前拾掇干净，井底的落土、杂物已清理完毕，万事俱备，只欠下井。常见的红薯井两米多深，口小肚子大，受体型限制，大人上下不是太方便，八九岁、十来岁的孩子，细长条身材，最适合下井作业。但新红薯下井，井下活儿比较重，而且需要一定的技术，所以井下作业一般由成年男性完成。井壁上凿有脚窝，大人可以踩着上下。井肚子是圆的，中间有一道土坎将里面一分为二，系进井里的红薯，须轻拿轻放，不能碰破了皮，否则容易坏掉。下了井的红薯，从深秋初冬一直能吃到来年春暖。

从红薯井里向外掏红薯，家里八九岁的孩子成了主力。我至今还记得小时候下井掏红薯的情形：父亲用一根粗麻绳搭在我背后，从腋窝绕到胸前，我用双手抓紧绳子，父亲将我小心放到井下。红薯井一般挖在露天的地方，但我们家的红薯井却挖在厨房内靠近窗户的地方。我下了井，母亲便拿来一盏煤油灯，小心递给我，让我放在井壁上的灯窑里。随后递进井里的小竹筐装满了红薯，井下的孩子吆喝着井上的大人将筐子拉上去，几次三番，任务就完成了。

当年产的红薯，井里肯定是储存不完的。人们就发明了很多办法吃红薯，譬如磨成红薯粉、下粉条，或者将红薯擦成片晒成红薯干。下粉条是个大工程，要十多个人配合才能完成。要在有水的坑塘边支起一口大铁锅，备齐玉米秆、芝麻秆、花柴秆等柴火。劳力们费了很大工夫和好一大盆粉面、烧开一大锅水，双臂有力、技术娴熟的下粉条师傅站在热气腾腾的开水锅边，一手端漏瓢，一手攥成拳头，在漏瓢的一边磕着，红薯粉面像被施了魔法似的，源源不断从漏瓢底部流下去。刚流出来的粉面又粗又圆，在地球引力的作用下，粉面迅速被拉得变了形，越靠近沸水，就越细。下到锅里，粉面立即由白色变成了深青色，而且是晶莹透明的。专门有人站在大铁锅的另一边，负责从锅里捞出下好的粉条，将它们对折搭在木棍上，架在附近的晾晒架子上，等太阳和风一起将它们晒干。

除了前面提到的那些吃法，人们还将蒸熟的红薯晒干了吃，筋道有嚼头，也可以将红薯粉做成粉皮、做成凉粉、做成面鱼儿。粉皮是待大客出汤碗的好材料，汤里有几块半透明的粉皮，吃起来感觉特别有获得感；凉粉可以拌着吃，天冷的时候可以炒着吃，称之为"热凉粉"，这是一个既矛盾又有趣的名字，非常耐人寻味；吃红薯粉面鱼儿讲究技巧，不能咬开了吃，只能像鸭子吃东西那样吞着吃，否则口腔中尽是红薯面的面味儿，没有了吃面鱼应有的那种清凉爽滑的感觉。

晒红薯干的经历令我至今难忘。一筐一筐的红薯片，一片一片被摆在开阔通风的麦地里，等待风与冬日暖阳的洗礼。天公作美的时候，一连晒上三五天，红薯干就可以收回家，屯在屋子一角用玉米秸秆织成的箔圈里。遇到天公捣乱，半夜正睡得香，烦人的冷雨下起来了，大人小孩都得赶紧穿好衣服、打起马灯，下地收红薯干去。无边的暗夜里，农民们顶着凄风苦雨忙作一团，抢收他们的劳动成果。红薯干可以打成红薯面，蒸成黑窝窝吃，也可以直接放入粥锅中煮着吃，面面的，甜甜的，别有一番滋味。

冬天到了，北风呼啸、雪花飘飘，人们喜欢窝在家里，围着火盆、提着火笼，抵御严寒的天气。调皮的孩子，将家里装粉条的化肥袋子掏个小洞，从里面抽出几根细长的粉条，放在火盆或火笼里烧。粉条遇到火，膨胀起来，由青色变成了白色，发出诱人的香味。

父母在北京帮我接送孩子上学的几年间，利用空闲时间在十三号线地铁附近开了一片荒地，种了几样庄稼，其中就有红薯。父母不愧是种庄稼能手，他们种出的红薯，个头大，数量多，我用了几个蛇皮袋子才装完，足有一二百斤。不光父母高兴，我也十分开心，拿出手机拍了很多刨红薯的照片，忍不住在朋友圈里分享，引来很多朋友评论、点赞。

父母南归之后，我按照自己的记忆和经验，学着他们的样子，尝试在自己开的荒地上继续种红薯。一连种了两三年，尽管红薯茎、叶长得很旺，但始终没能种出那种大红薯来。

无奈，我只能利用春节回老家探亲的机会，听从父母的嘱咐，将他们种的红薯带回北京，聊以慰藉我骨子里对红薯的那份喜爱之情。

2021 年 11 月 15 日

书声塔影里的青春时光

从河南大学毕业整整二十五年了，离开越久，对她的思念就越深沉，越浓厚。每看到有关河大的图片、视频、诗词歌赋，一种天然的亲切感油然而生，自己在河大学习、生活的一幕一幕便重新鲜活起来，仿佛一下子又年轻起来。

我是 1992 年秋季入的校，刚开学没几天，就赶上河大八十年校庆。学校举行了一系列庆祝活动，给每名在校生发放了校庆文化衫和其他纪念品。一群群河大老校友在校园里漫步，从一砖一瓦、一草一木中寻找自己当年的影子。

大一的我们很青涩，尤其是我这样从农村走出来的学生，一身土气，满嘴方言，跟班上大城市来的同学交流起来还不那么顺畅。时间是最好的老师。兴奋、忙乱的日子一天天溜走，来自全省各地的同学们逐渐磨合，组成了一个团结友爱、温暖的集体。

外语楼四零五教室里，我们九二（1）班二十九名同学朗读英文课文，虽然音调高低不同、发音纯杂不一，但大家刻苦努力的样子都十分可爱；教学楼走廊里，同学们手持多波段收音机，收听 VOA 或 BBC 的英文广播节目，或是手捧书本，低声诵读英文美文；阶梯教室里，整个年级在这里上大课，领略不同教师的教学风采，来安方老师西装革履，打着鲜红的领带，头发梳得溜光，程若春老师根本严肃不起来，讲到得意之处，会发出意味深长的笑声，教语法的老教师，每次上课，先拿出他那本底端发卷了的手写教案，右手食指在舌头上蘸一下唾沫，将教案翻到当天要讲的地方，给我们念绝对河南味儿的英语；来自信阳的盛兴庆老师虽然身患绝症，但他坚守一方讲台，用嘶哑的声音倾心传授翻译技巧……我们的第一任辅导员曹景聚老师，当过兵，在家中向我们展示他当年的青春风采，一幅幅戎装照片透露出一个字：帅！第二任辅导员刘新昌老师，个子高，头发花白，腰杆倍挺，对学生工作认真负责，经常到学生宿舍问寒问暖。班主任刘继俊老师，当时也就三十来岁吧，濮阳台前人，一向严肃，一旦笑起来，笑容又十分灿烂，颇有几分魅力。他有一个聪明可爱的儿子，妻子是九三级辅导员，两人同在外语学院工作，比翼齐飞，令人羡慕。

为了提高口语表达能力，同学们三三两两结伴去逸夫图书馆南门外语角，站在"外语角"牌子周围的马路上，围成或大或小的圈子，说着或标准不一的英语，说到激动处，英语单词卡壳了，也会蹦出一两个汉语词汇甚至汉语句子来，逗得身边的话伴哈哈大笑。我曾经和班上的美才女谭慧玉合作，写过一篇专门写外语角的文章，题目是：《外语角，一片迷人的星空》，发表在《河南大学报》上。为了练习口语，我们学二楼四二零宿舍的八位兄弟，还全票通过设立了一个英语日，规定在每周三这一天里，谁也不能在宿舍说一句汉语，犯规者自愿接受惩罚：为全宿舍的人打开水。有舍友早上一睁眼，就习惯性地冒出一句方言："几点了？"其他人怕犯规，不敢回答，或是小心地用英语回答。没犯规的室友，不约而同地发出幸灾乐祸的笑声。

逸夫图书馆藏书颇丰，四年间我去过的次数却十分有限，回想起来十分懊悔。如果时光能够倒流，我一定会刻意增加泡图书馆的次数和时间，多读些中外文学名著，多做些读书笔记。

第一次见到金发碧眼的美国外教时，自己眼睛瞪得大大的，像看西洋景一样盯着老师，趁她不注意，仔细打量她的身材皮肤，她那毛茸茸的淡黄色汗毛给人印象深刻。以后和外教熟了，接受他们邀请，到他们的公寓拜访学习，感受美国人的生活习俗，同时增进了师生情谊。曾经在平安夜到外国专家楼，和老外们一起过圣诞节，跟他们一起唱歌跳舞。海伦·玛丽严肃持重，迈克·达姆伯人高马大，乔迪身材修长、年轻活泼，给大家留下了深刻印象。

班上搞团日活动，我们去开封南郊的禹王台公园，在风和日丽的天气，欣赏历经兵火洗劫的繁塔；最有趣的一次班级集体活动，是在开封北郊的大黄河滩上进行的。全班同学骑自行车一路北行，班长施星虽然是男生，因为不会骑自行车，反倒让女生带着，被班上其他男生好好奚落了一番。记得那是一个春日，大家兴奋地在沙滩上放风筝，我举着风筝，倒着身子向后狂跑，几个女生跟在后面加油，因为太专注，没注意到身后有一个大树坑，结果整个人一下子掉进了沙坑。后面的同学只顾往上看，再回头看时，吃惊地发现放风筝的我瞬间消失了。等看到树坑里的人，坑上坑下哈哈哈笑作一团。

系里搞"一二·九"运动纪念活动，我们班同学集思广益，积极出谋划策，并认真分头落实，借衣服、准备标语，并对外严格保密。最后在比赛环节，我们班唱歌声音洪亮、服装整齐划一，收尾时，最后一排同学打出了其他兄弟班级根本想不到的红底黑字口号，舞台效果极佳，赢得了评委一致好评，我们班最终拿了当年的歌咏比赛一等奖。

除了学习，我是个业余活跃分子，校学生会、系学生会我都参加了。校学生会主席王磊成熟稳重，个子高，人也长得帅气，绝对是个校园美女杀手。在校学生会很受锻炼，可以接触来自全校各院系的师兄师姐、师弟师妹，大礼堂里很多重大活动，如学者讲学、大学生艺术节、歌手比赛等，我们可以凭借近水楼台的优势，在完成布置会场等任务的同时，可以近距离聆听名家演讲、一睹舞台上演员们的靓丽风采。在担任外语系通讯组组长期间，我经常和外语学院负责宣传的谢翠英老师沟通交流，在她的指导下，落实校系宣传方针，带头写稿，将外语系的教学、学生活动向校内外宣传，连续多次获得校党委宣传部颁发的优秀通讯员奖。校运动会期间，我们外语系通讯组成员每天像打了鸡血一样，坐在东操场边上两张临时摆放的桌子上，奋笔书写，然后第一时间送给现场广播站，虽然我们人不多，但最终因通讯稿、快讯稿播发数量多，在全校几十个系中脱颖而出，在运动会宣传报道方面杀进第一梯队，为系里争得了荣誉。

很多同学都有当家教的经历，我也一样。周末，我从高年级老乡那里借来写着"河大家教"的红布条幅，骑车来到包公湖边，在两棵树之间绑好横幅，然后坐一旁边看书，等"愿者上钩"。大学四年，我有两次当家教的经历，一次负责教一个初二男生代数，另一次辅导一个初三男生英语。记得跟我学英语的男生叫高峰，肤色黝黑，个头比我高，很调皮，一个暑假我辅导了他三十天，每天两个小时，每小时五元，一次十元。一个月下来，他的英文基础补了上去，开学后的摸底考试，他从以前的六十来分，跃升到了八十分以上。孩子爸妈很高兴，中秋节专门到河大看我，给我带了些月饼水果，我也很高兴，把这些吃的跟宿舍里的兄弟们一起分享。

人称河大毕业的学生为铁塔牌的，和铁塔没有过一点儿交集，怎么能称得上铁塔牌呢。有一次，郑州一位高中同学到河大找我玩，我带他翻铁塔公园南墙进入园内，正暗自得意，以为翻墙已经成功，可以在铁塔公园尽情一游了。谁想没走出几步，遇到园区工作人员查票，结果露了馅，我们被带到公园办公室，万分沮丧地补了公园门票。也曾经不止一次，借宿在学十一楼的老乡宿舍里，听着铁塔风铃叮当叮当的声音进入梦乡。夏日里，也学着其他人的样子，在付费的帐篷里换了泳裤，到铁塔湖里游泳，在铁塔的倒影里畅游欢叫。

大学四年，同宿舍的八名兄弟睡出了感情，一次次的深夜卧谈，一阵阵的欢声笑语，普及生理常识、交流学习心得、对女生品头论足……有人过生日时，兄弟们商量好，每人从伙上打一份不同的菜，每人一瓶啤酒，一起放在宿舍中间的桌子上交流共享，大家举杯吆喝的声音，似乎至今还回响在河大老校园的西南天空。值得称道的是，从大一那年寒假起，我们宿舍每年都会在地标性的学校南大门合影留念，四年一次都没落下，这至今都让我们感到自豪。令人无比痛惜的是，2018年5月，原来住在宿舍门后下铺的袁同学，因工作原因患上了严重抑郁，从十六楼的家中纵身一跃，永远离开了这个世界。一个宿舍的八名兄弟，现在只剩下了七个。另外，信阳固始的刘永国目前还处于失联状态。

天下没有不散的筵席。在知识的海洋里遨游，在半个社会的校园生态中走向社会，欢笑和泪水陪伴我们一路走来，从青涩走向接近成熟，四年的美好时光很快就结束了。临分别的那个夏夜，在大礼堂西侧的报栏下，地上铺着不知谁拿来的几领凉席，全班男女同学随意坐在一起，纵情歌唱，唱累了天南海北地聊着，聊过去四年的点点滴滴，聊对未来生活的憧憬和向往。说到分别的话题，好几个女生忍不住哭了，泪水在她们青春的脸庞上恣意横流，男生们心里也都酸酸的，难舍难分的情愫在大伙的胸腔里激荡。那一刻，我们多么希望时光能够停滞不前，甚至再倒流回去啊。可是，就像五千年来的每一个朝代一样，哪一位皇帝、哪一位英雄，谁也没能阻挡住时光的脚步。

回首青春，从入校到现在，近三十年的时光过去了，即便从离校到现在，也已经二十五年多了。人生易老天难老，母校马上迎来建校一百一十周年系列纪念活动，值此重要节日到来之际，写下这篇回忆文章，献给我们曾经在河大度过的青春岁月，献给我们永远的母校——河南大学。愿母校在新时代的奋斗征程上，在国家及省教育部门的正确指导下，在全校师生的共同努力下，在全球各地校友的大力支持下，创造出更加辉煌的教学科研成果，为历史新时期的国家现代化建设做出更大贡献。

2021 年 11 月 20 日

童年的雪

虎年的初雪如期而至，从二月十三日凌晨到十四日凌晨，下下停停，停停下下，下得荡气回肠，下得酣畅淋漓，多年没见过这么大的雪了。这让我想起童年的雪。

童年的记忆里，冬天下几场雪是再正常不过的了。小雪几乎不值得一提，单说那些个大雪。

雪落无声，纷纷扬扬的雪花飘了一夜，我们却还沉睡在梦乡。第二天睡到自然醒，人还没起床，一睁眼就觉得屋内跟平时亮得不一样，似乎有点晃眼。父母亲早早起了床，拉开门栓，吱呀一声打开堂屋门，一股寒气扑面而来，天地浑然一体，目之所至，全成了银色世界。父亲的声音立即透过塑料纸糊的木格子窗户传进来："下雪了！"一听到下雪的消息，最不愿意出热被窝的我，马上来了兴致，也顾不上棉裤筒凉不凉了，三下五除二穿好衣服，趿拉着棉靴就出了门。天地间白茫茫的，院子里、屋顶上、树枝上全是厚厚的雪。

"这么多雪！这雪要是白面就好了，每家把自家院子里、房顶的雪扫起来，能吃多少年啊！"童年的我，对于未来的期望很简单，就是每天能吃上白面馒头。不只是我，村里很多孩子、大人当时都是这样憧憬未来的。由于眼界狭窄，我们对于雪的联想，也只能跟吃联系起来。所以，有时候我又会望着洁白如银沙的雪说："这雪要是白砂糖也中，这样，咱们每天都有白糖吃了！"孩子对于新鲜事物的好奇心往往是很强烈的，他们抓一把晶莹的雪送进口中，尝尝雪的味道。雪花在口中迅速融化，一股冰凉的水在口中了，脖子一伸，一口雪水就慢慢下了肚。

大人们由雪想到的，还有麦子的收成。他们乐呵呵地望着看不到边际的白雪，眯成一条缝的眼睛射出平日少有的喜悦：这下麦子可够墒了！

大人开始扫雪开道，孩子也加入进来。堂屋通向茅房路上的雪要第一个铲干净，然后是堂屋通向厨房的雪，最后才是堂屋通向最近一条村路上的雪。雪太厚了，扫不了多大一会儿，身上就已经热烘烘、汗津津的了。

雪后天晴。上午十点过后，太阳渐渐升高，气温慢慢升起来，房顶、树上的雪开始融化，滴滴答答的，滴落在屋檐下的水桶里、猪食盆里，发出"咚咚"、"嗒嗒"的声音，颇有些交响乐的味道。有时候树上突然掉下来一团半融化的雪，"啪"的一声砸在地上，让没有任何思想准备的人吓一跳。地上的雪堆、树根周围的雪堆也在融化，生出一条条小溪，四下里流淌着。雪一直化到下午，凉气升上来之后，才慢慢停止。太阳渐渐坠入西村的大树下，雪水开始化成冰。

第二天一早，家家户户的房檐下垂挂着一根根可爱的冰凌条，长短粗细，单双各异，晶莹剔透，是上天送给孩子们的礼物。我找来一根木棍，将自己看中的、最长的或是最好看的冰凌条敲下来。冰凌条咔咔脆，掉地上就断成几截，我不管，捡起其中形状相对完整的部分，拿在手中把玩，也免不了好奇地放入口中当冰棒吃。冰凌条冰凉冰凉的，像极了夏天的冰棒，就是缺点冰棒的甜味。"吃雪，屙铁；吃冰凌，屙星星"，是我们那个地方的儿歌。看看，还是跟吃有关。我哼着父母、姐姐们教给我的这句儿歌，嘎吱嘎吱吃着冰凌条，至于吃完拉出来是铁还是星星，不怕，过把瘾再说。

春节期间遇到下雪天也是有的，恶劣的天气增加了走亲戚的难度。有一年大年初三，我和姐姐妹妹几个人去闫庄大姑家走亲戚，北风那个吹，雪花那个飘，大姑家在我们家西北方向，我们穿着棉衣棉裤，裹着头巾，迎着北风迤逦而行，身上还不算冷，脸、手都冻得厉害。好不容易走完五里地，到了村南头的大姑家，脸和手都快冻僵了。大姑赶紧吩咐姑父、表哥给我们抱柴烤火，我们也不拒绝这寒冬里的爱和温暖。一堆芝麻秆柴燃起来，我们伸着手脚去烤，冻僵的手一经火烤，钻心地疼，疼得我们哭了起来。大姑赶紧安慰我们：看把娃儿们冻哩！

还有一年春节，我跟父亲和小叔到距离最远的常寨小姑家走亲戚，可能是小姑中午炒菜盐搁多了，回家的半路上，天色已晚，我实在是渴极了，就对父亲说想喝水。父亲对我说，那你吃点雪。我就照父亲说的，走到路边麦田里，找一片干净无尘的雪，捧了一捧就往口中送。雪化成水，我慢慢咽下喉咙。还别说，焦渴冒烟的嗓子马上就得到了滋润。

童年时，地球还没有变暖，即便是我们豫鄂交界处的家乡，冬天特别冷，村里的水塘经常能冻实，大小孩子都到冰上玩耍，打陀螺、自由滑，不小心摔倒了，爬起来拍拍手，接着玩。那时候，雪是冬天的标配。只有见到厚厚的雪，庄稼人心里才会感觉到踏实。

2022 年 2 月 14 日

闹元宵的旧时光

"正月里闹元宵，金匾绣开了……"过元宵是要闹的，闹起来才有意思。中国的汉字多有意思，一个闹字，将元宵节的味道、元宵节的精髓囊括无遗。

元宵节起源于汉代，兴盛于唐代，宋、明两个朝代达到了巅峰。唐宋文人的作品里，对元宵节有很多精彩的描述。最为人们口口传诵的，是唐代苏味道的《正月十五夜》：

> 火树银花合，星桥铁锁开，
> 暗尘随马去。明月逐人来。
> 游伎皆秾李，行歌尽落梅。
> 金吾不禁夜，玉漏莫相催。

欧阳修的《生查子·元夕》，不仅有景物描写，更富于故事性，那种苦寻旧时意中人却不遇的失落、伤心和怅惘，与"人面不知何处去，桃花依旧笑春风"有异曲同工之妙。

> 去年元夜时，花市灯如昼。
> 月上柳梢头，人约黄昏后。
>
> 今年元夜时，月与灯依旧。
> 不见去年人，泪湿春衫袖。

南宋爱国词人辛弃疾的《青玉案·元夕》，更是将元宵节写出了哲学意境。

> 东风夜放花千树。更吹落、星如雨。宝马雕车香满路。凤箫声动，玉壶光转，一夜鱼龙舞。
> 蛾儿雪柳黄金缕。笑语盈盈暗香去。众里寻他千百度。蓦然回首，那人却在，灯火阑珊处。

这些在中国古代诗词里溢彩流光的元宵节，早已消失在遥远的历史长卷里。

历史的车轮滚进了二十世纪七十年代，那正是我的孩提时代。那时候因为穷，元宵节看不到舞狮子、摇旱船等传统娱乐项目，印象里看到过一两次踩高跷（我们那里叫骑杉木腿），便觉得大开眼界。虽然物质条件十分有限，但那时候过元宵节，我们也是要闹着过的。

第一种闹法是放箭子。箭子是四姑家小老表小年前送来的，随着箭子一起送来的，还有大小几挂鞭炮。小挂鞭是腊月二十三晚上、三十晚上、破五早上放的，大挂鞭是大年初一早上放的。四姑所嫁的严营村，有自己撵炮、编炮的传统手工艺技术，几乎家家都有一套制造手工鞭炮的工具：炒药的、撵炮筒的、将零碎鞭炮编成串的，应有尽有。我们村和严营村是邻村，但村里没人会制鞭炮。四姑和姑父每年都会让小老表送来一批鞭炮土特产，为我们家节省了一笔必要的开支。

四姑家自己做的土火箭，差不多跟现在市场上卖的二踢脚一样粗细，里面装黑药，箭筒是用材质比较硬的黄色土纸卷成的，外面没有花里胡哨的包装，看起来比较原生态。正月十五晚上吃过饭，父亲拿一支箭子来到院子里，左手捏着箭子前端，右手夹着烟卷，将箭子上的引线点燃。一两秒钟的工夫，"嗞嗞嗞——嗤—嗖"，父亲手中的箭子像脱弦的箭，穿过我家低矮的屋顶，向着东北天空飞驰而去，红色的火星在空中拉出一个转瞬即逝的"箭道"。箭子很快就消失在茫茫夜空，坠落在不知什么地方。这种土箭子最后不会炸响，远没有现在的响箭好玩。因为害怕箭子会烧着手，我始终没敢放过种种土火箭。第二天或第三天，在我家后面几十米远的地方经过或玩耍，可以看到父亲所放箭子的残骸，静静地躺在地上，我就拾起其中的一两枚拿回家玩。箭子虽土，却为我们一家带来了元宵节的乐趣。

第二种闹法是抡刷子疙瘩。这是农村穷孩子独有的闹法。提前蹅摸一个不能再用的刷子疙瘩或扫帚疙瘩，用麻绳拴住，正月十五晚上取出，可以往上面泼点煤油。找一个相对空旷的地方，常常是小河岸边，将刷子疙瘩或扫帚疙瘩点燃，提着麻绳尾端，以自己的身体为圆心，以手臂和麻绳为半径，在空中划圆。起初速度要慢，待刷子疙瘩燃得越来越旺时，加快速度划圆，一个呼呼响着的火圈就在顽皮的孩子身边生成了。甩刷子疙瘩这玩意，要一群人一起玩才有意思，几个小伙伴排成一排，同时将刷子疙瘩点着，然后一起抡，几个火圈同时发力，将附近的夜空照得红彤彤的。小伙伴们卖力地抡着，"嗷嗷"地喊叫着，快乐的气氛传遍了整个村庄。

第三种闹法是放焰火。七邻八村的，只有四姑家的严营村才会组织元宵节放焰火。消息一传开，远近村子里的人们跃跃欲试，约着一起去看。早早吃过晚饭，借着月光引路，沿着乡间小路，向严营出发。来到村外，四周是墨绿色、静静的麦田，除了几个人边走边聊的说话声、脚步声，其他什么声音也没有。那时候的焰火好像以前的黑色电视，只有赤色、白色，没有后来那样丰富的色彩。焰火的种类也比较少，鞭炮、烟花、箭子，好像没有别的了。放焰火的男一号，为避免火星将衣服溅着，表演时特意穿一件泼了水的外衣。不记得那时的焰火有什么好看的，好像是亮闪闪的一片白。大人提前交代说，千万不要一直仰脸向天上看，小心空中掉下来的箭子残骸把眼睛砸瞎，并认真地讲村上以前某某人的眼睛就是这样弄瞎的。大人还提醒，不要在麦地里乱跑，因为晚上视线不好，可能会掉进露天的农田灌井里淹死。有些心怀不轨的人在看焰火时，会趁着夜色掩护，专门对青年女性下手，这些家伙闹得过了头，成了违法犯罪了。

那时候，看焰火就是图一个热闹，彼时的焰火远没有现在的烟花精彩、震撼。

第四种闹法：闹花灯。花灯是我在唐河一高上学期间在县城看的，那时候乡镇级别的没什么花灯，顶多能在政府大院门口看到一些普通的彩灯、灯笼，县城毕竟是全县的政治、经济、文化中心，节日装饰要比乡镇一级的明显高出一个档次。老家的中学，最早大年初六就开学了，开学没几天，元宵佳节就到了。农村来的孩子，学校离家稍远一点的，就不回家过元宵节了。约上几个要好的同学去县城各处看花灯。印象里，看灯的天气，雪打灯的次数比较多。学校位于县城西北角，要把几个主要地方的灯看一遍，需要步行几公里。没有公交车、没有自行车、更没有公享单车，没办法，只能坐 11 号专车去赏灯。

电业局、粮食局等几个经济效益突出的单位，布设的花灯最漂亮、最出彩儿。看完一个单位门口的花灯，到下一家单位需要走街串巷，七拐八抹。县城虽小，一圈走下来，也累得人只喊腿痛。好看的花灯实在没几家。一圈一圈循环转动的走马灯最吸引大家的眼球。能给人留下深刻印象的走马灯，有《西游记》中的唐僧师徒四人灯，有八仙灯，还有娇憨可爱的童男童女灯。有一次在一家单位门口看灯，大门最高处悬挂的一个可爱小男孩造型，事先毫无预兆地向下面的游客"撒尿"，先是将众人吓了一跳，被"尿"浇了的同学赶紧跳开，等发现是个调皮的娃娃向自己"撒尿"，与同伴对视一下，一起哈哈大笑起来。

看完灯回到学校宿舍，脚上的两只鞋子早被雪水、泥水弄湿弄脏，赶紧脱下来，等第二天洗涮干净。县城的花灯，不去看倍觉遗憾，看了也没觉得有多好。这就是远方风景本来的样子吧。

舞狮子、跑旱船这些民俗活动，在电视上看得多，在现实中几乎没见过。

来京工作以后，原来的部队组织过元宵晚会，有歌舞表演、猜灯谜等活动。自己有了孩子之后，元宵节晚上陪孩子一起放一些小微型的烟花，让孩子对元宵节产生一点节日的概念。

以前在老家，元宵节从来没有吃过汤圆或是元宵，成了家，每年元宵节都要从超市买回一袋汤圆煮了吃。

闹完了元宵节，年就真的过完了。

2022 年 2 月 16 日

浇菜园的旧时光

赤日炎炎如下火，满园花木半焦渴。临轩忽忆昔年事，人小即知勤稼穑。北京今天最高气温 37 度，达到虎年入夏以来气温最高值。

傍晚给阳台上的南瓜苗和花花草草浇水，突然想起以前给自家菜园浇菜的情景。

联产承包后，生产队的菜园划成一小块一小块，分给了每家每户。每家的菜园大小，可能是按人头来计算的。我家六口人，分到的那片小菜园大概有30 多平方米，位置在自东向西倒数第四家左右。

大人们一天到晚忙地里的农活，浇菜这种小活，就落在了我们学生娃身上。

当时我十岁左右吧。不知道是哪家的学生娃先开始浇菜，在大人的指引下，家里凡是有学生的，先后都加入浇菜园战队。

一般人家的菜园里，种有蒜苗、苋菜、茄子、辣椒、洋葱、大葱小葱等常见蔬菜，靠南边的沟岸上，种有蓖麻。沟畔上有几棵野生楝树、榆树和毛构树。

放学回到家中，扔下书包就到厨房。从水缸里舀碗凉水，咕咚咕咚喝下去。掀开馒头筐里的盖布，掰一块馒头，抠一个蒜头，边吃边找水罐子、小铁桶。

我浇水的工具是两个带鼻儿的上釉水陶罐，一个土黄色，另一个大概是褐色。我用绳子穿过陶罐脖子上的几个鼻眼，把绳子位置调整好、系个死结，这样提在手里顺手些。一身短褂短裤，穿一双最便宜的凉鞋，手里提着两个陶罐，嘴里嚼着馒头，踏着西天的霞光，赶紧向菜园走去。

勤快的小伙伴们早在菜园里忙活起来了。伸伸脖子，咽下最后一口馒头，将凉鞋脱在自家菜园里，提着陶罐来到堰塘边上。踩着水边的石头或砖头磴子，将陶罐头向下投入水中，不听话的陶罐马上浮向水面。放下另一个陶罐，双手并用，一手摁下陶罐的颈口，一手扶着陶罐。不算清澈也不浑浊的堰塘水，咕咚咕咚，很快就装满了一个陶罐。双手各提一个陶罐，五个脚趾下弯，紧紧抠着湿滑的坡面，一步一步走上去。从菜园西边的入口进去，走上大约七八十米，就来到我家的菜园。两罐水倒在菜地，被暑气蒸干的地面吱吱吱地牛饮着，三口两口就把它们喝光了。

接着再来第二趟，第三趟……前后要浇一个多小时吧，直到自家菜园里所有的蔬菜雨露均沾为止。

那时候浇菜很少有单打独斗的。每家的菜园往往至少有两个人在浇。大姐二姐帮忙的话，速度就会快很多。我和小妹一起时，效率就会低一些。记得小妹用的是一个五斤装的塑料壶装水。

夜幕渐渐降下的时候，堰塘边、菜园里就逐渐安静下来了。完成了浇菜任务的学生娃们，踏着薄暮、踩着残阳余晖，提着各种浇菜器具，一身疲惫却很知足地往低矮的农舍走去。

可能是从小耳濡目染的原因，我对种植产生了浓厚的兴趣。我在自家菜园边上悄悄埋下几枚杏核，后来竟长出几棵生着红嫩叶子的小杏树苗。看着自己亲手培种植出来的树苗苗壮成长，一种成就感、满足感油然而生。

后来我把其中一棵长得最旺的杏树苗，移栽到家中的院子里。杏树苗不负我望，每年都要往上蹿一蹿。但因为结的杏子不多，杏子也不大，母亲嫌它在院中碍事，在它长有成年人胳膊那么粗的时候，把它砍了。我还曾经为它惋惜过一阵。毕竟那是我亲手培植的树苗长起来的啊！

浇了几个夏天的菜园，吃了几个夏天的红苋凉菜面条，捉了几个夏天的青蛙，我们就长大了，从此离家乡越来越远。

不知道从哪一年起，每家每户的小菜园取消了，变成了村集体新的耕地，被生产队的人称为菜园地。春亭小叔曾经在菜园地里种过几年菜，后来被别人改种庄稼，再后来有一部分昔日的菜地变成了村民宅基地。

我们曾经以柔弱之躯、辛辛苦苦浇灌的农家小菜园，最终消失在了历史的尘烟中。

出走半生之后，过去浇菜的情景，偶尔还会浮现在我们的脑海里，印证着我们渐行渐远的童年。

2022 年 5 月 28 日

风吹麦田翻金浪

割场

小满前后，灌浆后的麦粒逐渐变得饱满。

布谷鸟从老槐树一直唱到高杨树上，歌喉空灵，穿透力极强，惹得许多人抬头寻找它的真身，但往往只是失望。

熏风吹四野，垄上换新妆。君看农家子，鹑衣拽碌忙。

麦子马上要成熟了，农人们开始忙着"割场"（河北有的地方称为"杠场"），为即将收割的麦子准备好堆放、碾压之地。麦场一般在村子外或村子边缘的一片公共空地上，每个生产队都有自己的麦场。实行联产承包之后，生产队的麦场划成一块一块的，分给了一家一户。

"割场"的程序并不复杂，但是累人。经历过冬春两季的风吹雪融，过去的麦场表面变得过于暄软，有些地方还长出了杂草。这样的打麦场，显然无法胜任新麦季的任务。除掉杂草，先由牲口对麦场进行浅犁，浅犁之后再用耙耙一遍，将麦场上的浅土层铺垫均匀。

接下来是最重要也是最累人的环节："割场"。往麦场上洒一层水，洇湿地表，再撒一层碎麦秸或麦糠，然后由三四个成年劳力来拽石碌，一圈一圈在麦场上碾压，一圈压一圈。

十几岁的时候，我和父母、大姐一起割过场，当时感觉自己就像拉磨的驴一样，一圈一圈机械地绕麦场转，你不知道再转多少圈才能把场割好，感到十分乏味枯燥。不知道转了多少圈，到了人困马乏之际，麦场终于"割"好了。

扫去麦秸、麦糠皮，焕然一新的打麦场坚硬起来，光溜溜、平展展的。赤脚走在上面，丝丝凉意顺着脚掌往上蹿，一直沁到人的心里。可能是因为接地气吧，浑身上下都让人觉得舒服。

眼尖的孩子们立刻找到了一个可以玩耍的新去处，他们在这里打滚儿、摔老包、玩打仗游戏等，叽叽喳喳乱成一团。爱玩是孩子们的天性，如果没有别的活干，大人也不去管他们，随便他们在麦场上撒欢。

麦场在村子外面或村子边缘，四野开阔，通风又凉快，不似家中那般闷热，不知谁先引的头，将这里变成了露天宾馆。

家住麦场附近的男人，傍晚在河里洗了澡，吃过晚饭，就从家里抱来稿荐、席子、床单、枕头之类的农家床上用品，选一块自己中意的地方，打上地铺，一夜的美梦就交代在这里啦。

暮色四合，月朗星稀，抑或众星拱月，或只有满天星斗闪耀天宇，清风传来阵阵蛙鸣虫唱。身体劳累了一天的人们，在这里追求一些精神上的放松。总结白天的活计，交流一些庄稼种植技巧，也唠唠张家长李家短的新鲜事儿。

口才好、肚里有货的二叔，经不住卧谈听众的再三央求，免费给大家说古记，内容涵盖三国演义、隋唐演义、精忠说岳传、西游记等。每天说上一段，直说到星月阑珊，瞌睡虫直往人们眼里钻才罢。

刚过小满，麦地里青的多，黄的少，多数麦子还没有成熟，不到收割的时候。不急，麦季不差这几天，正好可以利用这几天时间，拿出快要生锈的镰刀磨一磨，把架子车修一修，为开镰割麦做好一切准备。

2022 年 5 月 25 日

磨镰霍霍

夜莺啼绿柳，皓月挂长空。

最爱垄头麦，迎风笑落红。

过了小满，老天能再连续放晴几天，小麦就会加速成熟，一年一度的麦收大战即将拉开序幕。

大战在即，需要厉兵秣马，各种兵器、装备需要提前准备齐整。对于割麦来说，镰刀是最重要的武器，磨好镰刀是麦收前重中之重的事情。

"工欲善其事，必先利其器"。父亲不会说这样文绉绉的话，他说出来的是：磨刀不误砍柴工。

我家灶房门外有一块厚重的磨刀石，接近于方形，父亲每年都靠它磨镰刀。父亲让我端来半盆水，他把一堆镰刀摆放在磨刀石左边，蹲下来开始干活。

树上的喜鹊、乌鸦喳喳地叫着，太阳光已经有了一定的力度。父亲把磨刀石表面撩湿，捡出一把最大的镰刀，哧啦哧啦磨了起来。

感觉磨得差不多了，父亲把镰刀头放在眼前仔细端详，用粗糙的拇指和食指捏着镰刀的刃，感受一下它的锋利程度。尽管已经磨得够锋利了，父亲还是不满意，在磨刀石上加了水，继续磨，直到镰刀头在阳光下闪出耀眼的光芒。

磨好的镰刀，一把一把放在磨刀石的右边地上。

我们一家六口，镰刀至少要准备八把，防备割麦过程中出现镰刀损坏的情况。割了半天之后刀刃钝了、镰刀的把柄断了，都是会出现的状况。

战士在战场上把枪打坏了，必须尽快换一只新枪。农民在麦田里割麦，不小心弄坏了镰刀，也必须尽快换一把新的、好用的，否则会很误事。不怕慢，就怕站，农民们懂得这个道理。

父亲的镰刀，是八把镰刀中最宽最大的。父亲给我和妹妹准备的镰刀，小巧耐看。

架子车也必须提前做一番精致的养护。将来麦子割完、捆完了，得指望用它往麦场里拉麦子呢。浑身上下都要仔细检修，任何一处都容不得马虎。车厢板坏了的地方，要钉一块新的，否则将来会漏麦穗麦粒；护栏也要稳固结实，否则将来一车的麦个容易拉垮；前边两个车辕就更重要了，坏了其中一个，前面拉麦子的人就感觉用不上劲儿；车襻带是重要的助力工具，绳子细了勒肩膀，所以一定要宽窄合适、长短合适；刹车绳也要准备好，足够长、足够结实才是王道；两个车轮子更重要，胎气不能太硬，也不能不足，太硬容易爆胎，不足拉起来吃力，所以分寸拿捏很重要。

我们家吃过架子车没收拾好的亏。满满一车带秸秆的麦子，拉到半路爆胎了。得赶紧找一根粗木棍撑住一边，卸胎、补胎、重新打气、安装，半天工夫就过去了，太耽误事了。

七八把闪着亮光的镰刀，列队似的挂在灶屋前的木窗格上，像一件件称手的兵器。

收拾得停停当当的架子车，安静地停放在院子里高大的老榆树下面，枕戈待旦，随时出征。

布谷鸟一天到晚不知疲倦地鸣叫，父亲说，鸟在催人干活呢，你听它们叫的是："割麦垛垛，割麦垛垛。"

斑鸠也不甘寂寞，应和着布谷鸟，共同迎接麦收季节的到来。

2022 年 5 月 26 日

割麦忙

焦麦炸豆的时节一到，村庄迎来了一年中最重要的农事。

五更时分，疏朗的星星还在天上眨着眼睛，父亲再也睡不着了，一个人先起了床。

碴鸡儿（儿时常见的一种黑鸟，尾巴叉开像剪刀，在北京未见过）在附近的楝树上一声一声叫着，"嘎格儿，嘎格儿……"，像是在催人赶紧起床。

在碴鸡儿的叫声中，父亲一遍遍地叫我们："起来上地了！"

正长身体的年龄，觉总是睡不够似的。嘴里嘟囔着"咋起恁早哩"，我们不太情愿地起了床，睡眼模糊中胡乱洗一把脸，眼睛似乎还是睁不全开，走路都趔趔撞撞的。

父亲实在受不了我们磨磨蹭蹭的样子，跟我们说了当天早上割麦的地块，和母亲一起先上地去了。

每年的第一镰，总是父母开的。我们到了麦地，麦子早让父母撂倒了一片。

太阳还未升起，空气里弥漫着一种特殊的气味，是麦子成熟的味道，还混合着青草的味道。虽然是夏天，早上凉气重，还需穿长衣长裤。长衣长裤可以防止被麦芒刺伤皮肤。

从曙光未现到回家吃早饭，这期间是最出活的时候。顾不上和别人交谈，没有外界的打扰，这三个小时左右的黄金时间，可以全身心投入割麦大战。

村民们即使见了面，也只是一两句话简单问候一下。时间宝贵，一定要和时间赛跑，每一分钟都十分重要。麦子熟过了，炸落在地里，那可不是闹着玩的。

早上割下的麦子，麦秸秆有明显的湿气。从成片的麦堆中抽出十几根秸秆长而整齐的麦子，分成两股交叉起来，将麦穗以下的地方来回一拧，做成一个麦秸绳放在地上，抱起一捆麦子放置其上，用其中一只膝盖顶着麦子，扎成一个一个的麦捆（麦个）。麦子扎成麦捆，便于装车。也有的人家，事先割一捆细麻，用麻秆绳扎麦个。

割麦忙，割麦苦。天不亮就要下地，月亮和星星出来了，人还不能回家。饭是简单粗鄙的，麦收前蒸好一锅馒头，馒头蘸蒜汁，馒头就个蒜瓣，再喝碗小米汤，就是割麦农民的一餐。头顶烈日烤，身处热蒸笼，每天就跟打仗一样忙个不停。

饭吃得一般，活要拼命干，一个麦季下来，农民们就看谁晒得更黑，谁累得更瘦。

刚摸镰刀那两年，因为还没完全掌握割麦子的技巧，我们姊妹几人还有割破手指、割伤脚踝的意外状况发生。殷红的血滴在金黄的麦子上，十分惹眼。

中午十点到十二点之间，大人还能勉强支撑，孩子们早就受不了啦。如火的骄阳炙烤着大地，即使戴着草帽，一阵阵的热浪也会把人烤得无法正常呼吸。

早几年大人给生产队割麦，上午十点多的时候，队里会安排两个人为大家挑来两桶井水，有时候在里面放上几滴糖精，冰凉的井水变成了甜水。

一碗甜甜的井拔凉下肚，一股凉意从胃部向全身弥漫，酷暑蒸晒下的农人顿时浑身舒畅。稍微休息十几分钟，体力迅速得到恢复，便又干劲十足地投入到无边无际的麦海中去。

那时候，我们还没有体力参加收麦劳动，每天不顾酷热跟着大人一起下地，为的是能跟着大人喝一碗井拔凉糖精水。

中午太阳毒辣。记得有一年割麦，大概是因为要赶工吧，那天收工很晚。因为年轻，我没有注意防护，上身仅穿一件背心，在烈日下干了一两个小时，事后感觉两个肩头、两只胳膊的皮肤火辣辣的。后来才发现，自己的肩膀和胳膊被太阳灼伤了，硬生生晒掉了一层皮。

麦芒扎人也很难受。胳膊上被扎得一个红点一个红点的，再加上皮肤对麦秸上的灰尘过敏，皮肤一片红肿，又痒又疼，十分难受。

汗滴不停地流，流进眼里，蜇得眼睛痛。汗水浸湿了衣衫，湿了干，干了湿，最后衣衫上露出一片白色的汗碱。

站在麦地这头，望着麦地那头，最大的感觉是麦垄咋恁么长。大人们心里可能满是丰收的喜悦，孩子们心里却想着，自家如果少种一些地就好了。

一家人经过七八天的辛苦劳作，终于把所有的麦子都收割完了。

我上小学五年级前后那几年，几个姑家的表哥先后到我家帮忙割麦子。记得最清楚的，是小姑家的康奇表哥。他高高的个子、高高的鼻子，人长得很帅气。

那时候他在我心目中是一位无所不能的人。上麦地去的路上，他骑一辆二八自行车，让我坐在前面的保险杠上，他右手扶把，左手提一满桶水，在凹凸不平的乡间土路上骑行。

康奇表哥是河地人，干农活没有我们岗地人在行。但他的到来对我们全家人来说，是一种巨大的精神鼓舞，让我们看到了快速结束麦收的希望。

前面割麦子，后面拉麦子。无数个麦捆躺在遍地麦茬的田地里，或是三四个麦捆并立在一起，一堆一堆站在麦地里，等拉车将他们拉往打麦场。

2022 年 5 月 27 日

打麦

一家人不知弯过多少次腰，挥动多少次镰刀，被麦芒扎过多少次，流过多少汗多少血，经过前后七八天的辛苦劳作，十多亩麦子终于割完了。

家里还没养牛的时候，将一捆捆小麦从田地拉到打麦场上，是一项繁重的体力劳动。架子车装满麦捆以后，两条车胎陷入松软的土地，父亲在前面拉，母亲和我们在后面推，一家人使出洪荒之力，一寸一寸向前挪移。

田地上本没有路，没有路也要硬闯出一条路，一条生存之路，一条千百年来农民从土里刨食的艰辛之路。

有人要向天再借500年，拉麦子的时候，我们想向天借力500牛顿。

麦子拉到打麦场，先堆成麦垛。刚实行联产承包那阵，村里的人家自愿结合成互助小组，摊场、轧麦、起场、扬场、装袋，整个打麦一条龙，有几家十几个劳力共同协作完成。一家麦子打完，接着再打另一家。

老天爷照顾、天气好的时候最适合摊场。一大早，大人小孩一起上场，从上到下，将麦垛全部拆散，用锋利的镰刀将麦秸捆腰间的麦秸绳、麻秆绳割断，将金黄的麦子连穗带秆铺满一场，让太阳尽情将它们暴晒。这时候，太阳越毒越好。

中间用桑杈翻腾几遍，经过上午半天、一晌午的烈日烤晒，满场的麦子晒得差不多了。吃过晌午饭，大人们将套好石磙的牛牵到打麦场边。

不用举行任何仪式，神圣的打麦脱粒程序开始了。说它神圣，绝对有道理。农民辛苦半年，为的不就是这最后的收获吗？

拉石磙的牛，有单套的，也有双套的。父亲戴着草帽，一手牵着牛缰绳，一手拿着牛扎鞭，跟着牛的步伐开始在打麦场里转圈圈。

转了一圈又一圈，眼看浮头的麦穗压得差不多了，父亲让母亲我们用桑杈把石磙后面的麦秸挑翻一遍，让下面的麦穗浮上来。

牵牛打麦，还要防止牛拉屎，牛屎粘在麦秸上不好清理。牛拉屎前有一些先兆，尾巴要翘起来，肛门周围的肌肉要收缩，父亲一看到先兆，就赶紧从打麦场外将事先准备好的粪篮子拿过来，放在牛屁股下面接着。

经过牛拉石磙反复碾轧，麦粒脱得差不多了，场外的人也一致表示"轧差不多了"。父亲坚持再轧上两圈后，将牛和石磙牵出打麦场外。

起场了！五六个、七八个人，各持一把桑杈走进打麦场内，将已脱掉麦粒的麦秸挑起来，堆放在麦场一角。然后用木锨、推板将说下的麦粒，连着压断的麦穗、麦糠，集中在一堆。

下一步，等风，扬场。风老爷终于来的时候，大人孩子心中那个高兴劲儿就甭提了！父亲手执木锨，铲起一锨带麦糠的麦粒向空中一扬，先测试一下风向。

看准了风向，扬场正式开始。两个男劳力相向而立，逆风而动，长柄木锨在空中划出漂亮的弧线，金色的麦粒哗哗哗从天而降，仿佛在下一场麦子雨。两个戴草帽的妇女劳动力，站在麦雨里，一个负责用竹耙把没有脱干净的麦穗耙开，一个负责用扫帚把麦粒边上的麦糠扫走。

大家分工合作，各司其职，配合默契，酱紫色的脸庞上洋溢着收获的喜悦。

有时候扬完场、把麦子装袋以后，月亮和星星就升起来了。一家人又趁着月光星光，将麦子拉回家中，胡乱吃一顿晚饭，倒头就睡了。

二姐至今还痛苦地回忆说，麦天最痛苦的事情，是吃过晚饭困得不行时，还不能马上去睡觉，还要被父亲吼着去打麦场里堆垛。

如果遇到猛雨拍场，一家人就要手忙脚乱地投入抢场大战。抢场及时的话，麦子不会遭受多大损失。如果抢场不及时，浑身淋湿不说，一部分麦子眼睁睁地看着被雨水冲走，那是最让农民感到痛彻心扉的事情。

据母亲讲，有一年收麦，父亲正在准备给别的庄稼（也许是棉花）打药，天空阴得厉害，母亲劝父亲别打药了，先去收场。但父亲坚持不听，结果打的药被雨水冲了，场里的麦子也被暴雨泡了，两下都受到了损失。母亲为此多次埋怨父亲。

后来很多农民家里购置了"蚂蚱头"（手扶小农机）、小型拖拉机，在打麦场里打麦，开始用机械代替人和牲口。麦穗脱粒的效率大大提高了。

再后来，有了收割机，收麦的效率更上一层楼。现在又用上了联合收割机，极大地缩短了整个收麦的期限，更是将收麦的效率推向了天花板。不说十几亩麦子，就是几十亩，一两天也就全部收完了。

"谁知盘中餐？粒粒皆辛苦。"一个馒头不值多少钱，但是从种下麦子到麦子变成面粉，其中要历经多少道工序，农民要为它付出多少汗水？没当过农民的人，无法体验农民的甘苦，也很难打心眼里去珍惜每一粒粮食。

2022 年 5 月 29 日

放麦假

村小学的老师们家里也都有地，为了顺利完成师生家里的麦收任务，三夏农忙时节，学校每年都要放七天左右的农忙假。

虽说是放假，学校还给每个学生布置两项任务：少量的麦假作业，交麦子。一二年级的学生每人交五斤麦子，三到五年级的学生每人交十斤。

放不放农忙假，对每家每户收麦子的总体进程影响不大。但另一方面，学校放了假，家里多了几个乳臭未干的毛头小子或黄毛丫头帮忙做些家务、干些农活，多少能给大人减轻一些负担。

下地割麦子这活儿，学生娃一般都是象征性地帮大人干一些，他们毕竟年幼体弱，后劲不足。真让他们手握镰刀弯腰割麦，一般坚持不了半天，不是喊腰疼，就是抱怨太阳太毒。

记得每次捶着腰喊腰疼，母亲就会笑着对我们说："小娃们木腰！"

小孩子们喜欢新奇的事情，注意力也不像大人那么集中。如果割麦过程中发现了一个鹌鹑窝，捡到了几枚鹌鹑蛋，或是发现了几只还没有出窝的雏鹌鹑，我们的兴趣一下子就被调动起来了。这实在比割麦子本身更有趣。

一块儿麦地快完成收割的时候，再也无处可躲的兔子也现出真身来了。"兔子！兔子！这儿有只兔子！"第一个发现兔子的人一声惊呼，引得附近的人纷纷围了过来。

"哪里哪里？"大家对惊慌失措的兔子一阵围追堵截，成年兔子很狡猾，一般都能完身而逃。运气好的时候，大人们能帮孩子捉到一只小野兔。

小野兔被带回家，盖在一个鸡笯下。小家伙浑身的灰毛滑溜溜的，两只眼睛晶亮晶亮，但眼神里尽透着惊恐不安的情绪。我们立即在小兔子身边放上一把青草，只怕饿着了它。

换了个陌生环境的小兔子并不领情，面对诱人的青草，一口也不吃。而且一连几天都是这样，最后活活饿死。那时候，我们不知道野兔子是不能家养的。

为了完成学校布置的交麦子任务，家长会督促孩子们在割完的麦地捡麦穗。麦地里遗漏的麦穗并不多，半天下来，往往捡不了多少。农忙假快结束了，不少学生的捡麦任务还没有完成。

家长无奈，就从自家麦场里弄一些，给孩子凑够了数上交学校。

农忙假里，孩子们可以干的事情也不少。除了象征性地帮大人割几镰麦子、捡麦穗，有的还能帮家长做些简单的饭，比如馏馒头、凉拌菜瓜、煮米汤水，有的往地里给家长送水，放羊，给兔子割草。

农家无闲月，五月人倍忙。

农忙假遇上端午节，那是学生娃们很开心的一件事。母亲早在一个月前，就在家里的瓷坛中腌上了鸡蛋、鸭蛋甚至鹅蛋。经过一个月的闷腌，一坛子的蛋已经腌好了，这天一早拿出来清洗，在锅里和白鸡蛋、大蒜一起煮了。

有的年份，父母还特意炸一竹筛子黄亮亮的油条、又香又甜的糖陀螺，庆祝端午节的到来。

一大早，我们在母亲的命令下，蹦蹦跳跳来到河边，用月亮中捣药老婆婆撒过药的河水洗脸，据说可以预防害眼病。

父亲早在堂屋门檐下插上了艾草。

一家人围坐在一起，品尝着油条、糖陀螺、流油的咸鸡蛋鸭蛋和鹅蛋，剥着煮熟的大蒜头，开心地聊着吃着，享受着麦天里难得的一丝清闲、一刻喜悦。

上了中学以后，夏秋两季的农忙假还有，但再也不用向学校上交麦子了。

2022 年 5 月 30 日

小麦复收

生产队时期的小麦复收，给我留下的印象，是抢收。

社员给生产队割麦子，一般不会像给自己割麦子那么认真细心，所以难免会在麦地里留下一些麦穗，有的是麦头，有的还带着秸秆。即使社员干活很负责任，麦子稍微割得晚一点，麦穗一碰就断的情况还是经常会遇到的。总之，生产队的麦子割完拉完后，还是有复收的必要的。

联产承包前两年，政策渐渐放宽了，生产队允许农民在集体麦地里复收的麦子归自己所有，这激发了农民参加麦子复收的积极性。

到了该复收的日子，大家争相打听有关复收的最新消息：哪块麦子什么时候割完，估计什么时候允许复收。我们所在的第二生产队就二三十户人家，哪块麦地要复收，不出两个小时，消息就会传到各家各户，甚至传到邻村的亲戚家。

生产队宣布某块地可以复收前，民兵连长带人在地头巡逻，不许任何人提前进入。

在农民的世界里，每一块田地都有名字。也不知道是谁给起的名字，约定俗成之后，大家都知道哪块地叫什么。老北坡，就是村子最北有坡的那块地；沟东里，就是大沟以东的那块地；自留地，顾名思义，就是政策允许收成自留的那块地。

这一天，场边自留地下午要复收的消息传遍了整个生产队。大路边的杨树阴下，早已挤满了男女老少大小社员，有的攞着筐子，有的提着化肥袋子，有的拿着耙子，也有的腰间围着一只床单做成的布袋子。大家处于大战前的亢奋状态。

得到队长的口谕，民兵连长对着群众喊了一声："开始复收！"像赛跑运动员听到发令枪响似的，男女老少爷们立即如脱弦的箭，像潮水一般，快速向目标地块涌去。

人们双眼放出金色的光，快速搜寻麦茬地里的麦头、长秆麦子，捡的捡，耙的耙，恨不得将一只手变成两只手来用，唯嫌自己动作慢。

有的半蹲在地上，左右开弓，并迅速向前移动。带麦秸的整麦捡到够扎一把了，用其中两三根扎成小把，再把碎麦头塞进麦把中间去。

父亲拦着两尺宽的地面，用铁耙子把麦茬地上的麦叶子、麦头、野草之类的东西，统统耙起来，装进两个大筐，用扁担挑回家。再由母亲将碎麦头、整麦挑拣出来，放在鸡笼顶上晒干、揉搓，最后弄出来三五斤麦子，磨成面粉。挑拣剩下的麦叶、涩萝秧等，晒干后烧火。

因为那时候麦子很少用化肥，地薄，麦穗小，产量低。所以一个麦季下来，一家人拼尽所有的力量，通过复收也只能获得七八斤，最多十来斤麦子。

我上小学低年级的时候，学校还组织我们勤工俭学，内容是到田间捡麦子。校方事先联系好生产队负责人，然后由班主任带队，领着一群小学生捡麦子。

记得我上小学二年级那年，女班主任孙秀荣老师苤我们去捡麦子。捡了一两个小时后，孙老师和我们都晒得满脸通红，汗水从脸颊上直往下淌。孙老师看到大家干得差不多了，就招呼大家围在一起休息。

孙老师自己端坐在一个坟头上，微笑着对我们喊："大家都过来，歇一会儿，我给大家讲个故事！"孙老师中等身材，体格略显魁梧，皮肤较黑，一双眼睛大大的，双眼皮，牙齿刷得很白，笑起来很迷人。

大家就地围坐在孙老师周围，十分好奇地听她讲故事。

记得那次她给我们讲的是猪八戒过柿子洞。为了阻挡猪八戒进洞，妖怪将一堆熟透的柿子堆放在洞口。猪八戒特能吃，敞开肚皮，将一堆柿子全吃光了，终于得以进洞。

这故事一准是孙老师自己编的，后来看《西游记》，里面压根没找到这个故事。

如今，全国小麦主产区都使用联合收割机夏收，机械没有人收得细，收完还会遗漏一些麦穗。

母亲自己只种了三分场地麦。收完自己的麦子，她不愿意闲下来，利用各种机会到处捡麦子，一个麦季下来，竟然能捡回来三匹化肥袋子小麦。

母亲捡麦子，难道不是赓续了以前生产队复收麦子的传统精神吗？

2022 年 5 月 31 日

童年的酱豆豉

家里有袋黄豆酱、一把小葱，我洗了几棵小葱，蘸着黄豆酱"咔嚓咔嚓"地吃。小葱的辣味让我直呼过瘾，黄豆酱则让我想起童年酱豆豉的味道。

我上小学期间，村子闭塞落后，村里来个挑货郎挑子的，边摇拨浪鼓边吆喝："收—头发，收—牙膏袋，收—鸡屎皮，收—烂布衬、烂套子，换—糖疙瘩儿、换—针、换—线、换—顶针儿来……"妇女儿童们便闻声而动，从四面八方围拢过来，有的拿着刚从墙砖缝里拽出来的一团头发，有的攥着一张挤扁了的"中华牙膏"空袋子，有的捏着一枚硬币，嚷着叫着换糖吃、换针买线。

不知从哪一天起，村里来了一伙卖酱豆豉的。他们自称来是邻省湖北的，其中一个男人负责拉架子车，另外一男一女跟在车一侧和车后面。架子车厢里摆放着三四个带盖子的塑料桶，车尾用粗麻绳固定，桶里盛着酱黄色的、诱人的酱豆豉。

拉酱豆豉的架子车一进村，村子里便弥漫着一股奇异的酱味。卖豆豉的允许先尝后买，有些村民尝了也不买，不是不想买，实在是囊中羞涩。大多数家庭靠"鸡屁股银行"换盐吃，学生交个课本费还得东借西凑，买酱豆豉，还是省省吧。

我和附近的几个小伙伴，知道家里买不起，就一直跟在拉豆豉的架子车后面。见我们只是好奇地围观，并没有做出什么过分的举动，卖酱豆豉的渐渐放松了对我们的警惕。我们等待的就是这样的时机，等他们不再注意我们时，我们当中胆子大一些的，以迅雷不及掩耳之势，在酱桶沿上抹一下，刮一点豆豉或者酱汁，迅速塞入口中。见卖豆豉的没反应，第一轮还没揩到酱豆豉的小伙伴，如法炮制，也尝到了酱豆豉的味道。

那时候的农民餐桌上，人多菜少，尤其缺乏新鲜蔬菜，农村几乎家家晒豆豉。自己家晒的豆豉，除了不太好闻的酱味、花椒叶味和咸味，再没别的味儿。进村售卖的酱豆豉，有浓郁的酱豆香，有一种说难以言说的魔力，直勾人的味蕾。一旦尝到，回味绵长，只要吃到，就会齿颊留芬，让人久久无法忘怀。

用传统手法晒制豆豉，大致要经过泡豆、煮豆、晒酵、拌盐拌花椒叶、晾晒等环节，前后要经过二十多天，天气不好的话要时间更长。让煮熟的黄豆发酵，需要在黄豆上铺一层又一层的黄蒿，黄蒿和青蒿类似，味道很窜，有的人觉得香，有的人觉得臭。觉得香的人希望能将其气味多吸几口进鼻子里，觉得臭的人唯恐避之而不及。煮黄豆上生出一层厚厚的绿毛黄毛，晒酵这一关就差不多了。

人家卖的酱豆豉颜色好看，酱黄色，自家做的豆豉深褐色，颜色上就略输一筹。豆豉快晒好的时候，早被我们学生娃盯上了，悄悄捏几块放手里，慢慢嚼着吃，成为我们上学路上的一款零食。

自制豆豉最常见的吃法是烫着吃：抓一把豆豉放进白瓷碗里，倒进去一些开水，开水要刚好没过豆豉，泡上五分钟左右，干硬的豆豉差不多就泡开了，往里面滴几滴香油，一碗橙黄、散发着香气的烫豆豉就做好了。把馒头掰成小块，直接蘸着吃。直接吃馒头难以下咽，用馒头蘸一下烫豆豉，有点咸味，有点酱味，聊胜于无。能吃饱肚子就不错，谁还讲究什么营养呢。

四十多年过去了，中国社会发生了翻天覆地的变化，老家农村人过上了小康生活，蔬菜水果样样不缺，干菜咸菜一类的食品，农村也没有人吃了，家家门前用筐箩晒豆豉的场景，成为一些上岁数人记忆深处一抹远去的记忆，再也不会出现了。

2022 年 7 月 6 日

怀念房前屋后的那些树

现在的农村，人少，树少，鸡鸭牛羊少；以前的农村，人多，树多，鸡鸭牛羊多。

就单说树吧，哪个村子不是烟树笼罩，榆柳环抱？家家户户，房前屋后，只要有空地，都会种上几棵。河溪两岸，沟塘边上，桑枣杏槐，楝楸椿梨，各美其美，各领风骚。

自然，我们家房前屋后也种了一些树，尽管绝大部分旦已没有了，但它们至今让我怀念。

我家的房前屋后总共有十几棵树，最多的是榆树。老砖房后面两棵，老龙门外面两棵，宅子前面两三棵。我没有向父母打听它们是谁种下的，也许是父母亲种的，也许是爷爷奶奶种的，或者是姑姑们出嫁前种的，反正是前辈人种的。它们长到我这一辈，已是根深叶茂，长成参天大树了。每年开春不久，它们会长出一树的榆钱，挤挤挨挨的，争着沐浴春风承接阳光雨露。趁着榆钱鲜嫩，母亲会拿出一支长竹竿，绑上一个铁丝钩子，够一些榆钱做成蒸菜吃。

初中之前，村里每年都要唱地方戏，戏台搭在我家宅子南面的空场上，装行头的大木戏箱堆放我家的堂屋一边。演员们化妆，从我家老榆树上割下一块树皮，泡出黏液贴鬓角的贴片，黏黏的，油光发亮。

小院里原先有一棵老杏树，主干粗短，树皮上长有青苔，树干上爬有水牛（一种浑身乌黑光亮、生有一副钢牙、头上长有一对细长触角的虫子），结出来的杏子个头儿小，又酸又苦，我们那里叫羊屎蛋杏，必须先在麦柜里捂黄了才能吃。我六岁那年，七十六岁的奶奶因病去世，父亲请来村里的老木匠陈老十和他的徒弟，把老杏树放倒给奶奶做一副棺材。拉墨线、拉大锯、解木板、砍凿刨合，齐里咔嚓几天收拾，奶奶的棺材做好了，上了漆，老杏树终于完成了它的光荣使命。那时候农民家里有年纪大的人，有身体状况不太好的人，都会提前留一两棵大树，一旦老人归天，便做成棺材。

小院儿东南处，有两棵树干比碗口略细的楝树。每年夏季，紫色的楝花迎风开放，据说楝花有香气，但我小时候从来没有闻到过，大概是我从来没有注意去闻吧。楝木纹理粗疏凌乱，算不得优良木材，所以农村人家很少主动种植，多是野生而成材。

1975 年河南发大水那一年，为防止洪水将房屋冲倒无处可宿，正值壮年的父亲在家人的帮助下，把架子车棚绑在了小院那两棵楝树和旁边的榆树上。幸运的是，洪水很快就退下去了，家里的房子并没有被洪水冲毁，父亲用架子车棚所搭建的树上临时住所最终没有派上用场。

小院西南处，靠近路沟边的高处宅子岸上，有一棵大桑树，一棵楸树。桑树在北，楸树在南。大桑树不仅有我童年的回忆，也有同村相当一些同龄人的回忆，因为我们都吃过它结的桑葚。破衣烂衫的一群农村孩子，眼里闪着饥渴的光，大嚼一阵桑葚后，一个个牙齿、嘴唇、舌头乌黑，手指也一样染得乌黑。桑树越长越高，越长越粗，爬树技术高超、四肢强健的孩子才有资格在树上摘第一手的桑葚吃。

除了大桑树南边的楸树，大桑树往东五六米远的地方，长着另一棵楸树。树干细一些，树身短一些。楸树主干笔直，形体俊美，树叶椭圆而富于光泽，远观则亭亭如盖，有着极高的绿化欣赏价值。即使在秦岭—淮河沿线的亚热带季风气候带内，楸树长得也很慢。楸木纹理清晰而均匀，制成的家具美感十足，使用寿命长。因为盖房子碍事，大桑树和两棵楸树都被砍掉了。不知道它们最终被用到哪里了。

说到桑树，我们家房子西南角，茅厕门口外一米处，也有一棵大桑树。

不过这棵桑树是公的，只会开一些小虫子一样的青花，不会结桑葚。自然也不会引起人们的更多关注。这棵桑树后来也被砍掉了，锯掉树冠部分，树干蓬放在老砖屋界墙横梁和东屋墙洞之间的空间里。

宅基地西南角，一北一南有两棵椿树。每年大年初一早上，我都会趁着夜色未褪，快步离开家门，来到北边那棵更高大些的椿树下，先看一下旁边的大路上有没有行人，确认无人后，张开双臂，将椿树搂抱入怀，口中念念有词："椿树椿树你为王，你长高来我长长，你长高了做过梁，我长长了穿衣裳！"母亲说，这神秘的祷词一定要念够三遍，以示虔诚，否则不会起作用。母亲还再三交代，向椿树祈求长长的行为不能让人看见。三遍念完，我赶紧撒丫子跑回家中。

宅子上靠路边堆砖头的地方，曾经种过一棵歪脖子枣树，没结几年枣，村里在旁边盖新的代销店时，就把它砍了。

大姐还没出嫁的时候，花一元钱从镇里的集市上买回来一棵桔子树苗，种在老房子前面两三米远的砖砌花池里。花池南边是自来水池，浇水方便，一家人又精心呵护，桔子树苗茁壮成长，七八年间长成了一棵枝繁叶茂的大桔子树，树上结的桔子越来越多，最多的时候，能摘两蛇皮袋桔子。高处的桔子树枝爬到了房瓦上，低处的树枝影响我们日常通行，上厕所都要低着头，小心翼翼，否则就会被桔子树枝碰了头。最初的喜悦兴奋变成了不胜其烦，桔子树成了我们生活中的一个障碍。后来，妹夫在郭滩镇联系到了一个开养老院的老板，以一千元的价格将它卖了，桔子树也算有了一个好归宿。

除了上面提到的各种树，小院里还曾经种过我十岁左右亲手培育的小杏树，还有香椿树、银杏树、葡萄树。葡萄树和香椿树都成了气候，香椿树长得超过了屋顶，供我们吃了好几年的香椿芽，后来不知哪一年翻盖小屋，砍掉了。葡萄树结的葡萄不大不甜却很酸，母亲只能用它们做葡萄酒；前年因为翻盖房子，葡萄树主干以上的部分被砍掉了，残留部分后来又发了新芽，现在还顽强地生长着。

杏树没怎么做贡献，因为结杏少，母亲让人砍掉了。灶屋门口的银杏树嫌碍事，移栽到了别处，后来不知所终。

新农村建设推行好多年了，乡村巨变，农村人交通出行更加方便，居住条件、生活质量都大大改善，提高了不少等级。但唯一让人感到遗憾的是，农村家家户户房前屋后的树大大地减少了，留守农村的妇女老人儿童赖以遮阴乘凉的大树再也难觅踪影。炎炎夏日，人们只能躲进电风扇下、空调屋子里，度过难熬的三伏天。

大人们搬个椅子坐在大树下摇着蒲扇乘凉，说古记、侃大山，孩子们手持竹竿，从这家树下移至那家树下粘知了的情形，只能深埋在一代人的记忆深处，一去不复返了。

2022 年 7 月 16 日

醉烟记

醉酒者常有，而醉烟者不常有。那是我上学以前的事了。

那时候娱乐项目实在太少。看到父亲那一辈人几乎个个抽烟，十分好奇，痴痴地想：抽烟是个什么滋味？哪一天我也要像大人那样好好抽一回烟。

父亲抽不起纸烟，他给自己准备了一套旱烟袋：青玉石烟嘴，半尺多长的竹质烟袋杆，三公分左右的铁制烟袋锅，烟袋杆上用粗线绳拴一个装烟叶的烟布袋。从早上起床开始抽第一袋（一锅），只要不是太忙，有机会就抽一袋（锅），晚上睡觉前再抽一袋（锅）。

父亲有一个备用的烟袋锅，也是铁做的，放在厨房窗台上。那时候我对所有金属类的东西都特别感兴趣，土里发现一颗生锈的钉子，地上看到一段闪着亮光的银白铁丝，我都会弯下腰身捡起来，装进口袋带回家。每天进出灶房，我早就发现了父亲的这个备用烟袋锅，暗暗地喜欢上了它。

有一天，我把父亲的烟袋锅偷偷揣进衣服口袋里，带出了家。我和五六个同龄的小伙伴一起到大队部前面的空场上玩，因为口袋里有烟袋锅，今天我要尝试抽一次烟。

我低着头到处踅摸，寻找大人们扔掉的烟屁股，见到一个就捡一个。我能找到的纸烟屁股，有的还是圆形的，有的已经被人们踩成扁的。不管是圆的还是扁的，我都一一捡起来，小心地捏在手心里。那时候村里还没有人抽带过滤嘴的香烟，我捡的烟屁股被不同的大人多次亲过嘴。

大概捡了十多个烟头，我觉得差不多了，就停在一个黄土堆旁边，开始一个一个剥开。我把里边剩余的烟丝一一收集起来，集中在一个烟盒撕成的纸片上。烟头都剥完了，我把它们装进烟袋锅里，压瓷实。烟袋锅上插了一个粗细差不多的东西，忘记是什么了，反正能把烟袋锅里冒出的烟吸到嘴中去。一个简易旱烟袋就这样做好了。

小伙伴有从家里偷拿火柴出来的。我让他们帮我点烟。我已经扎好姿势，咬住了烟袋杆一头，做好了吸烟的准备。"嚓"的一声，火苗亲上了烟袋锅。我学着父辈人的样子，吧嗒吧嗒抽起人生第一口真正的香烟。

我深吸一口气，怀着无限憧憬，美美地将一锅儿二手烟丝产生的香烟吸进了口腔。吸烟的时候我是站着的，但很快我就站不住了。眼前的小伙伴开始摇晃起来，大地和天空飞速旋转，我自己也摇晃起来，也就只那么一下，我觉得自己实在站不住了，赶紧在旁边的黄土堆上躺下来，头枕双手，紧张地闭上眼睛，一句话也说不出来。当时，我的头脑异常清醒，小伙伴们在我身边风轻云淡说的话，我一一听入耳中。后来我觉得可以说话了，但我不敢睁开眼，因为稍一睁眼，仍然是天旋地转。

就这样在黄土堆上躺了好大一阵子，再试着睁开眼睛，觉得周围的一切慢慢恢复正常了，我这才从醉烟状态重新回到正常的人间来了。

这是我有生以来第一次醉烟，也是唯一的一次。此后，我对抽烟产生了心理阴影，对抽烟感到非常厌恶，再也不想尝试抽烟了。

2022 年 7 月 21 日

分菜趣事

题记：因新冠疫情封控管理的居民楼，政府往往会免费分发蔬菜包，让我想起几十年前生产队里分菜的几桩趣事来。

七十年代，每个生产队都有自己的菜园，每个菜园交给一个菜把式专职管理经营。到了成熟收获的时候，生产队就给每家每户分下去。免费，按人头分。

比如分茄子，一人一斤。哪家几口人，该分多少菜，菜把式陈双田心里明镜一样。他和生产队的保管员提前用杆秤把每家每户的菜称好，一堆一堆在地上放着。不用敲钟鸣锣，只需口口相传，"八里响"的孩子会十分卖力地帮菜把式把消息迅速传达下去。生产队的二三十户人家各自派出代表，扛着竹筐，陆陆续续来到村西北角的大堰边。

堰塘边有一口水井，大概只有几丈深，井口上支着一挂链子水车。井水清冽甘甜，由一头蒙上眼睛的黑驴负责抽上来，沿着弯弯曲曲的水渠，浇灌着生产队的菜园。无污染的清水，浇出来的菜味道纯正，带着纯天然的那种淡淡的甜味。

分菜往往就在生产队菜地附近的空场地上。分菜的时候，也是孩子们兴奋的时候。十岁以内的孩子跟在大人屁股后，跳着叫着参与到分菜中去；十多岁的孩子，可以代表大人去领自家的菜了。

夏天里，分的有茄子、芹菜等。深秋初冬，分的有萝卜、白菜，还有大葱。那时候的芹菜个头不大，但香味浓郁，有清新的田园味道。有一次分茄子，我的一个同族曾祖母为了占便宜，以迅雷不及掩耳之势，从生产队的茄子堆上拿起一个大茄子，也不洗，也不擦，上来就是一口。怕别人说她占便宜，自己先开口说："我先尝尝这茄子好吃不好吃！"曾祖母一串行云流水般的表演，让我的下巴都快惊掉了，因为在我的印象里，茄子是不能生吃的！

还有一次分菜的时候，不知道什么原因，半大小子的小玲跟雪庭奶奶吵了起来。少不更事的小玲，对雪庭奶奶爆了粗口，希望以此镇住对方："咋了？鸡巴给我咬不下来！"从旧社会过来、见过世间太多风雨的雪庭奶奶，跺着脚向小玲走去，向小玲的裆部伸出一只粗糙、暴着青筋的手，寸步不让地说："来！来！今儿里看我能不能咬下来！"小玲没料到对手竟然这样较真，赶紧双手护裆，吓得再也不敢吭声。一场风波平息了。

冬天分回去的大葱，枯败但仍有弹性的叶子成了我们的玩具。我们从葱堆里把这种叶子拔下来，从粗的一头吹气，把原来一个瘪瘪的平淡无奇的葱叶子，吹成一个鼓鼓胀胀的灰白圆柱，然后用牙咬着粗的葱叶那头，把葱棒子转几个圈，顺势一抽，打个结，吹进葱叶子中的气就出不来了。捏紧打结的地方，悄悄走到正忙着农活的大人身边，左右手猛力向着鼓起的葱叶拍去，"啪"的一声，受到外力快速击打的葱叶炸开，分贝和一只鞭炮的响声差不多。注意力集中在别处的大人被吓一跳，转头骂起自己的孩子："狗日的，你想把老子吓死啊！"看到父母亲一脸的惊惧，调皮的孩子赶紧跑开，得意的笑声在农家小院附近回荡。这就是农村孩子无事生非的"穷开心"。

青葱叶子里的黏液，被大家戏称是菜把式的鼻涕。这让我很长一段时间里，对大葱始终怀有一种偏见，觉得它难登大雅之堂。

生产队菜园也种西红柿，是为了供人们欣赏，当年人们都说西红柿是"稀宝三圆，好看不好吃"。大人们这样说，孩子们好奇，非要尝尝稀宝三元的味道。摘一个放嘴里，觉得果真味道有点怪，就把剩下的给扔了。

四十多年过去了，种菜的菜把式陈双田、帮忙分菜的生产队保管员早已不在人世，生吃大茄子的曾祖母也早已长眠地下，当年的娃娃们，都成了娃娃们的家长，双鬓斑白，年长体衰，回想起当年分菜的事情，感觉那么久远，想起当时发生的一些事情，还会忍不住发笑。笑着笑着，心头又涌起一种岁月的沧桑感。

童年生活里那些分菜的生活场景，只能成为记忆中的故事了。

2022 年 11 月 21 日

腊月的月亮

傍晚去温都水城景区办事。办完事回来，一个人走在四合院灰色砖墙之间幽静的砖路上，头顶挂着一轮明晃晃的月亮，月亮四周散布着十几颗亮晶晶的星星，天空是纯净的蓝，没有一丝云彩，显得深邃静谧。二到三级的风，吹在身上感觉有些冷，干冷。对着月亮凝视了一阵，竟然有点出神，似乎听到有个声音说：这是腊月的月亮，也是照耀过你童年的那个月亮。

那时候，只要时令进入腊月，村子里每过几天似乎就会有喜事发生：娶媳妇的，嫁姑娘的，红色的对联，红色的鞭炮，红色的嫁妆，绑了红色布条的马灯，包封子的红纸，到处都是喜庆的颜色。即便自己家里没喜事，只要关系够得上，便主动替有事儿的人家干点活，沾沾人家的喜气。人们相互说着吉利的话，比平常谦逊客气。

腊八吃了米齐，村庄上过年的气氛一天比一天浓，村子上空的月亮也一天比一天圆，一天比一天亮。那时候的月亮，总是那么大，那么圆，那么亮。

月亮由亏转盈，再由盈转亏，年关越来越近，村民们杀年猪、磨豆腐、劈木柴，三五成群去赶集，采购各种年货。

腊月的月亮是大自然赐给人们的一盏明灯。虽然清冷，但因为月光里有我们对过年的希冀，便觉得这月光比一年中其他时候更温情。似乎是不想浪费那么好的月亮，我们赶紧把十分有限的作业写完，和父母打声招呼，就奔出家门，找伙伴们玩耍去了。

亮堂堂的月光地，三三两两的伙伴相约来到村里的某一处空地：一棵大槐树周围，或是二奶家、大娘家的房前屋后，大家叽叽喳喳地商量一阵，游戏就开始了。藏老猫（捉迷藏）、老鹰捉小鸡、野鸡翎扛大刀、抵虹牛阵，是我们最常玩的几种游戏。那时候农村孩子多，随便一凑就是七八个、十几个，所以各种游戏玩得起来，也玩得很嗨。藏老猫，我们尽往平常人不去的地方钻，门旮旯里、麦秸垛洞里、牛棚猪圈里、茅房里，都是我们藏身的好地方。常常一场游戏下来，弄得头上沾草，身上缠灰，像个灰老鼠一样。

老鹰捉小鸡，不会弄脏棉袄棉裤。当老鹰的，当小鸡的，玩得都十分投入，玩得小心脏怦怦怦直跳。抵虹牛阵，有点野蛮和暴力，对阵的双方由本队身强力壮者架着一人的双腿，拉开架势，开足马力向对方阵营撞去，撞偏的时候，会把对方人的脸部撞破。溶溶的月光下，你可以清清楚楚地看到小伙伴们兴奋得有些夸张的眼、鼻和嘴，真切感受到队友呼在你脸上的热气。

野鸡翎扛大刀的游戏也很有趣。凄清的月光下，一群小伙伴分成两队，一队若干人，大个作头领，双方相向而立，每队相邻队员左右手拉在一起，站成一排，头领站在中间，拉紧两侧队员的手。一方队员集体抬高嗓门喊："野鸡翎！"另一方全体接着高声喊："扛大刀！"第一队喊问："我的人马谁来挑？"第二队接："你的人马我来挑！"一队喊："挑谁哩？"二队喊："挑狗娃！"于是这个被挑选的队员狗娃就从己方队伍出列，后退两步，然后奋力向对方队伍冲过去，如果可以把对方任何两名队员拉着的手冲开，就可以从上述两名队员里任选一名自己觉得强壮一些的，当作俘虏带回本队，加入己方队伍，否则就成为对方的俘虏，加入对方队伍。

游戏虽然简单，但大家一遍又一遍地玩，没个够似的。一直玩到月亮西斜，多数小伙伴感觉困了倦了，大家才相互道别，各回各家睡觉。鸡鸭牛羊早就进入梦乡，偶尔能听到一两只灵性强的狗子在村巷的这里那里吠叫。这时候月亮似乎也困了，没精打采地挂在西天上。大人们早已鼾声如雷，我们匆匆回到家，甩掉靴子上了床，三下五除二脱了个精光，钻进被窝，倒头便睡。整个村庄完全沉寂下来。

几十年过去了，挑人的人和被挑的人，早已星散四处，有的甚至到了另一个世界，再也无法今生重逢。只有头顶那轮腊月的月亮，依然像当年那样挂在碧蓝深邃的天空。月若有情月亦老，可如今月亮依旧鲜亮如初，在她那里，一定是悲欢离合总无情了。

如今，我国新农村建设如火如荼，扶贫攻坚工程取得了决定性的胜利，家乡面貌早已发生了翻天覆地的变化。年轻人外出打工，村里只剩下老人和孩子。月亮还是当年的月亮，但孩子早已不是当年的孩子。那时的孩子，没有手机游戏玩，没有动辄几十集的电视剧看，除了和小伙伴聚在一起玩游戏，再没有其他娱乐方式。现在的孩子还会像我们当年那样在腊月的月光下尽情玩耍吗？进入腊月之后，他们还会像我们当年一样盼望过年吗？

2023 年 1 月 8 日

那件印有红色战斗机的背心

那个年代，如果村上有谁穿了一件白色的确良衬衫，一定会吸引不少羡慕的目光。因为的确良布自己织不出来，一定是从镇上的布匹店里买了布做出来的，或者是直接从成品商店里买回来的成衣。这种时新的布轻便、舒适，穿起来仿佛换了个人一样。别人看你精神，自己也感觉不一样。

穿自家用土棉布做的衣服久了，人们自然想换换穿衣的风格。

一个夏天的上午，好运突然降临到我的头上。妈要带着我上街买背心。一路上我蹦蹦跳跳的，见到什么都开心，天上的太阳很温柔，田野里的鸟儿叫得像唱歌。

那时候的龙潭镇，只有一条狭窄的老街，街道是土路自不必说，路面还坑坑洼洼的。穿着平底布鞋走在街上，眼睛东张西望的同时，还要小心脚下的路。要不然摔个狗啃泥，或是仰八叉，被别人嘲笑又不敢喊叫。

农民们从自己的村子出发，从四面八方汇向集镇上来了。扛筐的、挑挑子的、牵猪牵羊的，边走边聊，说说笑笑，好不热闹。生活清苦，上街赶集是能够让庄稼人放松心情的事情。拿自家的鸡蛋换几个钱，将不生蛋的母鸡卖了给娃儿撕块布料做件新衣服……

走了大概一个小时，妈和我来到了街北头。卖背心的就在街北头，路西边自北往南数第一家或第二家商店就是。营业员是个中年男人，见我们走进商店，在柜台后面跟我们打招呼。商店里已经有别的顾客在挑选商品。

这家商店所卖的背心一律是白色的。不过，商店提供一种免费特殊服务：往背心上印图案。商店一进门正对着的墙壁上，挂着一溜可供顾客挑选的图案，图案种类不多，也就三四种。其他的图案有什么不记得了，我瞅来瞅去，不到一分钟，就选好了自己喜欢的图案：一架穿云呼啸的战斗飞机。一件背心好像 1.5 元。

所谓印图案，就是拿一个事先画好的硬纸模板，将飞机等图案用剪刀挖空，把背心铺平，将模板放在合适位置，然后往空的地方涮红色颜料。等颜料干了，就可以让顾客拿回家穿了。这不过是当时商家吸引农村消费者的一种增值服务，不用花多少钱，让顾客觉得买得值。

我现在还记得自己当时下决心选战斗机的理由：我要向全世界的人宣布，长大了我要当战斗机飞行员，当一名战斗英雄，开飞机打坏蛋。

那件印有红色战斗机的背心，陪我度过了至少一个夏天的童年时光。第一次穿上这件背心，我脸上一定是幸福的、神气十足的。我一定也接受过童年小伙伴羡慕、祝福的目光。它最后是穿烂了，还是弄丢了，现在不记得了。

说来也巧，1996 年大学毕业找工作期间，来自北京的一家空军研究所前往河南大学招人，经过笔试、面试，层层选拔之后，我在二三十名同学中有幸被选中，被政委参谋们列入他们敲定的四人名单，后来被特招入伍，成为一名光荣的中国人民解放军空军军官。

精诚所至，金石为开。也许，冥冥之中有一股力量在主宰着我们的命运。看到我们内心有某个心心念念的真实意愿，它就帮助我们实现这个梦想。

那件印有红色战斗机的背心，一定听到了我内心的声音，将我童年的梦想照进了现实。

2023 年 3 月 16 日于北京

红薯井旁趣事多

记忆里，村上每户人家都有一口红薯井。村子的主干路南北向，路东边是一条早年的寨河。我记事起，寨河就变成了水沟，雨季的时候沟里会蓄上半沟水，冬春时节，寨河就干涸了。老寨河东岸畔，有一片红薯井，大概有七八口。靠东北角的地方，有一棵粗壮的洋槐树。树干粗，但树冠并不很大，可能是村里人每年春天用镰刀摘取槐花时，折断了它的树枝。

这片红薯井是我们一帮孩子的童年乐园。我们从河里挖来黄胶泥，每人占用一个石头井盖，把黄胶泥摔过来揉过去，等黄胶泥摔熟了，找来一根结实的葛巴草，把它切割成合适的大小，做成泥手枪、泥公鸡、泥狗子、泥哨子、泥拖拉机、泥汽车等。

有一天接听晌午时分，我们正在老寨河东岸这片红薯井空场上玩，一架飞机自东北的天空呼啸而来。飞机飞得很低，感觉它几乎要贴着洋槐树冠飞过来。当时，孩子们连汽车都很少见到，更甭说飞机了。每个人瞬间兴奋起来，脖子伸得老长，眼睛瞪得大大的，盯着飞机看。飞机好像带着天生的魔力，吸引每个孩子都跟着它跑起来，一边跑一边高喊着："看飞机！大飞机！"乐极生悲，小小的不幸还是发生了。我只顾跟着飞机跑，全然忘记了脚底下的红薯井盖，被红薯井盖绊了一下，摔了个狗啃泥。所幸没摔到牙齿、脑袋等关键部位，仅仅是胳膊被擦伤了。虽然擦伤的地方火辣辣地疼，但我仍然执着地盯着飞机，直到它消失在西南方向的天际。

一个夏日的傍晚，我带着妹妹和其他几个小伙伴在红薯井附近玩耍。天渐渐黑了，住在红薯井场地北边的福拉子老爷开始喂鸡，他身材魁梧、脸色黝黑、满脸黑斑，他左手端着盛玉米的木瓢，右手从木瓢里向外抓玉米，撒在地上，嘴里"咕咕咕咕"地叫着，呼唤鸡群来吃。对什么都好奇的我们喜欢看大人喂鸡，就凑过来看福拉子老爷喂鸡。但福拉子老爷不想让我们打扰他的鸡吃食，他生气地对我们吼："回家去，都给我滚一边去！"

听到福拉子老爷的怒吼，一些胆小的孩子吓得赶紧往一边躲。那时我妹妹只有五六岁，被福拉子老爷这么一吼，吓得马上向后退，却没有注意到旁边有一口没盖上盖儿的红薯井。看着妹妹不断往井口后退，我十分着急，脑袋里几乎一片空白，只知道喊着："井！井！"但年幼的妹妹并不理解，最终一只脚踩空，失去平衡掉进了红薯井里。我吓呆了，不知所措，后来叫来了大人，用竹把子把妹妹救了上来。幸好，她只是受了点轻微擦伤。很多年后，妹妹和我回忆起这件事，还埋怨我当初没有拉她一把。

清清的蓼阳河像一条玉带，环绕我们村缓缓流过，河畔上的几眼红薯井离我家只有100米左右。有一年，父亲在回家的路上，无意中发现其中一眼红薯井里有一只老鳖。他跳了下去，徒手捉住了老鳖。一家人都很兴奋地对这个意外之物品头论足，猜测它是如何跑到红薯井中的，以及它有多重。现在回想，那只后来成了我们口中美餐的老鳖，也许是想找个安全之所生蛋繁衍后代。它费尽千辛万苦才到了那口被人弃用的红薯井里，不幸被我父亲抓到了，供养了我们一家人当年那缺油水的胃。我们讨论的结果，这只纯野生的老鳖保守估计有二三斤重。我们吃掉老鳖的肉，母亲将老鳖壳留了下来。她说，老鳖壳可以当药材，把老鳖的壳在锅里焙焙、研碎了冲水喝，可以治疗腹部肿块、小儿痢疾等疾病。

别人家的红薯井，都是在户外挖掘而成。我们家的红薯井，却有些与众不同，因为它挖在自家灶房里。离灶房门只有一步之遥，旁边就是柴火堆。记忆中这个红薯井一直存在，刚开始，新红薯下来了，是父亲亲自下井，母亲或大姐将装在小筐里的红薯递到井口，父亲将红薯一个一个地在井底码放整齐。红薯井下很暗，父亲在凉滑的井壁上凿出一个像佛龛一样的灯窑，放上一盏煤油灯用以照明。我小时候下红薯井，父亲用袢带或粗麻绳拴我腰里，将我系到井下，后来个子长高些，渐渐胆子大了，父亲就用两只手抓住坐在井沿上的我的双手，直接将我放下井里。

最初下红薯井有些害怕，但后来感觉是件好玩的事儿。每次捡到的红薯，可以让全家人吃上几天，自己能够为一家人的生活做点贡献，一种男子汉的壮志豪情就溢满了胸怀。

上世纪九十年代，农村种植结构调整，人们越来越倾向于喜欢种植那些不需要太多工序、田间管理便捷的庄稼。管理成本高而经济效益较低的庄稼，如红薯、棉花、油菜、谷子、芝麻等逐渐退出了家乡的田野。后来，我们家也不再种红薯了，建在灶房地下的红薯井被弃用，最后用两车黄土给填埋上了。其他人家建在室外的红薯井，基本上也是类似的命运。从此，红薯井成为乡愁里一个抹不去的时代符号。

随着岁月的流逝，那些发生在红薯井旁边的童年往事，愈发令人感觉温暖。

2023 年 4 月 26 日

红色五角星

小时候看电影，最喜欢看战斗片儿，像《地道战》、《地雷战》、《延河战火》、《江三游击队》等。电影的宣传教育作用十分明显，受电影的影响，我特别崇拜战斗英雄，恨不能早生几十年，当一名冲锋陷阵的战士。因为岁数还小，参不了军，只能把对军人的崇拜转化为军装崇拜。

我虽向往能穿一身绿军装，但受家庭经济条件所限，绿军装穿不上，就想：能戴一顶军帽也行啊。军帽戴不上，就只能再退一步，弄一枚军帽上的红五星也极好……于是，我人生的第一张照片就有了。我和母亲、二姐、小妹的合影，我站在母亲身边，头戴一顶帽子，帽檐正中上方有一颗红色五角星，五角星不是缝缀上去的，是我为了拍照临时摆放上去的。用现在的词来说，是"摆拍"。

上学以后，心底更加崇敬军人这个职业。大学毕业那年，一个偶然的机会，我被北京空军的一个研究所录用了，穿上了幼年时代便梦寐以求的军装，成为一名光荣的中国人民解放军空军军官。

到了部队，先是在某野战部队参加为期三个月的军训。军训结束回到北京，又参加了三个月的业务培训。因为缺乏经历，首长觉得三个月的业务训练太短，需要掌握的业务知识太多，又给我们延长了训期。半年的业务培训结束后，我们终于合格，被分派下去上岗工作了。

虽然跟军队院校毕业的战友相比，我们还是缺少了军营的正规历练，但我们这批新人并不甘落后，服从首长指挥，严格遵守部队纪律，虚心向身边的老同事学习业务知识，苦练工作本领，快速提高自己的工作水平和业务能力。1997年春节值班期间，我认真工作，很快就取得了一定的成绩，得到部队首长的表扬。

人生第一张照片（自左至右为二姐韩运梅、母亲、妹妹韩运敏和作者）

除日常工作外，我还参加早操、拔草、消防演练等。

1999年5月，我服从部队调动，前往更加偏远的基地，补充那里工作人员短缺问题。铁打的营盘流水的兵。之前的战友因上调、转业等原因离去，我和四名战友及时补上空缺，保证了基地的正常工作开展。即使环境恶劣，我们也能迅速调整工作状态，不辜负首长的殷殷期望，很快就适应了新的环境。

工作上，我因成绩突出，先后多次受到上级嘉奖，被评为单位的优秀工作者。我用自己的行动，一点点向童年幻想的"英雄梦"靠拢。

在部队整整工作了十余载，我又积极响应党和军队裁军的时代号召，恋恋不舍地脱下穿了多年的空军军装，以空军技术少校的身份，离开了我挚爱的战友和军营。

如今，十余年过去了，我仍然和部队服役的老战友、现役战友保持密切联系，每年至少要聚上两次。聚在一起，除了聊聊生活现状，对昔日部队生活也是畅怀不已。聊到深处，我们还能排成排，比赛做俯卧撑……

转业后，我先后搬了四次家，每次搬家都要扔掉一些旧家具、旧衣服，但是有两套带军帽的军装，我都叠得方楞四正的，单独放在箱子一角。妻子问我："这衣服旧了，你也不穿，不扔还留着干吗？"我态度坚定地回答："不能扔！这是我一生最值得骄傲的勋章！"

生命里有过一段当兵的历史，血液里就打上了永远的烙印。虽然如今我已穿不上军装，但我永远不会忘记自己曾经的军人身份。每当我看见那张幼时的老照片，总觉得自己很帅，觉得那枚红色的五角星依旧在闪闪发光。

2023 年 7 月 31 日

第二辑　故园情深

外婆

我人生最初的记忆里，外婆是一道永恒、温暖的风景线。

我出生于 20 世纪 70 年代初，在家里 4 个姊妹当中排行老三。小妹出生的时候，父亲 33 岁，母亲 28 岁，他们靠给生产队干活挣工分养活 4 个孩子。奶奶时常到四个姑姑家去住，享着晚年的清福，很少照看我和姐姐妹妹。父母只好把需要看护的婴孩儿送到生产队的托儿所。所谓托儿所，就是找几个五六十岁的老太太帮忙哄哄孩子，不让他们在家抓尿泥玩。

新中国成立前，奶奶总是把省吃俭用攒下来的钱买田置地。后来划成分的时候，我们家被划成了富农。由于阶级成分不好，父母无权无势，托儿所的老太太对我们十分淡漠。长大后听母亲讲，她因为照看我们姐弟几个的事情，曾经和我们生产队一个同家族的女性长辈吵过好几次架，起因就是那个同姓的长辈只对生产队干部家的孩子尽心照看，怠慢和冷落我们姐弟几个，年轻气盛的母亲对此极为恼火。母亲说，她从地里放工、到托儿所接我回家的时候，经常看到我眼里噙着豌豆大的泪花。

于是，我们大一点的时候，母亲就把我们送到一河之隔的外婆家，让外婆帮忙照看我们。我现在能回忆起来的幼年时的很多事情，就发生在外婆家。

民国四年（1913 年）阴历十月二十一日，外婆出生于郭滩镇杨桥村一个普通农民家庭。听母亲讲，外婆先后一共生了 6 个孩子，1 男 5 女，但前面 3 个孩子都因病先后夭折或早逝了，其中包括我那个唯一的、从来没有机会谋面的舅舅。贫穷和疾病，早早夺去了他们娇弱无助的生命，在外婆的记忆里，那是多么痛彻心扉的心灵创伤啊！但直到外婆去世，我从来没有听她提起过这些令她伤心欲绝的人生经历。

外婆给我留下的最深印象，是她那一双受旧社会封建思想影响极深而裹得很小的脚。那真是三寸金莲啊。外婆身材瘦小，一双因长期用裹脚布裹起来的小脚，和她小巧玲珑的身材倒是十分般配。

外婆容貌精致，而且天生皮肤好，脸上总是很白净，即使到了晚年，脸上皱纹也没那么明显。她总是把头发梳得很光滑，在后面挽个发髻，用发网网住，然后再戴个黑绒布的女式帽子，正好把所有头发都罩在帽子里。印象中的外婆常常穿一件黑色对襟外罩，裤子也是黑色的，浑身上下的打扮得体利落，给人一种宁静祥和的感觉。

母亲说，外婆可怜了一辈子。从俏媳妇到有了外孙子外孙女，除经历过1子2女夭亡外，还先后3次参与翻盖房子。在农村，翻盖房屋可是件大事，省吃俭用攒够了钱，脱坯、制瓦、烧窑、购买脊檩、椽子、挖池子泡石灰、请木匠、备饭菜、递烟让茶，往往一所宅子盖好，家里的男人女人都得瘦一圈，有人累得腰都直不起来。如果不是迫不得已，一般人家不会轻易翻盖房屋。可这样折磨人的经历，外婆竟然经历了3次。

本以为外婆是裹脚女人，在家里操持操持家务就够了，但听母亲说，和很多农村老年人一样，外婆也和外公一样下地干活。外婆家田地最多的时候有十多亩。那时候没有任何现代化农具，犁地靠牛，施肥、种地、除草、浇地、收割，样样都得靠双手完成。除了下地干活，外婆还负责做饭、洗衣、放羊、喂鸡鸭等，同时还要照顾年幼的外孙子、外孙女们。外婆家和我们家住邻村，我已经上了小学，在我们家东边的蓼阳河边玩耍时，曾不止一次看到裹着小脚的外婆一边放羊，一边掐麦秸辫子。羊长大了可以生小羊卖了，麦秸辫子可以拿到街上换钱。有时候为了多卖几元钱，外婆让小姨步行走到邻省的湖北某集镇上，把她掐的麦秸辫子卖掉。

外婆为人低调，但从来不吝惜自己的善良。她慈祥和善，言语不多，一向都是默默做事，不张扬。她对街坊四邻从来没有坏心眼儿，谁家有了困难，能帮忙时绝不含糊。她的德行大家看在眼里，记在心里。在我的记忆里，邻居家她的几个晚辈（都是我的舅舅，和我年龄相仿）对外婆向来十分尊敬，经常大娘长、大娘短地叫，语气里透出来的，是打心眼里的敬重。我们当外孙子、外孙女的，都以能有这样的外婆而感到自豪。我们一群尚不更事的外孙辈，甚至为"争外婆"发生过激烈的争吵。这个认真地说："她是我婆，不是你婆！"另一个怒目圆睁、脸红脖子粗地争辩："是我婆！不是你婆！""是我婆！""是我婆！"双方谁也不愿意服输。那一争高下的场面让大人们觉得实在好笑得很。

那时候还没有双休日的说法，二姐在7华里外的龙澶乡中上初中。那时候我们村和外婆的村子虽只有一河之隔，外婆的村子种花生，我们村却没有人家种。星期天下午去学校前，外婆都往二姐的书包里装些花生，让她在路上吃、到学校吃，尽其所能让二姐吃好些。

小妹和外婆竟然是同一天生日！小妹至今还记得，她们生日到来的时候，外婆常让小姨家（小姨是外婆最小的女儿，姨父倒插门竺了外婆的女婿）的表弟或表妹跑到我家，叫小妹去外婆家过生日，给小妹炸油馍（油条）、煮鸡蛋吃。

我还在幼儿期间，现在推测大概只有两三岁吧。那时候我有了人生最早的

外婆和孙女张俊英、孙子张运红合影

记忆，有一阵子我天天住在外婆家。一个冬夜，一家人吃过晚饭，外婆把所有的锅碗瓢盆清洗干净，摘下腰里的围裙，收好，吹灭灶房里的油灯，牵着我的手，带我去邻居家串门。夜幕早已降临，周围黑黢黢的。蝉和夏虫早已销声匿迹，屋外的世界格外神秘、静寂。外婆拉着我的手往外走，到院子里抬头望天，天幕上没有月亮，只有无数颗星星在头顶闪烁，虽然感觉有些冷，却让人内心异常满足和宁静。

快要过年了。我们那里不成文的规矩，出嫁的女儿、女儿家的孩子，不管平时在娘家、外婆家住多久，春节前是要回自己家过年的。于是，母亲让大姐去外婆家接我回家。至今我还依稀记得，一出外婆家的村子，大姐就把我背起来往家走，一边走一边跟我讲村里发生的事情：生产队正在我家屋后那个坑（我们那里对池塘的说法）里逮鱼呢，每家都能分到好几条大鱼！我们姐弟俩在曲曲折折的小路上往家走，外婆和她的家在我们身后越来越模糊了，不知道哪一天才能再回到外婆家。

外婆生活清贫，对大鱼大肉从来不贪嘴。虽然一生吃了很多苦，经历过许多悲惨的事情，但我们从来没有听她抱怨过什么。

晚年的外婆，因为得了一种怪病，竟然一病不起、卧床4年而终。现在推测，那可能是一种恶性肿瘤。那怪病使外婆后背无故生疮，疮烂了，而且烂成一个大洞。那时候绝大多数家庭经济条件都非常拮据，当地医疗水平也有限，所以外婆没有到大医院诊治过。生了病的外婆还特别忌口，这也不吃那也不吃，唯一喜欢吃的人间美味，竟然是开水焯过的青菜团子！

外婆卧床不起的4年间，母亲时不时会让父亲用拉车，把外婆接到我家，住个十天半月的。一是表达自己的孝心，二来也能减轻姨父和小姨看护外婆的负担。更重要的，是让外婆换个环境，换换心情。父母在堂屋里给外婆支了张床。那时候我还是个初中生，有时候跟外婆聊会儿天，问问她身体感觉怎么样，却不懂得如何给外婆做护理。还是大姐懂事些，她会帮外婆洗头，从街上给外婆买些苹果回来吃。别看现在普通得不能再普通的苹果，在那个年代对农村人来说却难得一见，也算是一种稀罕的吃食。母亲把苹果削皮、切块，在开水里把苹果烫一会儿，然后喂外婆吃。外婆常常连一个小苹果都吃不完。

外婆后背的疮洞一直不愈合，不停地往外流血水、脓水。姨父过几天就赶一回牛车，拉外婆去几里外的街上卫生院换药。有时候是母亲和小姨跟着给外婆打伞遮阳，小妹说她也帮外婆打过遮阳伞。可那时去街上的路太烂了，牛车颠簸得厉害，躺在车上的外婆十分遭罪。母亲说，有好几次，一向十分坚强、经常把生活的苦连饭菜一起咽下肚的外婆，终于忍受不了后背伤口因颠簸带来的巨大疼痛，像个孩子似的放声痛哭。1987 年阴历八月十五日的前几天，妈发现外婆后背那个疮洞终于不流血水和脓水了，伤口变得干爽起来。外婆身体内的最后一丝生气马上就要耗尽了。两天后，外婆呼出平生最后一口气，永远地闭上了眼睛。

那时，小妹正在村南的小学上五年级，我刚到县一高上学。课间休息时，外婆家响起不祥的鞭炮声。本村的任课老师说：是韩运敏的婆去世了！

一生含辛茹苦的外婆，带着她所有的美丽、德行和梦想，幸福与不幸，去到那个没有苦难、没有病痛折磨的世界去了。失去老伴的外公，身心俱创，5 个月后因病不治，追随外婆去了。两人合葬在村南公坟里。

外婆离开我们将近 30 年了。现在，她和外公长眠于九泉之下。每到清明、阴历十月初一和春节，只要在老家，妈和小姨，还有我们晚辈，都会到她和外公的坟前烧纸钱，燃起一挂鞭炮，寄托我们绵绵不绝的哀思。

如今，当我再次仰望星空，虽然偶尔还能看到那满天的星光，身边却再也没有外婆牵伴。外婆一定早已变成天上的不知哪颗星星了，虽然没有那么耀眼，却无时无刻不散发着温暖的光，照耀着我们仍然活着的、她的每一个后人。

作为晚辈的我们早已长大成人，而且成为人父、人母，承担着家庭和社会的一部分责任。每每想起外婆，我的内心总会涌起一股暖流；回想起由外婆带给我的记忆，浑身就有一种温润的感觉，丝丝缕缕，缠绵着我的每一个细胞。

愿外婆的灵魂永远安息！

2016 年 12 月 26 日于北京

父亲的光阴故事

导言：父母亲给了我们生命，抚育我们长大。大灾大难面前，他们甚至可以为子女付出最宝贵的生命。

树欲静而风不止，子欲养而亲不待。父母这个主题在我看来始终是个大命题，轻易不敢触碰。我的父母亲如今已到了垂暮之年，是时候写一写他们了。谨以此系列文章，藉此表达我对父亲的感恩之意。

父亲的创业故事

父亲是8亿中国农民的一分子，在东方伟人所称的"创造世界历史的动力"中微不足道，但对于我来说，父亲就是一片辽阔的天空，他的光阴故事值得我付出浓墨重彩。

我的曾祖父有三个儿子，祖父韩克泰排行老大，到了父亲这一代是单传。父亲出生于1941年7月，其时正值抗战相持阶段。建党20年后的各个历史阶段，父亲都经历过。

父亲10岁那年，饱受生活折磨、以前遭绑票、被土匪割掉一只耳朵的爷爷因饿痨去世。大姑、二姑已经出嫁了，奶奶带着四姑、父亲和小姑艰难度日。

家里没有男劳力干活，父亲小学没上完便辍学了，十一二岁便开始学着扶犁耕地、推碾拉磨。父亲说，他在大井杨学校上完第四册课文后，当时学校没有三年级，他和二伯就开始上四年级，但四年级的课他们听不懂，二伯他们便用唾沫擦掉书本上手写的名字，还书于老师，回家当起了农民。那时候，人民当家作主的新中国百废待兴，国家建设正需要大批青壮年参与。

互助组、合作社时期，父亲才十几岁，就被村集体派到外面做工。1958年我们家盖房子时，十七八岁的父亲正在外面村集体做工，没顾上为自家盖新房出力。

大集体时期，父亲参加过312国道唐河—桐柏段、107国道唐河—枣阳段公路路基（路胚）的修建工程，参加过蓼山脚下白马堰水库的修建工程，参加过生产队的农田水利建设（挖沟、修渠、打机井等），为20世纪六七十年代的农村社会主义建设出过大力，流过大汗。他的青春年华献给了广阔的农村天地，献给了那个时代的农村建设事业。

父亲讲，那时候全县到处都还是土路，不像现在到处都是宽阔的柏油路。父亲那一代人的辛苦付出，为后来家乡发生翻天覆地的变化打下了坚实基础。那时候生产生活条件艰苦，修水库、修路基，他们都是赶着牛车、拉着架子车，走上几十里、上百里地往返于村子与工地之间，去县城修路仅路上就需要两三天。那时候没有大型机械，做工全凭出苦力。

父亲中等身材，鞋子是40码的，由于长期参加生产劳动，双手像钳子一般粗壮有力，是我双手力气的不知几倍。

外出做工期间，工地上每天会按人头烙出一定数量的白面烙馍，分给下苦力的农民工吃。为了让子女吃点"好面"烙馍，父亲特意将分给自己的烙馍省下一片两片，带回家分给我们吃。现在想想，白面烙馍其实没什么好吃的，稍微有一点香味而已。但在那时，它就是我们舌尖上的人间美味。

生产队的农活儿，父亲基本上都干过：犁地耙地、播种收割、扬场堆垛、下红薯母、下粉条等；手工艺方面，脱坯、磕砖模（制生砖）、烧窑、烧锅炉炼薄荷油等，他都是一把好手。因为肯出力、成绩突出，父亲多次被评为先进劳动者，暖瓶之类的奖品得过好几个。

农村实行联产承包责任制之后，父亲的干劲儿更足了，每天起早贪黑在自家田里忙碌。经常是太阳还没出来，我们几个贪睡的孩子还在华胥国里畅游，父亲一句接一句"起来了，起来了！"的命令，硬生生把我们唤醒。夏收、秋收期间，我们总觉得觉睡不够。因为经常带一家人"摸晌儿（到午饭点了还在干活）"，母亲和我们对他一度颇有怨言。

那时的父亲似乎永远不知道疲累。除了下地干活，他还担负着饲养黄牛、维修农具的任务。上午已经干了半天活儿，他还不肯休息，趁母亲中午饭还没做好，脖子里搭个毛巾、一手拿镰刀、一手攥着竹筐就离家了。大约四十分钟的工夫，就能见到父亲右肩上扛着一大筐青草、双手爆着筋，弓着腰、满头大汗地回来了。

父母曾计划翻盖我们家的老房子。为准备建房用的砖头，父亲动员全家一齐上阵，利用农闲时间，和泥、制砖胚、搭砖架、拉煤烧窑、洇窑、搬搬捡捡、遮遮盖盖，风里雨里，几年下来，制作了三万多块纯手工青砖，颇有气势地堆码在我家宅基地周围。但由于要集中财力供我们几个学生上学，盖新房的计划最终搁浅了，这些浸泡着父母亲和大姐心血与汗水的青砖相继转卖给了别人。父亲带着一家人手工制砖的经历，刻写进了家乡 80 年代激情燃烧的历史。

党的十一届三中全会召开之后，改革之风吹到了我村。大字不识的父亲似乎嗅到了社会变革的气息，经人点拨后，他和母亲一商量，居然在村里开起了第一家个体代销店。用后来的时髦词汇来形容，父亲"下海"了。

那时候我正上小学，见证了我们家代销店在时代大潮中的应运而生，后来也见证了它的逐渐式微。代销店开张前夕，父母请人垒货架、办手续，用拉车运回第一批副食百货。一阵忙碌之后，代销店开业了，村里人感觉新奇、兴奋，不用到几公里外的镇上就能买到油盐酱醋茶了。

代销店正常运转后，父亲和大姐负责上货、补货，所用载货工具就是我家那辆花了200多元购买的白云山牌28型加重自行车。代销店的开张，是我们家开天辟地以来的一件大事。从此，需要借钱才能如期上缴学费的历史在我们家结束了。

生意兴盛时，不断有人来买东西，烟酒茶糖、酱油香醋、针头线脑、作业本、文具盒等，商品种类有百十来种。家里人谁闲谁就是营业员，一家人乐此不疲地干着，定期不定期盘点一下收支，多少总会有些盈余。但农村赊账现象比较普遍，秋后收账成了一件令人头疼的事情。若干年后，村上又开了其他几家代销店，但生意都比不上我家当初那样好。

后来，乡镇经济市场日益活跃，镇上的批发零售店遍地开花，各种商品日益丰富，村人很容易就能以批发价买来所需要的各种商品。生存十多年后，我家代销店终于消失在历史的大潮中。

父爱比山高

也许是成年后吃过不少"睁眼瞎"的亏吧，父亲十分重视对子女的培养教育。这一点他和母亲的观点完全一致。"只要你们上得进，我们就是吃糠咽菜也要供你们！"中等身材的父亲，说这话的时候，显得特别高大伟岸！

我们姊妹四人，除大姐初中毕业后回家务农外，其他三人都通过读书跳出了农门：二姐和小妹先后考上了唐师（南阳三师），早早就吃上了"商品粮"，成为十里八乡不少人羡慕的对象；我跨入了古朴美丽的河南大学，毕业后进京参了军，2007年从部队转业后到地方工作，成了一名国家公务员。

大姐看到当时社会环境下村里高中毕业生最后的归宿无一例外是回村务农，就不想再读当时两年制的高中，她认为那是浪费时间。在作出这一重大决定时，父亲和母亲一再问她："你可要想好了，将来可别后悔！"十几岁的大姐经过几天考虑，态度坚决地回答："我不后悔，将来不会埋怨你们！"就这样，大姐结束了自己的学习生涯，走入农村这个广阔天地。

父亲无力辅导我们的功课，只知道尽全力在物质生活上倾全力支持我们！二姐、我和妹妹都是在乡中上的初中，在学校食堂吃饭的饭票要用小麦来换。每个新学期的头一两天，父亲拉着架子车，把几袋子小麦拉到七里外的乡面粉厂，换来一张收条，再拉着空架子车到乡中找我们，交代我们及时拿麦条到学校司务处换饭票，临走不忘记叮嘱我们："在学校别舍不得吃！"办完了这一桩要事，他自己却舍不得在街上小餐馆里吃点喝点，眼看快中午了，饿着肚子、拉着空架子车回家。

我到唐河一高念书的第一学期，父亲骑自行车给我送高粱箔（用高粱秆编织的铺具，相当于床垫），往返90公里。回家的路上，父亲遭到一群野蜂攻击，头上脸上落满了发疯似的野蜂，几个地方被蜇得起了大包。危急之中，父亲扔下自行车，撒腿向附近一个水沟狂奔，到了沟边荒忙蹲下身，向脸上身上拼命撩水，赶走了野蜂群，然后往有肿包的地方抹了一层青泥，定了半天神，才忍着疼痛骑车回家。我从小到大没被蜜蜂或马蜂蜇住过，但从被蜇过的人鼻青脸肿的样子来看，那滋味肯定不好受。而且我听说，野蜂蜇人，严重的话会致人丧生。事过几年后，父亲才给我讲起这一次痛苦而又危险的经历，我的眼眶湿润了。

由于考场心理素质问题，我出现了高考连续发挥失常现象，两度名落孙山。望子成龙的父亲比我更焦虑，一副愁肠千结百回。"一提到你考试，我身上就索索直抖！"父亲心有余悸地对我说。后来父亲患了心脏病，很可能和我连续高考失利有一定关联，对此我感到非常愧疚。

在教育子女方面，父亲没有掌握什么深奥的理论对我们进行指导。大概是受新中国社会环境的影响，抑或是受原生家庭影响，父亲头脑里没有农村那种常见的重男轻女思想。在他和母亲那里，男娃女娃一个样。

夏天家里吃西瓜，总是父亲负责切瓜。洗净了西瓜，放好了锅拍，父亲一手扶瓜，一手持菜刀，在另外5双眼睛的关注下，"咔嚓"一刀下去，西瓜变成两半。父亲再一刀一刀下去，不论西瓜大小，总能将它分成大小均等的24块，每人4块，一块不多，一块不少，大人小孩一样多，男孩女孩一样多。人人平等的观念在我们子女心里扎下了根。

父亲教育我做一名遵纪守法的人，他说："违法的事咱不干。"他还经常引用前辈人教育子女的一句话教育我们，"咱得争囊争器混个人呐"，嘱咐我们做人一定要有志气。朴素的话语，平实的道理，成为激励我们奋发向上的指路明灯。

当我们求学或人生路上面临选择困难时，父亲从不把自己的意见强加给我们，他让我们自己作决定。子女作出的重要决定，他都表示理解，并在物质上提供有力支持。

大学毕业进京报到前，家乡教委规定师范专业毕业生必须向教委上缴4000元教育培养费，否则不予办理相关手续。对一个普通家庭来说，4000元在20世纪90年代中期是一笔"巨款"（1996年7月我上班第一个月工资396元），我特别不情愿在那个时候让家里再为我支出这笔额外费用，读书将近20年，家里已经为我花费太多钱了啊！我在南阳苦苦地煎熬，想尽一切办法找人求情，希望能够免缴或少缴，但由于年轻缺乏人脉，熬了一个星期也没有盼到任何希望。部队报到的最后期限眼看越来越近，我只好垂头丧气地回到家里。

父亲得知消息、和母亲略略商量后，用十分坚定的语气对愁眉苦脸的我说："当花者不惜，这个钱咱出！你咋不早点回来哩！"在我即将踏入社会的这个重要关头，这么大一笔钱，父母亲竟然毫不迟疑地表示愿意为我支付！我知道，家里的代销店已经关张了，纯靠家里的几亩地，除去种子、农药、浇水施肥等成本，一年其实攒不下多少钱。父母亲在村上以勤俭朴素著称，常年舍不得吃穿，可他们在事关子女前途的大事上却愿意倾其所有积蓄（其时我不知道他们能拿出这样多的钱来）……压在我心头的阴霾顿时一扫而空，喜悦、感激、愧疚的混合情绪激荡着我的心胸，我的眼泪流下来了。

我万分小心地揣着父母的这一大沓子血汗钱，交给了地区教委，办妥了所有进京手续。军训结束回京后，工作间隙聊天时，山东济南籍部队领导王树军处长了解此事后，立即让财务部门给我报销了这笔"巨款"。我至今对这位部队老领导感激不尽，对父母的感恩之情更是难以用言语表达。

人们常说"父爱如山"，这话没错，但是还不够精准，父亲对我们的爱比山高。

如今的父亲，眼花了，背驼了，持物时双手颤抖得厉害，父亲老了。不知道壮年时期的父亲为什么事情流过泪没有，进入老年以后，他的感情愈加细腻丰富，甚至有点多愁善感。有时候，他在看电视剧，或是看一出戏，看着看着就流泪了。

儿子初三上体育课时不小心踩在足球上后仰摔了一跤，一时间失去知觉，口吐白沫、浑身抽搐，被学校师生紧急送往医院，在医院住了几天才康复。父亲后来听我向他叙述事情的经过时，眼圈马上红了，泪水迅速溢满了他的眼眶。

妹妹不幸染重疾离世，每每提及，父亲总是泪眼婆娑，嘴中喃喃道："她咋会死呢？……"老年丧女，白发人送黑发人，这种切肤之痛，父亲和母亲体会得最为深刻。父亲常说："要是能替，我宁愿替她死！"

"浅喜似苍狗，深爱如长风。"父亲对我们几个子女的爱，就像那春日里的和风，时时刻刻陪伴着我们。作为家里的顶梁柱，父亲曾经用他粗壮有力的双手、厚实坚强的臂膀为我们撑起一片安稳、充满希望的晴空。少不更事的我，曾常常痴痴地想：岁月这条长河再也不要往前流淌了该多好，那样，父亲的腰身就可以一直挺拔，父亲就可以一直浑身是力气，我们子女也可以一直那么富有朝气和活力！一家人和和美美的，多好！

可是岁月无情，该来的会来，该去的会去。谁也拦不住。

匠心寄流年

父亲在生产组里有个绰号叫"腻磨儿"。这个绰号包含一贬一褒两层含义，贬义是说他干活慢，效率不高；褒义是说他干活严谨，抠得细，近于苛刻。

夏季在麦场里堆垛，他容不得有一点马虎，发现哪一处堆得不牢，他就会推倒重来，直到麦垛变得方摆四正、齐整漂亮才算彻底完工。

秋季在自家门前堆芝麻秆垛、堆花柴垛，他也秉持匠心精神，悉心为之。他堆出来的柴火垛，根向外，梢向内，齐齐整整，一堆垛就是一件艺术品，令人赏心悦目。人们夸奖父亲："你看看人家老腻磨儿，堆个芝麻秆垛，也堆得方摆四正哩！"父亲在一旁听，只是嘿嘿嘿笑着，心里一定乐开了花。

父亲种庄稼，地犁得深，有时候甚至累坏了家里的黄牛；肥施得足，牛铺粪、羊粪、尿素、氨肥都用上，庄稼苗长到一定高度，还要趁好天气及时追肥。父亲种出来的庄稼，苗子绿油油的，让人看着就舒服。放眼望去，旁边没有几户人家的庄稼苗能够和父亲种出来的相媲美。因为用心，父亲种出来的庄稼，产量总是生产组里冒尖的。

关于自己的职业，包括父亲在内的不少庄稼人都自嘲地说，自己是修地球的。在我看来，父亲的"腻磨"这个绰号，更多的是一种褒奖，是对父亲这位"地球修理工"追求匠心精神的一种肯定和赞赏。

青壮年时期的父亲，除了是种庄稼的好把式，还身怀几项"绝技"：踩背、推拿、为家畜做绝育手术等。

村里谁干活闪住腰了，就来找父亲踩背。有时候我们家还在吃早饭，"患者"就趔趄着腰、亦步亦趋来了。

父亲吃完饭，就开始忙活起来。在家门口平坦处摊开一领高粱箔，铺上毛蜡子（菖蒲）稿荐，或是一张高粱篦子席，让来访者平趴上去。父亲一只手握着竹耙子，耙子把顶着地面，用以支撑自己的身体，一只脚站地上，另一只脱了鞋子的脚开始对患者进行踩背治疗。只见他暗中发功，一边在患者的腰背部轻踩慢拧，一边和来者交谈……两袋烟的功夫过去，父亲对来访者说："起来走几步，看看还疼不疼了！"患者哼哼着站起来，走几步，往往疼痛感消去了大半，道声"叫你受劳儿"，心满意足地走了。

父亲帮人给家畜做绝育手术，是我上小学时候的事了。附近谁家的小公猪、骚胡子羊需要做绝育，就来找父亲"动手术"。父亲给家畜做绝育的手术工具主要包括：绳子、木棍、磨得异常锋利的一把骟刀、针线，用作"消毒"材料的一把老墙灰。

手术开始了！几个人把家畜四蹄捆紧，用木棍夹挤住它的睾丸，用麻绳捆扎，一人摁紧其身体，让它动弹不得。父亲用骟刀一下划开睾丸外皮，挤出睾丸，用骟刀割下，将伤口缝合，抹一把墙灰，给它松绑完事。

那时候生活穷苦，一年难得见几回荤腥，骟下的猪睾丸、羊睾丸，等做饭时放在灶膛里烧熟，男孩子们吃了，算是补充一下营养。记得那种肉全是嫩瘦肉，没用盐加工，不太香。

父亲还会用按摩的方法治牙痛。这是他自己琢磨的手法，主治风火牙痛。他说村上有人牙痛，他尝试用这种方法帮忙治愈了。父亲告诉我，人脖子一侧有一根筋连着牙齿，风火牙痛时用力按压这根筋，就能有效缓解疼痛。

父亲的所有"绝活儿"手艺，一律义务服务，分文不收。

父亲的烟酒人生

和小伙伴一起放羊的时候，父亲就开始抽烟了，而且一抽就是大半辈子。

纸烟太费钱，父亲就置办了一套旱烟：竹质烟袋杆，铁烟袋锅，烟袋杆上系一个烟布袋儿。要抽烟时，父亲将烟袋锅伸进烟袋，双手并用地一阵掏挖，烟袋锅装满了，擦一根"铁塔牌"火柴将烟点着，一股呛人的蓝烟伴着烟袋中的红火缭绕起来。父亲衔着烟嘴，"吧吧"地抽着，两股青烟从鼻孔里缓缓喷出，生活的重压和烦恼暂时被抛到了九霄。

父亲的旱烟除了自己抽，也用来招待到我家串门的庄稼汉子。已经作古多年的老虎哥（岁数比我大几轮，按辈分和我同辈）、寡汉条张松林，都是晚饭后到我家串门、蹭抽父亲旱烟的常客。

有时候在外面干活不方便带旱烟，中间歇息时，父亲就在地边蹲下来，取出衣服口袋里装烟叶的塑料袋，拿出一张事先裁成细长条的旧书纸或我们的旧作业本纸，卷一根一头细、一头粗的"大

父亲和母亲在北京植物园

炮筒子"来抽。

家里经济条件好转以后，父亲逐渐淘汰了旱烟，开始抽纸烟，但基本上限于经济实用型的，白河桥、茅庐、隆中、松烟等，有南阳本地产的，也有邻省襄樊（现改名为襄阳）产的。

我上初中时，和正值人生壮年的父亲同居一室。每天临睡前，父亲便坐床上抽一两支，然后"咳咳喀喀"地咳嗽一阵；第二天起床下地前，照例坐床上抽两支，照例"咳咳喀喀"地咳嗽一阵。我那时正处于身体发育阶段，对烟味非常反感。父亲无意中充当了教育我不抽烟的反面教材，使我成年以后对抽烟一点也不感冒。

父亲长年累月抽烟，年复一年在太阳下挣命，后来身体出了问题。大概从90年代末开始，父亲患了心脏病。二姐和妹妹都带他在县人民医院、地区医院诊治过。我在北京成家后，也先后带他去安贞医院、阜外医院诊治过。当时因为家庭经济条件有限，没能按照医生的要求给父亲安装心脏起搏器。后来经济状况改善了，被推进手术室的父亲却因血管条件差无法安装支架，又被推回了病房。开胸搭桥吧，他又患有肺气肿，医生说这种情况下做开胸手术病人可能会下不了手术台。我们几个子女经过认真商量，一致认为无法承担这种可能性的后果，便决定放弃手术，所以直到现在，父亲的病靠吃药保守治疗。

60多岁时，由于抽烟已开始影响正常呼吸，父亲受到医生的严厉警告，开始在家人的监督下戒烟。但长达半个多世纪的积习，短时间内如何能彻底戒掉？有时候背着家人，父亲仍会偷偷抽上一两支，偶尔被母亲或其他家人发现，便遭到一顿数落。自己身体条件不允许，加上家人施以甜蜜的严厉监督，慢慢地，父亲把抽了几十年的烟戒掉了。

关于饮酒，大概是由于体内缺少解酒的两种酶，父亲基本上没有酒量。两三小盅白酒下肚，他就会晕得难受。20世纪80年代，我们家开代销店期间，有一次家里进了一批散装白酒，父亲想尝尝酒的口感如何。结果一尝便醉，躺了半天才起来。

　　结语：父亲是树，一棵为家人遮风挡雨的大树；父亲是桥，一头连着远去的先辈，一头连着子女和我们子女的子女；父亲是灯塔，散发出慈爱、悠远的光辉，照亮我人生前进的道路；父亲是一座丰碑，伫立在家乡的黄土地上，与天地同在，与日月同辉。

　　时光啊，你慢些走，让父亲的光阴故事永远在我的人生岁月里演绎。

　　父亲啊，如果有来生，下辈子我还做您的儿子！

2021 年 4 月 23 日

怀念天堂里的妹妹

　　夏夜的雨，唰唰啦啦又下了起来。妹妹离开我们马上三周年了，难道是苍天解人意，也陪我和家人洒下思念的眼泪么？

　　三年，一千多个日日夜夜，有多少个夜晚，我默念着妹妹的名字，有时候脱口叫出她的小名，轻轻地呼唤着她。我多么希望她能够奇迹般地复活，笑靥如花地站在我的面前，像以前那样跟我一起开心地聊天。

幼年

　　妹妹比我小4岁，个头不高，敦实健康，眼睛不大，笑起来纯真可爱，很迷人。小时候，我们经常一起玩耍。

　　妹妹一两岁时的一天，父母下地给生产队干活，大姐和二姐上学去了。我和妹妹坐在家里晒粮食的簸箩里玩。

　　我们相对而坐，两双脚丫子相互抵着，一边用手轮流点着对方的小脚丫，一边唱着大人教给我们的儿歌："盘——盘，盘脚盘儿，脚盘顶，顶簸箕，簸箕晒的红糯米，扎花儿，做酒，十年八斗，金布鸽，银布鸽，剁了小脚剁大脚。"唱到最后，我竖起手掌，以掌代刀，轻轻地"砍"着妹妹肉乎乎的小脚丫。妹妹格格格地笑起来。

　　脚盘盘累了，我们就换个别的游戏玩。我们一起唱："风来了，雨来了，老鳖背个鼓来了。"

　　妹妹记性好，口齿伶俐，大人教的儿歌，没教几遍就会唱了。她坐在家里的小板凳上唱："板堂娃儿歪歪，俺是妈的小乖乖，妈烧火，俺捡柴，捡到山上回不来，爹也找，妈也找，一路儿把乖乖找回来。"

　　她还唱："山老鸹，黑油油，俺上魏婆家住一秋。魏婆见了哈哈笑，妗子见了翻眼瞅。妗子妗子你白（别）瞅，豌豆开花俺就走……"

　　有一次我家的猪生病了，父亲请了邻村的兽医来。兽医背着药箱、骑着自行车来到我家。父母在堂屋招待兽医抽烟喝茶，讲述病猪近几天的种种状况。

好奇的妹妹蹲在自行车边上瞅下看，她发现手摇自行车脚蹬挺好玩，就一圈一圈摇着。可能是后来摇快了，不小心把一个手指绞进了自行车链条和花盘之间，立即疼得"哇哇"大哭。大人们赶紧过来，把妹妹的手指退了出来。妹妹的小手指被夹得青紫青紫的。母亲赶紧把妹妹抱在怀里。妹妹在母亲的怀里不停地哭，一直哭得没了力气，睡着了。

我从没上过幼儿园。相对于我来说，妹妹是幸运的，到了她该上幼儿园的年龄，生产队里办起了幼儿园性质的育红班。妹妹幸运地成了育红班的第一批学员。

爱唱爱跳的妹妹整天笑声不断。从育红班回到家里，她给父母和我们几个姐姐哥哥表演当天所学的内容。至今我还记得，天真可爱的妹妹在一家人面前边跳边唱："我们的祖国像花园，花园里的花朵真鲜艳，哇哈哈呀哇哈哈，每个人脸上都笑开颜！哇哈哈呀哇哈哈，每个人脸上都笑开颜！……"

求学时代

到了该上学的年龄，妹妹背上母亲亲手缝制的花书包，高高兴兴去上学。

穷人的孩子早当家。上小学的时候，妹妹就开始帮家里干农活：放羊、割草、割麦、浇菜园，等等。

有一年夏天我和妹妹到村东头放羊，我们把羊赶到河坡上吃草。妹妹把拴羊的绳子末端系在自己腰里，打了个死结，羊在前边吃草，她在后面跟着。不知道为什么，羊突然受到惊吓，猛然向前跑起来。妹妹没在意，一下子被惊羊绊倒在地。我跑上前去想拦住羊的去路，救下妹妹。谁知羊看到我跑，跑得比刚才更快了。

可怜的妹妹根本没有机会站起来，被羊拖着跑了十多米才停下来。忘记妹妹身上伤势如何了，记得当时是夏天，妹妹只穿了短衫短裤。裸露的皮肤和土地摩擦，擦破皮是必然的。现在回忆起这个事，我的心里仍然是疼的。

那时候没有收割机，割麦子全靠一把镰刀一双手。妹妹虽然是家里老小，割麦的热情却比谁都高涨，浑身充满了战斗豪情。母亲看到妹妹割麦那么有热情，及时表扬和鼓励，妹妹的干劲儿更足了。

母亲组织我们4个孩子割麦比赛，每人负责几垄麦，看谁先割到地头。妹妹拿着一把把柄最短、刀刃被父亲磨得锃亮锋利的镰刀，把着地边上的两垄麦，弯下身子，头也不抬地割呀割，一会儿就把我们几个甩在了后面。人小鬼大，妹妹常常能笑到最后，取得割麦比赛的胜利。虽然脸晒得通红，一脸一头的汗水，妹妹似乎不觉得苦和累，眯起眼睛，胖乎乎的脸上洋溢着收获和胜利的喜悦。

妹妹和我们三个长她的姐姐哥哥一样，也是在村小学读小学。她上学很用功，学习成绩顶呱呱的，堂屋西山墙的奖状墙上，有很多是她的奖状。

初中时候，妹妹成了二姐和我的校友，在龙潭乡中念书。那时候，二姐已经从唐河师范学校（南阳三师的前身）毕业，在镇中心小学教书。龙潭乡中和镇中心小学一墙之隔，初次离家读书的妹妹，在二姐的热情邀请下，到二姐的私人灶上吃饭。

但那时二姐刚从师范学校毕业，二十出头的样子，缺乏做饭经验，经常临做饭时才发现煤炉里的煤火灭了。现成的饭吃不上，等一个多小时再吃饭就会影响学习，惹得爱学习的妹妹又急又气，好几次在二姐面前哭鼻子。

妹妹决心效法二姐，考取唐河师范学校。应届那年没考上，她决定复读。记得当时在唐河一中读书的我，数次到城关二初中，找到初三年级一个姓郑的班主任老师，帮妹妹求情，好心的郑老师最终答应让妹妹到他的班上复读。妹妹在城关二初中复读了一年，如愿以偿考上了唐师，毕业后当上了一名人民教师。

教书育人

妹妹被分配到郭滩镇二初中教书。语文、英语都教过，后来当了班主任。她几乎把所有心思都用在了教学和辅导学生上：早上跟学生一起出早操，盯早自习；白天上课，参加教课观摩或上观摩课；晚上盯晚自习，批改作业，备课。几年下来，三十来岁的人，原来的满头青丝变成了灰白色。一家人都心疼她，她在慨叹之余，开始注重身体健康。

妹妹的汗水没有白流。妹妹的付出换来了学生的健康成长、学习进步，赢得了家长和学校同事的尊重。也因此先后获得南阳教育系统优秀辅导教师、优秀班主任等荣誉称号，被评为一级中学教师。

妹妹上进心强，很快就不满足于已有的成绩。她跟我商量，准备上函授，拿下汉语言文学专业大专文凭。我听了她的学习计划十分高兴，对她的想法表示完全支持。

凭着一股向上的劲头，她不仅拿下了大专文凭，后来一鼓作气，又拿下了本科文凭，取得了学士学位，成为我们姊妹4人中第二个取得本科文凭的人。得知妹妹工作之余在学业上取得一项又一项新的成绩，全家人由衷地替妹妹感到高兴，以她为傲。

1999年妹妹结了婚，后来有了孩子，她和妹夫打算在县城买套房子，但两人的工资收入都不高，只能在工作之余搞点其他创收。妹夫春节前在集镇上卖对联、卖年画，妹妹利用假期为学生辅导功课。

暑假期间，妹妹匆匆回到娘家，陪父母过上短短的几天，很快就重新回到镇上。在不违反国家法律和学校纪律的前提下，她和别的老师合作办暑期培训班，给学习上有需要的学生补课，一个学生仅收几十元钱，以此贴补家用。

不幸染病

妹妹对父母十分孝顺。只要时间允许，她总会抽空回娘家，帮父母割麦、收秋等，替日益年迈的父母扛下生活负担。

妹妹省吃俭用，很少给自己买件新衣服，却始终忘不了给父母买吃买穿。生病前几年，她还利用小叔子的关系，给母亲买了一辆崭新的电动三轮车，大大方便了母亲的生活。

父亲身体不好，每次在老家住院，都是妹妹和二姐忙前忙后，安排住院、生活等各种事情。有一次我回南阳看住院的父亲，中午时分，妹妹给病房里的父亲喂饭，场面温馨感人，我赶紧拿出手机，拍下了这珍贵的一幕。这张照片我至今保存着，想妹妹的时候就会找出来看看。

妹妹妹夫儿女双全，大的是儿子，比我儿子小两个月，小的是女儿。这是多么令人羡慕的家庭组合啊！妹妹深爱着这一双儿女，多想一直陪伴着他们，看着他们长大成人！

但天不遂人愿，一向要强、看起来十分健康的妹妹病了，而且患的是预后十分不好的急性髓系白血病M5。2015年10月，妹妹和我微信视频聊天，她说最近身上发痒，浑身难受。我建议她去医院查验血，可能血液有问题。妹妹到县中医院检查了，医生给当成皮肤病开了中药，但吃了根本不管用。后来，妹妹的病越来越重，竟然连4层楼的家都快上不去了。

2016年4月7日，妹夫带妹妹到南阳中心医院检查，妹妹当天就被医生留下住院。不幸的消息一下子击懵了我们全家。我第一时间赶回南阳，来到妹妹的病房。我找到妹妹的主治医生，急切地询问检查结果会不会有错误。医生以专业的态度和语气告诉我：应该不会错！但我内心仍然极度怀疑，不愿意承认妹妹患了重病的事实。

白血病是个花钱的病，动辄几十万、上百万的治疗费，足以压垮每一个普通家庭。妹夫和妹妹的生活并不富裕，我心急如焚，却无力向他们提供足够的帮助。同乡才女妹妹耿华坤听了我的述说，第一时间写出长文，为妹妹大声呼吁，希望社会各界人士向妹妹伸出爱心之手，帮她走过黑暗的日子，重获新生。无数的亲友、同学、朋友纷纷向妹妹伸出了援助之手，通过各种渠道，一共向妹妹捐款17万多元，极大地鼓舞了妹妹与病魔斗争下去的信心和勇气。

一次又一次腰穿、骨穿，一期又一期化疗、放疗，妹妹从刚生病时的110多斤，最后瘦到90来斤。我为妹妹、妹夫买好了来北京看病的机票，希望北京的大夫能彻底驱走可恶的病魔。但妹妹在北京做了一期化疗，权衡再三，就和妹夫回河南治疗去了。

虽然妹妹用二姐和她全相合的骨髓，做了骨髓移植手术，而且术后恢复一直很好，但由于不慎和疏忽，妹妹还是不幸感染了病毒。2017年7月11日下午，与病魔顽强搏斗了一年多的妹妹，没有留下只言片语，被病毒夺走了宝贵的生命。

芳魂长留

妹妹走了，永远得到了解脱。她的离去，留给父母和家人的，是无尽的痛苦和深切的思念。在浓得化不开的哀思里，一切语言都显得异常苍白。我总是想写下一些文字，来表达对妹妹的哀悼之情，但心灵的创伤总不愿去触碰，我一直在逃避。

但现在，我不能再逃避了。妹妹的三周年马上就要到来，我这个当哥哥的，一定要写下点什么，来纪念自己亲爱的妹妹。

妹妹，天堂里的妹妹，你一定看到了，咱伯咱妈不顾路途遥远，一路颠簸去到你偏僻的墓地，一次次哭倒在你的坟前。咱伯说：要是能用他的命换你的命，他会毫不犹豫去这么做。咱妈说：要是能用泪水把你哭活，她愿意把自己的眼睛哭瞎。让他们白发人送黑发人，这肯定不是你的心愿！你多想为父母养老送终，可是只有等来生了。

有人说大事在命。英年早逝，难道这就是你的命吗？我一次次地叹息，一次次对天发问，为什么上天这么不公，竟然让我的妹妹抛下自己的一双儿女和那么多的亲人，一个人孤独地迈进另一个世界呢。

妹妹，虽然你走的时候，我有幸陪在你的身边，陪你走完人生最后一程，但你已然没有精力向我作此生最后的道别。正如你在遗作《祭已故病友》中所写的那样：你走的时候，有那么多的不舍，那么多的依恋，有那么多未了的心愿……

既然无力把你挽留，既然今生我们再也无法相见，那么，我们就相约来生吧。

妹妹，天堂里的妹妹，我祝福你，咱们后会有期。

此时的窗外，天空正在下雨，绵绵不绝，恰如我对妹妹的思念，永无尽头。

2020 年 7 月 5 日

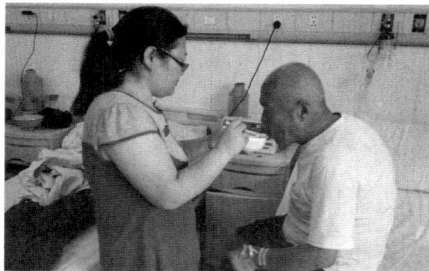

妹妹生前在医院悉心照料父亲

跟着父亲卖猪娃

上小学前的几年间，我们家生活拮据，而且霉运不断。那时候父亲三十多岁、母亲二十多岁，正是豪气干云的时代。

父母本希望靠养点家畜缓解一下经济窘况，但老天总不开眼，养的猪还不能出栏，就患上这病或那病死了。养了几个月的猪，最后能把当初买猪崽的成本收回来就算不错了。父母为此整愁眉苦脸的，家里家外常常听到他们望着天空默默叹气。

为了帮助我家摆脱困境，闫庄的大姑作主，让父亲把她家那头养了多年的黑老母猪赶走，不用出一分钱，在我们家养着，期望母猪每年能下一窝小崽，送到集上卖了换钱花。

黑母猪到了我家，被全家人当成贵宾，尤其是父母，眼睛里向它投射的，是一份对美好生活的期许。可不知怎么回事，不论母亲对它照顾得多么精心，黑母猪还是像以前养过的那些猪一样，只吃不上膘，而且还掉膘，最后竟枯瘦如柴了。可能是母亲大年初一的祈祷起了作用，尽管瘦得不成样子，它最终不负众望，不久下了一窝共八只猪崽。黑母猪在我家生完最后一窝猪娃，勉强把猪儿猪女带到满月，不幸染上重疾，死掉了。

八只小猪娃在我家养了一两个月，不怎么上膘。父母亲看在眼里，觉得再养下去只会白白糟蹋本来就不充裕的粮食，况且万一它们有个三长两短，赔了母猪还要折掉小猪，岂不是竹篮打水一场空。一番考量后，决定在天冷之前把猪娃都卖掉。

主意一定，正值壮年的父母便开始为卖猪娃做各种准备。他们听村上消息灵通人士说，南边的湖北枣阳猪崽价格高，就决定不惜多出一些苦力，到枣阳的农贸集市上碰碰运气。

那时我已经上了小学，应该是小学二年级的第一学期将近期末时候。之前，我们家盖东屋的时候，父亲去枣阳买木材，大姐跟着一起去过枣阳；后来，父亲去枣阳买化肥、到湖阳东边的山里捡柴拉柴，二姐跟着去过。父母亲商量说，身为老三的我也长大些了，可以带出去见见世面了，于是决定让我跟父亲去枣阳卖猪娃。一来是见世面，第二呢，能帮父亲照看一下拉车和车上的东西。

兵马未动，粮草先行。出发前好几天，父母就开始为这次跨省远行做各种准备。检查架子车的车况，该加固的地方加固，给车轱辘打足气，提前蒸一锅红薯面掺白面的馍馍，用蛇皮袋子装上七八个，充当路上的干粮。还随架子车带了一个铁锅圈子、一口小铁锅、一捆黄豆秆，拴在车把上靠近车厢的地方。母亲还用一个小布袋子给我们装了几斤苞米糁带上。记得那时我们快放寒假了，母亲到村子西南角的学校里，找到我的班主任孙老师，给我请好了假。万事俱备，只待动身。

谁知前一天晚上，我突然发起了烧。母亲立即带我去找赤脚医生，医生给我开了几包粉末状的黄色退烧药，当晚母亲就为我冲喝了一包，我现在还记得，药的味道甜甜的，很对症，后半夜我就明显见好了。于是，第二天天还没亮，父亲和我吃下母亲起五更为我们做的大半锅鸡蛋面糊，抹抹嘴，整理一下身上的粗布衣服，趁着黎明前的最后一抹夜色，动身了。

八只小猪挤在架子车的中部和尾部，父亲用苇秆编的苦子把它们围起来。我坐在架子车前面放稿荐（用麦秸或稻草编织成的长方形"床垫"，平常铺在高粱箔上）和被子的地方。中等身材、身体瘦削的父亲，双手握着早已被磨得光滑的车把，肩膀上套着粗麻绳袢带，拉着架子车，载着一家人的希望，向湖北出发。

出了村就是环抱村子西流的小河，那时候河上还没有现在的石子水泥拱桥。中等身材的父亲，凭着他多年练就的娴熟拉车技巧，踩着河水中的几个石头墩、砖头墩，稳稳当当过了河，上一个坡，过了村公坟再下坡，一路向南，上高大路，穿过小井杨，再向南向东，经龙潭镇，再一路往东，经过一个又一个我叫不上名字的村庄。天大亮、将近半晌时分，我们到了湖阳镇。

在苍湖县级公路和唐枣省级公路交接的三岔路口，裸露的皮肤被太阳晒得黝黑光亮、头上已经汗津津的父亲停下架子车，一脸谦逊地向旁边一个骑自行车的小伙子问路。年轻人依旧坐在自行车座上没有下来，似乎显得不太礼貌，但他并没有因为父亲是个乡下来的泥腿子而显露出嫌弃和厌恶，而且不失热情。他一只手握着自行车把，另一只手向南一指，说："枣阳往那边，"怕父亲不明白，又把手往北一指，说："唐河在那边。"在我当时的心目中，唐河是一个十分遥远的地方。父亲是去过枣阳的，而且不止一次，可他终究还是不放心，在关键的路口向别人问路。

父亲谢过那个小青年，拉着我和八只小猪崽，继续向枣阳挺进。第一次出远门的我，坐在架子车上，好奇地东张西望，仿佛一个赤子，眼前所见一切皆为初见。第一次看到平坦整洁的柏油公路，路两边是碗口以上粗的什么树，第一次看到那么多汽车……汽车鸣着刺耳的喇叭声呼啸着从我们架子车旁边驰过，我害怕极了，怕它们会撞到我们；有时候还能听到得得的马蹄声和马车主"驾驾"的吆喝声，定神看时，是和我父亲差不多年纪的农夫驾着胶轮马车、拉着不知什么东西在公路上奔跑。马车越来越靠近我们的架子车时，我又担心驾辕的马会突然不听使唤，向我们冲过来，和我们的架子车撞在一起。但事实证明，我的担心都是多余的，一路上，在我看来险象环生，但我们的架子车始终平安无事。一切按照父亲的计划进行着。

从湖阳往南，经过寺庄，没多久就到了唐梓山脚下。过湖阳镇时，我已经十分激动，第一次近距离地看到公路东边高大的青山，父亲说最北边的山是蓼山，再往南那个有点圆的叫罐山。越往南走，能看到的山就越多，那里的气候似乎更加湿润，山上植被茂密。

到了中午，也不知道几点了，我和父亲都饿了，他在一个湖边停了下来。放下架子车，父亲把我抱下车，取出锅圈、铁锅、黄豆秆和玉米糁，从湖里舀些水，生火做饭。我在一边玩耍、四处乱看。湖水好干净、好清澈啊。吃了干粮、喝了玉米粥，父亲在湖边洗了碗、涮了锅。父亲坐下来，抽一袋烟，歇乏了，挟着我的胳肢窝，把我弄上架子车，继续驾辕赶路。

印象中有一处山脚下的风景特别美。一条宽阔平整的黄土大路在眼前摆开，从山脚一直延伸到山中云雾缭绕的地方。路两旁垂首挺立两行绿树，山坡上的苍松翠柏和山下绿油油的农田交相辉映，这里一群、那里一伙的男女在田里弯腰劳作。山间薄雾弥漫，仙气飘飘，绘织成一幅赏心悦目、无比令人向往的人间锦绣。现在推测起来，那里应该是现在的唐梓山风景区。若干年后，我做过一个梦，梦到有一处仙山，山体雄浑辽远，山上林木葱郁，云雾氤氲，我沉醉其间，迟迟不肯离开。我想，应该是这次大山的见闻入了我的梦吧。

　　身材瘦削的父亲无心赏景，他半张着嘴，目光坚定，迈开大步，拉着我和八只猪娃，用并不宽大的脚，一步一步丈量着在我眼里似乎没有尽头的唐枣公路。公路两旁的里程碑一个又一个，缓慢地被父亲抛在了身后，那时我已是小学二年级学生，每经过一块白色的里程碑、一个地名碑，我都会兴奋地、大声替父亲读出来上面的数字和文字，现在想来，有点自夸的味道。但父亲听了很高兴，他当然乐意看到我在学习上能取得一点进步，嘴里不忘回应我："哦，是吧"，"又过一个了啊"。中间经过一个比较大的镇子，叫"太平镇"。

　　傍晚时分，枣阳县城到了。在枣阳，只能认识自己名字和一些简单数字的父亲，靠着嘴巴问路，靠着一双脚板，终于找到了枣阳县城卖猪崽的农贸市场所在地。天将黑，集市早散了，猪娃是卖不掉了。父亲只好拉起架子车，在集市附近一个不影响别人走路的角落里安顿下来。那里砌有一个水泥池子，池子上方安装有一个水龙头。

　　这是我平生第一次见到水龙头，感觉非常神奇：一个从墙上伸出来的铁管子，一拧就会有白花花的清水流出来，不是只有河里、水塘里才有水吗，墙里怎么能流出水来呢？这水是从哪里流来的？父亲没工夫解答我的疑问。我们吃完母亲蒸的馍，喝了玉米粥，解决了在枣阳的第一顿晚饭。父亲和当地的几个"蛮子"聊了会儿天，已是天色将晚。他从架子车上取下稿荐，寻一处比较平稳的水泥地铺开，铺好被子，睡觉的地方就轻松解决了。枣阳没有可以投靠的亲戚，宾馆还要花钱，我们是住不起的，哪怕是最便宜的旅店。

　　第二天一大早，天刚蒙蒙亮，头一天晚睡的父亲就又先我一步起床了。我一觉醒来，看到他又忙着拧水龙头接水做饭。吃过早饭，集市上的人慢慢多起来。父亲把架子车挪到卖牲畜的地方，摆出卖猪的架势来。不时有人过来询价，第一次接触湖北人的我，感觉他们买东西很挑剔。有的看了看架子车上瘦兮兮的小猪，一句话不说就走开了；有的人走过来，随手抓起一只小猪的两条后腿，提到半空观察一番，然后给出一个我们无法接受的价格，自然又是不能成交。日高了，天暖了，集罢了，一头猪娃也没有卖出去。不是买家不满意小猪，就是我们不满意他们出的价格。父亲主动和几个上了岁数的当地人聊天，得知枣阳再往东四十多里地有个万福店镇，猪娃在那里能卖上好价钱。正值壮年的父亲迅速做出决定：去万福店！

　　父亲再次拉上小猪和我，走过一个又一个村庄，绕过一个又一个山脚。过兴隆街，再向东二十来里，坐在拉车上的我，首先看到公路边路牌上的"万福店"三个字，我兴奋地叫了起来："万福店！伯，你看！"父亲咧开嘴笑了，脚下的步子一定又轻快了很多。

在万福店，我家的八头小猪终于全部"名花"有主了。大一点的八斤左右，最瘦的六斤左右，一元一斤，八头瘦猪娃总共卖了几十元钱。

父亲小心翼翼地收好花花绿绿的纸币、硬币，又花七八元钱在当地的集市上买了三四十斤莲藕，没敢多作停留，就又拉上我，踏上了返乡之路。最近我从电子地图上查询得知，从我们村经湖阳、太平、枣阳到湖北随州的万福店镇，步行距离八十三公里左右。

父亲，一个大字不识、老实巴交的农民，拉着架子车，载着我、八头小猪崽和行李铺盖，凭着心中对一家人的热爱，凭着对好日子的期盼和顽强的毅力，凭着一双泥腿，硬是一步一步走完了这一百六十多里路，实现了他和母亲将小猪变现的生活小目标。

回来的路上轻松多了，父亲哼着家乡小调，一日看尽长安花。下坡的路段，他还童心大发，要把架子车当"机械车"开：人坐在架子车的其中一个车辕上，依靠车子的惯性、用一个车把控制整个架子车的前进方向，这样能间歇性地休息上一两分钟，省力又舒坦。但因为没了猪娃，虽然父亲让我尽量往车后坐，可我当时只有五十来斤，车上所载的莲藕加上我，也没办法把车把上的父亲撬起来。父亲于是只好放弃，外甥打灯笼——照旧（舅）了。

从万福店往回返的路上，我平生第一次见到冒着黑烟奔驰的绿皮火车，心中有说不出来的兴奋和憧憬。我死死盯着边拉响笛边向远处奔去的绿皮火车，直到它被山体和树木挡在视线之外。父亲跟我开玩笑说："下次咱们坐火车再来。"我天真地附和道："中。"

看到父亲和我平安到家，一家人欢天喜地。父亲把买回来的大部分莲藕按原价分给了后面的邻居们。生产队长知道了，说父亲搞资本主义。母亲据理争辩，强调我们只是平价转让，哪能算是搞资本主义，这事就不了了之了。

四十多年过去了，那次跟父亲去湖北卖猪娃的经历，很多细节都不记得了，但这件事我一辈子都无法忘记。我人生中的好多个第一，都是在那次陪伴父亲卖猪娃的过程中产生的。

2018 年 3 月 2 日

我的老姑奶赵韩氏

以前，老姑奶的事情我很少关注。大人们说说，我听听，如是而已。但近几年，"我从哪里来"的问题一直萦绕在我的脑海，有些问题得不到答案，终究不能让我释怀。

老姑奶，父亲的姑奶，爷爷的姑姑，老爷（曾祖父）的姐妹，她一定知道我想知道的很多事情，"我从哪里来"的问题从她那里一定可以找到清晰的答案。

在老姑奶的有生之年去看看她，和她进行一次深度聊天，拉一拉关于韩家家族历史的家常，成了我的一个生活目标，成了我生活的一个梦想。

很早很早的时候，我就知道湖西有个老姑奶。长辈们不止一次说到她，姐姐们也不止一次说到她。

在我一直以来的想象中，湖西是一个遥远、美丽、神秘的地方：那里一定有个湖，湖上波光粼粼、碧波荡漾，老姑奶笑眯眯的，每天在湖边悠闲地散步，时不时停下脚步，向着我们村——娘家的方向望一望。周围居民安居乐业，老姑奶子孙满堂，家庭和睦，过着幸福平安的日子。老姑奶究竟长什么模样，在我头脑中却是模糊的，任凭我绞尽脑汁，也无法想象出来。

大姐说，我还很小的时候，老姑奶回娘家，在我们家住过。可能因为不记事吧，我对这件事一点印象也没有。母亲说，老姑奶每次回娘家，都在我们家住。

近几年，我不断地打听着有关老姑奶的消息。母亲说，老姑奶100多岁了。前两年，母亲和同族的几个长辈一起去看她，她就已经107岁了。对老姑奶的这个岁数，我非常好奇和怀疑。因为我们这一支韩家家族，似乎缺乏长寿的基因。闫庄大姑活的岁数最大，85岁，二姑、三姑和四姑，都只活了70多岁。

老姑奶现在到底多少岁了？我一直想知道确切答案。我常常在心里对自己说：一定要尽快去看看老姑奶，当面问清楚她的真实年龄，当面问清楚关于我们这一支韩家人的诸多历史问题。

机会终于来了。

这是一次说走就走的旅行。事先没有计划，老家除了小叔一人外我谁也没有打招呼。请好假，安排好单位的事情，我只身一人回到了老家。

这天上午9时许，披一身征尘，我站在了老家院门口。父母对我突然回家，自然又惊又喜。母亲嗔怪，说我"神经了"。

　　不顾一路颠簸劳顿，我驾驶汽车，带着北京稻香村传统糕点和其他礼品，载着父母和小叔、花婶，兴奋地踏上了去看望老姑奶的路。四十分钟后，一行人来到唐河南岸的黑龙镇湖西村。

　　这是一个长长河堤旁边的村落，没见到我想象中的一池湖水。河堤外面阡陌纵横，麦田青青。

　　没费什么功夫，我们就找到了老姑奶家。原来，老姑奶眼下就住在村南的小表爷（老姑奶的小儿子）家。大表爷家的表叔和表婶热情地给我们端茶递水。我无心喝茶，把河堤上的车子停好，便和长辈们一起去看望我不知道想了多少遍的老姑奶。

　　老姑奶躺在小表爷家堂屋正间的床上，四排大脸，大耳垂，一头略显稀疏的银发，额头、嘴角和脖子皱纹密布，印刻着一个多世纪岁月的沧桑。见到娘家亲人来了，老姑奶激动的心情难以自抑，不住歇地说啊说啊，但因为她牙齿早掉光了，嘴不关风，她说的大多数内容我们听不清楚。

　　"姑奶，你都认得不认得俺们？"母亲平声问道。

　　"认得，都认得。"老姑奶答道。都 111 岁了，她竟然耳朵不聋。

　　"老姑奶，您这么高寿，多好啊！"我对老姑奶说。

　　"你都不知道我受了多少罪啊！"老姑奶说。

　　"老姑奶，我想让您讲讲咱们韩家过去的故事。"

　　"三天也说不完啊！"

　　老姑奶不停歇地说着，也不管我们是否听得清楚。我对长辈们说："我要是早来几年就好了。"

　　老姑奶流出激动的热泪，我用柔软洁白的纸巾，把老姑奶眼角、脸颊上的泪滴轻轻擦去。

　　花婶家里准备卖花生，急着要回去，我们也不想过多打搅表爷表叔表婶的正常生活，没打算留下来吃饭。老姑奶听说我们要走，真诚地挽留我们，说："吃了饭再走吧！"

　　尽管老姑奶和表爷、表婶（表叔忙采购去了）再三热情挽留，留了表婶的手机号和微信后，我们还是离开湖西，回家去了。

　　在和表婶后来的微信聊天中，我得到了更多关于老姑奶的信息：老姑奶身份证名字叫赵韩氏，生于 1908 年 7 月 20 日，今年已经 111 周岁，虚岁 112 岁。

　　以前听闻九十几岁的老人自称百岁老人，但老姑奶不喜欢人们说她岁数大，就把年龄改小了，而且一改就是 10 岁。2007 年办理第二代身份证的时候，

112 岁的老姑奶

已经百岁的老姑奶没给家里任何人打招呼，独自乘坐邻居家的拖拉机，到黑龙镇派出所，把自己的岁数改小了 10 岁，所以她现在身份证上的出生日期为 1918 年 7 月 20 日。

近几年，国家出台了关爱百岁老人的优惠政策，老姑奶的儿孙们想把她的年龄再改回去，但不论在家乡，还是在省会郑州，尽管他们做了各种尝试，但都没能成功。有些事情、有些状况一旦发生改变，是永远不可能再变回去了。

老姑奶 80 多岁的时候，一口牙都掉光了，儿孙们花了 4000 多元，为她购置了一套质量上乘的活动假牙。

老姑奶年轻时，经历过人生最悲惨、最黑暗的时期，我们韩氏家族死人最多的时候，曾经一天抬出去五位亲人的尸体。一说到这些情节，老姑奶就会泪流满面，像个孩子似的号啕痛哭。

岁月的烙印刻在老姑奶的脸上，刻在她的心中。老姑奶脑子糊涂的时候，嘴里仍喊着"跑老日"等具有特定时代特色的词汇。

对于仙逝的亲人，老姑奶会以自己的方式表达哀思和纪念。一到年节，她就张罗着买炮买纸，在三岔路口燃放焚烧，她相信这样能把冥币存入另一世界亲人们的银行账号。她一边看护燃烧的火纸，一边叫着自己的爷爷、伯、叔等，口中念念有词，唤着他们来捡钱。

老姑奶对娘家有着深厚的感情，晚年经常嚷着要回小河陈看看，但由于年岁过高，今年 3 月又不慎把腿摔伤（粉碎性骨折，因为年龄太大，医生不敢再动手术），医生警告不让她坐任何车辆，所以老姑奶此生再回娘家走走看看的想法，怕是难以实现了。

老姑奶如今已是五代同堂。她养育有 2 儿 1 女：大儿子 2016 年去世，享年 84 岁，二儿子今年 68 岁。大儿子家 4 儿 2 女；二儿子家 1 儿 1 女。

如今，跨入百岁队列的老人越来越多了。但在前几年，百岁老人还寥若晨星，经常有地市级的记者前往湖西，采访老姑奶，撰写关于她的故事。县级公安、民政部门每年也派人来看望她。

老姑奶经历过抗日战争时期和三年困难时期，把粮食看得非常珍贵，一生生活简朴，省吃俭用，从不浪费粮食。看到儿孙中有浪费粮食的现象，她马上严厉批评，毫不客气。

她从不挑食，目前饭量还可以，一顿饭能吃一个馒头、一碗蔬菜、一碗稀饭。

老姑奶之所以能如此高寿，原因大致如下：一是子女孝顺，家庭和睦；二是只吃素食、蔬菜和粥，不吃肉食；三是不让自己闲着。腿摔伤的前几年，虽然已是一百多岁的高龄，她仍坚持下地捡花生。

老姑奶是我们韩家的一个奇迹，衷心祝愿她能持续健康地活下去，向着120岁，向着更长寿的高龄走去，创造出人生新奇迹！

2019 年 11 月 16 日

舅爷的"糊涂账"

舅爷叫杨布山，平顶山汝州市陵头镇樊窑村人。舅爷大概出生于上世纪30年代。姊妹五个中，他排行老末，弟兄三人，他是小弟。

新中国成立前后，舅爷的一个姐姐带着儿子逃荒到我们唐河，在我们村落户，成了我的三奶。狠心的三爷不认她这个儿子，以二升高粱面的价格将他卖到了苍台王庄，这就是后来在王庄扎根落户的天长伯。三奶生下小姑，未及将小姑养大，年纪轻轻便含恨离世。

舅爷忘不下自己的姐姐，眷恋着姐姐留下的外甥和外甥女，于上世纪70年代从家乡辗转来到唐河，见到了日思夜想的天长伯和小姑。后来，他投靠天长伯，在王庄落了户，住在村南的一间小屋里。

村里给舅爷分了二亩地。舅爷人高马大，有的是力气，轻轻松松就把地里活儿干完了。舅爷闲不下来，主动帮天长伯一家操持地里家里的活计。农闲时节，舅爷和村里人一起玩扑克牌，带响儿的那种。村里人见他忠厚，耍一些小伎俩捉弄他，舅爷不知情，次次都会输钱给他们。时间一长，舅爷把自己二亩地上的收成几乎输光了。

我的父母、大伯、小叔、小姑等，纷纷劝说舅爷，叫他不要再跟那帮人一起玩牌了。舅爷倔起来像头驴，不听劝。村里人叫他玩牌，明知道会输，仍如约赴会。"我觉得木啥，我也吃不多大的亏，一起图个乐嘛！"舅爷硬着嘴说。舅爷和村里人打成了一片。

不知道跟谁学的，舅爷有一手好厨艺，水煎包做得更是别具特色：外焦里嫩，咬一口喷喷香，谁吃了谁说好。附近哪村里唱戏，舅爷就在戏场边上支起锅灶，卖水煎包，赚点零花钱。舅爷决心到外面闯荡一番。他背着那口专门用来做水煎包的大平底锅，下了湖北。

在湖北，他每天半夜就起床了，和面、揉面、切面、擀面剂子，把前一天晚上准备好的馅包进包子皮里，上锅煎。十几分钟后，一锅散发着诱人香气的水煎包出锅了。……因为技术过硬，舅爷的水煎包生意很红火。半年下来，他已经攒下一笔可观的收入。

临近年关，舅爷提前跟老主顾们打过招呼，言说自己准备回河南过年，看看外甥和外甥女。熄了炉火，收了平底锅，舅爷意气风发地上了火车，踏上返乡的旅程。舅爷坐在绿皮火车的硬座旅客座椅上，从裤腰里取出辛苦半年赚来的血汗钱。忙活了半年，他也不知道自己到底挣了多少钱，回家之前他要把这个账好好算清楚。

舅爷可能没听说过"财不外露"的古训，或者把这句话给彻底忘记了。一伙歹人对舅爷面前大把大把的钱起了意。就在舅爷起身准备下车的当儿，一位戴草帽的壮汉和舅爷撞在了一起，一下就把舅爷撞倒在车厢地板上。现场立即乱了起来，另外两个咋咋呼呼的陌生男子迅速将舅爷压在身下……舅爷大惊，"你们弄啥子嘞？"歹人并不答话，得手后迅速离开。舅爷起早贪黑、辛苦半年挣来的血汗钱，瞬间化为乌有。

还有一次，舅爷从外省回来，半路上出了车祸，肋骨摔断了几根，差一点没命。后来养了将近半年才好。舅爷心真大，在讲述上述遭遇时，他语气平静，仿佛是讲述发生在别人身上的事情。众人对他表示安慰，他仍然淡淡地回答："木啥！大不了咱再挣！"

好糊涂的舅爷啊！怎么那么不让人省心呢？

连连遭遇不测，舅爷不想再外出闯荡了。邻村谢家庄翻新了村委会办公区，将村卫生所也搬到村委会经营。村委会需要一名乡村厨师，有人推荐了舅爷。舅爷从王庄搬到谢家庄村委分给他的一个新房间，在那里重新安了家。

无良村支书贪污了属于村集体的几万元钱款，这事儿被舅爷知道了。舅爷仗义执言，要村支书把钱退出来。"有你什么球事儿，你只管做你的饭！"村支书不听舅爷的劝告，铁了心要发一笔村集体的财。舅爷跟村支书杠上了，铁了心要到乡里检举揭发。胆小怕事的父亲劝舅爷睁一只眼闭一只眼算了，皮肤黝黑、薄嘴唇、眼里容不下沙子的舅爷眼一瞪、头一拧，脸往天上一扬："不行，我非告他不行！"

舅爷一次又一次到乡政府上访，揭发村支书的贪污行为。乡领导被舅爷的执着打动，查清事实后把村支书免了。虽然是个外来户，舅爷成了谢家庄维护集体财产的英雄，本来个子就不矮的舅爷，此刻显得更加高大。

舅爷就是这样一个人，自己口袋里的钱永远是一笔"糊涂账"，可涉及村集体的钱，他却无法容忍他人非法侵占。

2023 年 10 月 23 日

那一盏明亮的罩子灯

陈青云老师简陋的办公桌上，有一盏学校配发的罩子灯：青色的玻璃灯体，由圆形底座和圆肚子油瓶两个部分组成，一截圆柱将底座和油瓶连接，刚好适合手握；蛤蟆嘴灯头，灯头上有一个小齿轮与宽扁形的棉纱灯芯相连，可调节灯的亮度；一个无色透明玻璃罩，圆鼓鼓的肚子，直直的排烟筒，能很好地防风，确保灯火稳定明亮。

和家里更简易的自制煤油灯相比，罩子灯在刚上一年级的我们孩童心中，绝对是高大上的存在。每次到陈老师办公室，我都会向它投去敬畏、羡慕的目光，想：要是我们家也有这样一盏灯，该多美啊！

过了中秋，日愈短，夜愈长。我和另外两三个同学喜欢放学后在教室写作业。没多久，四壁皆空、连白炽灯泡也没有安装的教室就黑得看不清书本上的字了。

陈青云老师点上罩子灯，招呼我们几个到她办公桌上去写作业。我们"嗷嗷"地欢叫着，在陈老师的办公桌正面、侧面围坐下来，借着罩子灯明亮的光，继续在田字格本上抄写拼音、生字，在算术作业本上做数学加减运算题……

陈青云是我小学一年级的启蒙老师，那时还是个黄花大姑娘，一张圆瓜子脸盘，小巧的鼻子和嘴巴，嘴唇红润，牙齿洁白，眼睛不大，但目光柔和，一头齐耳短发梳得光亮光亮的。她穿着朴素，衣服是那时候农村姑娘常穿的那种蓝色外套，裤腿稍宽，印象里经常穿一双带襻的圆口黑面布鞋。

一次上语文课，坐在教室第二排的我故意把"深挖洞，广积粮"念成"深挖洞，光脊娘"，而且后三个字声调很高，同学们听后哄堂大笑。陈青云老师没有生气，反而笑起来，眼睛眯成了一条缝。笑完，双眼一直盯着我，一遍一遍地念"广积粮，广积粮……"，念一遍让我跟着读一遍。但我还是故意出错，

111

好像自己天生发不出来"liang"的音，l和n不分，仿佛湘鄂两省的人那样。那天我因此成功地吸引了陈青云老师的关注，也因此得了一个"光脊娘"的绰号。陈老师让我放学后多揣摩发音。过了几天，我觉得调皮捣蛋也差不多了，开始发正确的读音了。

陈青云老师教我们二十多个孩子语文和算术，同时兼任班主任，教学管理任务重。黄口小儿的一年级同学像一张白纸，很多规矩道理尚不明白，她就不厌其烦地给我们讲学校的规章制度、班级管理制度。同学之间打架闹别扭了，她就把涉事同学分别叫到办公室，详细询问起因，晓之以理，化干戈为玉帛。

我们在罩子灯下写完当天的作业，当即就交给了陈青云老师。走出陈老师的办公室，外边已是暮色四合，天早就黑定了。学校附近人家的屋子，只露出个黑咕隆咚的轮廓。陈老师吹灭了罩子灯，带我们走出校园，各自回家去。

许多年过去了，村里家家户户早就通上了电，现在更是冰箱、洗衣机、电视机、电热水器、空调等家电齐全。煤油灯、罩子灯彻底淡出了人们的视野。

回望人生，陈青云老师办公桌上那盏罩子灯，仍然在我的心间闪亮着。那白亮亮的灯火，穿透岁月的尘烟，穿越历史的天空，依然温暖着我的心扉。每当想起它，想起陈青云老师，我就会产生一种纯粹的对知识的渴求，感觉自己被一种叫做爱的力量包围着。

老谢

不知为什么，突然想起了老谢。

老谢是我上初中时候学校食堂里的一名炊事员，当过兵，打过仗。

老谢家在离龙潭镇不远的某个村，退伍后在家务农，不知哪一年起开始，到龙潭乡中学生食堂当了一名炊事员。

记忆中的老谢，个头不高，头发稀疏而且已经灰白，单眼皮，眼睛不大，看起来总像没睡醒的样子。老谢镶有一两颗金属材质（在我们那地方，肯定不可能镶金牙）的假牙，一说话就能看得到。我能见到他，都是去食堂吃饭的时候，所以在我的印象中，他总是穿一身普通粗布衣服，外面套着件不是特别干净的蓝色工作围裙。围裙的胸口偏下部位，专门缝制了个大口袋，用来装收上来的饭票。

　　龙潭乡中是当时全乡（那时刚从公社改称乡没多久）唯一一所重点初中，全乡各村里的少年都以考进乡中为荣。老谢能够在乡中食堂干一份工作，至少在我看来，应该也算是混得不错了，起码不像我父母一样的数万名同乡农民，整天面朝黄土背朝天在地里刨食。

　　老谢之所以给我留下如此深刻的印象，近40年过去仍令我无法忘掉，那就是因为他卖的面条。老谢卖的面条，是具有80年代初典型时代特征的大伙面条：一个放在木架子上的大木盆里（再深一点可以当澡盆了），盛着一满盆和了面的面条，最长的面条不超过5厘米（可能是老谢和工友们拿着大铁锹在大锅里搅来搅去把面条都给搅断、搅短了罢），和面条混在一起的，无非是白菜、韭菜之类的素菜。也许因为那时候盐比较贵吧，我印象中那面条既不够咸，也不够香，只是能够让我们填饱肚子，吃起来让人很少有获得感和幸福感。但是没办法啊，我们必须经常和这种面条打交道，因为只有老谢卖的面条是学校食堂里最便宜的食物。只要1两饭票，老谢就能给你盛大半饭勺。正在发育身体的我，中午吃一个3两面票买来的馒头，再吃上一碗老谢的面条，就能吃得胃里满当当的。

　　有时候正吃着老谢卖的面条，赫然发现里面有一粒老鼠屎。但我们深知父母的艰辛，既不敢潇洒地把剩下的面条倒掉，也不敢端着饭碗去找老谢理论，只能自认倒霉，把有老鼠屎的那一小部分面条夹出来，平复一下自己的情绪，接着吃剩下的面条。后来和同学们交流后才发现，在老谢面条中看见老鼠屎已经是一种普遍现象了。

　　在我印象里，老谢脾气挺好的，虽然不常见他对我们学生娃笑脸相迎，但他尽职尽责地卖面条，和我们学生一般相安无事。不过，人总会有发脾气的时候，老谢和学生娃中的个别刺儿头，也发生过几次矛盾。具体原因不记得了，可能是学生对他的服务质量或是服务态度有意见，但老谢不承认自己有问题，于是双方发生了激烈争吵。吵到不可开交的时候，老谢总是抬高了嗓门，一边用手中的铝质长柄饭勺敲击着大木饭盆的边沿，一边吼："老子枪林弹雨都见过，还能怕你么？"老谢这样吼着，唾沫向面条盆里喷溅着，给盆里的面条增加了另外一种味道。余怒未消的老谢，拿着饭勺在木盆里顺手搅几下，剩下的面条照卖不误。我第一次听到老谢这样吼叫时，顿时对老谢产生了敬意和同情。哇，老谢上过战场，扛过枪打过仗呢！但后来再见到他总是这样吼叫，见他倚老卖老，无法处理好自己与学生娃的关系时，多数同学会吃吃地发出一阵嘲笑。老谢给我们艰苦的青少年求学生活，增添了一抹有趣的色彩。

后来离开龙潭乡中，考到了县一中后，我再也没见过老谢。据可靠消息，老谢于 2018 年去世，享年 93 岁。

2019 年 2 月 28 日

村里来了个美国老外

在开封上大学期间，因为学与教的缘故，我和英文写作老师、美国外教迈克（Michael Dunmber）慢慢熟络了起来。他请我当购物翻译，邀请我和其他低年级校友到他的公寓做客，品尝他亲手做的美味烤饼，我们请他到校医院外面的饭馆吃刀削面。

迈克身高 1.9 米左右，窄长脸，须发淡黄色，高鼻梁上架着一幅金边近视眼镜。穿着方面他喜欢穿户外休闲系列，有股美国人的那种自由散漫。早些年，他毕业于美国斯坦福大学，主修航空工程，赴华任教前曾经在波音公司做航空工程师。他为人木讷，不苟言笑，偶尔也会幽他一默。

1996 年春节，是我四年大学生活里最后一个春节。那一年迈克 44 岁，仍然过着一人吃饱全家不饿的单身汉生活。

春节前的某一天，他私下向我提出，希望能跟我一起回家过年，体验一下中国人过春节的生活习俗。我没有多加考虑，爽快地答应了他。

到我家之前，迈克赶在春节前到了南阳，先在 93 级师弟王学东家里住了几天，然后由我接上他"转场"。

我们坐上南阳到唐河的汽车，再从唐河转汽车到龙潭镇。在龙潭汽车站下车后，我们每人背一个包，向着我们村子的方向走去。

走到半路，遇到外出办事返家的拉车同村人。简短交流之后，同村人热情地帮我们拉行李，并表示会负责把行李安全送到我家。那时候，家乡民风淳朴，我非常放心地把行李交给同村的乡亲，道了谢。迈克和我解放了双手双肩，一路轻快地走到家中。

迈克一进村，立即成了全村特大新闻。那时候，我国对外开放的程度还不像现在这样深入。绝大部分乡亲，以前只在电影、电视上见过金发碧眼的欧美白种人，迈克是他们平生第一次在现实生活中见到的美国人。

村里来了个高个子美国老外，这消息迅速传遍了村庄的每一个角落。好奇的乡亲们像看珍稀动物一样，三五成群到我家看稀罕。

其实，从跟我一起坐上汽车，迈克走到哪里，已然成了哪里旅客关注的焦点。只是在村里，他被关注得更加直接、更加透彻和集中。

见到和身边人大不一样的迈克，那时不到 4 岁、第一次见到外国人的外甥女田田有点害怕。我笑着安抚田田，让她别怕。只会说"你好"、"谢谢"等几句简单中文的迈克从行李包中取出两块巧克力，伸手递给我的小外甥女。田田不敢接，经我一番劝说，她才怯怯地接了。

我们家堂屋和灶房屋檐低矮，1.9 米的迈克吃了几次苦头，屡屡碰头。但他很快就适应了这两处低矮的屋檐。后来再进门、出门，他吸取了教训，把腰弯下来，头低下来。

在村里，迈克由我陪同当义务导游和翻译。我们所到之处，乡亲们纷纷聚拢过来，围着我们，问东问西。有的问他是哪国人、身高究竟几何，有的问他今年多大岁数、成家没有，有的问他工资收入有多少……凡是能想到的，想了解的问题，人们都问到了。有的问题我直言相告，有的问题我根本无法回答，因为那些问题的答案，我从来没有问过迈克，也不打算问他。毕竟中外有别，得尊重美国客人的礼节风俗不是。

人们对他的个头啧啧称赞，对他 40 多岁了还没成家感到无法理解。

我没工夫陪他的时候，迈克就一个人在村子附近转悠。他随身带了一部日本产的胶片照相机，挂在脖子上，走到哪里，拍到哪里。只要是他认为有趣的人物、风景和场面，他就举起相机拍摄。他还让我帮忙，为他和村上的一些村民合影留念。所幸我们村很偏僻，附近没有军事设施和军事目标，不用担心迈克会刺探我们国家的军事情报。

迈克在我们家一共住了两个晚上。母亲安排他和我睡一张中型双人木床，两人各睡一头，各盖一床被子。我观察到，迈克在我家睡觉，总是用他的毛线帽子盖着双眼。我猜测可能是他怕房顶上的灰尘会落他脸上吧。当时农村的住宿和卫生条件就那样，他想体验，这次可真是体验到了。

迈克的到来，给我们一家带来了意外惊喜。识大体的母亲乐于招待他，还请来村里的几个头头脑脑陪他吃饭。村支书陈新平，村主任陈青占，村里头号企业主、乡村贤达陈建中等人，都在陪同之列。在我们家堂屋正间里，宾主分主次就座，热腾腾的茶水一泡一泡斟满。我一个即将走出校门的大学生，仍然义不容辞地给一桌子的宾客当起了翻译。一会儿对着迈克讲英语，一会儿冲着村干部、贤达们说家乡话。

各种佳肴美味先后端了上来，摆了满满一桌子，酒也给大家倒好。迈克不喝酒，只喝茶水。和大多数美国人一样，迈克不大会用筷子吃饭，惹得一桌陪他吃饭的村干部、乡贤会心而笑。大家说说笑笑，吃吃喝喝，我只顾翻译，自己却没吃太好。酒过三巡，有几分醉意的村支书执意让我给迈克翻译一句话："你翻给他听，虽然我们中国人穷，但我们有志气！"我心里说，这话有点那个了，这个场合没必要说给美国客人吧。我就想打哈哈，不给他翻译。但村支书不干，再三再四让我翻译。无奈，我把他的意思说给迈克听了。迈克听了，礼节性地表达了赞赏之意。

迈克跟我一起，到闫庄大姑家走亲。我们带着年礼，步行了将近 3 公里，到了大姑家。那时候，大姑家已经从村南头的水塘边搬到了更南边的路边住。

体验了几天中国中原农村的年俗，迈克心满意足地回到了开封。

几个月后，回到美国的迈克给我寄来一封信，信中夹了几张春节期间在我们村拍的照片，其中有一张给我的印象特别深：照片上是几座坟茔，坟茔之间是一块黄土地，地里长着绿色的、还未起势开长的庄稼。

2004 年，迈克携新婚妻子——一名美国小学教师来中国旅游，途经北京。已是人夫、人父的我请他们夫妇在便宜坊烤鸭店吃饭。我又陪同他们夫妻登长城、游十三陵。其时大姑 84 岁，仍然健在。

后来好多年，每年圣诞节前夕，迈克都会给我发一封英文的新年祝福电子邮件，随邮件附上一篇关于全家的英文全年回顾文章，图文并茂，讲述他和家人一年间的主要活动和家庭主要变化。我也用英文回复他，讲述我及家人的主要变化。这样的跨国互动持续了好多年，但最近几年，由于大家精力不济或是种种状况并不如意，彼此间再也没有联系。

迈克到我们村体验中国农村春节习俗的事情，一转眼过去 20 多年了，当年的很多细节已经被时间的浪潮冲刷殆尽，但这件事却始终烙在我的脑海里，今天把它写出来，算是对一段跨国师生情谊的感念吧。

岁月不居，师生友谊长存。

2020 年 1 月 14 日

退伍兵老邵

老邵大名邵炳义，今年 68 岁，河南驻马店人，人们叫老邵叫习惯了，他的真名实姓却被人遗忘了。他身材高大，背微驼，一头花白头发；脸膛红润，表情严肃，眼角布满皱纹，眼珠有些混浊，老态已现。

老邵在北京北四环外的北国名苑小区当保安七八年了。相对来说保安收入偏低，保安公司很难招到年轻力壮的保安，只好退而求其次，招一些五六十岁的老汉充当保安。老邵就是这样的背景下加入北京保安队伍的。

在大北京，老邵是个看起来再普通不过的大龄保安。但老邵跟一般的保安又不一样。年轻的时候，他当过兵，参加过对越自卫反击战。

1970 年，老邵 17 岁。他应征入伍，成为新乡驻军的一名解放军战士。1979 年春节前，身为骨干老兵的老邵被临时抽调至洛阳驻军，和一群新兵集训三个月后，立即被派往中越边境，参加了对越自卫反击战第一阶段的战斗行动。

老邵至今仍记得，全团将士在团司令部训练场整队集合后，团首长十分动情地对大家做战前动员："养兵千日，用兵一时，咱们报效国家的时候到了……任凭整师整团地撂那儿，也不能给中国人丢脸！回来的时候，哪怕是一片纸，也不能给敌人留下！"

1979 年 2 月 17 日晨 6 点 25 分，部队首长下达了作战命令。先由重机枪"哒哒哒"点射三下，向前线将士发出作战信号。接着，各种火炮一齐开火，万炮齐发，向着侵犯我云桂边防的越军射出愤怒的钢铁炮弹。

老邵所在的部队第一轮就被派上了前线。老邵是汽车兵，负责向前线战斗部队运送武器弹药，返回时负责运送血染疆场的将士遗体或伤员。

老邵和战友们或驾驶着新列装的南京嘎斯汽车，或驾驶着东风 140 汽车，向前线运送大型火炮用的 150 炮弹、40 火箭弹、手榴弹和子弹，还有专门用来打飞机用的高射机枪。后来，他们又向前线运去了榴弹炮。前进路上，战士们耳畔不时响起炮弹的"隆隆"爆炸声、战斗机的轰鸣声。在老邵和战友们看来，这些爆炸声和轰鸣声，是激励他们为祖国战斗的鼓角。老邵回忆说，由于对战场环境不够熟悉，解放军"红军团"走过了预定阵地，意外闯入了越军防区，遭到占据优势地理位置的越军强势攻击，解放军将士伤亡很大。

返回时，老邵和战友们把汽车开到步兵阵地，拉回伤员和遗体。"我拉的遗体有 2 具，一个指导员，一个排长，他们从山上还没抬下来，就已经牺牲了。还有一个教导员的遗体，因为时间紧迫，一时没有找到。"

从前沿阵地到后方兵营，几十公里的战线上，死伤的战友可真不少。能够活着从战场上回来，老邵觉得既幸运又愧疚。幸运的是自己没有被敌人的流弹打死，今后还能继续为国家建设出力，愧疚的是自己当时年轻力壮，却没能力保护自己的战友免受伤亡。

来回跑了两趟，老邵他们负责的那个战斗阶段就结束了。下一战斗阶段，新的部队被部署了上去。

当他调至洛阳时，已有8年多兵龄的老邵低调得像个新兵一样。全营里，就数他出车的公里数最多，评功论赏，老邵最少也应该立个三等功，甚至二等功。但在战斗总结评功时，不知什么原因，连里没有给他报功……

和老邵一起在小区门口搭档值勤的，是另外一名和他岁数差不多的保安老胡。两人轮流倒班，白班、夜班都12小时。遇到生病、家里来人等情况，两人自行协商换班。

老邵为人随和，和什么样的人都能相处得来。北国名苑小区住着将近400户居民，不管住户是干什么的，他都会和他们打招呼，对谁都客客气气的。业主有需要帮忙的，他都会尽力满足，譬如看护一下物品，帮助力单体弱的业主往楼上拿个东西什么的。才半年多时间，老邵和小区绝大部分业主都熟络了。业主们也十分尊重老邵，感激他提供的帮助，主动送给他些吃的喝的用的。

"新冠肺炎"疫情发生后，小区实行了封闭管理。老邵按照街道、社区居委会和物业公司的要求，严格落实实名信息登记制度、持卡出入制度、体温测量等制度规定。对小区外来人员仔细盘问、扫码登记，该隔离的报告居委会和物业公司。老邵值班时，有些小区居民凭着跟老邵人熟，进入小区不想亮卡、测体温，经老邵耐心劝解，也都能配合老邵开展工作。

老邵工作的岗亭离小区大门20来步。大门外有一排小区业主的固定停车位，时常有外来车辆私停乱放，固定车主回来停车时，爱车有家难归，对此颇有怨言。老邵对他们说："下回我不让他们乱停了！"车主对老邵的话将信将疑。

第二天上午10时许，一辆香槟金的宝马轿车悄悄开到小区大门外的一个固定停车位上。车子还没停稳，车主耳边就传来一声像炸雷似的断喝："你的车不能停这里！"这断喝，像极了战场上敌我短兵相接时解放军战士的那声呐喊："缴枪不杀！"宝马车上下来一位身材曼妙的年轻姑娘，她看到像座铁塔一般的老邵，威武地站在自己车子正前方。姑娘有点低三下四地对老邵说："大爷，我到这儿找个人，就停20分钟，20分钟！"老邵铁着脸，以不容商量的语气回绝："不行！不能停这里！你停到别处去吧！"姑娘再三求情，老邵仍然不答应。姑娘只好把车开走了。

从此，只要老邵当班，小区门口的停车秩序再也没有乱过。

疫情形势严峻时，个别不法之徒打起了小区门口快递货架的主意，光天化日之下偷走货架上的水果蔬菜等生活用品。一天下午，一名戴口罩的年轻男子尾随快递小哥进了小区大门，东瞧西看之后，迅速拿起货架上的一袋吃喝物品，转身向小区外走。"你把东西搁那儿！"年轻男子耳边响起老邵风暴般的怒吼。做贼心虚的年轻男子发现情况不妙，扔下快递袋子，拔腿逃了。老邵的眼睛虽然没有年轻时候那么清澈明亮，该放光的时候，一定会像探照灯一样射出逼人的光芒，让人仿佛看到了老邵当年在对越自卫反击战前线当汽车兵的模样。

"报就报，不报就算了！"回忆起当年的参军经历，说起评功这一节，老邵淡然地说。他还记得部队领导在做战斗总结时说的："大家要做到在荣誉面前不伸手！"老邵深以为然，他谁也没有埋怨。

打完仗，和老邵一起参战的战友，大都转业或退伍了。按照以往那个时代的政策，当兵 8 年退役回到原籍，地方政府负责安排工作。比老邵提前一年回去的战友，都安排了不错的工作，老邵却放弃了政府安排工作的机会。

"没有安排就算了。"老邵又是一副超然世外的样子。

到北京以后，跟他同一批参军的外地战友说，他们的优抚金已经拿到每月 800 块了，老邵那时候每月拿 300 块。后来，老邵的优抚金一点一点往上涨，现在涨到同年兵战友几年前的水平了，一个月 600 块。有人劝老邵上访，老邵淡然一笑，说："现在的条件已经够不错了，国家不容易。能给就给，不给就算了，上啥访。"

北国名苑小区治安岗亭里，一身黑色保安服的老邵，依然整天忙忙碌碌……

2020 年 8 月 23 日夜

他从高密来

——农民作曲家曹砚生侧记

早就在朋友圈看到曹砚生老师为山东诗友王凤先（笔名真慧）创作的歌词谱曲，我只要看到一般都会点赞支持。听了曹老师谱写的歌曲，常常会被歌中蕴含的真情触动。

虽然至今仍无缘和曹老师晤面，但我和他已是神交已久的老朋友了。

庚子年夏，我尝试写了《老桑树》、《小黄鹂》两首非常幼稚的歌词，不久将后者交给王凤先诗友，让她帮忙转给曹老师，看能不能谱成曲子。20来天后，曹砚生老师谱曲、南湖艺术团独唱演员范杰演唱的《小黄鹂》在微信公众平台《五岳文学》上发表，阅读量迅速突破3万，这是我和曹老师的第一次人生交集。当时我百感交集：作曲家真是伟大，有了他们的辛苦创作，一个个灵动的音符被完美地组合在一起，手机屏幕上、纸上冰冷生硬的文字，从此便有了生命、有了温度、有了感情。

曹老师，一个农民作曲家，就这样走进了我的业余写作生活。尽管还没有加微信，但通过王凤先诗友的只言片语和她发表的长篇介绍文章，我对曹老师有了大体上的了解：山东高密人，虽已年过七旬，仍怀一颗赤子之心投入音乐创作事业，将童年的理想照进了现实生活。

从少年时代开始，曹老师心里就播种下了音乐梦的种子。生于1950年8月的曹老师，在初中时候，遇到了吹拉弹唱样样在行的朱敬德老师。在朱老师的启蒙下，他一步步走进神秘的音乐殿堂，从此与音乐结下了难解之缘。

在后来近半个世纪的漫长岁月里，曹老师对音乐的喜爱，主要表现在辛勤劳作之余，吹奏自己喜爱的笛子，通过一支支曲子，舒缓一天的紧张疲劳。当年，风华正茂的曹老师曾经有一个绿色的军人梦，但因为是家里唯一的男孩，最终未能圆梦。不当兵后悔一辈子，曹老师对这句话深有体会。

曹老师高中辍学后回乡务农，赶上了农村发展的好政策，国家在农村推行家庭联产承包责任制。他决心做新一代的农民，在村里承包了30亩土地。除了肯下力气，他还善动脑筋，在农言农，依靠智力和知识科学种田，他种的粮食年年丰收，成了村里第一个万元户。

曹老师中等身材，言语不多，待人谦和。他的人生阅历相当丰富，在基层农村，他当过生产队长、大队民兵连长等基层农村干部。

20世纪90年代，神州大地春潮涌动，改革开放愈加深入，全国兴起下海经商热潮。曹老师决定挑战一下自己。他退租了村里的土地，前往高密城区，从事大棚蔬菜种植、养育奶牛。经过20年不懈奋斗，曹老师已经是小有成就的种植及养殖专业户。后来因土地征用，他被迫再次改行，做了几年机织手套，同样相当成功。

每个人的童年都会做一个彩色的梦，一个愿意为之付出后半生宝贵时光的梦，曹老师也是如此。事业的成功掩藏不住曹老师内心自少年时代起对音乐的热爱。办了退休手续后，曹老师一边精心照顾90岁老母的生活起居，一边重拾音乐旧梦。

除了之前擅长的笛子吹奏，他还自学拉二胡，创作歌词，谱写歌曲。短短数年时间，他先后创作、谱写了《凤城高密美》、《高密胶河边》等二百多首接地气的歌词、歌曲。其中，《中国的大南海》一度冲上百度热搜，红遍网络和大江南北。

独行快，众行远。曹老师深知这个道理，他和一群有着共同爱好的朋友组建了高密当地的民间文艺团体——南湖娱乐团（现已更名为南湖艺术团），他和大家打成一片，以自己的创作热情感染着团里每一个音乐伙伴。他谱写的歌曲，总是自己先试唱几遍，反复修改，定稿之后，再交由团里的歌手演唱。经过5年多的深耕，南湖艺术团目前已经发展成为一个有着60多名成员，集创作、演奏、演唱于一身的正能量文艺团队，成为新时代齐鲁大地上一支活跃的民间红歌队伍。

为了谱出自己满意的曲子，不知有多少个日夜，曹老师像着了魔怔一样，时时处处寻找谱曲的灵感。他脑子里除了音符，还是音符。有时候为找准一首歌曲的调子，茶饭不香。顺利的时候，一首曲子十几分钟一挥而就。

曹老师将我的小诗《今生相恋》谱成曲子后，我听了特别满意，立即给王凤先诗友发了个红包，希望她能帮我转达对曹老师的一点感谢之意。王凤先诗友说：曹老师帮别人谱曲，从来分文不收，你的红包他照例不会收。最后，我发出的红包原封不动被退了回来。

在这个物欲横流的时代，一位退休老人为了实现自己少年时期就萌发的一个梦想，不为名，不为利，一心投入音乐创作事业，这种精神实在难能可贵。

诸葛亮《诫子书》中说：非淡泊无以明志，非宁静无以致远。曹老师就是这一警句的生动实践者。因为对名利看得淡，所以他热爱音乐的志向异常坚定；又因为他面对市场经济的冲击能够做到心海里波澜不惊，所以他也走得很远。他不仅自己写词作曲，还为中国第一位诺贝尔文学奖得主、高密同乡莫言的《高密东北乡》谱曲，为已故著名诗人汪国真的30多首诗作谱曲，为全国各地文友的作品谱曲。

为写这篇关于曹老师的文章，我专门上网搜听了由曹老师作曲的一首又一首歌曲，这些歌曲，或欢快深情，或激昂澎湃，或大气磅礴，或缠绵凄婉，无不令人动容，甚至潸然落泪。

人一生能够有一个愿意为之付出大部分业余时间的爱好，是一件幸福的事情。心中有爱的人，身体可以衰老，但心态可以永远年轻！

无疑，来自山东高密的曹老师就是这样一个幸福的人，一个因热爱音乐而重新焕发出青春活力的人。

2021 年 3 月 29 日

我的大姑

　　大姑离开我们将近十七年了。每当想起她，她的形象就会在我的脑海中迅速重现，仿佛可以看到她的每一个动作，听到她说过的每一句话。大姑好像从来没有离开我们。

　　大姑出生于 1922 年，生肖属狗。双眼皮大眼睛，一张脸饱经风霜，双颊黝黑里透着微红，一张口露出几颗亮晶晶的金牙。黑白相间的头发统一向后梳，束成一个发髻，用黑丝发网固定，身穿蓝色或黑色斜襟衬衫、黑裤子，脚脖上绑着绑腿，下面虽是一双三寸金莲，但走起路来利落轻盈，不是惯常小脚老太太每走一步都小心翼翼的样子。整个人精神饱满，神采奕奕，让人一见就心生欢喜。

　　大姑嫁到离我们家五里地的阎庄村。姑父是一个唯唯诺诺、对大姑言听计从的老好人，冬天里总是一身黑棉衣，戴一顶气死风帽子。说话时鼻音浓重。在我印象里，大姑和姑父从没红过脸。他们一辈子在家乡的黄土地上劳作，养儿育女，虽无大富大贵，也是一种令人羡慕的人生。

　　父亲生前对我讲，1958 年我们家盖房子时，村上很多男劳力都被村集体抽调出工去了、村上缺劳力，大姑和二姑、四姑（小姑当时还没出嫁）都回娘家帮忙干活，赶上雨天，用草苫子镇墙胚。

　　大姑一生勤劳，整天不拾闲。即使到了晚年，仍然坚持下地干活，到收割过的庄稼地里拾麦穗、捡花生，六七十岁还约村上的人一起到邻省的湖北去拾稻子。

　　虽然自己生活穷苦，大姑总是尽可能帮助自己的弟弟妹妹。我上小学前的几年，我们家总是走背运，家禽家畜，养什么死什么，父母整天愁眉苦脸。我们家的窘况，大姑看在眼里。为了帮我们家走出厄运，大姑让表哥把他们家的那头黑老母猪给我家赶过来，让我们家养上几年，生几窝小猪崽儿，卖了换钱。那时候还是生产队时期，只有生产队有耕牛，猪是一个农村家庭最大的可变现资产。大姑把她手中最值钱的东西送给了我们家！大姑家的黑毛母猪到我家后，生了一窝八个猪仔，后来不知道怎么就生了病，不久死掉了。

这八只猪仔到湖北卖了后，大大缓解了我们家的经济困境。

大姑开朗和善，对晚辈关爱有加。小时候到大姑家走亲戚，刚走近大姑家破旧整洁的小院外，就听到大姑家邻居对着大姑家的院子吆喝："来客了！"大姑闻声而出，手扶门框，迈着小脚，噔噔噔几下就来到院子外。大姑家住在村子最南，院子外边几步远就是水坑，水坑连着水坑，一条小土路蜿蜒至大姑家的院子边上。我们姐弟热切地喊"大姑"，擓着装年礼的竹筐走进院子，大姑热情地迎上前去接下竹筐，后面跟着一脸和善的姑父。邻居大婶子开玩笑地问大姑："今儿晌午做什么好铲伙呀？"大姑就亮出她的经典"台词"："啥铲伙？好铲伙！娘家侄儿，正经人儿，大米干饭红肉皮儿！"吐词清晰，干脆利落，一句话说得我们心里暖烘烘的。过年走亲戚，临告别时主人要给小孩发压岁钱，别的亲戚家每个小孩发两毛钱，大姑发五毛。在那个年代，五毛钱对我们来说是一笔"巨款"了。所以我们都愿意去大姑家走亲戚。

大姑一生粗茶淡饭。虽然也遇到不少现实的烦恼，但她心胸豁达，遇事想得开，身体保养得相当不错，八十多岁仍然能一腿踢得老高，让我们年轻一辈看了都瞠目不已，都说大姑能活到九十岁，甚至一百岁。

大姑性格外向，人缘极好。每次回娘家，只要一进村子，一路上跟她打招呼的人总是不间断。两个岁数差不多的老太太，无非是聊些健康和天气、孩子孙子、家长里短。我们村有七八百口人，不算小，也不算大，大姑从进村子到踏入娘家门，耗时三四十分钟甚至一个小时是常有的事。我家住村前头，大姑从后面进村，好事之人早将大姑回来的消息告诉了母亲。有时候母亲把午饭都做好了，大姑还没有到家。

2004年春节，我携妻带子去给大姑拜年。大姑见了两岁多的儿子，弯着腰，不受控制地频频点头，向儿子伸出枯树枝般上下不停晃动的一双手，说："来！娃儿，让我看看！"儿子没见过大姑这么大年龄的长辈，吓得直往后躲。那天中午，大表哥让大姑坐上席。大姑吃得很不理想，她抱怨说：今个儿的菜咸得齁嘴，没法吃！但包括我在内的同桌其他人没有觉得当天的菜太咸。大姑的身体器官不可避免地老化了，味觉发生了异常。那一年，姑父因病离世，享年八十五岁。

2005年冬月的一天，大姑像往常一样吃了晚饭，在大表哥家坐了一会儿，回自己的小砖屋睡觉。第二天早上，大表哥让表侄子去喊大姑吃饭，喊了半天，大姑也没有答应。表侄走到床前一看，大姑枕着自己的右手，像一尊卧佛，安详离世了。

　　跪在大姑和姑父的合墓前，我热泪横流。大姑一生勤劳，为人善良、热情开朗，给身边人带去的常常是欢声笑语，是正能量。愿大姑在九泉之下安息！

2022 年 7 月 23 日

小群妹妹

　　她叫小群，一个 8 岁的四川小姑娘，曾经做了我几个月的堂妹，和妈妈一起被人贩子拐卖到千里之外的河南，成了我小叔的养女。

　　1980 年，我在上小学。有一天，一家人吃饭的时候，母亲跟我们说，你小叔要接人（娶媳妇）了，花了两千元，是个四川的，三十多岁，人贩子带来的，还带了一个闺女。

　　小叔和大伯是一家，两人一直都是单身汉。两个人吃饱，一家人不饿。生活质量比有一群孩子的普通人家明显要高出一截来。多年的辛勤劳动，兄弟两个手里攒下了一笔钱。生活条件改善了，就琢磨着给小叔找个媳妇。大伯岁数大了，怕是没人愿意嫁他了，小叔年轻而且相貌堂堂，最有潜力，找个可以延续韩家香火的媳妇。

　　没过几天，和我家一墙之隔的小叔家热闹起来了。二娘、花婶和母亲等一个家族里的妇女都过来帮忙收拾屋子，打扫院子。旧家具换掉了，新床、新桌子买回来了，床上簇新的床单、大红的被子，土坯墙贴起了大红喜字。院子里、大榆树下打扫得干干净净，还撒了一层干净的细黄沙，真个是焕然一新。在这里帮忙的人们进进出出，每个人脸上都洋溢着笑容，空气里弥漫着一种喜庆吉祥的气氛。

　　一阵噼噼啪啪的鞭炮声响过，新婶子牵着有点害羞的小群，在一个中间管事妇女的带领下，走进了小叔的家门。

　　人到中年的小叔终于摆脱了单身汉的日子，过上了正常男人的生活。陆续有人过来看小叔的四川新媳妇，打听新媳妇家是哪里的，孩子多大了等。小叔家一时门庭若市，一派全新气象。

　　因为和小叔家是邻居，我家有天然优势和小叔的新媳妇及其养女接近。没过多久，大姐、二姐、我、小妹就和 8 岁的小群妹妹熟络起来了。

　　小群有一双水灵灵的大眼睛，小巧的鼻子，小巧的嘴巴，白皙的皮肤，显得有点单薄的身段，按照现在的标准来说，小群就是个小美女。起初，她跟着新婶子来我家串门，后来，就一个人来我家找我和妹妹玩了。

夏天到了，父亲在厨房南墙外搭起一个简易凉棚。凉棚里，父亲用几条长板凳架起一领高粱箔，铺上高粱篾子席。这里是大人晚上歇凉的地方，也是我们和小群妹妹的儿童乐园。我们一起躺在凉棚里，天南地北地胡侃海聊。

小群告诉我们，她老家是四川万县或达县的，住在大山里，爸爸当过兵，得病死了（不知道她说的是不是真的，也许是人贩子交代让她这样说的呢）。她在家里也帮大人干活，背着竹篓打猪草。

知了在树上不知疲倦地叫着，夏虫在附近的草地里鸣唱，天上的星星眨着眼睛，我们一群孩子，无忧无虑地聊着，嘻嘻哈哈地笑着。

我从小没有离开过家乡，对外面的世界都是从电影上了解到的。小群所讲的大山生活、打猪草都是我以前闻所未闻的。

我们聊起看电影的事来了。她看过的电影，多数我没有听说过。她带着浓重的四川口音，给我们讲电影里生动的情节，说到"特务"、"坏蛋"被解放军打得跪下求饶的狼狈相，小群兴奋得哈哈大笑，受了感染的我和妹妹，也跟着她哈哈大笑。我们不顾一切的笑声，不知道惊动了天上的嫦娥和玉兔没有。

我们一起讲故事，听故事，一起分享生活的美食，几个月的日子就这样飞逝而过。那时候，我天真地以为这样开心的日子会一直持续下去，但现实很快就打脸了。

小叔娶媳妇不到一年，已经怀了身孕的四川婶子认为小叔没有真心待她和小群，趁一次赶集的功夫，带着小群跑了。小叔请人去追，最终无功而返。后来有人在邻省的湖北某地看到她们母女两人。

美丽聪明的小群妹妹，就这样永远从我的视线里消失了，我们这一段难忘的兄妹情缘，像风一样来了，又走了。

不知道小群妹妹现在哪里，从事什么职业，老公怎么样，有几个孩子，幸福不幸福？

如今网络如此发达，多么希望小群妹妹哪一天能看到我的这篇小文，主动跟我联系，重续兄妹情缘。我曾经的婶子也老了吧，她的身体还好吗？她的晚年生活幸福不幸福？

往事如烟，过去的很多事情都慢慢淡忘了，但不知怎的，小群妹妹的影子最近总在我脑子里出现。如果我和小群妹妹有心电感应，是不是小群妹妹这些天回忆往事，也想起我来了呢？

懒汉张松林

张松林打小死了父亲，母亲从河南改嫁到了湖北。成年后，他去部队当了兵，因为有点文化，被提拔为军官，后来因为违反了部队纪律，造成了恶劣影响，受到处分，按战士复员被遣送回原籍湖北。

张松林原本是有固定生活来源的。因为在湖北当的兵，他一遍遍地上访，要求当地政府部门给他安排工作。政府部门拿他没办法，给他安排了个看护林场的活儿，每月供应他几十斤大米，也算是一份生活保障。可这样轻省的活儿他也不想长干，干了一阵子，辞了，只身回到出生地河南老家——小河陈村了。

回村以后，他所在的生产队给他分了一亩良田，还组织队员帮他盖了两间土坯屋，给他安了个家。分给他的地，他尽管自种自吃，不用向国家交粮纳税。这么好的优待条件，搁旧社会，就是打着灯笼也找不着啊。但他似乎并不打算好好过日子。他家的厨房设在正堂屋一角，用来烧火做饭的麦秸散乱一地，说难听一点，他的家跟狗窝差不多。村里人去他家一次后，不愿意再去第二回。时间一久，他就成了孤家寡人，日子过得冷冷清清。

张松林中等个子，平头，尖高鼻梁，小眼睛，薄嘴唇。经常眯着眼睛看人，好像有点儿近视。穿衣服不太讲究，夏天喜欢穿一件白色背心。一件背心穿了好几年，起初的颜色早已经看不清楚，前胸后背经常被汗水浸淫的地方，沤出了一个又一个破洞。整天风吹日晒，脖子和胸前裸露的肌肤，呈酱红色，皱巴巴的。

张松林整天无所事事。别人春天去下地干活，播下一年的希望，他逍遥得像个神仙，白天睡大觉，实在睡不着了才起床，随便吃点东西，这里逛逛，那里转转。不干活哪来吃的？他有几个亲戚，亲戚们看他可怜，就送他些小麦、面粉、杂粮什么的。也有个别邻居偶尔送他些吃的。他就这样混着日子，过一天，算两晌。农村人除了侍弄田地，还会开块荒地，开个小菜园，种些菜，一年四季有菜吃。他跟别人不一样，懒得种，宁肯吃白水煮面条。有时候熬两碗稠得搅不动的苞谷糁粥，也算是一顿饭。

张松林虽然穷，但除了跟吃有关的东西，他从不随便私拿别人家的东西。这可能跟他当过几年兵、在部队受过的教育有关。如果实在饿坏了，家里又弹尽粮绝的时候，他也偶尔会到田地里，扒几块别人家地里的红薯，回到家里煮着吃。家里实在没烧的，到堆麦秸的空场里，背一捆麦秸秆回家。除了麦秸秆、红薯等个别生活必需品，别人家再值钱的东西，张松林都不稀罕。对此，村里有人夸他："人家老松林有一点儿好，再穷也不偷别人（值钱的）东西！"

听村里上了岁数的人讲，张松林并非一直是单身汉，他一度差一点儿就步入婚姻的殿堂。在现役军人成为时代宠儿的上世纪六七十年代，村里热心的媒婆给他做媒，为他介绍了附近村子里的一个"小芳"。可能是从小缺乏爹妈管教，或者是他脑子里少长了一根什么筋，好端端的一桩婚事儿，硬是让他自己给搅黄了。怎么回事呢？在那个不开化的年代，人家姑娘还没过门儿，他一个穷小子，三天两头往人家里跑，心里只想着多看姑娘几眼，找机会跟人家亲热，却懒得出力替人家干活，没有眼力见儿，不会讨未来老岳父欢心，结果被准岳父给打跑了，这桩婚事儿最终也泡了汤。

几年的部队经历，成了张松林口中颇感自豪的辉煌人生经历。他翻来覆去向邻居讲述自己在部队的"光荣历史"，最后总不忘高调地宣称：我要是不转业，现在也是连长了！

我上小学期间，晚饭后张松林经常到我家串门。屋后的邻居老虎哥（年龄却比我大4轮左右，按辈分我叫他哥，因病去世多年了）、小宽等邻居也去我家串门。他和老虎哥到我们家串门，其实有一个不便言明的共同目的——蹭旱烟抽。在他自吹自擂、讲述自己在部队当兵的光荣历史时，老虎哥就会当面揭穿他，挖苦他："你那么光荣，不说连长，恐怕团长早就当上了！"两人你来我往，嘴架打得不亦乐乎。父母和我等在一旁听着，像听人说评书一样，赚得了农忙之余的不少欢乐。

孔子说：食色，性也。张松林没有正常的食色渠道，但他却一度误入歧途惹祸上身。我上小学、中学阶段，方圆十里八村每年都要唱几回家乡戏——豫剧、月调、梆子等。张松林就趁着看戏的机会，乱中下手，往小媳妇、大姑娘身后靠，就像城市里公交、地铁上的色狼那样。……村里屡屡传出他曾经因猥亵人家黄花姑娘被其他村村民痛殴的故事。

上初中以后，除了寒暑假，我回家的时候越来越少。能够见到张松林的机会也越来越少，有关他的故事没能再更新升级。到北京工作以后，遇到新的环境、新的人和事，工作、生活上的各种事务已经让我应接不暇了，张松林就彻底淡出了我的视野。

直到前几天，我要动笔写下这篇小文前，我和母亲通电话，才又问起有关他的话题。从母亲口中得知：后来离开小河陈村到湖北生活的张松林，前些年娶过一个傻女人，最终得到一次成功的婚姻，但此女没能陪他一直走下去，不知什么原因死掉了。张松林如今已经70多岁，两三年前回过出生地小河陈村，到我家坐了半天，讲述了自己近些年的境遇。

像张松林这样的懒汉，原本可以过得更好，却白白挥霍了大好的光阴啊！

2017 年 5 月 30 日

"飞毛腿"小传

我们邻村有一个十里八乡出了名的惯偷，人送绰号"飞毛腿"。我小时候不理解什么叫"飞毛腿"，凭自己有限的想象，认为"飞毛腿"就是双腿长满了毛，走着走着就能飞起来了。

人们说，"飞毛腿"善于奔袭，一袋烟的工夫，他就已经从这村跑到几里外的另一个村子了！

"飞毛腿"偷窃成性，哪天不偷点东西就睡不着觉。但他只是小偷小摸，偷窃目标主要是小额现金、馒头烙馍、衬衫、裤子等，也包括农具。盗亦有道，"飞毛腿"从来不偷自己村人家的东西，邻村的也不偷，往往是到和自己村子隔着几个村的村子去下手。

有一天天下雨，雨下了一整天也没停歇，"飞毛腿"没能外出活动。一天没偷点东西，让他觉得浑身发痒，尤其是心里痒，痒得难受，半夜三更，躺在床上翻来覆去睡不着，就像烟瘾上来的人急着想抽烟、毒瘾发作的人想吸毒那样，焦渴得实在无法忍受。眼看已经到了后半夜，他从床上爬起来，走出熟悉的院子，冒雨把邻家院子里轧麦子的石磙推进自己家院子里，这才踏实睡觉去了。第二天天不亮，他又赶紧起床，趁着夜色掩护，把石磙推回了邻居家。

"飞毛腿"也收徒弟，第一个徒弟是自己的儿子。儿子教出师了，再从外边招徒弟。要想成为"飞毛腿"的合格徒弟，必须苦练一项基本功：开水盆中取硬币。

"飞毛腿"让徒弟在屋里摆几张凳子，每个凳子上放一盆开水，开水里放一枚五分钱硬币，然后让徒弟徒手从盆里抓硬币。原来，扒手最注重的就是手上功夫，全凭一个"快"字。但实际上，从开水盆里抓硬币，除了"手头快"，还需要准和稳，瞅不准的话，烫了手也抓不到硬币；还有一个"稳"字，抓到了硬币，到水盆中间又掉了，前功尽弃。经过这样长时间苦练，"飞毛腿"和他的徒弟们在扒窃过程中只要瞅准了谁口袋里的东西，将其扒出来一般只要两三秒钟。

"飞毛腿"是那种大错不犯、小错不断、难坏公安、气死法院的主儿。偶尔马失前蹄栽了，因为涉案金额小，也只是被派出所行政拘留几天，出来后仍重操旧业，靠第三只手混迹于江湖。如果"飞毛腿"把他十数年来坚持走歪门邪道的专一精神用在正道上，无论做什么事，不成功也很难啊！选择比努力更重要，先贤哲人不欺我也！

虽然"飞毛腿"只是小偷小摸，但其违法行为次数多、持续时间长，早已成为祸害一方的社会"毒瘤"，在当地政法系统挂上了号。据传，1983年全国开展"严打"的时候，"飞毛腿"再一次被捉拿归案。这一次，不再是关几天就放了，"飞毛腿"被押往西北大漠深处的监狱里接受长期劳动改造。

据说，"飞毛腿"入狱后多次逃跑未遂，为防止他再次逃跑，监狱管理将他拴了起来。

此后，很多年都没有"飞毛腿"的消息了。我长年离家、在外面奔波求学，家乡每年也发生着新的变化，有时候还会无缘无故地想起他，有时候会跟别人提到他，大家还关心着他后来的命运呢。

若干年以后，有消息说"飞毛腿"在监狱里再也没有逃跑，他感觉自己的"辉煌时代"永远不会再来，整日情绪极度低落，后来在监狱里死掉了。

不知这消息是否准确，以后就再也没有他的消息了。一代惯偷"飞毛腿"，成为我们这一辈人口中的一个传说。

不劳而获，靠偷盗为生，终究不会有好下场。

2022年7月19日

第三辑　往事如歌

你来春风就来

我不知道你是谁，叫什么名字，但我已经记住了你。

单位食堂的厢式电梯里，我是第一个上来的。你和四个女同事、一个男同事紧跟了进来。本可以先人一步，你却让同事们先进来，你选择了最后一个进来。一进电梯轿厢，你就右跨一步，站在了控制面板前，不容争辩地朗声向大家宣布："我来当驾驶员！"你幽默的话语，惹得大家哈哈大笑。电梯里瞬间充满了快活的空气。

电梯下降的过程中，你开始对男同事身上穿的户外服装品头论足，似乎是个很专业的服装大咖。你专业性的讲解，吸引了电梯里所有人的耳朵。你成了大家关注的焦点。但你并不想突出自己，你只是想给身边坐电梯的人活跃活跃气氛。你说话的语调不高不低，语速不缓不急，让人听起来非常舒适，有种如沐春风的感觉。

短短几秒钟，电梯已经下到了一层，"终点站"到了。站在电梯口的你，本可以第一个走出去，但你没有那样做。你要兑现你的承诺，给这一批坐电梯的人当好"驾驶员"。你站在电梯操控面板所在的角落，一只手按在开门键上，另一只手优雅地摊开，做出"请"的手势，让大家一个一个走出电梯，同时还不忘记说上这么一句："贵宾您请！"

电梯里的其他人都走出去了，你才健步迈出电梯。好一个"电梯驾驶员"，好一个文明、有礼、热情的"电梯引导员"！

每天我要乘坐无数次的电梯，唯有和你一起乘坐电梯，我似乎真正体验到了一种当贵宾的感觉。多么普通的日常行为，你却把它演绎得有滋有味、出神入化，给别人带去一股春风，你自己一定也在这春风里沉醉。

记得有人说过，最大的教养，就是让身边的人舒服。很多人做不到，但是你做到了。

文学家梁实秋说："一个人如果达到相当年龄，还不失赤子之心，经风吹雨打，方寸间还能诗意盎然，他是得天独厚，他是诗人。"

我不知道你喜不喜欢诗，但我知道，你已经把日子过成了诗。

我不知道你叫什么名字，也不必要打听了。因为我知道，你来，春风就一定会来，这就够了。

2023 年 3 月 14 日

军训往事

一九九六年，空军部队特招了六百多名地方大学毕业生入伍，为祖国的国防建设事业添砖加瓦。我是这六百多名地方大学毕业生中的一员。

为帮助我们尽快完成从大学生到军人的转变，空军首长决定派我们到中国空军的王牌部队——空十五军参加军训，为时三个月。

无枕之眠

初到野战军营，一切都是新鲜的，内心充满了兴奋、好奇和激动，一切都还不太适应。

我们所在的营部，位于应山县城（其实早在 1988 年，应山就已撤县设市，改称广水市，但当地人仍习惯性之为应山）东南几公里处，营院东北紧挨着一个至今不知何名的小村子。广水这地方与河南信阳相邻，离我的家乡唐河县直线距离不过 160 公里，军训期间，我曾经动过回趟老家的想法，但由于部队管理严格，这想法最终泡了汤。

营部地势相对较高，营部大门外，有一条东西方向的水泥路，路南是营里各连队的菜地和猪圈。

我们连在营院西北角，全连官兵住在一个当时竣工才没几年的三层连部楼里。连长和指导员住三楼总揽全局，排长和武器库在二楼，各班排住一楼，我们班宿舍被分配在一楼靠西头的那个房间。

到野战兵营第一周，很多战友失眠了。原因很简单：军训期间不许枕枕头，目的是让大家的身板变得有军人的模样。大家从小到大二十多年，哪一天睡觉不枕枕头啊？没有枕头可怎么睡觉呢？

有些人想把自己带来的便衣叠成枕头，但班长就是不通融，明令谁也不许坏了规矩。实在没办法，大家只好尝试不枕枕头睡觉。

晚上 10 点半，熄灯哨吹过后，营房内一片黑暗，"好戏"也开始上演了。暗夜中，只听得叫苦声、叹气声此起彼伏，每个人都觉得痛苦，但听了别人发出的怪声，又觉得好笑，有人实在忍不住，躺在床上吃吃暗笑。住在下铺的班长严肃地命令大家：保持安静，赶快睡觉！

不少战友在上下铺的硬板床上翻过来，滚过去，前半夜无论如何也睡不着。一直折腾到后半夜，天快亮的时候，才迷迷糊糊闭上了眼睛。觉还没睡足，起床哨就吹响了。大家虽然睡眼惺忪，但也要硬撑着一骨碌爬起来，抓到作训服迅速穿上，系好武装带，上个厕所后入队出操。

一天不适应，两天不适应，最难熬的一个星期过后，大多数战友渐渐适应了不枕枕头的睡眠环境，过上了真正的军营男子汉生活。

蜕变

穿上军装，意味着身份的转变。但在象牙塔中生活久了的我们这群所谓"天之骄子"，部队生活习惯的养成、思想观念"由民到兵"的转变，必须经过一套严格制度的不断约束、强化才能完成，痛苦、激烈的思想斗争也必不可缺。

叠豆腐块是军训生活绕不开的一道坎儿。据年轻的"老班长"（他们才二十出头，兵龄却已有三四年了）讲，为了掌握这一军营基本生活技能，战士们什么奇招、怪招都用过。有的往被子上泼水，让被套里的棉絮缩小变薄；有的往被子上压石块砖头，用外力让暄软的被子小下来、再小下来；有的找个胖子帮忙，有空就坐在自己的被子上。好不容易叠得像了点样儿，在班长那里过了关，有的战士怕第二天又叠不好，夜里睡觉不敢打开被子，只能和衣而眠。

按照班长的提示，我模仿其他战友的样子，拿来一把笤帚，在水泥地上扫出一块空地，把被子铺开，然后端来半盆水，用手往被子上撩。有些地方水洒多了，被子几乎湿透。洒完水，开始按看到的豆腐块样子、按班长教的操作步骤，对自己的被子进行一遍又一遍的"虐待"。功夫不负有心人，几天过去，我的绿军被也有了豆腐块的样子。

军营里生活条件有限，洗澡是个大问题。我们连部后面有一眼水井，不知是哪一年打的。井水不深，离井口大约有五六米，井口周围用条状的石头砌成。连里有打水的绳子和水桶。军训前一个多月，当地气温还比较高，也不知道是谁先引的头，战友们洗澡，都是从井里打水洗。

起初，可能是被文明的铠甲所束缚，不少男生对光天化日之下在室外洗澡颇感害羞，念念不忘自己的大学毕业生身份。来自河南周口的连长开始对我们做心理辅导，这位单眼皮、厚嘴唇、脸色黝黑的连长一脸不屑地对我们说："都是大老爷们，又没有女的搁这儿，害个啥羞？！脱光了也冇人看你。"在连长的开导下，大家才大大方方地在井边洗起澡来。

后来天气渐渐变凉，井水澡没法洗了。大家只好转移到连部二楼那个条件一般的狭小沐浴间去洗。

挑大粪

三个月的军训生活新鲜、紧张、丰富而有趣。早上出操，白天走队列、学军体拳、战术训练、练习射击，晚上开班会、排会和连会。除了训练，还要轮流帮厨、值日、站岗。到了周末，洗衣服、晒被子、写日记、读信、写信。最不能使我忘记的，是轮流清理公共厕所里的粪便。

从小到大一直在上学，虽然穷人的孩子早当家，割草、放羊、割麦子、薅花生、掰玉米、摘绿豆、刨红薯等农活儿都干过，但出茅厕、挑大粪，从来都是父亲的"专利"，我始终没插过手。但是在部队，这个锻炼机会硬生生地降临到自己头上。

清理厕所粪便，两个人一组。挑着粪桶、拿着粪舀子，来到厕所后面的粪便池旁，我们下意识地捏起了鼻子，屏住了呼呼。只需看一眼粪便池，脑子里、喉咙里、胸腔里就泛上来一股令人作呕的东西来。真是不忍卒观，不忍卒观啊。部队首长"要经受得住考验"的话语似乎又在耳边响起，又是一番激烈的思想斗争之后，最终把心一横，"是福不是祸，是祸躲不过"，反正是躲不过的，开干！！

没有口罩，就尽量屏着呼吸，手拿粪勺子，把粪便池里的硬的软的、稠的稀的，先是一顿搅和，接着顺势一挖，再把那散着刺鼻气味的固体液体混合物倒入粪桶内。经过漫长的十多分钟忙活，两桶大粪装好了，无需讨价还价，这次你挑，下次我挑，轮流来，谁也不吃亏。我们挑着粪桶往营院外的菜地走去。

用大粪浇菜，粪便离菜根要保持一定距离，离菜根太近会将菜苗烧死。这点种植知识，以前在家是听说过了的，现在终于有了用场。

浇菜间隙，我们还参观了营里的猪圈。一营四个连，每连一个猪圈，全营共有十几头猪的样子，大的小的、肥的瘦的、黑的白的都有，专门有战士负责喂养。可别小看空降部队的猪倌，他们可能貌不惊人，但一个个也是身怀跳伞绝技。因为在空降部队，即使养猪的战士、普通的护士、司机，都必须学会跳伞。听说有位军长原来就是喂猪的战士，后来经过摸爬滚打，最终成长为一名共和国将军。

经过粪便浇灌滋养的白菜，长得绿莹莹、翠生生的，看起来十分喜人，让人想起正在蹿个子的年轻小伙儿。连里的白菜当年丰收，有好事者专门用秤称了一下：一棵白菜竟然重达二十三四斤。放在水泥地上，绿莹莹、白花花的一大片。

疯狂的旱冰鞋

因为我们是已经拿工资的大学生军人，心里活泛的班长便想着法儿约我们一起出去玩，因为和我们一起玩，我们会主动请客，这是我们和班长接近距离的大好机会。能被班长叫出去一起耍，我们也倍觉荣幸。

周末，连里安排大家休息，战友们洗完衣服、写完信，除了看书、侃大山，就没有别的事做了。几个河南籍班长就悄悄约我们几个三观一致的河南老乡到附近的应山县城去溜旱冰。

溜旱冰是当时一种比较时髦的娱乐兼体育运动。来自农村的我，本来觉得自己根本不适合从事这种时尚运动，却经不住年轻老班长一番花言巧语的劝说，终于豪情大发，气冲云霄，决定和班长出去疯一次，闯入以前从未踏过的陌生场域。

租了旱冰鞋，坐在门口的长条矮凳上，在工作人员和班长的指点下小心穿上溜冰鞋，系紧鞋带。因为是大姑娘坐轿——头一回，鞋子穿上后连站都站不起来。感觉整个人底盘不稳，乱摇乱晃，我成了邯郸学步中那个不会走路的燕国人。

班长显然是这里的常客，他熟练地穿好鞋子，步履轻盈地滑到溜冰场中心地带，身姿优美，一脸轻松。班长一圈圈从我身边滑过，热情鼓励我大胆地滑。我在木凳子上坐了好一阵子，一次次想逃离，又怕被班长嘲笑，只好硬着头皮开始尝试。身体常常因脚下不稳而前覆后仰。一次次滑倒、又一次次尝试，慢慢地，终于悟出了其中的一点门道，脚下稳了，行了。边观察边学习，滑旱冰的基本姿势学会了，我沿着旱冰场外圈运动起来，但还是提心吊胆的，生怕和溜冰老手撞在一起。

大约一个多小时后，感觉自己的脚下可以轻盈、自由一些了。穿着旱冰鞋在旱冰场上驰骋的感觉真好啊！这是有生以来从来没有过的体验，像鸟一样自由飞翔，滑行的速度越来越快，墙壁迅速向后边闪去。

我开始模仿班长做一些花样，一个人快滑，两个人飙滑，两个人手拉手滑，甚至倒滑……哈哈，太开心了。汗水浸透了衣衫，但我们不以为意，似乎忘却了一切，心里想着的，就是一圈又一圈地滑。被汗水浸湿的衣服湿了干，干了湿，后来才发现，自己的后背、衣裤外早粘着一层汗水的结晶，盐白色一片一片的。

那一次，我们一共溜了四个多小时。我从不会到会，再到溜得有模有样，最后忘乎所以。事后回想，这真是一次疯狂的运动！

伞花朵朵天上开

在空降兵部队军训，看跳伞对我们来说有着天然的地利条件，但必须事先征得上级首长同意。经过我们一番强烈呼吁，连首长答应我们组织一次看跳伞。

鄂北的秋日，头顶是蓝天白云，天气却依然有几分燥热。我们一帮"新兵蛋子"，难以掩饰内心的兴奋和激动，在老班长们的带领下，列队来到伞兵着陆区。

这是河流附近的一片开阔地带，下面有蜿蜒如玉带的碧水流淌，河两边是河滩荒草地，上面地势较高的地方，是附近村民的田地和菜地。我们就站在田地、菜地中间的小路上，极目楚天，翘首以待。

远处的天空响起一阵飞机引擎的轰鸣，一架涂着蓝色外装的运八飞机在空中划着弧线飞过来了。在与我们直线距离约一千米的天空，飞机略微降低了高度。突然，飞机上掉下来一个又一个小点，小点迅速变大，一张张降落伞打开了。哇！真好看！红色的、蓝色的、白色的，红黄相间的，五颜六色的降落伞纷纷从天而降，像一朵朵盛开的花朵，由天庭里的仙女撒向人间。降落伞装扮了高洁祥和的天空，构成一幅壮美的跳伞图。

和班长聊天得知，伞兵将士每年要跳伞若干次，除了平时的训练，他们也经常到外地参加实战模拟演习。保卫祖国领土主权完整、实现祖国完全统一，空降兵是一把无可替代的天降尖刀。

我们排4个班长，河南的3名，湖北的1名。班长们都比我们年轻，经历常年风吹日晒，身上凡是裸露出来的地方，脸、脖子、整个上肢，全是黑黝黝的，在阳光的照射下，反射着健硕的光。来自许昌的班长跟我有眼缘，他私下对我许诺，说要带我到飞机上看跳伞。

这一天悄悄来了，他让我穿上迷彩作训服，跟着他坐绿皮军用卡车往十几公里外的机场去。到了那个据说是当年林某秘密为自己修建的小型军用机场，他交代我不要说话，看他眼色行事。我点头应诺。

下了车，他示意我加入旁边的队伍，向停在不远处的一架绿色运五飞机走去。运五有着相当悠久的历史，当年毛泽东同志从延安到重庆谈判，乘坐的就是这款飞机。

上了飞机，我发现机舱空间十分有限。这是一种小型飞机，机舱内只有十几个背靠机身的座位，舱顶悬垂下来一根一根的拉手。我抑制不住内心的好奇，往接近驾驶舱的机舱前面靠过去。透过驾驶舱后面的透明玻璃，我看到飞机驾驶室里，飞行员前面有几十个大小不一的各式仪表，红的绿的黑的都有，有的亮着灯，有的不亮。

飞机轰鸣着冲上蓝天。我找了个位置坐下来，感觉心跳明显比平时快多了。没起飞几分钟，飞机就开始在空中转弯，向着预定空域飞去。我又激动又紧张：以前做梦也没有想到，竟然有这么一天，自己能够和中国空军的王牌部队战士一起飞上蓝天，零距离欣赏他们从空中一跃而下的雄姿。

坐在我旁边的战士，神态镇定，一看就是个空降老兵，我悄悄问他："你这是第几次跳伞了？"

"记不清了，大概有十多次了吧。"

"还感觉紧张吗？"我问。

"紧张，每次都紧张。"老伞兵答道。

英雄不是不怕死，直面死亡而又敢于向死亡挑战、去完成光荣历史使命的人，才是真正的英雄。

机舱门不知什么时候已经打开了。带队的老班长站起来，熟练地走向舱门，一只手抓紧舱顶的拉手，半个身子侧向舱外，脑袋和另一只手伸向舱外面测风。一幅我平生见所未见的场景出现在我眼前：老班长的脸部皮肤，像纸片一样，哗哗地抖个不停。这离地才有多高啊，空中的风竟然有那么大威力！

"嘀—嘀—"，提醒战士为跳伞做最后准备的预备铃声响起，机舱内的黄色警示灯一闪一闪地亮着。试过了风向、风速，没过几分钟，机舱内的伞兵战士们，一个一个向舱门口靠拢，排着队准备向外跳。激动人心的时刻终于到来了，只见他们双脚并拢，膝盖半弯，弓着腰，双手抱着胸前的备用降落伞，一纵身就跳离了机舱，向着空中飞去，向着地面冲去。

跳伞是项技术活，听说需要专门训练三个月才能学会。我们一共才军训三个月，看来是没有机会学跳伞了。

跳伞虽然看上去潇洒、威风，但跳伞过程充满了凶险。如果降落伞没有叠好，正伞打不开，伞兵就直接面临生命危险。这时候，伞兵必须马上克服恐惧心理，迅速启动胸前的备用伞。如果正伞和备用伞都不能正常打开，伞兵基本上就要向马克思报到了。

即便降落伞不出问题，天气因素也会影响伞兵的生命安全。如果地面风太大，伞兵们就很难准确操纵伞柄，稍有不慎，人挂在树梢上、掉进河里或是落在山上，是再正常不过的事情。

附近村子里的农民，有时候正在自家地里干活，抬头一看，几个伞兵从天而降，眼看就要落在自己的庄稼地里。只听得村民焦急万分地对着天上喊道："哎——别往我们地里跳啊！"但伞兵们哪里顾得上那么多，他们也不想跳到老百姓田里或菜地里，但有时候他们实在控制不好自己的着陆点。

歌唱好才能吃饭

我们这群大学生新兵，有本科生、硕士生，还有一名博士生，有着明显的年龄差异，最大的 60 后，最小的是 70 中人。

战友们风华正茂，激情澎湃，对于自己在空降兵野战连队遇到的事情普遍感到新奇，不管是军事训练，还是唱军歌、开会，参与积极性非常高。

因为训练强度大，大家饭量都十分可观。训练了半天，临近吃中午饭时，一个个肚子咕里咕噜的，大唱空城计。按连队规定，吃饭前各排要在饭堂门口排队唱歌，同一首歌哪排唱得整齐、响亮，哪排就先进饭堂。

精疲力竭的我们，忍着饥肠辘辘对身体的折磨，靠意志力支撑，向军营的天空发出雄壮的吼唱："团结就是力量，团结就是力量，这力量是铁，这力量是钢……"一会儿又唱："咱当兵的人，为啥不一样，只因为我们都穿着朴实的军装……说不一样，其实也一样，一样的风采在共和国旗帜上飞扬……"

值班排长是现场裁判，他认为哪一队唱得好，就先让哪队进去开饭。唱得不整齐或唱得有气无力的队列，只能站在原地重唱。

我们的胃口普遍好，饭堂里做的肉龙，大概二两一个，我个子中等，最多一顿能吃八个，连里的"大胃王"，一顿能吃掉十三个。十三个肉龙，能堆一大钵子，大概只有猪八戒才能吃那么多。

战友情长

战友们来自全国各地，大家每天在一起生活、训练，三个月下来，彼此间产生了深厚的战友情谊。

给我印象最深的战友，有来自青岛的了陈小宁、东北的裴明正、江西的军医小毛、四川那个须发旺盛的小个子战友，不记得叫什么名字了……陈小宁长着高挺的大鼻子，眼睛不大，却会笑，特别像歌星张学友。他喜欢弹吉他，说起话来显得有点故弄玄虚、夸张的味道，他私下对我说，他在网上交了一个在北京昌平二中当教师的女朋友，并说那姑娘长得如何漂亮可人；裴明正个子中等偏高，双眼皮，肤色较黑，操一口地道的东北话，举手投足间，透着东北人的耿直、豪爽和义气；小毛是南方人，皮肤细白，整天嘻嘻哈哈的，爷爷是

作者军训留影

老革命军人，新中国成立前就参加了工作，好像家里颇有些背景；四川的小个子操一口浓重的南方口音，嘴唇厚实，眉毛又黑又粗，喜欢歪戴军帽……

和我来自同一部队、但并非同一部门的蒋彤，一副玩世不恭的样子，喜欢用大尺度的话语，给大家讲各种笑话、开各种玩笑，逗得大家直呼肚子疼。

我们用大粪浇灌的白菜喜获丰收的时候，为期三个月的一线野战部队军训生活也接近尾声了。大家圆满完成了队列、战术、打靶等各项军训任务，实现了从大学生向军人的华丽蜕变，依依不舍地踏上归途，四散至长城内外、大江南北，奔赴各自的工作岗位，开始为祖国的国防事业挥洒青春。大部分战友渐渐失去了联系，一部分战友坚持鸿雁传书，续写一段浓得像醇酒似的战友情缘。

东北的老裴，来北京找过我两三次，第一次他一个人来的，我带他游览天安门、故宫、长城、十三陵等地。第二次他把对象带来了，我们又一起游览了北京的其他几处风景名胜。第三次来，因为我当时在空军总医院住院拔智齿，只招待他在附近饭店吃了一顿饭。

听说连长也来过北京，是蒋彤他们几个战友接待的，连长在北京度过了一段十分愉快的时光。

军训生活结束到现在，二十多年过去了，多数战友都失去了联系，但我一直珍藏着生命中的这段特殊时光，大家一定都还记得这段火热的青春，彼此对对方的记忆，一定还收藏在岁月的相册里。每每看到有关军训的视频、影像，昔日参加军训的那些人和事，就像电影镜头一样，一幕一幕在头脑中循环播放，想到有些场面，自己一个人不禁哑然失笑。

每每想起这段特别的日子，一首首嘹亮的军歌就会在耳畔重新响起。动情的时候，我会忍不住再唱一遍那熟悉的军歌，唱着唱着，眼泪就会不自觉地从脸颊上滑落。

2020 年 9 月 13 日夜

交公粮

交公粮，以及它背后的辛酸和眼泪，现在的年轻人还有几个能够说得清、道得明呢？

交公粮是个啥东西

公粮，新中国成立后有一个高大上的名字叫"爱国粮"，是国家征收的农业税，是过去全国亿万农民应当对国家承担的法定义务。资料显示，农民交公粮的历史，最早起源于战国时期的秦国，是商鞅变法的其中一项措施。封建社会的公粮，历史小说、戏剧里称为"皇粮国税"。

1983 年，安徽小岗村大包干的经验向全国推广，农村实行包产到户，原来的生产队宣布解散，变成一个一个农业小组，农民种粮的积极性被极大地激发起来，小麦、玉米、红薯等主要农作物的产量逐年提高。交公粮成了农民承包的土地收获之后必须完成的"硬功课"。

每家交公粮的数量多少，不同时期、不同地域标准不同。在我们南阳那里，记得是按各家种地面积的多少确定，一亩地要缴纳几十斤到 100 多斤小麦。大姐出嫁、二姐考上师范学校之前，我们家 6 口人，种有 12 亩地，一年要向国家上缴将近 2000 斤小麦。因为是义务缴纳，缴粮食只是完成一项政治任务，政府不必给农民任何钱。

半路爆胎

不同的农民，对交公粮的态度不完全一样。父亲社会责任感强，做事胆小谨慎，总是担心自家的粮食晒得不够干、杂质多，拉到街上检验不合格，所以对家人和自己要求特别严格。稍有让他不满意的地方，他就会拉下脸来，对着母亲和我们吼。

不知道妹妹有没有跟父亲上街交公粮的经历，大姐、二姐和我，都有陪父亲交公粮的经历。山区农民交公粮，因为山路崎岖，多是用手推车推或是用扁担挑去交公粮。我们那里是南阳盆地的盆底儿平坦地带，除了一两处上坡、下坡，地势相对来说比较平缓，所以我们那里交公粮，一般都用拉车，人拉或牛拉。后来经济条件改善了，有的人家买了"蚂蚱头"（手扶拖拉机）或四轮拖拉机，省力快捷，这是后话。

拉车交公粮，怎一个"苦"字了得！要交的小麦先要在麦场里晒几天，晒得干蹦蹦的了，再用大箩筛筛，小箩隔隔（方言念 gai），把麦秸叶子、麦壳和大小土坷垃清除出去。然后是装麦，一人撑袋口，另一人用撮子把收拾干净的麦子装进布袋（分到户下的原生产队收粮用具）或化肥袋子。

上街交公粮前，父亲会提前两三天把自家的拉车检修一遍。车厢板和两边的挡板，该加固的加固，该补上窟窿的补上窟窿，两条车胎看是否漏气，确定不漏气之后将它们一一打饱，最后用木棍敲敲，保证轮胎各处圆均，不至于遭重压之后爆胎。拉车车况良好的情况下，开始装车。装车也是个技术活，要按麦袋子的大小、长短来安排，总之要保证车尽其用，尽可能一车装够所有要上交的粮食。最后还要用粗麻绳把麦袋子都拴紧了，保证路上来回颠簸时麦袋子不至于掉下来。

一切收拾停当，父亲再找来一根粗草绳，折成双股，拴在拉车外侧的车辕木橛子上，让跟他一起上街交粮的家人帮他"出个梢儿"（唐河方言，意思是帮拉车的人出力）。一两千斤的小麦，装成高高的一拉车，把两个鼓鼓的车胎都给压扁了下去。被小麦压扁了的车胎，像极了父母亲的腰身，经过生活的重压，变得不再像以前那样挺拔……那时的乡间都是土路，坑坑洼洼的，全凭人力拉运高高的一车小麦，而且还有上下坡，这样的路要走上 7 里，真不是件轻松事儿。

有一年交公粮，因为贪重，我家的拉车在上路不久就爆了一只车胎。父亲只好半路上停下来，回家找一根粗木棒当"千金顶"，在家人的帮助下，把装了一大车麦子的车架硬生生顶起来，然后找出补胎工具，费了半天功夫把车胎补好，重新上路。

一路上的辛苦自不必说。为了擦汗，父亲脖子里会搭一条毛巾。等到了公社粮库，父亲的擦汗毛巾往往能拧出一摊水来。

谁不想与质检员沾亲带故

到了公社（后来改成乡）粮库，十里八村等着交公粮的人们，早已经排成了一眼望不到头的长蛇阵：人车马车，男女老少，人声鼎沸，热闹非凡。能早点加入到这个长蛇阵中，农民们心里就踏实了一半，但一想到质量检测，农民们的心里还是忐忑不安，最怕质检员的采样钢钎从自家小麦袋子里抽出后，说出："不中！忒潮，再晒晒去！"或是："不中！杂质恁多，再筛筛去！"

排队等质检员来检测自家小麦的农民，紧张、兴奋，谁都希望自己拉来的粮食能一次性过关。这时候，谁能够拐弯抹角和粮食检验员沾上点亲戚，就是他们当时最大的幸福。因为在那种特殊关系下，他们拉去的小麦，十有八九能够一次性通过验收，一会就能过秤，很快就能拿到交公粮的条子回家。有时候，即便自己和粮食检验员沾不上一点亲戚关系，因为同村和自己关系好的哪一户人家和检验员扯上了关系，他们帮忙搭个腔，自己的小麦也能比较容易通过质量验收。除非拉去的小麦品质实在太差，检验员就爱莫能助了。

因为时间就集中在那有限的几天，来自全乡各村前来交公粮的农民实在太多了。如果出发稍晚一些，农户可能要排上一天队才能等到检验员，个别农户甚至要等到第二天上午。如果当天交不上粮食，他们宁肯在街上过一夜，也不愿意把沉重的车子再拉回家。没有经历过的人不知道，拉车负重走以前那样的乡村土路，三五里路都要走上一个小时。哪像今天我们健步走，一身休闲运动装，穿着舒适的运动鞋，手里一部手机，走的还是柏油大马路，两个5里路，1个小时也够了。

碰上要求苛刻的粮食检验员，态度马虎、习惯了应付的农户可就要倒霉了。你拉的小麦稍微潮一些，或是杂质稍微多一些，他就坚决对你亮红牌，说一不二。人在屋檐下，不得不低头。没办法，说你麦子潮，尽管不情愿，你也得把车子拉出队列，找个不碍别人事的空场，找来扫帚，扫出一片干净地方，把车上的麦袋子一一卸下来，倒出来重新晾晒。说你麦子杂质多，你也没脾气，牢骚几句之后，只能重新筛几遍，把杂质再清理清理。那时候粮库还挺人性化，他们专门准备有大铁筛子，免费提供给有需要的农户使用。在农户拿走铁筛子的时候，粮库工作人员会冷冷地来上一句："使完别忘了还！"

艰辛的农民生活

和二姐一样，我陪父亲交公粮的次数也十分有限，因为年代久远，具体有几次实在记不起来了。问父亲当时的一些情形，他也有些记不清楚了。心理学研究表明，人们总是有意忘掉那些痛苦的经历，这种有意忘却叫作选择性遗忘。我们都记不清交公粮的一些具体体验，大概就属于选择性遗忘吧。

但我清楚地记得一点，那时候交公粮都是在酷热难耐的夏天。父亲干活细密，交公粮时往往出发较晚，等我们赶到粮库附近，太阳已经快到头顶，接近晌午了。夏季的太阳毒，我也没有戴帽子，年龄又小，经不住长时间烤晒，头硬生生忍着疼，感觉整个人都不好了，但又不能叫苦叫累，因为父亲比我更苦更累。拉一车麦子的全部力气为 100 的话，父亲出的力气至少在 80 以上，我出的力气最多 20。还好，我并没有因为交公粮而中过暑。

小麦检验合格，农户要按照检验员的命令，把车子拉到指定的粮库前，将麦子卸下车（检验员一般不会帮农户搬抬麦袋子，他们也帮不过来），搬到磅秤上过秤。过完秤，财务人员记好账，农户们踩着长长的木板梯，把一袋袋小麦倒在粮库尽可能高、尽可能远的地方，收拾好自己的空袋子，从开票员手里拿到条子，交公粮的任务才算圆满完成。

交完公粮，农民家里所剩的粮食并不富裕，所以他们的日子并未真正变得轻松。那些日子里（大概 1983 年到 1987 年间），我们家的生活还是十分拮据。完成公粮上交任务后，家里的白面馒头经常断顿儿，但父母一直偷偷瞒着二姐和我（妹妹当时还在上小学，二姐和我在乡里上初中），怕我们知道实情后在学校不舍得吃，影响了我们学习。我们星期六下午快要回家的前一天，母亲才赶忙蒸上一锅馍，给我们造成家里从来不缺粮吃的印象。临近毕业，功课更忙的时候，我们两周回一趟家，有时候母亲没有来得及在前一天蒸好馍，她就骗我们说：上一锅馍前天或昨天刚吃完，还没顾上蒸。

交公粮的年代里，为了孩子将来能有点儿出息，多少农村父母把最好的粮食交给了国家之后，自己天天粗茶淡饭，舍不得吃，舍不得穿……

东方风来满眼春

2005 年 12 月 29 日，第十届全国人民代表大会常务委员会第十九次会议通过了"关于废止《中华人民共和国农业税条例》的决定"，宣布自 2006 年 1 月 1 日起，新中国的农民再也不用交公粮了。在中国土地上延续了 2600 年的农业税从此成为历史。同时，为了鼓励农民种粮食的积极性，国家对种粮农民实行种粮补贴政策：种地的农民不仅不需要再上交公粮，政府每年还按农民种地数量多少给予一定的补贴。今昔对比，令人不禁感慨万端。

在网络上和现实生活中，时不时有人站出来替农民呼吁：农民交了几十年公粮，国家应该每月给这些农民发放一两千元的退休生活金。

其实，和我父母一样交了几十年公粮的大多数中国老年农民，对国家和政府没有过多要求，他们好汉不提当年勇，领着每月 60 元（据说沿海省份是几百元）的生活补助，每年靠土地租金再有两三千元的收入，子女孝顺，生活安乐，日子过得也挺有滋味。

如今，交公粮的经历在人们的记忆里渐渐模糊，但在亿万农民和老家来自农村的千万新城市人心中，这记忆不会完全磨灭，将永远印刻在他们的脑海。

2019 年 10 月 13 日

露天电影

露天电影，是上世纪七八十年代中国人精神生活的饕餮盛宴。

放映员是娱乐福音传播者

在那个年代，全国农村物质生活和精神生活都十分匮乏。露天电影，是彼时一种公益性质的娱乐项目，由大队（后来叫村委会）出资放映，普通百姓免费观看。

有露天电影看的日子，就是全村人的节日。电影正式放映前一两天，方圆几公里内哪个村要放电影的消息就经人们口口相传，早已传遍了村庄的每一个角落。

"今晚严营有电影儿！"

"啥片儿？"

"《小花》，还有一个不知道。"

"是打仗片吗？"

"是！你去不去看？"

"去！咱们一起啊。"

"中！"

这是那时候孩子们之间关于看电影，经常会出现的对话。

若是本村有电影，早有"八里响"的各家童男童女奔走相告，将消息满村里传开了。他们十分乐意充当义务宣传员，争着把消息第一时间传达出去。

听到消息的人们将信将疑，等看到有人用架子车或牛车拉着放电影用的木杆、银幕、放映机、备用发电机、大喇叭等物件往大队部或村委会的方向走，才确信无疑。

放电影的器具拉进了村，但电影胶片（拷贝）并不一定一起随车拉来。这时，电影放映员成为人们心目中重量级最高的权威人物。只要电影放映员一出现在村里，旧衣破衫的孩子们就会呼啦一下子围上去，把自己想问的问题问个清楚。

负责我们村的放映员是个小伙子，龙潭街上的，人称"老八儿"，可能他在同族兄弟中排行老八吧。其人性情温和，话语不多，常常用简洁的几句话，就把我们给打发了。在孩子们眼里，"老八儿"是全村娱乐福音的传播者。

争抢"A座"

村里要放电影的消息已经使孩子们兴奋起来，他们三五成群在大队部、村委会附近逗留玩耍。

铁锤敲击大铁钉的叮咣叮咣响声过后，电影银幕搭起来了。扩音大喇叭挂起来了、放置放映机的桌子也摆好了。

手脚快的孩子已经从家里搬来了椅子、矮凳。其他的男娃女娃也不甘示弱，让已占好座位的人替自己占个空位，然后甩开膀子往家跑，拉来椅子抢占好位置。

放映机前和周围是最受大家欢迎的"A等"座位。坐在放映机前最能抢风头，调试放映机时可以做出各种动作，投射在电影银幕上。放映机周围可以观察放映员的一举一动，等于抢占了信息制高点。

孩子们嚷着、叫着，故意把声音比平时提高了二三十个分贝，大人们也不阻止他们，反倒被他们浑身散发的喜悦情绪感染，也变得快活起来，暂时忘却了生活中的各种烦忧。

孩子们催着自家的大人赶紧做饭，晚饭吃什么已经不重要了，亢奋的状态下他们也吃不下多少东西。匆匆吃过晚饭，他们立即回到自己事先抢好的座位上。

大人们一刻不停地忙着，洗碗、喂猪、喂鸡喂鸭，把鸡鸭赶进鸡笼。一切收拾停当，锁上家门，往电影场里赶。那里，早有自家的孩子给占好了座位。

如果到外村看电影，去得早的话，可以向熟人、亲戚借把椅子，借张长条凳，免得受几个小时站立之苦。但如果去晚了，或者在那个村子没有熟人、亲戚，或是有熟人亲戚，但自己脸皮薄，不想麻烦别人，就在附近找块砖头，或者从谁家麦秸垛上拽一把麦秸，垫在屁股下面当座椅。

当年看过的那些露天电影

好不容易等到夜幕降临，银幕前的空地上，男女老少坐了乌压压一片，大家兴奋地、七嘴八舌地交谈着，盼着电影放映的那一刻早点到来。遇到特别好看的电影，银幕前面的空场根本不够坐，一些人就只能坐在银幕背面，这时，银幕上的字是倒过来的，观影效果明显会打折扣。

在大队摊派的农户家里吃过晚饭，电影放映员终于出现了。人群中出现一阵喧哗和骚动，眼尖的孩子大声叫道："来了！来了！"人们循声望去，四下寻找电影放映员。在人们热切的目光注视下，"老八儿"从容不迫地穿过人群，来到放映机前，打开放映机上的白炽灯，调试放映机的高低。

一束刺破夜幕的白光射向银幕。坐在放映机前面的孩子，或半跪在椅子上，或者站立，手臂乱舞，或伸出小手，模仿各种动物的样子，过一把表演的瘾。

一切调试妥当，电影马上正式开演。这时候，"老八儿"会在喇叭里用当地方言向大家通报当晚放映的电影名字："今晚放映《七品芝麻官》和《许茂和他的女儿们》。"

两部电影正片放映前，往往会加演个农业科技短片或是安全用电知识类的宣传片，十几分钟左右时长，就像今天电影正式放映前加播的商业广告片。纪录短片给我留下的最深刻的记忆，是玉米从出芽到成熟，不到一分钟就完成了。一棵庄稼幼苗，风一吹就长高了，看得人心里直纳闷：哪有长那么快的庄稼啊！后来百度告诉我，这叫快镜头。

我们不喜欢看农业科技片，耐着性子把它看完。从小学到初中，在同辈孩子中，我看过的电影并不多，现在还能记得起来的电影名字，有最喜欢看的"打仗片"（战争片）：《智取华山》、《风雪大别山》、《地雷战》、《延河战火》、《小花》等，有故事片《马兰花》、《刘三姐》、《五朵金花》、《神秘的大佛》、《许茂和他的女儿们》、《月亮湾的笑声》等，还有戏剧片《牛郎织女》、《朝阳沟》、《花木兰》、《七品芝麻官》、《唐知县审诰命》等，另有上海美术制片厂制作的动画片《大闹天宫》，日本电影《野麦岭》。

风靡大陆及港台的功夫片《少林寺》，更是我至今仍无法忘却的经典影片。

遭街头小混混洗劫

关于《少林寺》，我有一段特别经历。1982年2月，《少林寺》面世，迅速在全国引起巨大轰动。不知道是谁先得到龙潭街要播放《少林寺》的消息。几个要好的伙伴一得到消息，便迅速聚在一起，摩拳擦掌，蠢蠢欲动，意欲先睹为快。

起初，个别小伙伴下不了决心。为了看一场电影，十一二岁的孩子，单程步行7华里，往返14华里，而且没有大人陪伴，万一遇到点事怎么办。这样的想法和行动确实有些疯狂。

见有的同伴拿不定主意，口才好的伙伴加重了语气，开始宣传《少林寺》是一部多么棒的武打片，今天不去看绝对终生遗憾。经过一番激烈的思想斗争，最终有七八个小伙伴消除了所有顾虑，决定不惜冒险，前往离我村最近的镇子——龙潭街去看《少林寺》。大家向家长要了面值不等的三毛五毛钱，从家里拿个馒头或别的什么干粮，一边吃着一边上了路。

大家在情绪亢奋的状态下匆匆赶路，没觉得怎么累，赶到公社电影院时天还亮着。在电影院门外空地上，很少上街的我们这群乡下顽童，东瞧西看，仿佛刘姥姥进了大观园。

不久，糟糕的事情在我们身上发生了。我们还没来得及买票，就被街上五六个小混混盯上了。他们把我们逼聚在电影院旁边的一个犄角旮旯里，避开大人的干预，强迫我们掏出身上所有的现金，如不听话就收拾我们，让我们回不了家。

我们浑身被搜了个精光，可怜的几角钱被他们悉数劫掠而去。电影不能正常观看了，我们在电影院外逡巡，听着里面电影开演的声音，急得团团转。

大约到电影放映快半个小时的样子，看大门的人才恩准我们几个可怜的孩子进去。

那么好看的电影尽管看得不完整，但我们心理上仍得到了极大满足，比起那些不敢上街来的小伙伴，我们已经先于他们看到《少林寺》了。觉远和尚的非凡武功，一个个拳来脚往、打打杀杀的精彩镜头，深深地留在了我们的脑海中。

少林少林

电影散场后，月黑风高，走在异常陌生的街道上，四周黑黢黢的，寒意不断向我们袭来。大家又困又冷，集体丧失了回家的勇气。同去的伙伴当中，青锋的父亲在公社农机站上班，他提议大家一起找他父亲，帮忙解决大家的住宿问题。

七八个冻得瑟瑟发抖的可怜孩子，走在寒冷少人的狭窄街道上，摸到了农机站同村老乡的单位宿舍。堆着各种农机零件的地方根本容不下七八个孩子，青锋父亲让大家凑合着挤在一起，大家也不愿给老乡添麻烦，挨个儿随便挤在一张小床上。大家同盖一条被子，好几个孩子身上啥也盖不着。看到墙角放着一个空麻袋，眼尖的孩子抓过来当被子盖。没有人洗漱，大家挤作一团、和衣而眠，艰难地捱到了天麻麻亮。我们匆匆告别青锋父亲，一路小跑，回到了村里。

为了弥补这次没看完整的缺憾，《少林寺》不久又在苍台公社小河谢村放映时，我和几个小伙伴又跑去看了一次。我们村到小河谢村，跟到镇上距离一样，也是 7 华里。一部《少林寺》，两个 7 华里，一群农村追影娃，如今回想，别有一番意趣在心头。

《少林寺》宣传海报（来自网络）

看完《少林寺》，我产生了习武的强烈念头。班上的文彦从新华书店买来了《少林八步连环拳》，学习之余，我们认真揣摩书上画出的每一个招式，一起自学了好一阵子。为了练好"武功"，我们天黑以后在村边河滩上疾速奔跑，相互追逐，腾挪跳跃……醉拳、少林棍法、少林剑，我都有过浓厚的兴趣，但因为家庭条件、生活环境限制，这些武术技法我一样也没有学会。

露天电影有"两怕"

小孩子看电影，往往易善始，难善终。电影还未正式放映前，孩子们上蹿下跳，东跑西颠，早把一天的精力消耗得差不多了。

如果当晚两部电影都是打仗片，还勉强能坚持看到底。但一般是一部打仗片搭配一部故事片、戏剧片，到了第二部电影渐入佳境时，不少孩子早已困得不成样子了。有的脑袋靠在椅子上进入了梦乡，有的干脆横躺在地上呼呼大睡，经常是电影已全部放映结束了，还有孩子在露天电影场里睡觉。

看露天电影，最怕两件事：一是停电，二是下雨。大家正看到兴头上，没有任何预兆，银幕上战火纷飞、悲欢离合的场景突然消失了，周围陷入一片漆黑，只有银幕一片白，大家异口同声惊呼："停电了！"

观众群里一阵骚动，抱怨声、对电管部门的责骂声不绝于耳。爱咋呼的汉子大声喊叫着大队电工的名字："某某，快到变压器那儿看看是不是跳闸了！"有时候果然是变压器跳闸，众人等上十来分钟，电就来了，电影接着演下去。有时候并不是跳闸，是本村供电线路停电。这时，备用发电机派上用场了。也就一支烟的工夫，"嗡嗡嗡……"发电机的声音从电影场外不远的地方响起来。一会儿工夫，放映机上的白炽灯重新亮了。怕大家把刚才断掉的地方忘记了，放映员开始倒片。"哒哒哒……"放映机正常转动起来，电影恢复放映。大家又津津有味地看了起来。

有时候，电影刚开始放映，天气就不怎么好。大家提心吊胆地看着，担心无法顺利看完当晚预定放映的片子。第一部电影还没放完，恼人的雨点开始往人们头上落。对当晚电影不感兴趣的人们，搬起椅子就回家了。

我们这些铁杆影迷（孩子和大人都有），态度却异常坚定，风雨无阻地坐在原地不动，不屑地看一眼那些立场不坚定的人，迅速把目光盯在电影屏幕上，沉浸在电影世界里。

偏偏有天公不作美的时候，老天爷并不因为我们特别爱看电影而眷顾我们，它无情地把豆大的雨点浇在我们头上身上，浇在巨大的白色电影幕布上。放映机射出的光束下，无情的雨点像银豆一般簌簌落下，打疼我们的心。看电影的人们已经不到 10 人了，穿着雨衣的放映员遗憾地宣布电影放映结束，并表示过几天再来给大家补映。

如果未来几天天气转晴，放映员果真就又来了，把没有放完的电影从头至尾给大家重新放映一遍。如果遇上连阴雨，补映的事也就黄了。

每次电影放映结束，"老八儿"还不忘在喇叭里说上一句："今晚电影到此结束！"这句言简意赅的话，和放映前的通报相呼应，为当晚的电影放映画上了圆满的句号。

那时电影很走心

那时候的露天电影，大都属于主旋律一类的题材，有革命战争、传说故事、戏剧、现代故事等，能起到教人向真向善向美的精神宣传作用。故事中的革命英雄，在潜移默化中成了青少年一代崇拜的人生榜样；影片人物的欢笑和泪水，不知不觉提高了人们的审美水平，培养了人们的爱国情操。

特别是战争故事片，主旨突出，是非分明，好人、坏人一看长相和穿着打扮就让人明白八九分了。人们"入戏"也快，看到日本鬼子、特务和汉奸欺侮好人，怒火中烧，立即恨得咬牙切齿。外向型性格的人，会禁不住骂出声来："真想一枪崩了他！"

露天电影因内容、风格各不相同，给人们带来的感受也各各不同。

《延河战火》快到结尾，伏击国民党军队的红军发起冲锋，冲锋号吹响的时候，我觉得自己成了电影中正在随大部队冲锋的战士，浑身颤抖，斗志昂扬，准备随时消灭阻挡我军前进的所有敌人。

在中徐村看完《神秘的大佛》，回家躺在床上，一闭眼，电影画面上那个多次出现的戴面具的花脸就好像就站在我面前，吓得我半天睡不着觉。

小学时候理解能力极为有限，《梅花巾》的倒叙手法把我看得云里雾里的，电影放完也不明白故事究竟讲的什么内容。

去邻村看电影，经常能看到满天星斗和长长的银河，流萤在身旁轻舞，青蛙在水沟里"呱呱"唱歌，蟋蟀在草丛中低吟，真是一幅美丽的田园夜景。出发的时候兴致勃勃，精神饱满；回来的时候，眼皮沉得似乎有千金重，腿像被人绑上了大沙袋，有时候走着走着眼睛就闭上了。

如果半路上经过坟地，更是令人惊恐不已。看到茫茫夜色里那一个个鼓起的小坟包，我常常紧张得后背直冒冷汗。

没办法，再困也得靠自己的两条腿把几里路走完，谁让你小小年纪却痴迷露天电影呢。回到家，倒头便睡。一觉睡到太阳晒着屁股，大人喊吃饭。

露天电影"剧终"

20 世纪 80 年代中期以后，电视机逐步走进千家万户，《西游记》、《霍元甲》、《陈真》、《上海滩》、《射雕英雄传》等一批优秀电视剧相继问世，原来爱看露天电影的人们开始把关注焦点转向电视屏幕。

再加上受场地、资金等因素影响，露天电影受到了前所未有的冲击，观影群体迅速缩小，露天电影很快走了下坡路，逐渐淡出人们的视野，一步步退出历史舞台。

如今，露天电影在中国个别地方的农村虽然并未完全绝迹，但它在大多数中国人的心目中，早已被巨变的时代消磨得了无尘迹，其作用早已今非昔比了。

当年一起去外村看电影的伙伴，今天都已是年近半百的中年大叔，两鬓斑斑，饱经风霜，有的已经抱上孙子孙女，四世同堂，有的因意外已经离开人世。

那永远回不去的童年，那些值得永远回味的露天电影！

露天电影是甘泉，滋润着那个年代人们干涸的精神田园；

露天电影是火炬，照亮了那个年代无数青少年理想的道路；

露天电影是美酒，慰藉着六零七零八零后们那一段渐渐老去的苦乐年华，慰藉了物质匮乏时期亿万中国百姓的灵魂。

啊……露天电影！

2019 年 10 月 20 日

七五年那场滔天洪水

　　题记：河南唐河人张学来，出生于 1970 年 4 月，1990 年到北京谋生路、求发展，逐渐站稳脚跟后，又经过多年打拼，目前是北京两家保安公司、一家影视器材租赁公司的董事长，身价过亿，是北漂一族中的创业成功人士。有一次和他聊家常，他向笔者讲述了自己人生记忆中永远难以忘记的亲身经历。以下内容根据此次聊天内容整理而成。

　　人一生总会经历很多事情，随着时光流逝，有些人和事会在脑海中变得渐渐模糊，甚至彻底遗忘，但有些经历，一辈子也不会淡忘。1975 年发大水，是我脑海里永远抹不掉的幼年记忆。

　　1975 年 8 月 4-8 日，受当年第三号台风影响，河南省驻马店、南阳等豫南地区，连续下了几天暴雨，板桥水库、石漫滩水库等大小 60 多座水库垮坝，30 个县市受灾，造成数以万计的百姓死亡，1780 万亩农田被淹，680 万间房屋倒塌，受灾群众 1015 万人，直接经济损失高达 100 亿元以上（以上数据来自网络）。我们县境内最大的河流——唐河，上中下游各段普遍受到暴雨影响，短时间内河水猛涨，河两岸地势低洼的村庄都不同程度地遭受了洪灾。

　　我们村叫古唐棚，位于唐河县城东，行政上归古城镇管辖，紧邻城郊乡，离唐河仅 500 米左右（先民们为方便到河中挑水吃，才把村子建在离河很近的地方）。我家在村子东南角，住的是砖包皮的低矮房屋。当时农村家家都不富裕，加上我们家兄弟姊妹多，生活更是异常艰苦，吃不饱饭是常有的事，花一毛钱买几块糖吃简直是梦想。

　　1975 年发大水时，我才 4 岁多，刚刚记事儿。不知道从什么时候开始，当时也不知道怎么回事，浑浊的河水就漫过河堤，流进了村子里，我们家的三间堂屋和一间灶火（厨房）都被洪水泡塌了。我从外面玩耍回来，看到家里的房子倒了，父亲正拿着老虎耙子（木柄铁齿、将农作物秸秆集中在一起的农具）在浑泥汤里打捞砖头。

　　看到自家的房子被大水泡塌，床铺、家具都被掩埋在一片断垣残壁里，恐惧、紧张和焦虑的情绪很快爬上我的心头，我怯怯地问母亲："妈，咱们今黑儿住哪儿呀？"估计母亲也正心焦，她没加多想，十分干脆地对我说："住泥巴窝里！"听了母亲的回答，以为当晚真的要住泥巴窝里了，童年那脆弱的心灵一下子被击垮，我仰起脸，不禁"哇"的一声，号啕大哭起来。我们家该怎么办？以后还会有家吗？悲伤、看不到未来和希望……面对一场突如其来的天灾而生出的各种负面情绪占据了我的脑海。我放任自己的泪水肆意横流，哭诉老天对我们一家不公的命运，也是内心对天灾降临自己头上的一种抗拒……

当然，泪雨滂沱的那天晚上，我们一家并没有母亲说的那样惨，真的睡在了泥巴窝里。父亲带领全家，尽可能多地把埋在废墟中的值钱家当抢救出来，肩扛背挑着能拿走的家当，到五六里外的姑姑家避灾。不记得那几天吃的什么食物，只记得我们一家人在姑姑家的堂屋里打地铺的情形。就这样凑合着住了几个晚上，直到洪水彻底退去，才回到自己的村子，着手重建家园。

党和政府十分关心灾区人民的生活，按照上级指示要求，南阳地委派飞机抵达灾区，空投馒头等紧缺生活物资，缓解了灾区百姓的生活危机。

老房子倒了，一家人总要重新生活下去呀，必须重盖新房。这是当时最关紧的大事。为了备木料，父辈们拉着架子车，跋山涉水前往50多公里外的桐柏山中，往返一趟即需五六天时间。经过几趟折返，才能买回盖新房所需的所部立柱、横梁、椽子、檩条等木材。

穷人的孩子早当家。虽然年龄幼小，我也加入到灾后的家园重建中去，帮大人在黄泥汤中捞取大大小小的砖块儿，哪怕是一半的小砖头疙瘩，我们也当成宝贝一样堆放起来，将来盖新房子时好用上呀。

为避免将来不再受洪水侵害，全村人盖新房的地址，统一迁移到了村子原址南边一公里左右地势比较高的地方。新村建设实行了排房化，五口人以下的人家分一所可盖三间房屋的宅基地，五口人以上的人家，能得一所可盖四间房屋的宅基地。实施排房化之后，过去那种宅基地杂乱无章分布的局面不见了，新村舍看起来整齐划一，村里出现了新的气象。

后来，国家推行家庭联产承包责任制，新政策打破了过去农村吃大锅饭、农民生产积极性不高、生产力落后低下的局面，古唐棚在农村改革的东风吹拂下，焕发出新的活力。农民的生产积极性被极大地调动了起来，他们在自己的责任田、自留地上春耕夏耘、秋收冬藏，日复一日地辛勤劳作，一两年便解决了温饱问题。在改革开放的新政策影响下，我们兄弟姊妹八仙过海，各自使出浑身解数，在时代大潮中各显身手。后来经过几次翻盖，我家的房子不断更新换代，旧貌换新颜，如今出落成一个紧邻328国道、装修入时的农村独家院，屋内彩电、冰箱、空调、洗衣机等家用电器一应俱全，生活条件一点儿也不比城里人差。

1975 年涨大水的事情，如今已过去 40 多年了，亲爱的父母亲先后离开了我们，我也到了知天命的人生之秋，很多人和事早已淡忘，但这件事情至今仍清晰地保留在我的记忆深处。

后记：关于 1975 年涨大水，和张学来同年出生的笔者也有一些模糊的印象。8 月 8 日深夜，唐河西南部的家乡小村里，一群男女劳力精神紧张，在生产队长的带领下，在手电筒光的照射下，手持铁锹等物，为唐河支流蓼阳河的本村流经地段紧急垒起一段临时河堤，阻止更大的洪水冲过河岸，冲进村子的人家房屋里。后来，父亲和队里一些男女劳力，在笔者家砖包皮的低矮房屋后面，往房屋根基附近加泥封土，希望能够把洪水挡在屋子外面。

父亲把家里的架子车棚绑在了院子前面几棵榆树和楝树的树杈上，以便夜间洪水冲垮房屋时，一家人好有个落脚之地。谢天谢地，老天并没有对我们太过残酷，洪水很快消退了，虽然屋里进了河水，但我家的房屋并没有被洪水冲垮，家人最终也没有搬到树上去住。

一场洪水，一件大事，冲击过多少个 60、70 后孩子幼小的心灵，带给人们的恐惧和伤痛，至今仍未完全消失……

笔者谨以一首《诉衷情令·唐河怀古》，铭记那段痛苦的记忆。

白屋旧址已荒丘，今岁怎堪游。凄凉总成惊梦，晨醒更觉愁。

君莫访，旧村头，泪难收。乡关凭望，往事随风，泌水西流。

2019 年 5 月 14 日

如果云看见

每次回乡探亲，我都尽可能抽出时间，到处走走看看，重新丈量一遍那片生我养我的家乡热土：小河、田野、小路……一切都是熟悉的，一切似乎又有些陌生。

小河陈，这是南阳盆地南部、紧邻鄂西北县级市枣阳的一个小行政村，以它为圆心画一个小圆圈，四面都有故事。往东 15 公里是军事、交通重镇湖阳，这里曾经是汉光武帝刘秀姐姐湖阳公主封邑之地；再往东 15 公里是哲学巨匠冯友兰、著名诗人李季、农民作家李文元的家乡祁仪；往南 18 公里是航天英雄聂海胜的家乡杨垱镇；往西二三十公里是被智圣诸葛亮一把火烧了的古城新野。

时至今日，小村只有 260 多户人家、1100 多人口。在手机上查看地图，不放大很难寻到它。这是盆地中的一个"平原村"，一条源自桐柏山余脉地带蓼山坡的小河自东向西蜿蜒而来，缓缓绕村而流，向着唐河、汉江流去，汇入长江，最终归于东海。

"白云千载空悠悠"。我喜欢云，喜欢看飘经小村上空的云，白的云、黑的云，下雨或不下雨的云。如果云能看见，它一定看见我在家乡的土地上徘徊流连、时常陷入无限的遐思。

我沿着村里的水泥主干道慢慢踱着，思绪纷飞。小时候，村里到处是土路，被人们称为"大路"的两条主干道，也只能过一辆牛车、双向只有两个拉车的车道。绝大部分道路高低不平，坑坑洼洼，遇上下雨天气，遍地泥泞，不穿胶鞋（雨鞋）、不打赤脚根本无法出门。

环村的寨河是小乡村的历史遗存。民国时代，中州大地匪祸横行，村民为了自保，绕村开挖寨河，因旧掘新，构成一道安保屏障，使动辄滋事扰民的"杆儿上人"望而却步。还记得，古老的寨河从村后东头一直延伸到西头，再折向南去，一直到村子那段小河的下游附近。

靠近村子中央的寨河一带，是大人们的饭场，也是生产队员开会的露天会场，更是我们童年时期的乐园。白天，我们在那里玩老鹰捉小鸡、叨鸡、摔哇呜、打仗等各种游戏；月圆之夜，我们在寨沟东岸那棵大洋槐树周围捉迷藏，在那里看老燕哥等大孩子"放电影"：用一块白手帕当银幕，在几块透明玻璃上画出男人女人、公鸡等形象，用手电筒光做光源，在手电筒前以各种姿势晃动玻璃，人和动物的影子就在手帕屏幕上来回"走动"，简短的无声电影、滑稽夸张的动作，常常引起十几个衣衫褴褛的围观者开怀大笑。

不更事的少年，总以为世界是从他们出生之后才开始的。小时候的我，也有过这样无知的认识。成年后才慢慢知道，生我养我的这片脚下热土，早在我出生前的 2000 多年，就已经有过先人们生产生活和奋斗的脚印。抱村而流的小河往下游不远处，有一处叫"老汉垱"的坝基遗址，这是汉朝时先辈们建造的拦河截流水利工程遗迹。

而在距今大约 3600 多年前的夏末商初，廖叔安的后人鄼（zong）夷人在湖阳镇建立了蓼国。村子西南七八公里处的谢庄，是春秋时申伯的封地，世界谢氏发源地。啊呀，家乡的村子，原来有那么悠久的历史。

在那浩渺无际的历史长河里，生活在这片土地上的先人们，可曾有人过上了幸福的生活？他们奋斗一生、劳碌一世，过的都是什么样的日子？地方志语焉不详的记载中，依稀可以看到当年人们的生活状态。据唐河县历史文化研究会常务副会长、党史办副主任王留云介绍，因为兵灾、天灾等原因，历史上唐河全境曾多次出现十室九空的现象，"白骨露于野，千里无鸡鸣"。最近的一次大规模灾难发生在明末李自成起义期间，因连年战乱造成全县人口锐减，全县仅余几万人口，甚至还没有现在的一个乡镇人口多。虽然这里气候温暖湿润，土地肥沃，但地广人稀，闲田甚多。正如伟人毛泽东《七律二首·送瘟神》里所言：千村薜荔人遗矢，万户萧疏鬼唱歌。

千百年来，先辈们在这片土地上日出而作，日入而息，流血流汗，生生不息，还不是为了让自己、让子孙过上幸福如意的日子？可除了汉唐盛世，又有哪些朝代能够给他们提供过幸福生活的社会环境？

远的不用说，就说清末民初时期吧，很多地方匪患成灾，我们家乡一带也未能幸免。因为土匪多次恣意滋扰，我的曾祖父那一代先辈再也无法在簸箕王村生活下去，扶老携幼、拖家带口，搬迁到亲戚所在的小河陈村居住，同村姓王的多数人家搬至叶集居住。一个叫簸箕王的小村子就这样在中国的版图上永远消失了。

在那个先辈们悲叹"长夜漫漫何时旦"的年代，想过上安稳幸福的日子，谈何容易？普通老百姓的人生轨迹，会随着时代的涡流随时发生巨变。我外公青年时期被国民党抓了壮丁，被迫远离家乡和亲人，跟着只知道吃喝嫖赌、升官发财的"长官"瞎混，整天过着提心吊胆的日子，看不到人生的方向和生活的希望。

如果云能看见，它一定看到了先辈们所受的屈辱，看到了他们内心的痛苦、迷惘和无奈。

1921年，伟大的中国共产党诞生了。这是值得中国历史永远铭记的一件大事。从此，包括我先辈在内的中国人民，前进的道路上有了指路明灯。革命的星星之火，慢慢在华夏大地上形成燎原之势。

革命的火种向家乡播撒过来了，并且迅速落了地，生了根。1925年，苍台镇阎庄村的阎普润考入黄埔军校，成为第4期学员，同年加入中国共产党，后逐渐成为全县革命骨干，成为撒播革命火种的第一批革命志士。1927年1月，阎普润受党组织派遣回家乡开展革命活动，他开办平民学校，积极发展党员；2月成立中共阎庄小组，11月成立中共阎庄党支部，是全县第一个农村党组织。同月，中共唐河县委成立，这是南阳地区建立最早的中共县委。1928年5月，阎普润准备在我们龙潭镇组织农民暴动，但因事先泄露计划，暴动未能成功举行，但革命的种子已经开始在家乡的土地上撒播开来。

1930 年 11 月，红九军二十六师解放了唐河县城，建立了苏维埃政府，这是土地革命战争时期豫西南地区唯一的县级苏维埃政府。

红军长征期间，红二十五军战略转移至我县东南山区，我县著名革命家、鄂豫边工委书记张星江主动前往联系，亲自为红军带路，将经过我县的红军引出国民党军队前后夹击的危险境地，为中国革命做出了重要贡献。

抗日战争期间，家乡的土地上同样发生了可歌可泣的英雄事迹。1940 年 5 月 9 日，参加过台儿庄会战的抗日名将、屡次给予侵华日军以沉重打击的国民党第十一集团军八十四军一七三师师长、广西扶南人钟毅将军，因参加枣宜会战失利，率余部撤退至我们村以西 7 公里处的陈排湾村唐河东岸河滩上，在遭日军大部队四面包围、同时又身负重伤的情况下，举枪自尽，壮烈殉国。

解放战争前夕，著名的王震三五九旅、王树声的八路军河南军区部队和李先念的新四军五师，在唐河南部山区胜利会师，后又相继发起进行了湖阳战斗和祁仪战斗，粉碎了国民党军对会师部队的围歼图谋。

我们村往西北 13 公里处，有一个唐河郭滩古渡口。1946 年 7 月 6 日，中原军区司令员李先念曾经在家乡革命群众的帮助下从这里通过并向西挺进，成功突出国民党军队的围攻，使国民党围歼中原军区北路军于唐白河地区的如意算盘落了空。

家乡是一片红色的土地、革命的土地，家乡人民为中国革命的胜利做出了自己应有的贡献。中国共产党建党一百余年的战斗历史上，有家乡革命先烈和革命英雄们洒下的鲜血和汗水。

如果云能看见，先辈们不甘屈服、甘愿为子孙后代的幸福抛洒一腔热血的英雄奋斗历史它一定都记得。

有很长一段时间，我因家乡地处偏僻、封闭落后而自卑过，但是现在，经过对家乡红色历史的重温学习，通过对家乡新面貌的关注，我越来越为家乡感到自豪和骄傲，对家乡的过去、现在和未来越来越有信心。

随着新农村建设的步伐日益加快，家乡小村正以崭新的面貌展现在每一位他乡游子眼前。一座座漂亮的二层、三层乡村自建住宅楼拔地而起，室内装修完全按照城市住宅楼装修的标准施工。借厕所革命的东风，家家户户也都安上了冲水式坐便器、蹲便器，电视机、空调、冰箱、洗衣机这些常用家电自不必说，据不完全统计，全村已有 30 多户购置了家用轿车。

原来的土路消失了，村里的所有干路、支路，都实现了水泥硬化；村子各主干道上，每隔几十米装上了太阳能路灯（全村现已安装 28 盏）。碰上阴雨天就要一脚泥泞、晚上串门必须拿手提灯的日子，成了小乡村的历史，将成为我们这代人今后为子孙后代讲述的"前朝故事"。

家乡的文明卫生状况也大幅度提高了。留守家乡的村民，已经习惯了把家里的垃圾倒进村路旁边的定点垃圾池中；村里派低保人员专门负责清理垃圾池，既促进了村容村貌的有效改善，又解决了生活困难人员的收入来源问题，一举两得，可谓中国农村扶贫攻坚伟大工程的一大创举。

在实现了生活小康之后，家乡人也开始追求精神上的享受，乡亲们除了在宅基地周围的空地上种些蔬菜，还种起了桂花、枇杷、蜡梅、月季、虞美人等各种花草。农业机械化不仅提高了农作物产量，还大大解放了留守乡亲们的手脚，忙完地里的活计之外，他们有大量的时光可以消闲，老年人聚在一起聊天打牌，年轻人在太阳能路灯下跳广场舞，少年儿童做完作业看动画片。不同年龄的人，都做着自己爱做的事情，这样的乡村现象，真是百年以来罕见的和谐美丽景象。

为了一解乡愁，在外打工的很多家乡游子，给家里装上了宽带和监控摄像头，以便能每天和留守家里的老人、儿童视频通话，随时掌握家中老人的活动情况、身体状况。串门的时候，碰到童年伙伴雪庭和远在广东的儿子视频通话，我也不失时机切入视频，和同村的晚辈聊了起来，爷孙俩聊得一阵阵欢声笑语，煞是开心。

笔者刚刚通过电话从村支书陈占玲处得到消息，地区有关部门决定将投资近 400 万元，对村南小河上的单车道三孔石桥进行升级改造，新大桥将是一座双向四车道的现代化桥梁。村委会大楼前，还要建起一座乡村文化广场，安装一批健身器材，让劳有余闲的乡亲们锻炼身体、增强体质。

家乡的小村，比历史上任何时候更接近于美丽乡村建设目标的实现。

如果云能看见，它一定看到了家乡的新貌，看到了家乡的幸福和希望。

2021 年 5 月 31 日

瑞雪纷纷忆童年

天气预报说今日有雪，虽然不完全相信雪真的会下，但内心还是充满了期待。

第一场雪，总是让人充满了期待，仿佛在期待一场美丽的约会、一个盛大的节日。这时候，人们的心海总会自然而然地荡起一阵阵兴奋的涟漪。

傍晚时分，我还在周五晚高峰时段的公交车上，2019 年的初雪，就悄然而至了，雪花在车灯的光芒里上下翻飞，碎琼乱玉似的，飞舞着扑向大地。

吃过晚饭，打开微信朋友圈，一条条关于这场初雪的消息，图片呀、视频呀，像天空中的雪片一样，恣意地在手机屏幕上传播开来：这些图片、视频，有站在地上拍的，有站在楼上拍的，有俯视的，有仰视的，千姿百态，变化万千。由于亲眼见证了这第一场雪的到来，人们的兴奋之情洋溢在这些照片和视频中，洋溢在他们的各种文字中。

还有一些大朋友，被家里的小孩子缠得没办法，顾不得天黑路滑，陪他们在夜晚的雪地里玩了起来，团几个雪球，相互向对方身上投掷，击中对方的话，就嘻嘻哈哈地笑起来。欢快的笑声，把附近树上的雪都震落下来了。

欣赏着自己身边的雪景，在北京不同角落里的人们，产生了不同的情愫。身为 70 后，我不由得想起那遥远的、消失在岁月长河里的童年，想起童年里那一场给自己留下深刻印象的风雪。

那一年春节，大年初三，父母指派二姐、小妹和我三人去闫庄大姑家走亲戚（没有任何车子坐，只能走着去，所以叫走亲戚吧）。北风吹着，雪花飘着，我们拿了父母准备的年礼，和父母告别。大姑家离我们村 5 里地，不算远，但因为他们村在我们村的西北方向，要走到大姑家，我们须顶风冒雪前进。我们轮流擓着装有礼条（长条形的猪肉，三斤左右重）、果包（里面是江米条和糖梅豆）和粉条（搭配物）的小竹筐，向着大姑家的方向前进。

到叶集村东大概 400 米远时，听前面走亲戚的路人说，前面不远处有"劫路的"。我们几人紧张起来，吓得大气不敢出。四下张望，看到两个陌生的成年男子，站在一条田边小径上，袖着手，什么也没拿，不像是走亲戚的，估计就是所谓的"劫路的"。我们胆战心惊地向前慢走，生怕被拦路的截住，怕他们会把我们携带的年礼劫走。谢天谢地，最后总算有惊无险，因为同村的进友伯认识那两个"劫路的"，他上去给那名男子各递上一支香烟，说了几句好话，有惊无险，我们得以安全通过。

到了叶集东边大沟岸上时，那雪似乎下得更大了。雪花一个劲儿地朝我们脸上扑打，刺骨的西北风不停地往我们脖子里灌。为了躲避风雪，我们下到大沟，以为这样走路，两边的沟岸能帮我们挡一些风雪。寒风大雪并没有因为我们几个弱小就减小威力。我们的脸冻得发木，手冻得红肿，双手使劲往衣服口袋里装，可是不顶事。走了大约 1 个来小时，我们终于到了闫庄南头寨河边的大姑家。大姑笑呵呵地欢迎我们的到来。但我们三个谁也笑不出来了，因为我们整个人都快让风雪冻僵了。

大姑马上让姑父和大表哥、二表哥给我们生火取暖。不一会儿，熊熊的芝麻秆柴火烧起来了。冻僵的手脚让火一烤，生疼感立刻钻进心里，疼痛和委屈同时向我们袭来，我们再也忍受不住，在大姑一家人面前流下了两行热泪。大姑用温柔的话语劝慰我们："看把娃儿们冻哩！"听着大姑亲切的抚慰，我们的眼泪流得简直像小河里的溪水一样多了。

下午临走的时候，大姑给我们每人 5 毛钱压岁钱，在 70 年代，这在农村孩子眼里可是个大数目。口袋里揣着 5 毛钱新纸票，我们高兴地回家去了，上午风雪之行所经历的痛苦和磨难也就忘在了脑后。小孩子的快乐来得是多么简单啊！

几十年过去了，那一次顶风冒雪走亲戚的经历，至今仍刻印在我的脑海里。那时的雪景，我们哪有心情欣赏呢？

如今，人们过上了衣食无忧的小康生活，物质生活有保障了，对于美景的欣赏、精神的享受有了更高的期待和要求。第一场雪的到来，让人们兴奋不已，每一个欣赏初雪的人，好像端着一个盛满兴奋和喜悦的杯子，轻缓地，从不同的角度品鉴着其实再平凡不过的天降白雪，品味着寻常烟火里难得的幸福和快慰。

"皎洁随处满，流乱逐风回。璧台如始构，琼树似新栽。"明朝王衡的《玩雪诗》写得很美。

夜深了，白雪仍在窗外轻快地飘舞。

面对这一场雪，有几人像我一样，也回忆起童年时期的痛苦经历了呢？

2019 年 11 月 29 日夜

艾叶飘香忆童年

小时候过端午节，虽然没有粽子吃，但感觉端午节过得比现在更有味道。

端午节前一个多月，母亲就开始为过节做准备：找出闲置了快一年的瓷坛子，弄来半瓷盆黄土，浇上水，搅成黏稠适度的稀泥糊，拿起要腌的鸡蛋、鸭蛋或鹅蛋，在里面滚上一遍，再在蛋的大头撒上一撮盐，小心放入坛子，把坛子放在屋子的某个角落里，让它慢慢地发生物理变化。

端午节前一天，父亲会拿把镰刀出去，割回来一把艾草，从中抽出叶肥杆壮的几根，插在堂屋门左右边屋檐下有缝隙的地方，驱蚊虫，避邪气。剩下的艾草，放在院子里的鸡笼顶上。

端午这天早上，把腌鸡蛋、腌鸭蛋和腌鹅蛋取出，洗净备用。把各种咸蛋、甜蛋（没有腌的蛋我们叫甜蛋）和几头大蒜，放进柴火铁锅里，一起煮。

赶上农闲时候，端午节前夕之夜，母亲把炸油馍用的面发上，放在厨房阴凉处慢慢发酵。第二天天不亮，我们还在梦乡里酣睡，晚睡的父母早早起了床，开始在厨房里忙活起来，他们打着配合，炸油馍、炸糖陀螺（类似于北京的糖糕，面里包糖，放在油锅里炸）。因为物质条件艰苦，这两样食物平时很难吃到。能在端午节吃上这两样东西，对我们来说是一种莫大的享受。

饭食快准备好的时候，红红的太阳刚露出笑脸，我们被大人从香甜的美梦中叫醒。"今天是五月端午，都到河边洗脸去！"父母命令我们。为什么要让孩子们到河里洗脸？因为母亲讲过一个令我们深信不疑的传说：月亮上有个专门负责给人间捣药的老婆婆（后来也有说是月宫仙女嫦娥），一年四季不停地在树下捣药。到了端午节这一天，老婆婆会遵照玉皇大帝的旨意，把捣好的药撒遍世间大小河流、堰塘里。人们用这天早上的河水、堰塘水洗脸，就不会害眼病。家离河远的人家，只要端午节前一天晚上在院子里放上一盆干净的洗脸水，月亮中的老婆婆同样会不偏不倚地给每一户人家撒药。用这脸盆里的水洗脸，同样有预防眼病之功效。

沿着通向河边的小路，踏着清晨的露珠，我来到旭日初升的小河边。踩在河畔平常人们洗菜的石头墩上，蹲下身子，捧几捧河水洗脸。因为相信河里有能防治眼病的药水，所以感觉这天早上的河水跟以往的确不一样。

河水清凉，凉意直达心底。洗过脸，顿觉睡意全无，头脑清醒异常。再看河对岸的村庄、田地，近处的青草、绿树，感觉一切景物似乎比以前更加清晰了。

吃饭前，母亲让大姐拿出她提前搓好了的五色线，给我们几个妹妹弟弟都系上。看着那些据说是象征五行的彩色丝线，尚不更事的我们，内心兴奋激动，一种要过节的神圣感、仪式感充溢心头。虽然穿的是粗布衣，吃的是五谷杂粮，但在戴五色线的时候，我们心中却是满满的节日感、幸福感。

不满12岁的儿童，手腕、脚腕都要系上五色线。特别讲究的，脖颈上也要系。系五色线是先人们一辈辈传下来的传统风俗，但具体代表什么意思，大人们也没给我们讲过。大概就是保佑孩子平安健康吧。

　　除了系五色线，过端午节还要戴香囊。香囊，在我们那里叫香布袋儿。其核心部分是用一些碎花布把艾叶缝进去，上面缝上2到3根线绳，线绳上穿着一节一节的蒜薹引（干蒜薹茎），两节蒜薹引之间以小圆布片相隔，线绳在最上面归总为一处，系个鼻儿，可以直接挂在衬衣的扣子上；下面为了好看，缀上一些用细线条做的彩色线穗。

　　还有一种"特型"香囊，用红布或绿布做成辣椒形状，娇俏逼真，里面装上芝麻籽，系在不满周岁婴儿手腕处的五色线上。活泼爱动的"口欲期"婴儿，经常把小布辣椒放进嘴里吮吸。一般情况下，五六岁以内的婴幼儿和儿童才有香囊戴，因为做一个香囊很费功夫。

　　系好了五色线、戴上了香囊，爱炫耀的孩子就要跑到外面，和自己要好的伙伴玩耍一阵。一脸自豪的小伙伴们，向着自己的玩伴伸出手腕、脚腕，撩起胸前的香囊，看看谁的五色线更艳，谁的香囊模样更好看。

　　终于到了吃早饭的时候，一家人忙忙碌碌，收拾桌子，摆好椅子、凳子，端上一大瓷碗鸡蛋、鸭蛋、鹅蛋，盛满一筛子油条、糖陀螺，母亲给每人盛上一碗大米稀饭。一家人围着石头饭桌，美餐一顿。

　　腌得够时候的蛋，流出的黄油闪闪发亮，香气扑鼻，最能刺激味蕾，勾出人们肚子里的馋虫。大人常常把一多半流油的蛋黄拨在孩子们的饭碗里。

　　我们老家离湖北很近，小时候却从来没有吃过粽子。现在回想，可能是因为当时经济条件艰苦，买不起粽子，也没钱买糯米自己包吧。

　　十里不同音，百里不同俗。各地过端午节的风俗不尽相同。我们县有些乡镇，如桐寨铺等，有端午节喝雄黄酒的习俗。据说，雄黄酒有杀菌驱虫解五毒的功效。未到饮酒年龄的孩子，大人们不让饮酒，而在他们的额头、耳鼻、手足心等处涂抹雄黄酒，为的是让他们远离五毒侵扰，确保身体安康。

　　端午节过完，什么时候剪五色线，也是有讲究的。要戴足一个月后，在阴历六月初六这天剪下扔掉。但也有孩子不按规矩来，提前就偷偷剪掉的。大人们也不细加追究。

　　大人们说，五色线会变成花蛇。所以，五色线一定要扔进河里，或是活水沟里，让它顺水冲走，不可让它变成花蛇祸害人。潮湿的水缸旁边绝不能扔五色线，否则，它变成的花红蛇就会出来咬人。听到这个说法以后，我再见到花红的蛇，就十分怀疑它是哪家孩子扔的五色线变的。

　　因为新冠疫情，回家陪父母过端午节的计划被迫取消了。电话里听父亲和二姐说，现在老家村子里，小孩子们还会系五色线，戴香囊，只是五色线和香囊一般都是从镇上买来的，而且，香囊的花样比以前更多了，除了包艾叶的，还有包松香的等等，商品化了的香囊也更加注重对婴幼儿的"养生"功效。

2020 年 6 月 26 日

悠悠人狗情

凌晨 5 点，我还在睡梦中，突然被一声"嘤嘤"的抽泣声惊醒。抬头侧耳、循声看去，原来又是睡在我床边地板上的狗狗 Wifi 发出来的。妻子几乎同时也醒来了，我们侧耳继续听着。接着又是一声接一声的抽泣，听得出，那声音里满是委屈，像我们小时候被别人欺负后的哭泣。

Wifi 又做梦了！通过学习心理学我知道，一部分梦是现实的反映，Wifi 的这个梦应该就是这样。昨天她一定觉得自己受委屈了。受了什么委屈呢？她不会说话，我只能猜测：可能是我在外面培训几天回家后，没有给她带可口的美味？不带吃的也就算了，还不在饭点给她准备好吃好喝的，一直等妻子晚上 9 点多购物回来后，才将半根火腿肠切碎、和狗粮一起拌匀了给她吃。

这已经不是 Wifi 第一次在梦里表达自己的委屈和不满了。狗狗也会做梦，以前我并不知道。自打听到 Wifi 在梦中哭天抹泪，我才明白这一点。

8 年多前的一个下午，我在大望路地铁口和 Wifi 结下了缘。声称要把自己家八九只小狗全部"白送"给爱狗人士的狗主人介绍说，这一窝毛茸茸的小家伙是拉布拉多和其他狗的串儿狗。众狗之中，我和当时还没有名字的 Wifi 起了眼缘，她披一身咖啡色的绒毛、四只爪子却是白的，大大的眼睛清澈透明，看起来健康活泼、特别惹人爱怜。从狗主人手里抱住她以后，我就没再撒开手。给狗主人付了 50 元的"抚养费"，我把 Wifi 装进纸袋子，乐颠颠地走了。

因为还要去国图还书，我带着 Wifi 一起坐地铁。地铁上禁止宠物上车，可我只能带着她进了地铁站。当时进站的人比较多，我趁着乘客多，浑水摸鱼，提着装狗的纸袋子混上了地铁。

国图同样禁止携带宠物入内。这天运气好，在国图东门外，我碰到两个办完事的女大学生，她们对我从纸袋子里放出来的狗狗十分感兴趣，围着问这问那。听说狗狗还没有名字，她们热心地提建议，一个说叫踏雪寻梅吧，你看它，浑身上下的毛咖啡色，只有脖子下面一点和四只爪子上的毛雪白雪白的。我说，这名字一听就特别有诗意，但叫起来不顺口，谁听说过四个字的狗名啊，叫起来别扭。另一个说，你看它在草坪上跑多快，快得就像上网时有Wifi一样，就叫它Wifi吧。我一听，说这名字好，而且肯定不会和别的狗重名。天底下叫欢欢、豆豆、毛毛、阿黄、小花之类的狗太多了，但叫Wifi的狗，估计还没有。我采纳了第二位女大学生的意见。于是，我的狗狗有了一个独特的名字。

因为有了名字的暗喻，Wifi在奔跑方面具有明显的优势。大家听说过罗森塔尔效应吧，也叫期待效应，意思是人们会不自觉地接受自己喜欢、钦佩、信任和崇拜的人的影响和暗示。罗森塔尔效应在Wifi身上得到了活生生的体现。Wifi意味着手机上网速度会"嗖嗖"地明显加速，经过一次又一次奔跑训练，我们的Wifi静若处子，动若脱兔，奔跑起来就像一道黑色的闪电、一只掠食的豹子，同等身高体重的情况下，天下应该无狗能及。

我一直在想，如果有机会，一定要让Wifi参加一次速度竞技比赛，我不能埋没了她夺冠的天赋呢。但成功往往是刻意的，这样的机会我没有刻意寻找，所以也一直没有得到。

成长过程中带给自己、带给家人的烦恼，Wifi也经历过。身体发育中，因为牙根痒，她咬坏了家人的不知多少双鞋子、靴子、沙发等物。记得有一天，我们上学的上学、上班的上班，没有人在家陪她，就把她关在卫生间的淋浴室内，希望她能老老实实地待在那里，安心等我们回来陪她玩儿。可等我们上了一天班回到家，打开卫生间门一看，淋浴间的地上，赫然散布着一堆碎布片、碎布条子。原来，被关进狭小空间之后，由愤怒、恐惧引发的暴怒情绪控制了Wifi，她多次奋力跳跃，把放在大概1.5米高处不锈钢架子上的毛巾拽了下来，然后发出洪荒之力，把一条毛巾撕扯得面目全非。

看到这样的场面，我又生气又感到好笑，同时对眼前的景象感到震惊：Wifi的跳跃能力，一点也不比它奔跑能力差啊！她四只蹄子着地才30多厘米高，直立起来60-70厘米，跳起来却能够到1.5米处的东西！

七八个月大的时候，Wifi恋爱了。据我的观察，狗狗的恋爱是一阵风，尤其是未成年的狗。发情期间，Wifi的"大姨妈"持续了二十天左右，因为没有经验，疏于对她进行科学的管理护理，家里三四床质量上佳的床单都染上了，而且面积很大，无法一一清洗，只能忍痛抛弃。

此时的狗身上，散发着特殊的气味。公狗对这种气味非常敏感，小区里好几只公狗，经常在我家楼下的单元门前守候，等主人为Wifi"梳洗打扮"一番之后走下"绣楼"。常在河边走，哪能不湿鞋？终于有一天，Wifi和小区里的花斑色狗偷尝了禁果。没几天工夫，她的身体开始发生变化，腹部下的两排小乳开始微微隆起。我看见过，生了宝宝的狗身体会变形，变得十分难看，乳房几乎能擦着地。况且，如果生下一窝小狗狗来，怎么养活、将来送给谁，都是非常现实的问题。我和妻子一商量，替 Wifi 做了主张，带她到宠物医院，给她做了绝育手术。不知道 Wifi 心里会不会怨恨我，但因为做了绝育手术，她一直保持着流线型、令人艳羡的身材，看起来颇有韵致。

Wifi 陪我度过了许多美好时光。我们一起在鸟语花香的小区里散步、跑步，有时候还来个人狗赛跑，4 只腿的 Wifi 总是胜利者；我们在长满青草的小径上奔跑，穿过小区老人们利用荒地开垦的一畦畦绿色的菜园，大口大口呼吸着清晨新鲜的空气；我们在温榆河边共同欣赏白云悠悠、芳草夹岸、碧水接天的野外美景，看橘红的太阳一点一点从河面上降落。

狗的忠诚大家有目共睹，我对此更是感同身受。每次从外面回到家中，刚推开门，远远就能听到 Wifi 从卧室木地板上"咕咚咕咚"爬站起来的声音，一两秒钟的工夫，她就飞奔而出，径直扑到你面前，疯狂地摇着尾巴，嘴里发出迫不及待的"嗷嗷"声，迅速跳将起来，把两个前爪搭在你的身上、腿上，张开嘴来咬你的手，力度适中，让你略微感觉有些痛，但分寸又拿捏到位，不会让你受到伤害。这似乎是她发泄因一天不能见面而产生的怨恨，又像是她表达爱意的一种特殊方式。

你弯下腰来爱抚她。她会趁你不注意，疯狂吻你的脸、鼻子、眼睛，甚至嘴唇。有时候我在外面应酬，深夜甚至凌晨才回到家中，整个世界都陷入沉寂，但一听到我悄悄进门的动静，Wifi 立即从睡梦中醒来，打起十二分的精神，依然欢快地摇着尾巴，像白天一样又扑又咬又吻。这样的时刻、这样的热情，总会让我内心为之一颤，不禁发出感慨：在对待家人的态度方面，有时候真的是比人还热情啊。

昨天早晨在小区遛狗，遇到一个体态丰腴的中年女街坊，她在遛自家的两只金毛。因狗起缘，我们聊了几句有关狗的话题。她颇有感触地说：在你贫穷、生病的时候，狗有时比人表现得好，它不会因为你穷了、病了、老了嫌弃你，抛弃你，而是始终如一地陪在你身边。

狗通人性，能读懂人的眼神和语言，能从你说话的语气、声调的大小，听出来你是平和、开心，还是生气发怒。听到我抬高嗓门说话，Wifi 知道我生气了，她就白我一眼，夹起尾巴，赶紧躲到另一个屋子里。狗也不喜欢负能量的信息，她要躲开人愤怒的情绪。狗能懂人的心情，但如果心不够细，人很难读懂狗的心情。本文开头提到的狗狗梦中哭泣，应该就是我和妻子不懂 Wifi 的所思所感，让她白天受了委屈无处倾诉，只能通过做梦浇一下心中块垒。

狗狗只是我们生命中很小的一部分内容，但我们却是它们的全部。既然因爱结缘，我们就应该多花一点心思在狗狗身上，尽可能让它们得到满足，少让它们把不如意和委屈带进梦里。

2021 年 7 月 17 日

第四辑　人间草木

香椿花

以前只知道香椿的嫩芽可以和鸡蛋一起炒着吃，一次偶然的机会，我发现香椿树也是会开花的。那是一棵异常粗壮高大的香椿树，静静地站立在小区的一角，凭我的经验判断，树龄应当在30年以上。当时看到的香椿花蕾像小黄米一样大，以为发现了新大陆，着实兴奋了一阵，但后来就慢慢淡忘了。

又过了一个月左右，我在楼下遛狗，无意中与香椿花重逢。这是另一棵树上的香椿花，先是听到头顶有一片嗡嗡嘤嘤的声音，感觉甚是奇怪，这里没见到什么花开，怎么会有大批蜜蜂来采蜜？再用鼻子一嗅，有一种类似桂花的香味轻轻漫入鼻腔，仔细观察搜寻后发现，是香椿花！怒放的香椿花！

我再次对香椿花产生了浓厚的兴趣，开始认真研究起它来。我先用手机对着香椿树梢一阵拍照。我把焦距拉近了6倍左右，才看到香椿花的一鳞半爪：碧绿的、长卵形的香椿叶子中间，似黄若白的香椿花，一嘟噜一嘟噜的，兀自在晨曦初照的枝头轻轻随风摇摆。

拍完照片，我手捧相机端详良久，不满足于对香椿花的一知半解。我蹲下身，在被那一片嗡嗡嘤嘤声覆盖了的地上搜寻起来。我看到昨夜一阵细雨后的柏油马路上，零零星星地散落着一个个白米粒一样大小的小花，浅褐色的花萼轻托米白色的花瓣，花瓣们紧紧包裹着浅黄色的小花蕊，似羞含笑，散发出醉人的芳香。我拾起一二十朵散落地上的香椿花，心满意足地往家返。我时不时将手中的落花捧起，放在鼻子下面吸，那是一种醉人的、甜香的味道。我将其中一朵小花揉碎，再闻，分明又闻到香椿芽、香椿树特有的那种植物香味。一花有二香啊！这是一般其他植物的花所不具有的特性。

回到家，我取出之前从网上订购的树枝修剪神器，旋即重新下楼，找到一棵偏矮些的开花的香椿树。我蹬着树下一个拾荒老人存放的钢丝床垫架子，攀着一个树杈，噌噌两下上到了树干上，抓过来事先靠在树干上的剪枝器，瞄准树梢，咔咔两下子，两大束香椿花连青枝带绿叶应声落地。

看到大人上树，两个学龄前儿童跑过来看热闹，带孩子的老太太也马上跟过来围观。我拾起地上的香椿花枝，放在鼻子跟前，贪婪地闻吸着。啊！浓郁的甜香！我几乎醉了。祖孙几个好奇地问这问那，我一一作答，还将其中一束香椿花送给了他们。送人香椿花，手亦留余香。

香椿树有雄雌之分，树龄七八年以上的雌香椿树才能开花，而且只开在一年生的枝条顶端。春天采摘过嫩红的顶芽后，后来续发的侧芽不会开花。

香椿花属于蔷薇科，可食用，有清热、利尿、解毒的作用。据《四川中药志》记载：香椿花"性温，味辛苦，无毒"。合理食用香椿花，可以缓解轻度喉咙肿痛、发炎、风火牙痛等上火症状，还能帮助人们排出体内毒素。

香椿花泡茶，有醒脑提神、开胃之功效。清水冲洗一遍，开水沏之，一股淡淡的清香便扑鼻而来，啜之饮之，夏困即可烟消云散。以香椿花做菜，可帮助人们开胃，是厌食者的小小福音。

香椿花对于糖尿病人来说也大有补益。适量食用，可有效降低糖尿病患者的血糖。

我剪下采来的香椿花，用清水洗净，放在锅里焯上30秒后捞出，沥上酱油、醋和香油，然后开始品尝。咦，香！就是味道有点怪怪的，不太喜欢。可是已经知道它无毒副作用，而且有中药功效，硬逼自己把它吃了个精光。

香椿花也会结果。9月，香椿果成熟了，菜农采下来，冬季便在塑料大棚里育上苗，春节后不久摘下它的嫩芽，拿到市场上，能卖个好价钱。

2021 年 6 月 5 日
发表于《躬耕》杂志 2021 年 12 月号

月季花开动京城

月季是北京的市花，每年4月底至5月上旬，北京月季的第一个绽放周期如约而至。蓝天白云下，丽日清风里，二环、三环、四环、五环路的中央隔离带、绿化防护带内，成千上万株月季竞相绽放，花容秀美、姿色各样、芳香四溢，形成一段段、一排排气势非凡的花墙、篱墙，扮靓了古老而又现代的首都，成为北京一道亮丽的风景线，是北京向八方游客展示自身形象的一张新名片。

小时候就听人们说，有一种叫"月月红"的花，每月开放一次。光是听到"月月红"这个名字、了解了它的最大特点，我就赞叹不已。后来见到真花，一朵朵红艳欲滴，凑近闻香气扑鼻，让人一见倾心。"一番花信一番新，半属东风半属尘。惟有此花开不厌，一年长占四时春。"明人张新的《月季花》诗，道出了我想说却没有能力倾吐的情愫。查阅文献得知：月季在我国已有两千多年的栽培历史，早在汉代就有栽培，唐宋时期长江流域已有广泛种植。

明朝初年的北京，种植摆放月季是皇宫的专利。朝廷派人在丰台草桥一带种植月季，等它们的植株长得有模有样了，由专人送进宫里，供皇帝和妃子们欣赏消遣。不过，那时它还不叫月季，叫"长春花"。明朝中晚期，月季花已经有了"月月红"、"斗雪红"、"胜春"、"瘦客"等更多的称谓。月季也由原来的深宫大院，走进寻常百姓家，成为处处可见的观赏花卉。不过，那时候月季只有红、白、淡红三种颜色，种类相对单一。到了清代，月季的品种已经迅速扩大到上百种。清代《月季画谱》记载，彼时的月季已有109种。

18世纪末，中国月季的四个品种经印度辗转传入欧洲，经园艺家和欧洲蔷薇杂交，相继培育出"杂交茶香"、"欧月"等新品种。二战期间，欧洲月季新秀通过邮寄到了美国，再经美国园艺家杂交，培育出了月季新秀——"和平"（为纪念德国法西斯被消灭而命名）。

目前，世界上的月季多达上万种，但追踪溯源，月季起源于中国，所以，中国月季被称为世界月季之母。仅就北京而言，月季品种繁多，位于大兴区的纳波湾月季种植园，是北京乃至全国月季的集大成者，集月季文化、历史、书画、摄影等于一体，涵盖树状月季、古桩、大花、藤本、丰花、地被、微型、切花等月季大类，多达1500余个月季品种。

明朝诗人刘绘《月季花》写道："绿刺含烟郁，红苞逐月开。朝华抽曲沼，夕蕊压芳台。"北京月季力压群芳的辉煌，是最近几年才出现的。据悉，北京"环路月季"肇始于北三环北京电影制片厂门口，园林科学研究人员在这里试种新型月季，结果一炮走红。随后，二环到五环，奥运会场馆附近道路、中关村大街、京藏高速等地段，纷纷效仿种植。藤本月季被请到中央隔离带，丰花月季被请到了各路段两侧的绿化带，大大小小的居民社区、写字楼花圃也引进种植……

2017年3月起，北京各环路相继增加种植月季共5万多株，像是为近百公里长（各环路总长的60%以上）的北京环路戴上了一条条五彩缤纷的"鲜花项链"。不管是长住北京的上班族，还是来北京旅游的外地游客，在路上看到这一枝枝一树树红、粉、橘、黄，复色、变色，单瓣的、重瓣的让人目不暇接的月季，怎能不为之心动，感到愉悦和享受呢？

碧绿的枝叶、多姿多彩的花朵、浓郁的芳香，不知道惊艳了多少人的双眸，迷醉了多少人的心魄。驱车驶过月季花墙和花篱，轿车过处，花枝摇曳，香风四起，成千上万朵月季像是在向你点头招手，又仿佛是身穿五彩盛装的舞女在翩翩起舞。

在我看来，月季花是女人花。含苞待放时，让人对它充满无限期待，它就像小姑娘；伴随清晨的第一缕阳光初绽，它像是少女，未来的青春不可限量；

它又像是成熟丰满的少妇，从不遮掩自己的美丽，随性在晴空下怒放；在长达近一个月的绽放之后，月季花的第一个生命高潮缓缓落幕，虽然花萎香消，却如半老徐娘，依旧风韵犹存。它悄悄地吸收着日月精华，积聚着生命的能量，静待下一轮的生命涅槃。

适宜在北京露地种植的月季品种并不多，大概有 10 种左右。种植最多的是"光谱"，一个花朵，含有多种颜色，也就是复色；其他常见的还有：红色的"御用马车"、粉色的"安吉拉"、橘红色的"橘红火焰"等。

在对北京的景观月季啧啧赞叹之余，细心的市民和游客一定会想到，为了这些美丽的月季，园林工作者们要为此付出多少心血！是的，为了培育这些花头众多、姿色多样、花色艳丽奔放、花期持久的藤本月季，和花朵繁密的丰花月季，北京市园林科学研究院的科研人员和园林工作人员，为了能在短暂的最佳授粉期内完成人工授粉，经常头顶烈日，忘我地工作。

种植月季对土壤、光照、通风和肥水都有一定的要求，要想种得好，不下真功夫肯定不行。月季是多年生植物，在北京，从 4 月底开始开花，期间几番荣谢，到 10 月中旬才悄然退出花的江湖。由于养分消耗大，必须保证充足的肥水供应。早春发出新芽，要把过密的嫩芽剪掉，才能确保长出的小芽健壮；多余的枝条也要及时剪去，以保持月季良好的株型；花落后，要剪掉老枝弱枝，减少营养流失；深秋季节，要对月季进行大修，剪掉上面所有老枝，只保留 5 — 6 厘米的主干枝条，以储存能量，保证来年枝繁花丰，重现"老树年年着新花，野外庭前一种春"的别样风景。

"月季只应天上物，四时荣谢色常同"，这是宋朝人对月季的描述。到了月季品种繁多的当今时代，这句诗恐怕应该改成这样了：月季花开今胜昨，四时荣谢色不同。

如果你不满足于对北京"环路月季"走马观花式的欣赏，你可以专门去造访月季的其他观赏胜地：北京植物园、天坛公园、陶然亭公园、首钢老厂区、顺义国际鲜花港，或是种有月季的社区、庭院。你可以和月季花来一次近距离的亲密互动（当然不是随意攀折），你观赏它，闻着它，留下你们的倩影，将美丽的瞬间变成永恒……

除了北京，我的老家南阳、河南省省会郑州，还有其他 10 多个河南的地级市，以及青岛、大连、天津等城市，全国共 52 个城市把月季列为市花。三年前，2016 世界月季洲际大会在北京大兴举办，把月季花事推向一个新的高潮。今年 4 月 28 日，2019 世界月季洲际大会刚刚又在南阳召开。

美国、意大利、卢森堡、伊拉克和叙利亚等国，还把月季选列为国花。可见月季不仅深受我国人民喜爱，还受到不少国家人民的青睐。

前两年，我曾尝试过扦插栽种月季，虽然有一阵子见到了它的青枝绿叶，但因为缺乏种植经验，最终没能成功。前不久，我又在家里阳台的花盆里栽种了一棵。现在，这株高约 30 厘米的月季已经发出新芽，相信在不久的将来，家中一定会有月季的花香，弥漫于我的心海。

我爱北京，我爱北京的月季！

2019 年 5 月 25 日

八颗香杏

我家的杏树，今年竟然收获了 8 颗红红黄黄的杏子！8 颗不算多，但去年和前年，每年她才给我们奉献两颗。

说起这棵杏树，得先讲讲她的身世。2007 年到 2013 年间，儿子正上小学，父母跟我们住在龙博苑 80 平方米的两居室里，负责接送儿子。有一年初夏，母亲和我吃过市场上买回来的大黄杏，随手把几粒杏胡扔在楼下的绿化带内，播下了希望的种子。果然，这些杏胡不负我们所期，先后长出了四五棵红红的小苗。其中有两棵被我移栽到了龙博苑新家的楼前空地上，剩下的几棵中，只有 1 棵最终冲破附近高树遮挡，长成了直径约 4—5 厘米、高约 2 米的成材杏树。过了五六个春秋，这棵杏树在春天里绽出星星点点的红苞，开出了粉红淡白的杏花。

人们说"樱桃好吃树难栽"。其实杏子亦然。第一年我发现杏树开花的时候，明明看到树上有至少 20 朵花，但最后到了"花褪残红青杏小"时，任凭我一双探照灯似的眼睛如何搜寻，最后只看到两颗小青杏。但幸运的是，这两颗小青杏，吸收了 40 多天日月精华、天地灵气之后，在清晨的微曦中，以橙黄鲜亮的样子呈现在我的眼前，满足了我和家人的味蕾，也成就了自己生命的价值。

第二年简直就是前一年的翻版：漂亮的杏花没少开，可就是坐不住果子。结果依然是两颗杏子！我给远在家乡的母亲打电话，向她请教经验，希望她能帮我解决杏树开花多结果少的困惑。母亲在电话那头说，原来咱们家院子里的那棵杏树也那样，结了不少花苞，但因为小虫儿（麻雀的地方性叫法）总来弹、吃，最后结不了几个杏。因为连年结不下几个杏，母亲一气之下，把那棵已经长得小碗口一般粗的杏树给砍了。挂断电话，我怅然若失。该怎么改变杏树不坐果子的命运呢？

愁肠百结之后，我突然灵光一闪：在杏树周围搭一个架子，用绿色防尘网把杏树罩起来，麻雀就是再想对杏树花苞和杏花下毒口，也只能隔着防尘网望花兴叹了吧。我为自己的这一妙招感到异常兴奋。说干就干，找来防尘网，从家里拿出几根长竹竿和塑料绳。先在杏树周围固定好两根竹竿，利用附近两棵粗壮的树干，围成一个长方形，然后把防尘网分别拴在竹竿和树干上，给已经开花的杏树罩上了一个绿色网帽。因为有风，在搭建防麻雀网的过程中，不小心碰掉了大约20朵红艳可人的杏花。因为这棵杏树已经两米高了，依我中等身材男人之躯，给它戴上这样一顶"帽子"，颇费了一番周折。我对自己的辛苦付出十分满意。

但是不久，我发现自己错了。母亲的经验，对于家里的杏树也许是对的，但对于长在北京的这棵杏树来说，似乎不完全对，甚至完全不对。我在小区门口碰到一位来自山西的北漂小伙子，他听了我关于杏树坐果难的遭遇后，立即对我进行了纠正和指导。他以专家的口吻对我说，在山西老家，我家是杏树种植专业户，我给你讲，麻雀是不吃杏花的，你得给它施肥呀，杏树缺肥的话，就是开了一树的花，也坐不住几个果。

原来深深印在我脑海中的母亲的经验，突然变得很淡很淡，仿佛一个遥远的梦。我深以山西小伙子的解释为然。原来，我白给杏树戴"帽子"了。我又开始新的行动了，太阳还未升起，我已经出现在小区楼下。左手提一个大纸袋子，右手提着铁锹，在小区里到处拾狗屎。半个多小时后，我已经拾到了半袋子屎。我把杏树周围的土松了又松，砌成一个外圈高、中间低的圆坑，然后把半袋子狗屎都倒进坑里，再从周围取来带树叶末子的细土，把狗屎掩埋起来。然后取来4.5升装的一喷壶净水，浇在带树叶末子的细土上。

我还要把给杏树错戴了的帽子摘掉。因为有风捣乱，防尘网和杏树的枝枝叶叶亲密地纠缠在了一起，成为杏树生命中不能承受之重。我费了九牛二虎之力，才把前不久罩在杏树顶的绿网一点一点摘取下来。杏树被松了绑，重新获得了自由。

得到了肥和水的滋养，又加上春日慷慨地播撒阳光，杏树重新焕发出生机。尽管因为我强制性地给她戴"帽子"、造成了几十朵花的损失，她还是坐实了8颗青杏。后来，她又经历几次大风的侵扰，有一次阵风竟然达到8级，我很是为树上的那几枚青杏担忧，担心它们会被狂风吹落。但事实证明我的担心是多余的，这8颗青杏，历经风吹雨打，一个个都完好无损。端午节前夕，杏子被太阳照到的地方红红的，让人想起夏天的九宝大桃、秋天的红富士苹果；没被太阳晒到的地方，黄澄澄的，透射出成熟的韵致。我及时把它们摘了下来。在家中存放几天后，杏子吃起来绵、软、香、甜，让我重新找到了童年时代麦天里吃杏的感觉。

8颗杏子，让我沉思良久。长辈的生活经验，对于我们来说的确很宝贵。但对于这些经验，我们不能纯粹采取"拿来主义"，我们还要思考和辨别，有用的、贴合实际的经验，择其善者而从之；经不起现实检验、与现实脱节的经验，我们只能放弃。

坚硬的泥土，很难吸收到水和肥。想让杏树坐下更多果实，等、靠和幻想，只能碌碌无为，徒耗光阴。人生何不是如此呢？只有不断地把头脑放空、归零，我们才能学到新的知识、新的理论，才能继续进步。幸福是奋斗出来的，有了明确的生活目标后，只有行动，坚持不懈地行动，才有可能收获人生的累累果实。

2019 年 5 月 25 日

地雷花

初见地雷花，是在中学时代，在学校的花坛、私家花池里见过。第一眼感觉她还挺好看，但在内心一拿她跟牡丹、玫瑰、菊花等名花比起来，觉得她太土气、太普通了，在书本上、报刊媒体上，根本没有见到有谁写过她，赞颂过她，也就不再关注她了。大学毕业后来到北京，一晃就是20多年，没有再见到地雷花，也许碰到过，但我没有再注意过她。

她再一次进入我的视野，引起我的好奇和关注，是最近两年间的事情。我隔壁单元、和我一墙之隔的普通民宅里，住着一家5口东北人：老两口帮小两口带着一个小外孙女。老两口来自农村，都是那种有钱难买的老来瘦型身材，整天闲不着，除了负责接送外孙女去幼儿园，在小区捡些废旧纸箱、纸板之类的破烂，还在对面住宅楼下的荒草地里开出一片空地，种植各种时令蔬菜，用辛勤的双手变幻出一个绿油油的菜园。

老两口十分热爱生活，在菜园篱笆内种了一排指甲花，在篱笆外种了一片地雷花。我到楼下遛狗，经常会有意无意地转到他们的菜园边，欣赏各种蔬菜，也顺便看一眼那一片碧绿的花苗。有一天傍晚，我又转悠到老两口的菜园边，意外发现那里的地雷花成百上千朵竞相绽放，散发出阵阵幽香。那一片葳蕤碧绿的枝叶间，盛开着粉红的、娇黄的、粉中带黄的、黄中带粉的各色地雷花。我被这一片美丽的地雷花惊艳到了，立在那片花前，细细欣赏，久久不愿意离去。这是我时隔20来年后，重新见到地雷花，并对她产生了浓厚的兴趣。

地雷花有一个浪漫、美丽的学名，叫"紫茉莉"，还有人叫她晚饭花、胭脂花、粉豆花、烟粉豆花等。周围曾经有人误传她就是"夜来香"，因为当时没条件去查阅相关资料，我也曾跟着一些不懂花的人们一起叫。叫她"夜来香"，也有一定道理，因为和真正的夜来香一样，她也是暮开晨合，只在夜间展现自己的美丽、装扮着梦一般的夜晚。只不过，她的香气没有夜来香那样浓郁，只是一种淡淡的清香，需要专心去嗅，深吸一口气才能闻到。

单看地雷花中的一朵两朵，你会感觉她们过于单薄、娇弱，不会觉得她们有多好看，但只要种得多，让她们集中在一起，便会形成一股令人不可小觑的气势，美不胜收，令人流连忘返。苏东坡有诗曰："只恐夜深花睡去，故烧高烛照红妆。"想看到开得最盛的地雷花，有时候还真要秉烛夜观，尤其是阴天、下雨天。

地雷花暮展晨合，她不会在夜深时分像辛苦了一天的人们那样沉沉睡去，恰恰相反，由于白天集聚了足够的能量，到了晚上，她会把自己最美的一面献给她所热爱的世界。第二天一早，炽热的太阳普照大地，这时，地雷花便害羞似的闭合上了，把生活的舞台交给喜欢白天的同类。这样凝神思考着，两首赞颂地雷花的七绝小诗便问世了：

其一

红艳喇叭风里摇，枝头酣卧照天烧。

莫嗟身小花期短，一缕暗香篱外飘。

其二

玉叶翠枝三尺高，暮开愈夜愈妖娆。

纵然一夜芬芳落，千朵新红蕊更娇。

去年秋天，我特意收集了几粒地雷花的种籽——黑色的外皮，浑身皱纹，活脱脱一个微型地雷，怪不得人们叫她"地雷花"呢！清明节前后，我在自己菜园的栅栏边埋了几颗"小地雷"，浇透了水。栅栏边的土质并不肥沃，好在地雷花只是喜欢温暖潮湿，对生长环境并没有什么特殊的要求。十多天后，先是北边的地方长出了两棵嫩芽，并肩而生，两片半圆形的叶子，在春日里贪婪地吸收着阳光雨露。后来，又有一棵地雷花苗从南边的木栅栏边冒了出来。我小心给它们浇水，添加营养土。幼苗渐渐长高长大。两个多月后，粉红的、金黄的地雷花，举着小喇叭一样的花瓣，向着天空，冲着明月，在带着甜味的暮色中欢喜绽放。我摘下几朵地雷花，低头品赏，陷入沉思……

前不久，一个周六的凌晨，我突然患了急性阑尾炎，腹部疼痛不止，无法入眠，我在妻子的陪伴下，驱车到了昌平中西医结合医院急诊部。虽是凌晨时分，急诊区还是有不少来来往往的急患病人。有大人，有孩子，有男的，有女的，有像我一样捂着肚子、满脸痛苦的，有坐在长椅上一言不发等候医生叫名字的，有受了外伤等候紧急处理的，还有被警察、辅警共同护送到医院的肇事酒鬼，不一而足。

当班的急诊科医生，详细问询病情，给病人开化验单，交代他们如何交费、到哪里抽血、到哪里做 B 超，一个病人还没有看完，前面拿到化验结果的病人，拿着化验单据、彩超照片和结果又找回来，让医生帮他们分析检查结果，第一时间作出诊断，对症下药。忙完了最紧急的病例，医生接着去处理病情不太紧急的病人，连喝水、上厕所的工夫都挤不出来。这些值夜班的白衣天使，利用自己平生所学的知识和医术，在平凡的工作岗位上默默奉献，为一个个患者解除病痛。越是深更半夜，他们的价值体现得越是充分和完美。这一点多像地雷花！

每当夜深人静，祖国漫长的国境线上，数以万计的边防官兵，手握钢枪，身披雪雨风霜，睁着警惕的眼睛，守护着祖国的每一寸领土，护佑着亿万个家庭的和平安康。越是自然条件艰苦，他们的无私奉献就越是令人敬佩，这多像地雷花！

像地雷花的，还有都市里的夜班地铁司机、公交车司机和电车司机。他们白天放松休息，街头灯火阑珊时，才走向自己的工作岗位，把集聚了一天的能量，在驾驶室里尽情挥洒，把一个又一个加班工作、急需休息的乘客，平安地送回家。

还有我们的环卫工人，每天天不亮就从床上爬起来，拿上各种清扫工具，不辞辛苦地为我们的城市做各种"美容"……晨光初露，一天的喧嚣重新开始的时候，他们早已完成了自己的工作任务，悄然消失在滚滚人流当中。他们的内敛、低调，多像见到太阳就合上花瓣的地雷花！

虽然比不上牡丹的雍容华贵、玫瑰的热烈浪漫、荷花的清香高洁、菊花的冷峻脱俗，但地雷花有自己独特的优点：不夜不绽放，不夜不美丽。一朵、两朵地雷花很不起眼，极为平凡，但无数朵联合在一起，就会形成一股强大的力量，向人们奉献出一种摄人心魄的美，给人们带去祥和、温暖和希望。

地雷花，平凡的花；地雷花，美丽的花！

2019 年 7 月 31 日

追寻春天

虽然比南方来得要晚一些，北京的春天总会到来。

每一年初春，我总是难以抑制心中对春天的渴盼。我用眼睛搜寻春天的踪迹，我用身体感受春天的气息。

今年除夕就立了春，但过了春节之后，北京到处仍是春寒料峭。如果细心体验，还是能感觉到气温在一点一点回升，夜间最低气温逐步脱离零下，向着2度、3度上升。市内各公园的湖里、京密引水渠的人工渠里，坚冰开始慢慢变薄、炸裂、消融。人行道边上，原来光秃秃的柳条渐渐长出了芽包，一个小点一个小点，不仔细观察看不出来。在阳光充足的地方，玉兰树伸向天空的枝丫上，原来缩成一团的小花蕾一天比一天大了起来，包裹着花蕾的那一层带毛的外壳，开始一片一片绷开、掉落。

祖国的南方，早已陆续传来各种关于春的消息。广东的木棉、黄风铃，绽放了一树一树的花朵，如火似金，网友们在手机里传了上来。云南哈尼族的梯田上，开始一年一度的水稻春播，白水、青苗、稻畦，层层叠叠，云山雾罩，有时让人产生一种迷失的幻觉，像是仙景。江西婺源的油菜花铺天盖地盛开，把农户家的房前屋后、山岗丘陵染成了一派金黄，是玉皇大帝在晾晒他的黄金宝贝么？

得到这些春的消息，我对春的渴盼似乎更加强烈了。单位大院南墙边有几株亭亭玉立的玉兰树，每天午饭后和同事们一起散步，我都会故意掉队几分钟，特地来到这几棵树旁，观察每一棵树的变化，凝视每一朵渐渐长大的花蕾。

春来了！

太阳北回，天空、大地、树木、房屋，一切都明亮起来。人们的脸上也露出只属于春天的那种表情，是喜悦，是明媚，是恬静，是期盼峥嵘却不露峥嵘。

没过几天，在你不经意间，迎春花率先绽放了。栅栏边、篱笆旁、河道上、社区角落里，一丛丛、一簇簇，娇艳的黄花儿在阳光下舒展身子，在风中跳舞。中山公园、北海公园的蜡梅紧接着也开了。

一个周末没见，南墙边的玉兰已经满树洁白，香气四溢。春天就像花仙子们每年必赴的一场盛会。除了迎春花、蜡梅和玉兰，榆叶梅、杏花、樱花……也都争先恐后地赶来赴会。

河畔、路旁的柳树，已垂下万条绿丝绦了。那嫩绿的柳叶，青翠可人。都市里匆匆的行人，没有谁再停下来，折一节柳条，拧成一个柳笛，把春天吹成一支短歌。

一场淅淅沥沥的春雨不期而至。"随风潜入夜，润物细无声"。干枯了一冬的小草，因了春雨的浸润，悄悄地从地下冒了出来。那一树树的海棠，也不紧不慢地抽出了红嫩得让人心爱的叶子。

各种鸟儿也忙碌起来。春天是一年的开头，它们也想抓住机会，担当起哺育下一代的重任，完成繁衍后代的义务。成对的喜鹊绕着它们搭建在高枝上的爱巢，欢快地飞来飞去；白头鹎也回来了，在朝霞或落日余晖里，飞上六层楼的房顶，婉转地啁啾，让人怀疑是不是听到了笼养小鸟的欢唱。斑鸠也不知从哪里飞回来了，在空中"咕—咕—咕—咕……"，一声接着一声地叫，似乎在唱着赞美春天的歌。

社区广场上，大人孩子多了起来。人们从四面八方的楼层里走出来。仍然穿着冬衣的老人，坐在阳光照耀下的长木椅上，一边晒太阳一边说着家长里短；风姿绰约的少妇，略施粉黛，带着大大小小的孩子来到小区广场上，举手投足间，尽显成熟与妩媚；花枝招展的儿童，叽叽喳喳地嚷着、跑着，文静一点的孩子，三五成群，蹲在地上玩石子、画画儿。

春天是梦想起航的季节。春节后从老家返回北京的二蛋、花妞，这时也摇身一变，穿一身光鲜亮丽的职业装，以张经理、李专员的身份，带着客户从小区广场穿过，领着客户看房去。

春风无形，却多情，不用太久，它就会催开百花，唤醒鸟鸣，它拂绿了枯柳，吹皱了湖水。忙碌的人生，一定会收获一个又一个成功。

让我们抖擞精神，去追寻属于自己的春天。

2019 年 3 月 22 日

秋来百果香

炒熟的花生闻起来、吃起来皆香气扑鼻，让人垂涎三尺。如果是生花生，也能闻到它的香味吗？

国庆节放假期间，因为要陪母亲做白内障手术，我回了一趟老家。在我回去之前，母亲把村西麦场地的几分花生地收完了，而且还在种粮大户人家收完的花生地里捡了几袋子花生回来，全都晒得干干的，堆放在紧挨客厅的那间西卧房里。这间空卧室，成了我家的临时粮库。

打开朱色木门，我第一次走进这间临时粮库，马上有一股特别好闻的气味直冲我的鼻子。咦？这是什么味道？深吸一口，细品，这是一种淡淡的馨香，而且回味绵长。我四下看去，房间里除了花生，再没有别的东西了，我确信这香气正是从那一袋袋花生里散发出来的。

为了深度体验这成熟花生的香味，我轻轻关上房门，慢慢闭上眼睛，深吸几口气，贪婪地将尽可能多的花生香气吸入我的肺腑。在这收获的季节，虽然没能给年迈的母亲帮上什么忙，但我的确分享了母亲收获的喜悦。

这难得一闻的成熟花生香，是大自然赐予劳动者的一份特殊礼物。不知道家里种几十亩花生的老家人，能否闻到成熟花生自然散发出来的这种特有香味。偶尔回趟老家的我，居然幸运地收到了这份天赐礼物。我躲在这个临时粮库里，任这香气把我包围、浸润，一时竟不愿意走出去了。

时间回到去年深秋。这天清早，我照例5点多起了床，带着Wifi下了楼。昨晚下了一夜的雨，而且是伴着阵阵强风的秋雨。我和Wifi来到64号楼西头，照例要绕楼转上至少一圈，这是我和妻子在遛狗方面早已约定俗成的固定程序。到了64号楼西北角，一股浓郁的异香从地面溢上来，直扑我的鼻腔。说是异香，但似乎以前在哪里闻到过。这大清早的，四周偶尔才会有一两个早起的老人经过，这香气是从什么地方飘过来的呢？

我四下张望，快速搜寻香气的来源。我下意识地抬头向上看，发现了矗立在邻楼东北角的那棵大核桃树。时令已经是深秋，树上的长卵圆形树叶已经没有夏天那般浓密，而且大都变成了黄色或褐色。仔细看去，还能发现像星星一样散开在树枝上、外皮已经变黑的核桃。我并非不知道这里有一棵大核桃树，但以前从它下面走过，从来没有闻到过它散发出的这种气味。

环绕大核桃树的，是一片高低不一的竹子，还有一丛黄杨。核桃树的东北角，有一棵比核桃树还高、树冠比核桃树还大的老桑树。核桃树的东南，是几棵大柳树，树下是一楼西头邻居自己种植的月季，紧靠马路牙子的，是小区物业种植的一排低矮的黄杨。再往几丈开外的北边，是小区主干道，道边同样种植着柳树和黄杨。小区业主在自家门前屋后种果树的不少，但在我当时站立的地方，只有那棵老桑树和这棵核桃树。显然，这香气绝非桑树，只能是核桃树上的成熟核桃散发出来的。

自然成熟的核桃，虽然有硬硬的外壳包裹，却能被雨水冲淋得香气四溢，这也是我以前闻所未闻的事情。通过认真观察，我发现这新鲜、厚重的香味，是从地上飘浮起来的。大概是树上已经长熟的核桃经过雨水一夜冲刷，成熟果实特有的那种树脂类成分被冲落在地面，它们从地面向四处挥发，被恰好从此处经过的我闻到。

自然成熟的果实，会散发出怡人的香气；而未成熟或人工催熟的水果，是无法散发出令人感觉甜香的气味来的。这种真正成熟了的果实的香味，对身处现代生活中的我们来说，是越来越不容易闻到了。

令人痛心的是，不知从什么时候起，原本诚实善良的果农为了让自家的水果卖出一个好价钱，在水果还没有真正成熟前就开始采摘，致使大量还没有达到充分成熟率的水果被提前采摘下来。这种七八成熟的水果香味非常淡，甚至没有它该有的香味。

令人可怕的是，在市场竞争的推波助澜下，果农们大量使用化肥和激素类农药（催熟剂、甜蜜素等），拔苗助长让水果快速长熟、变甜，人为缩短了水果的生长周期，直接导致水果香味变淡或者变差，直接或间接影响损害着我们的身体健康。

为了吃到自然成熟、口味纯正、营养丰富的水果、蔬菜，一些有条件的企业主开始自己找人种地，种菜、种果树，甚至喂猪、养羊、养鸡养鸭。他们力图摆脱菜篮子市场带给自己的不安全感，试图通过自己的努力，让自己和家人吃上更加放心的生态蔬菜、水果。

在农村老家，几乎家家都会在房前屋后的空地上种一片蔬菜，一年到头都能吃上自己种的放心菜，只有自己平时不种的蔬菜，才会到市场上买回来吃。每次回老家，母亲送给我的菜，只要方便携带，我都来者不拒。因为母亲种的菜，上化肥少、打农药少，吃起来香甜可口。

我相信有一天，我们的国家全面实现了现代化，民族复兴的伟大梦想变成了现实，神州大地上一定是：春有百花美，秋来百果香。大风歌盛世，国祚永无疆。

2020 年 10 月 20 日

一树风铃俏枝头

"你真是奇葩！竟然把树栽在屋子里！"

妻子站在阳台入口，用赞许的口气对正忙着给辣椒树培土、浇水的我说。

种棵辣椒不算奇葩，把辣椒种成树，就算得上奇葩了。我侍弄着的这棵辣椒树，叫风铃辣椒。风铃辣椒，又叫灯笼椒、元宝椒。网络上有关风铃椒的介绍是这样的：一年生茄科植物，原产加拿大，株高 1—1.2 米，茎干粗壮，分枝强，冠幅可达 1.45 米。

以我的种植经历来判断，这种说法根本经不起推敲。之所以这样说，我是有根据的。被我移栽到室内的这棵风铃椒，全面颠覆了以上关于风铃椒的寻常标准。它株高 1.6 米，冠幅窄处 1.6 米，宽处达 2.2 米，树干直径 6.8 厘米。枝繁果累，挂着大小近 200 个风铃椒，或青翠如玉，或红艳似火。

我和风铃椒的缘分，起于 2015 年前后。在欢乐谷附近的大柳树甲 100 号原单位办公地址期间，一同事在办公室盆栽的一株风铃椒，翠枝绿叶，椒红点点，熠熠生辉，瞬间吸引了我的目光。我当场就看呆了，赞叹声不绝于口，当时就决定：我也要种这人间尤物！后来向同事要了几粒种子，栽种风铃椒的历史从此开启了，如今已有四五个年头。

刚开始，每一步我都小心翼翼。我专门找来一个育辣椒苗的花盆。先把土浇透，放上两天，等盆里的土干湿合适了，耙出一道道浅沟，把淡黄色的种子均匀撒进沟中，再沿着与浅沟垂直的方向来回耙几遍，把种子埋在浅浅的土层下面。一切就绪，再把花盆放在通风而且能经常晒到太阳的窗户附近。大概四五天后，细小的幼苗就露出头来。幼苗长到四五厘米高时，我开始移栽它们。

幼苗期、成苗期的风铃椒，和普通辣椒没什么两样。后来，风铃椒打包了，开花了。和普通辣椒一样，风铃椒开的也是白色的小花。不同的是，它的头部分枝较多，结出来的果实形状不同。刚长出来的小风铃椒淡黄绿色。随着体形变大，颜色逐渐加深，后来变成翠绿色。

秋光渐老，靠近柄端的绿色风铃椒上慢慢现出酱紫色，再过几天，酱紫色变成红色，红色的部分从柄部向下扩大，最后整个辣椒全部变红，鲜红发亮，饱满圆润。成熟的风铃椒像风铃，像灯笼，像元宝，四周有不规则的凹凸，中间略微突出，萌萌的，惹人怜爱。

想把风铃辣椒种好，人懒了不行。春秋两季，一周浇一次水，一次浇透即可；夏天两三天就要给它浇一次水，墒不够，它就会抗议，叶子蔫下来，无精打采的。除了保证水够，肥足也很重要，我会时不常把菜叶、西瓜皮等厨余垃圾往风铃椒的根部埋。

经过几年的种植实践，我发现了风铃椒的一个"惊天秘密"：原来它可以多年生长，而不是网络上所说的一年生！

唐代齐己《落花》诗曰："繁艳根枝在，明年向此期。"只要天气转凉时及时把它移栽室内，对它细心呵护，保证它的根不死，枝还在，第二年春暖花开时节，风铃椒就还会抽出新的嫩叶，绽放出新的花朵，结出新的果实。

截至目前，我种的风铃椒，寿命最长的两株，3年又3个月了，按年头论，已经跨4个年头了。2016年8月间，我随手把几粒风铃椒种子撒在同事的小花盆里，没承想，它们越长越大，竟然把同事先前种的花苗给挤死了，独占了那个小花盆，真是鸠占鹊巢。

目前，这两株风铃椒仍活得好好的，株高1.2米左右。因是常年在花盆里生长，盆里的土壤总量、肥料添加数量有限，它们最多只结了30多个辣椒。

今年我移栽屋里的这一株风铃椒，到现在只有两年，年岁不是最长，但由于夏季时它尽得天地阳气、日月精华，茎秆直径接近7厘米，冠幅1.6—2.2米，空中覆盖面积两平方米以上，如此巨椒，不是树又是什么？称它为树，也是实至名归。

几年前我种的另一株跨年风铃椒，瘦瘦高高的，弱不禁风，是"风铃椒中的林黛玉"，为了不让她倒下，我用两根细竹竿搭架子支撑着她的身体，最后长到两米多高，170厘米的我需要高举手臂才能够得到她的顶部。这是近四五年间我所种风铃椒中个头最高的一株。

风铃椒可以食用，但其观赏性更是可圈可点。我总是眉飞色舞地给邻居和同事大讲它如何如何惊艳动人，他们就向我要种子，也开始种植。风铃椒的种子，成了传播友谊的种子。

初冬时节，北风呼啸，百叶凋零，移进室内的风铃椒，在我的精心照顾下，躲过了风霜雨雪，续写着生命的传奇。它的叶子逐渐变枯变黄，不小心碰到它的枝干，那些金黄间绿的叶子便如天女散花，盈盈飘落。

等叶子掉得差不多了，那一个个赤艳如火的小风铃，仍然倔强地挂在枝头，迟迟不肯谢幕。最顽强的，一直挂到第二年，等到新生的风铃椒变红仍不肯离去。

冬日的暖阳透过玻璃照射在这一株风铃辣椒树上，我凝望着这场景，思绪不由得飞向远处，我仿佛看到这样一个场景：一棵硕大无比的风铃椒树下，在"叮当，叮当……"的铃音伴奏下，一群青年男女载歌载舞。歌曰：

帘外北风吹，
寒鸟林间叫。
最喜冬来瑞雪飞，
窗下枝头俏。

春见绿婆娑，
秋见猩红绕。
应是天公爱欢愉，
百种千般妙。

2019 年 10 月 31 日

春雨·春雪·春花

元宵节一过，迎来了二月的最后一个周末。周日这天，不经意间，一场淅淅沥沥的春雨下了起来，一下就是一整天。

好久没有下雨了，这是一场春雨，一场拉开春天序幕的及时雨。潇潇的春雨如烟似雾，淋湿了不少行人的衣衫，但没有谁会嫌它烦，无数的男女老少在欢呼它的到来，诗人们在写诗赞美它。

雨一直下到晚上也没有停歇，不过势头已经有所减小。"哒哒，哒哒"，雨滴落在铁皮雨搭上、窗户护栏棚顶上，声音立即被放大了，听起来颇有些惊人心魄的意味。

中午喝了二两白酒，不胜酒力，我早早上床睡觉了。半夜，不知什么时候起，春雨自动转换成了雪，像去年春节后那场雨夹雪那样。

第二天清晨，我睡足下楼，发现小区里停放的私家车身上，落了一层不薄不厚的白雪。这晶莹的雪，在路灯的照射下，闪着钻石般迷人的银光。

春雨、春雪，24小时内相继登台亮相，在京华完美邂逅，多么富有诗意呀！它们悄悄谢幕之后，三月来了。原来，它们是给三月接风洗尘的啊。受到雨雪盛装欢迎的三月，一定会不负众望，按时向人们奉献出淡淡烟柳、浅浅迎春、灼灼桃花、梅云樱海。

吹面不寒杨柳风。雨停雪霁之后，空气清新，暖阳普照，天空一片蔚蓝，令人心情大好。气温迅速回升，那集聚在枯树秃枝上的玉雪、那堆叠在绿化带空地上的银沙，不等你细细欣赏，就无声地融化了，化为一汪汪春水，浸润着可亲的土地。

得到了雨水、雪水的抚慰，绿化树下、绿化带内的土地变得异常松软、润泽，散发出新鲜泥土的气息，为玉兰、桃树、樱树、梧桐的复苏，为它们的开花、发芽做了深沉的铺垫。

也就一两天的工夫，因为得了雨雪的滋养，得了春风的轻拂，鸢尾兰、萱草、玻璃翠的嫩芽，偷偷地从土里钻出来了。虽然已经经历了数度春风秋月的洗礼，这些植物重生之后，对身边的一切还是充满了好奇，对未来的日子仍然充满了憧憬。

春天是播种希望的季节。对于幼苗和小树而言，春天是催动它们茁壮成长、奉献人间繁花的季节，它们前途无量，未来可期；对于那些已经走过半生岁月的老树来说，春天何尝不充满了生命的希冀。虽然已经皮糙枝秃、伤痕累累、老态尽现，但藏在它体内的树心仍然生机益然，只待一阵春风化雨，依然会开出一树的花，长满一树的新叶，为人间奉献着芬芳与绿意，和那些初生的花草树木一道燃爆春天，装扮自然。

一株花草，一棵树木，开不开花，结不结果，完全在于自己。一样的阳光雨露，一样的栉风沐雨，能不能光彩一生，就看在万籁俱寂的黑夜，你是选择刻意自律、为自己争命，还是选择自暴自弃、随波逐流。

"小楼一夜听春雨，深巷明朝卖杏花。"那一朵朵被人看好、采下来卖个好价钱的杏花儿，一定是暗夜春雨里努力绽放的一个个春蕾。

"最是一年春好处，绝胜烟柳满皇都。"即使没有春雨、春雪的滋润，春天还是会回来，百花还是会盛开。但既然有了它们的浸润，今年的春花一定会比往年更绚烂，更娇艳。

2021 年 3 月 3 日

京华晚秋

经过初秋、仲秋的打磨、洗礼，北京的秋天，终于绽放出它最美的华彩。

漫步北京街头，银杏树、梧桐树、白蜡树，还有不少我叫不上来名字的树，纷纷把金黄、黄褐色的彩衣披上，不为别人，只为它们自己。它们把自己打扮美了，人们对它们的关注度也日见增长。

登高踏秋，香山是无数新老北京人和北漂一族必选的打卡地。国庆节刚过，电台和高速路的路况显示屏上，总会出现香山周边交通如何如何拥堵的提示信息。是提示，也是提醒，告诉还没有到户外活动的人们：是时候去赏红叶了。香山红叶，被作家杨朔一写，名气就更大了。初来北京那两年，我已经慕名朝拜了香山，欣赏了山上的枫叶、黄栌，登上了香炉峰。

人们对于美的事物，终究是会产生审美疲劳的。去了几趟香山后，那些个数量有限的枫树、黄栌，还有双清别墅、静翠湖，也没觉得有多好了。于是，我开始把目光投向其他可以看红叶的地方。经朋友推荐，房山坡峰岭开始进入我的视野。前几天和校友们一起驱车前往，经过实地感受，觉得真是美得够可以，2000多亩黄栌（大部分是野生的）、元宝枫将漫山遍野染成了红色的海洋，勾勒出一个活色生香的秋日童话世界。听说浅山的红叶也不错，有机会也会去打卡。红叶，纯粹的北方秋景，是北京晚秋的"网红"，绝对不可以错过。

长城，也铺满了秋意的大写真。塞上风光，蜿蜒起伏的雄伟长城，远远近近的山峦，用炽热多情的色彩点缀着北国的土地，张开宽广的胸怀，迎接来自五湖四海的游客。天空澄碧澄碧的，几只花喜鹊在你不远的地方小心觅食，偶尔有一两只老鹰从头顶盘旋而过，向着更高更远的天空飞去。

颐和园昆明湖上，画舫、小艇悠闲地驶过，秋日的暖阳下，湖水泛起粼粼波光。孩子们兴奋的喊叫声，和着船头机器的轰鸣，将万寿山慢慢抛在身后。十七孔桥南的湖边，残荷在秋风中欢快地摇曳舞蹈，将它们的风姿给懂它的人儿看。

我单位办公楼北边，有一片培植、管理得非常好的园林，里面几十年树龄的大杨树、树龄小一些的槐树、玉兰、栎树、银杏、碧桃，以及月季、紫茉莉都有。夏天，这里绿荫蔽日，同事们喜欢在林荫下散步。到了晚秋，园林五彩缤纷，深绿、浅黄、金黄、鲜红、褐色，一应俱全。一群鸽子经常在园林附近的蓝天下奋翅飞翔，发出阵阵悦耳的哨音，它们正向一个方向飞着，又突然在鸽头的带领下悬停、急速调转方向，向着另一个方向，甚至相反的方向飞去了。

给人印象最深的，应该数那一堵红叶墙。这是一段垒砌在园林空隙地带的砖墙，外面贴上了深褐色的瓷砖。每年，虬枝盘旋的爬墙虎总能枯木逢春，用自己的枝叶把整段墙全部覆盖。晚秋，一墙的叶子全部变红，骄傲地向路人展示自己的美艳，引得不少爱美人士纷纷和它合影留念。

我家小区的围墙边上，五六棵国槐一字排开，像是守卫社区居民安全的金盾卫士。爬山虎早已悄悄从围墙上伸出一只只柔软而坚定的小手，顺着槐树的枝桠攀缘而上，像是春节前把槐树精心打扮了一番似的。在太阳和严霜的共同作用下，这些爬墙虎通身红艳艳的，像是接通了电源的彩灯，在阳光下闪着红光，述说着深秋的光阴故事，静待一场深情的告别。

庚子年，人类多灾多难，时序照样轮转。新冠病毒无情地夺去无数人的健康和生命，却挡不住时光的脚步，挡不住京华那梦幻一般的晚秋美景。

立冬这一天，阳光和煦，天气原本晴朗。午后，突然朔风四起，柳枝乱舞，树叶四散飘零。真应了天有不测风云这句俗语。

"况属高风晚，山山黄叶飞。"香山、坡峰岭、浅山的红叶这下该落得差不多了吧。这是晚秋在向我们挥手告别呢，那空中曼舞的红叶，是它表演结束后换下的华美衣裳吧。

"明朝挂帆席，枫叶落纷纷。"美景如画的晚秋，按照它的计划，向着岁月深处，终于扬帆而去。

我捡起几片红色、黄色的树叶，放在办公桌上，夹在书页中，希望这晚秋的美，能够在我手中多驻留一会儿。

2020 年 11 月 8 日

喜鹊的房事

在我们的传统文化里，喜鹊是一种吉鸟，是好事将临的前兆。出门看到枝头喜鹊鸣叫，叫出门见喜；喜鹊站在梅树枝上，叫喜上眉梢。七月七，牛郎会织女，请君抬头望：喜鹊搭鹊桥，牛女泪两行。

北京主要有花喜鹊和灰喜鹊两种。花喜鹊身上以黑色、白色为主，灰喜鹊身上虽然也有两三种颜色，但以灰色为主。花喜鹊可再细分为两种：黑白花喜鹊和黑绿白花喜鹊。平常人们见得最多的是黑白花喜鹊。

喜鹊搭窝建房很有意思。像人一样，喜鹊们有的喜欢独门独院，把巢筑在方圆几百米内孤零零的一棵大树上，痛饮"鸟生"的清静和孤独，但它并不排斥和其他同类沟通交流，也许它只和少数知己才来往频繁吧。

也有不少喜鹊喜欢群居而生。它们把巢垒在相邻的几棵高杨树上、大梧桐树上，喳喳之声相闻，彼此守望相助。更有亲如兄弟（也许就是亲兄弟）者，把巢建在同一棵树上，甚至同一株树干上。建在同一棵树或同一株树干的两个鹊巢，往往高低不同，错落有致，没有两个相邻而平行的鹊巢。不知道它们遵从的什么法则，先高后低？先筑者居高处，后筑者居低处；还是先低后高？先筑巢者高风亮节，把最向阳的位置留给后来者？我没有深入研究，原因不得而知。

群居而生的喜鹊，筑的巢连成一片，气势恢宏，蔚为壮观。喜鹊建巢，外糙内细，做工考究，连成一片的鹊巢，可以称之为鸟类中的"连排别墅"。独居的鹊巢，那就是"独栋"了。

喜鹊的巢，有的豪华大气，高达80厘米，横围直径60厘米，底厚25厘米，巢顶厚30厘米，巢顶以枝条密密铺排，并覆以草叶等物，可挡风避雨；有的敦厚实用，虽然只有44—60厘米高，但从外到内四层，和豪华版的鹊巢一样，一层都不少：外层用铅笔粗细的杨、槐、柳等树枝搭建结构；第二层以柔细枝梢盘旋横绕成半球形小筐，镶在整个鸟巢的下半部；第三层是在小筐内用河泥涂抹，做成泥碗；内层则是衔来芦花、棉絮、兽毛、人发、鸟羽等，精铺细垫，做成一床松软的席梦思褥子。有的巢则松松垮垮，不像个样子，也许是喜鹊们弃而不用了的旧巢，天长日久，成了荒凉的老宅。

喜鹊建巢，喜欢选址于民宅附近的大树上，择高枝而栖。因为居民小区附近的大树有限，而喜鹊数量又颇为壮观，道路两旁的杨树、梧桐树、榆树，电信运营商的信号中继塔顶，甚至高压电柱，都成为喜鹊们修筑爱巢的可选之地。

对于寿命只有七八年的喜鹊而言，筑巢绝对算得上鸟生大事。因为完成搭建一个合格的喜鹊窝，前后需要花费4个月之久，一生的二十几分之一时间都要花在筑巢上面，能不算大事吗？

喜鹊的巢多为长卵形，有的近似球形。虽然智商比不上乌鸦，喜鹊却非常善于营巢。它们建造的爱巢，不仅结实耐用，最突出的特点是筑有"屋顶"，雨淋雪打都不怕。它们在巢的侧面稍下部留有一个圆洞，方便出入，房门是也。

人有人言，鸟有鸟语。喜鹊筑巢，似乎是要提前开会商量的。我家楼下有三棵大梧桐树，最东边的梧桐树上原来有个喜鹊窝，庚子年冬被修树工人连枝带窝破坏了。此后数日，爱巢被强拆的喜鹊哀鸣不已，从早到晚在附近楼顶、树枝上撕心裂肺地叫。后来有一天，一群喜鹊出现在中间的那棵梧桐树上，"喳喳喳喳"地叫了老半天，也许是在开会讨论重新筑巢一事。没多久，中间那棵梧桐树高杈上，出现了纵横交错的十几根树枝，一个新鸟巢的基础结构搭起来了。我暗自欣喜：用不了多久，我推窗而立，就又能看到一个新的鸟巢了。

于是，楼下散步的时候，我天天往那棵梧桐树上看，观察新鸟巢的工程进度。但令人失望的是，新鸟巢工程最终流产了。那十几根树枝衔堆之后，喜鹊没有继续推进筑巢计划，几天后，那十几根树枝不见了。也许是受过伤害的喜鹊，重新评估了新巢的未来安全风险，最终决定移居他处。不管移居何处，我祝愿这一对背井离乡的喜鹊夫妻，能够在"鸟生"剩下的日子里，不再遭受强拆和伤害，靠自己的勤劳奋斗，落得个儿孙满堂，安享岁月静好。

人有悲欢离合，鸟类也一样。鸟是我们的邻居、人类的朋友。喜鹊经常以昆虫、蛙类小动物为食，兼食瓜果、谷物、植物的种子，应该算得上半个益鸟，我们理应和它们和睦相处。

秋季摘柿子的时候，爱鸟的人往往故意留下高处的柿子，作为鸟类冬季的食物。有人故意往露天的窗台上撒一些谷粒，让鸟来吃。

朋友，在今后出行的路上，请你向喜鹊的爱巢投去温情的一瞥吧，这些安扎于高树上的鸟巢，多么像大地母亲四季时装上的一粒粒纽扣，它们在为喜鹊提供栖息地的同时，又是那么独特地点缀着美丽的自然。它们又像大自然的一颗颗眼睛，默默地注视着每天熙熙攘攘的红尘人间，为忙忙碌碌的人们祈福祝愿。

2021 年 3 月 14 日

梁燕呢喃旧时光

"一身乌黑的羽毛，一对轻快有力的翅膀，加上剪刀似的尾巴，凑成了那样可爱的活泼的小燕子。"小燕子在我们小学三年级的语文课本里灵动地翻飞，从我们当年的琅琅书声里飞走了。

小燕子在唐风宋雨里穿行。"熟知茅斋绝低小，江上燕子故来频。衔泥点污琴书内，更接飞虫打着人。"这是杜甫笔下的燕子，借写燕子欺负客居茅斋的诗人，抒写作者现实生活中的苦恼；"燕子营巢得所依，衔泥辛苦傍人飞。秋风一夜惊桐叶，不恋雕梁万里归。"这是宋代诗人刘子翚的诗，描写燕子不辞辛苦筑巢但并不留恋昔日繁华生活、以四海为家的豁达情怀。

小燕子轻快地从当代儿歌掠过。"小燕子，穿花衣，年年春天来这里……"

小燕子穿梭在我家昔日的老宅里。春节后不久，处于中国南北地理分界线——秦岭—淮河一线上的我的家乡，万物复苏，春回大地。春水长天，长年与土地为伴的乡亲们，开始操忙各种田里的活计。春分春分，燕子进村。春分前后，燕子飞回来了，寻旧巢，筑新巢，养儿育女，一派崭新气象。

我家的老宅建于20世纪50年代末，在70年代后期我上小学的时候，显得相当破旧了。虽然后来先后发生联产承包、开代销店两大利好，使得我家经济拮据的局面得到了根本性扭转，结束了过去借钱交学费的历史，但由于家里供着三个学生，在征求了我们子女的意见后，父母决定保持老宅旧貌，继续在老宅里住下去。

老宅低矮，堂屋的门头，不知碰疼过多少中等身材以上亲朋的头。虽然低矮，但老宅四墙、屋顶用料均做工考究，住在里面冬暖夏凉，很宜居。

老宅离抱村而流的小河只有百十米远，前方无建筑物遮挡，向阳通风，夏天常有凉爽的河风从河湾吹来。燕子们看中了我家老宅的风水，更看到了我们一家人的善良，不知道从哪一年起，开始在我家堂屋梁上筑巢，而且一筑就是两个！这一对燕窝相距不过十几厘米。土黄色的燕窝呈皿状，像镶在房梁上的半个草泥碗。

从那之后，春分前后燕子们从不知多远的南方飞回来了，因为之前的旧窝没有被破坏，只需稍加修缮即能重新利用，它们不用再衔泥衔草千余次筑一个新巢啦。在老宅安家的燕子，又能安心地生儿育女了。

呢呢喃喃、卿卿我我之后，燕子夫妇有了自己爱的结晶。产蛋之后，燕爸燕妈共同担负孵卵任务，轮流暖窝。它们用自己的体温孕育着新的生命。半个月左右，雏燕相继破壳而出，一窝有4到6只。雏燕发出孱弱无力的"叽叽"声，向春天报到，向它们的父母讨要吃食。

燕爸燕妈轮流外出捉昆虫喂孩子们。每天都可以看到老燕子一趟趟地往窝里送虫子。老燕子一回来，嗷嗷待哺的雏燕们马上来了精神，一齐张大了娇嫩的黄口，像是向父母行张口礼，撒娇似的等着爸爸妈妈把美味的虫子送入口中。

20来天的光景，雏燕就长得头脑结实、有模有样了，翅膀也长了出来，而且越长越长，再也不像刚出生时那么嫩红可怜了。再过上五六天，新燕就在老燕的带领下外出学习捉虫、练习生存本领了。

燕子非常讲卫生。雏燕出生时产生的碎壳、幼燕的粪便，老燕都会及时衔走，确保燕窝内干净清爽。幼燕也十分懂事，等自己生出翅膀、身体强健起来之后，需要方便的时候就在窝内转个身，站在窝檐上，屁股朝外，污物排在窝外。曾经有小燕子的稀便掉在人身上，为了吸取教训，以后不管是家里人，还是家人陪客人在堂屋内就座，都会先抬头向房梁上看一下，避开燕窝正下方的位置而坐。

你信任我，我不辜负你。虽然燕粪让人讨厌，但家里人从来没有产生捣毁燕窝的念头。

日子一年年过去，燕子来了去，去了来。燕子老了，父母也老了。二姐出嫁了，大姐出嫁了，小妹出嫁了，离开了老宅，组建起自己的小家庭；我大学毕业后离开家乡，到北京参了军，后来在北京安了家……老家只剩下燕子陪伴着我的白发双亲。

不记得具体是哪一年的事了，母亲说，有村上人把我家老宅屋梁上的燕窝捣掉了！事情的经过是这样：村里一个老太太得了食道癌，她的子女不知从哪里听到一个偏方，说燕窝可以治这种病。老太太的儿子找上门来，用商量的口气说，能不能让他把两个燕窝弄下来，回家治他母亲的绝症。听说这不起眼的燕窝能救人一命，善良的父母哪有不答应之理？

万物都有生命，燕窝也是。陪伴我们家二十几个春秋的两个燕窝，就这样走到了生命的尽头，它们是带着神圣的使命悲壮地死去的。遗憾的是，燕窝虽然献出了自己宝贵的存在，却没能完成光荣的使命，老太太不久也死了。

此后，春的精灵，"那样可爱的活泼的小燕子"，年年春天都会回来的穿花衣的小天使，再也没有到我家老宅屋梁上安家，紫燕在我家梁间呢喃的旧时光一去不复返了。

它们不来了，我只能尊重它们的选择。望着头顶屋梁上燕窝留下的斑驳痕迹，我唯有发出一声长长的叹息。

2021 年 3 月 20 日

惊鸿一瞥黑松鼠

题记：天空中没有翅膀的痕迹，而我已经飞过（I leave no trace of wings in the air，but I am glad I have had my flight.）。

——泰戈尔

这一天清晨，晨曦初露，无风无云，我照例带着宠物狗 Wifi 来到小区南墙边的小菜园。

清明已过去近一个月，小菜园里播种、移苗、搭架子的活儿都已经干完。我四处巡视，观察鸡毛菜、油麦菜的长势，察看篱边南瓜、梅豆和向日葵幼苗的情状。正专心弯腰察看幼苗，突然听到 Wifi 一阵风似的向东边奔跑的声音，我迅速站立，抬头看去。Wifi 一边沿着我每天必经的小径向前跑，一边发出"呜呜呜"的声音，颈部和背部前端的毛早已竖立起来。我定睛一看：嗬！一只不知从哪里来的大黑松鼠，被 Wifi 突如其来的追逐、威胁吓到，紧张地在两棵柏树间跳跃奔突，左躲右闪。

我是个动物爱护者，信仰众生平等，认为动物界不论大小，大家都是平等的，应该和谐相处，共同构成一个适宜所有动物生存的自然环境——动物命运共同体。我希望自己生活的小区到处鸟语花香，不伤害人的小动物（刺猬等）也能够在这里生活得很好。我担心黑松鼠被 Wifi 这个不速之客吓跑，便马上向它发出低沉而清晰的指令："Wifi 回来！"听到我的断喝，好奇心极强的 Wifi 回过头来，看了看我，但没有马上向我走过来。我对它重复着指令，语气严厉而坚定，它才恋恋不舍地向我走过来。这时，同样好奇的我睁大眼睛，认真地观察着这只松鼠：一身黑色的毛，目测体长 20 厘米左右，漂亮的大尾巴毛发蓬松，向上翘起，真是一只漂亮的松鼠！可惜那天我没带手机，没能把它拍下来，真是遗憾。

虽然 Wifi 已经离开了它，但这只松鼠似乎仍心有余悸，探头探脑地向我和 Wifi 所在的方向张望，生怕遇到新的危险。两棵柏树中间有一楼大爷搭建的瓜豆架子，黑松鼠以木架子为桥，在两棵柏树之间来往奔跑跳跃。我睁大眼睛观察着它，并不向它靠近。

Wifi 看我放松了对它的管束，再次向松鼠所在的地方跑去。松鼠再次紧张起来，一会儿爬往南边的柏树，一会儿爬往北边的柏树。几经权衡，最终认定北边的柏树最安全,四只爪子并用,"噌噌噌"一直爬到树叶密集的柏树顶,再也看不见了。为了让松鼠放松下来,不让它觉得我们的小区危险不堪,也为了能下次再见到它,我再次态度坚决地喝令 Wifi 回来,不许它干涉黑松鼠的自由生活。

Wifi 回到我身边,没有再干涉、威胁黑松鼠的正常生活。我也担心自己会吓住松鼠,虽然内心非常渴望近距离观察它,但终于抑制住了自己的好奇心,没有过去看它。不知道后来它又去了哪里。

我向小区几个上了岁数的街坊问了一个同样的问题:你们在咱小区见到过松鼠没有?他们都给出了否定的回答。

黑松鼠是从哪里来的呢?

第一种可能,从小区北边的绿化带里跑过来。有两次夜间开车回家,我看到一只黄鼠狼从我的车前穿路而过,它们悄悄地在我所住的小区和小区北边的绿化带之间自由往来。第二种可能,儿子在北大教书的一位大妈说,可能是谁家养的宠物,主人没看管好,跑出来了。有把松鼠当宠物养的吗?大妈说:嗨,现在养什么的都有!养松鼠也不稀奇。想想也有道理。第三种可能,会不会本小区原本就有松鼠生活,只是它们行踪隐秘,很少有人发现它们。

可靠资料显示,松鼠常常在茂密的树枝上垒窝,或以喜鹊或乌鸦废弃的巢为窝(变废为宝,哈哈),有时也在树洞中做窝。小区大树上有几个喜鹊的巢,说不定上边就住着松鼠。所以说,第三种可能,也是有的。

松鼠喜欢吃野果,尤其是坚果,也吃植物的幼芽、嫩枝和树叶,昆虫和鸟蛋也是它们的菜。一到秋天,松鼠就开始为过冬做准备,把几公斤的食物贮藏在树洞或自己在地上挖出的洞里,然后用泥土或落叶堵住洞口。狡兔三窟,它们往往会把食物存放在不同的地方。若是食物遭受雨淋,受了潮,它们还会把食物搬运到树上晾晒,不让过冬的美食霉烂变质。

松鼠主要在树上生活,能用长钩一样的爪子和大长尾巴倒挂在树枝上。睡觉状态的松鼠很萌,把尾巴当棉被,盖在自己身上。

此后几天,每次走过柏树边上的那条小路,我都会停驻下来,向密密的树冠里仔细搜寻,希望能再次看到这只可爱的黑松鼠,看到它神态自然、不慌不忙的样子。但上一次与它的偶然相遇,显然只是它的惊鸿一现。我再也没有看到它的身影……

2019 年 5 月 3 日

初识橡树

　　不知多少次，午饭后和同事一起散步，从它身边走过，但从来不知道它的名字。时光流逝，将近5个春秋时，我才知道它是棵橡树。

　　这是二伏里的一天，从开饭楼走出来，时候已经不早了。散步的同事都已经上楼，回办公室休息去了。沿着以往散步的路径，我一个人慢慢走着。

　　在这棵当时还叫不出名字的树下，我突然发现两枚褐色的植物种籽外壳，蒂部背靠背长在一起，中间插着一个小柄，静静地躺在树下。每一枚蒂部都像个小盖子，让我想起小时候在老家见过的、造型拙朴的木碗，又想起维吾尔族少年头上戴的小花帽。它们可爱的样子，让我一下子就喜欢上了。我弯下腰，把它们捏在手上，端详把玩了一阵。

　　它们一定是附近树上掉起来的物什。再仔细观察，表皮上长有密密的凸起小点，让我又想起电影《冰河世纪》里那枚被松鼠拼命追夺的、上圆下尖的棕红色的坚果。据说，那枚坚果现实生活中并不可见，是艺术家想象创造出来的果实形象。

　　既然发现了包裹坚果的外壳，周围也许能找到一枚坚果吧。我蹲下身子，一双眼睛在树下来回扫描……嘿！果然，一颗两头略尖、中间滚圆的果子闪入我的眼帘。我如获至宝，将这枚外表光滑、一半浅黄一半棕红的坚果拾于手上。随后迅速扩大战果，又拾到了另外几枚坚果：有和第一枚坚果形状类似的，接近圆形，也有形状明显不同于第一枚的果子，长卵形。虽然形状各异，但它们的外壳颜色没什么不同，都是一半浅黄、一半棕红。我将其中一个剥开，发现它的外壳有点硬，但又不是特别坚硬，非常像银杏果的外壳。

　　接下来，我把视线转向树上，我想知道这到底是棵什么树，能结出如此惹人爱怜的玩意儿。此时正值盛夏，这棵当时我叫不出来名字的树大约3米高，虽然树枝算不得繁密，但叶子长势茂盛，碧绿的、长卵形的树叶一层一层，在地上投下一片浓荫。很快，我不算太近视的眼睛在绿色的树叶间又有了新发现：树枝上，绿叶簇拥着，挂着一个一个表面有短须模样的绿色的东西，说圆不圆，说扁不扁，像是果实，但显然又没到成熟时候。我环视四周，发现这是一棵有些孤独的树，周围其他种类的树木，都有多棵，唯独它，艳阳下傲然孤立，卓尔不群。

　　我拿出手机，打开相机，拉近焦距，对着树上左拍右拍。拍完，马上把其中两张有代表性的照片发给住西山一带的泰安籍军旅诗人、散文家郭宗忠大哥，向他请教这是什么树种。我和郭大哥是前一阵参加老舍文学院诗歌培训班时认识的，哥俩儿聊得投机，我知道他还是个植物专家、鸟类专家。很快，郭大哥在微信上用不容置疑的口气回答：橡树！

我当然相信他给出的答案，但我想作进一步的验证，以加深对橡树的认识。通过手机搜索，我搜出来一批橡树及橡果的照片。郭大哥没有说错，感谢他教我认识了橡树。我又想起舒婷的那首代表诗作《致橡树》来了：

我如果爱你——
绝不像攀援的凌霄花，
借你的高枝炫耀自己……

橡树的果子，像有些农村地区的水罐子，只是底部尖尖的，无法平放于地。橡果表面十分光滑，在太阳光的照射下，闪闪发亮。据了解，橡果是松鼠的所爱。还听说，橡果是人类早期最主要的食物之一。橡果能制成橡子面，既可以食用，也可以作纺织工业浆纱用的原料。

单位办公大楼后面的园子里有几十棵蒙古栎，后来我在栎树下，也找到了类似橡果的果实。蒙古栎和橡树，应该是一个属种吧。

这个夏天，我有幸结识了橡树，从此多了一个植物王国里的朋友。那圆润饱满、闪着光泽的橡果，是馈赠给我的见面礼吧。

2021 年 8 月 9 日

清风亭秋色

清风亭位于在单位办公楼后面的人造土山上。以前盖楼建地下车库，挖出的土统一堆放于此，便形成了一座人工土山。为了给上班族营造一个舒适的小憩环境，开发商投入真金白银，在小山之巅修建了这座雾玫瑰色的亭子，以砖铺小径自东西两面通向亭子，周围空地则依形就势配以假山、长廊、长椅、美化树、月季花圃等，每年委派专门人员修护、料理，打造起一个适宜职工散步休闲、颐养身心的漂亮园子。

亭子建在土山制高点一个水泥基座上，基座表面用水泥镶了红、黑、白、青、褚等多种颜色，大小、形状各异的大理石瓷片。亭子由四条涂成雾玫瑰色的大木方柱支撑，上部以木板、檩条为架，顶部不知以何物相铺，总之可以在下雨天成为一处躲雨之地。平常日子里，走累了的人们可以在此短暂停留，赏日听风，举目四望，进行一番遐思，发一会儿呆，暂时从工作的重压中透一口安逸的空气。亭子占据了园子的制高点，常有清风拂过，所以命名清风亭。

　　时令到了深秋，清风亭秋色正浓。以清风亭为圆心四顾，一幅绚烂多彩的秋景画卷在你眼前徐徐展开。往东看，金黄的银杏树和十多棵蒙古栎比肩而立，沐浴着秋日的阳光。银杏树上累累的白果已经落得七零八落了，树根部堆着一层金黄色的树叶，像一把一把的小扇子叠摞在一起。蒙古栎春天叶子生得晚，秋天叶子枯得早，这叶子生性倔强，任你刮起十二级台风，它们仍然紧紧粘连在褐色的树枝上，只有等来年春天新叶生发，它才恋恋不舍地和树枝树干作最后的告别。通向亭子的砖铺甬道整洁漂亮，下面是一个斜坡草坪，草坪上的草像是人工种植的，又像是野生的，夏天的时候，绿草茵茵，野花点点，如今绿痕仍在，葳蕤的盛况却没有了。土山东侧，砌了一堵南北向的砖墙，墙外东去数米，是一座体育馆，馆内有羽毛球、乒乓球活动场。体育馆外长着三棵高大的杨树，最北边的树上有一个鹊巢，每年都有小喜鹊在这里降生。清风亭南面，是一大块平地，如今成了一处立体植物园：刺槐是园里的领衔主演，可称它为男一号，玉兰、月季是女一号、女二号，有序排列、间隔成行的卫矛应该是配角或群众演员。放眼望去，映入你眼帘的，非黄既绿、非绿既黄，尽是秋的色彩。仔细看，刺槐的黄叶中间，明显夹杂着一些褐色的东西，那是刺槐的果实，春末夏初时分，它们曾经是一串串洁白芳香的槐花。如果将它们采下来，和了面粉蒸着吃，那是一道让游子念念不忘的舌尖上的美味。花开二度的玉兰，现在已是叶黄枝萎，完全没了夏季葱茏的模样。但只要你凑近它，就能看到那静立枝头的一个个长卵锥形小绒球，它们要度过零下十几度的寒冬天气，待到明年春暖之时，才能慢慢复苏，为世人绽放一树芬芳。人活着不容易，树活着也难哩。但难又怎么样，人吃苦了能向朋友吐一吐苦水，树吃了苦又向谁诉说呢？

　　月季花圃里，曾经姹紫嫣红、以颜值和芳香吸引众人眼球的那满园月季，早已被园丁修剪得只剩下一株株健硕的根扎在土里。一株根茎，曾经是一片艳霞、一段精彩、几缕芳香，季节轮回，现在成了一片期许，给人们带来念想和希望。大地总是那么慷慨，在岁月的轮回里带给人们簇新的梦想。沿清风亭向西，走十几步路就能看到一个水泥长廊，廊架下搭有南北两条木制长椅，供上班族坐下休息。砖铺甬道两旁，大概一米多远植有一棵海棠树，树不高，栽种年代不远。海棠树一点儿都不会寂寞，因为离它们不远的地方，有银杏、玉兰、观赏樱桃陪伴，更有几棵参天大杨树护佑。

大杨树年岁已久，单论年龄，它们应比前面那一大排写字楼年龄大。扎根于土山下的七棵大树，得到了很好的保护，未露出土山表层的树干、树根部分，人们专门替它们砌了水泥砖墙，使它们看起来像生活在一口口水泥墙井里，而且上面加有钢筋做的铁篦子井盖，防止落叶、泥土等杂物淤填，但雨雪可以随钢筋网眼落下，确保井中树体不缺墒，同时可以自由呼吸。大杨树下厚厚的落叶上，几只肥硕的花喜鹊机警地蹦来跳去，一会儿又停下来，好像发现了有价值的目标，低头啄着什么。不过三两分钟，一只灰褐色的斑鸠、几只麻雀也来凑热闹，在离喜鹊不远的落叶中停下来，寻觅自己熟悉的味道。走下土山，迎面又有几棵高大的杨树，树干直插云天，树皮苍老而粗糙，有的树皮已经裂开，可以看到里面的树干。这些杨树，和土山上被保护起来的七棵杨树，还有体育馆旁的那几棵粗细差不多，个头差不多，推测起来应该是当年同一批种植的。几十年间，它们曾一起经历风霜雪雨，一起品读岁月的沧桑，如果叶子随风起舞发出的声响是它们的语言，那言语里一定有太深的情谊、无尽的感慨和对彼此之间的惺惺相惜。西边这几棵杨树附近，建有一座假山，东西长，南北短，一堆石头无缘由地堆放在一起，没有绿水陪衬，似乎总缺少点什么。在气温越来越低的深秋，这座假山更显得一片肃然。但这里也曾经是众人关注的焦点，因为一只土黄色的流浪母狗去年在这里生了一窝可爱的狗崽儿。五只小狗儿有白的、黑的，毛色干净、憨态可掬，一帮真爱狗的或看热闹的上班族，每天午饭后过来投食、逗趣。后来，有几名正宗爱狗人士将其中的三只狗崽带回家喂养，剩下两只机警灵巧的小狗，和狗妈妈一直坚守到冬季，最终被物业工作人员驱走，才最终断了众人的念想。想想，其实这假山也不简单，它曾经是这一窝狗妈妈、狗儿女温暖幸福的家。这样想着，假山也是这秋天一抹暖色调的风景。

清风亭一带让人感觉最暖的深秋风景，非亭子西南的红叶墙莫属。从清风亭向西南步行一百米，每年一到春天，爬山虎就在这堵墙的宿根上生出嫩红色的新叶，新叶越来越密，直到完全将整面墙遮盖得严严实实。夏天，这是一座绿墙，秋风渐老，绿墙也一天天变老，最终将一面如火似霞的红叶墙奉献给秋天里的人们。

如果说香山红叶、坡峰岭红叶是阳春白雪，爬山虎的红叶就是下里巴人，一个是衣着光鲜的皇家公主，一个是素衣着身的乡野村姑。皇家公主的美雍容华贵、高雅大方，乡野村姑的美自然率性，各有春秋。红叶墙一墙红艳，让人不禁想起国旗的红、苹果的红、太阳的红，让人胸中迅速泛起一腔激情、浑身热情和一片温情。爬山虎的红叶，像千万面红色的小旗，温暖了多少人的心，晕染了多少人的梦。

红叶墙北面，是另一个刺槐林，比清风亭正面的那个小。从小刺槐林朝清风亭的方向走，一片身上带刺儿、个头低矮的灌木丛东南隅，默然站立着一棵橡树，傲世独立，叶子绿多黄少，它已完成开花结果的任务，准备安然入冬了。我偶然间发现了它，从一个诗友那里认识了它，并从它那里得到好几十颗漂亮的橡果。

清风亭的北面，种着几棵柏树，一年四季绿色不变，这也许是植物界的不忘初心吧。柏树往下是一条雨水沟，沟南岸的狗尾巴草长得十分茂密，它们轻盈可爱的果实棒棒挤挤挨挨，被秋风吹成一阵阵波浪，浅唱着一首醉秋的歌。雨水沟北面，树起一道围挡，围挡外，是一大片违建拆除后新开辟的菊花园，橙黄色的菊花已经过了繁盛期，一部分晚开的菊花在秋风里跳舞。菊花花海里，两台打井机在相距不远的地方隆隆轰鸣，人们在为这片拆迁腾退出来的空地做着明天的计划。

清秋有梦，叶落成诗。清风亭的秋色，不知道进入了多少烟火男女的梦里，在这个最容易让人产生诗情的季节，又有多少舞文弄墨者，悄然拿起诗笔，对着清风亭的秋色吟诗作赋。

如果你有缘在秋天到清风亭来，请捡拾几片树下的落叶吧，银杏树的黄叶、爬山虎的红叶，抑或是高杨树肥厚宽大、绿中带黄的叶子，把它们带走、收藏，因为这里的每一段光阴都会被时光温润，即使将来它们的颜色和水分都消失了，看到它们，你的心底还是会产生一圈圈阳光拂过的涟漪。

花开花谢，叶生叶落，是季节的轮回。生生死死，是生命的轮回。其实不论走在何处，走过人世间的风风雨雨，我们仍能以一颗宁静、淡泊、好奇的心看待世界，就会发现：如果你足够爱自己、足够热爱生活，秋天处处都有动人的风景。

2021 年 11 月 6 日

春光

清风亭的春光，今年和以往每年不重样。虽然还是桃红柳绿，但每一树花的形状、颜色都发生了变化，每一片绿叶折射出来的阳光也不一样，喜鹊和白头翁叫出了新的韵调，空气里散发出来的味道，也似乎比往年更加新奇香甜。

春天的美景总是让人欣赏不够。在单位食堂吃完饭，别人喜欢从办公大楼前直接回办公室，或是在楼前的条石广场散步，我偏喜欢绕道楼后，这里旭日照耀，清风扑面，鸟语花香，更接近自然，能让人的心灵得到一霎的净化。清风亭就沐浴在办公楼后的这一片绿意春光里。

时令已是暮春，最先绽放的那一批玉兰已经谢幕。夜来风雨声，它们织成灯盏的那些花瓣零落成泥，魂归大地，这是它们最后的归宿。背阴处的玉兰，均沾雨露稍晚，它们毫不犹豫地拿上花神手中的接力棒，在骀荡的东风里续写高洁与香芬的故事，让那些对春天反应有些迟缓的人不至于太失望。

阳光的烈度增强了，人们身上的衣物一件一件褪减。如果再有人穿羽绒服，哪怕是薄薄的羽绒服，就会让人觉得这穿着实在不合时宜，心头无端生出一阵燥热。天气晴朗，蔚蓝的天空没有一丝云朵，头顶是纯净的蓝天，看着就令人心情舒畅。

清风亭周围的花木都笼罩在春日阳光里。高杨树的新叶开始在风中哗哗作响。蒙古栎经年的枯叶坚守了一个冬天，现在终于放心地和树干告别，不久前新长出来的嫩叶鲜绿可爱，像小伙、美女第一天穿上的新衣，清新洁净。甬道两旁的西府海棠开得正盛，深深浅浅的粉色花瓣，直醉人的眼。紫叶碧桃也到了盛花期，红粉如霞，最受姑娘们喜爱。紫槿树没有一片叶子，却将繁密的花朵缀满枝干。

喜鹊们早就将旧巢修缮加固，筑好了新巢，现在正忙着谈情说爱。青春的光阴所剩不多，雄喜鹊使出浑身解数，唱出平生最动人的歌谣，跳着最完美无缺的舞蹈，吸引另一半和它走进爱河。一番激情之后，它们就会迎来自己爱的结晶。悉心呵护、精心哺育、传宗接代，是每年都要上演的精彩故事。

搭一个巢，喜鹊常常要花费长达几个月的时间。它们从树上啄下结实而有韧性的枝条，一根一根衔到选好的树杈上搭牢，每天不停地劳作，成百上千根枝条、无数枯草、羽毛，才组成了春光里一座温暖的巢。成群的喜鹊会聚在一棵大树上，喳喳喳喳地叫个不停，你一言我一语，商讨它们生活中的大事。

如果感觉危险来临，负责警戒的喜鹊会向同伴发出急促、嘶哑的鸣叫，大家会共同应对眼前的危险，直到最终化险为夷。

入春以来，绿化工人已经给清风亭周边的花木浇过两三遍水了。排水沟边上的斜坡如今已是绿草如茵，假山周围的玉簪在潮湿的土地里抽出新叶。

在处处春光的清风亭周围漫步，你会发现自己的思维变得更加活跃，许多美好的往事会不由自主涌上心头，像松柏枝尖那些悄悄长出来的嫩尖细叶，经过春风吹拂，给春天平添一抹淡烟一般的色彩。

一位腹中怀着宝宝的年轻女同事，大步流星从月季花圃边上的小路走过。她腹中的宝宝，一定感受到了这无限的春光，一定接收到了人们对他的默默祝福。

头顶，抑或是树梢上，传来啾啾的鸟鸣，叫声奇异而悦耳。你举目向树上望，却看不到鸟的影子，仔细搜寻枝间，仍然看不到鸟的踪影。只闻其声，不见其形。坚持搜寻才发现：这是几只从南方返回不久的燕子，它们一边疾飞，一边发出叫声，兴奋得根本停不下来。

受到燕子的情绪感染，我疾步来到清风亭下，坐在亭子下的木椅上，一边欣赏眼前的风景，一边陷入长久的遐想……我又在盛开的玉兰树下盘桓，在鲜绿的蒙古栎树前驻足凝视……

春光如此大好，但桑树、国槐和刺槐却大梦不觉，它们只是懒懒地抽出细小的绿芽，按照自己的节奏不紧不慢地生长着。春天的脚步虽然匆匆，但总有些美好的事物需要耐心等待，急不得的。待到百花谢尽、万木葱茏之时，那一树一树溢着清香的白色刺槐花、金色国槐花，在阳光下闪着成熟之光的紫色桑葚，才开始向人们诉说属于春光之后的故事。

你是舍不得春光的，那就赶紧迈开脚步，抓住春天的尾巴，到清风亭来，到春树春花下来，听春鸟啾啾，赏落花流水。谈一谈春天的情，说一说春天的爱，读一读春天的书。只要真心面对，春光就在你我的心尖流淌。

2022 年 4 月 17 日

摘桑葚

时令已是六月，布谷鸟在房顶咕咕咕叫个不停。盛大的蔷薇花事已经谢幕，大朵的月季开得正艳，红的、粉的、黄的、白的、染边的，姹紫嫣红，花香四溢。正是吃桑葚的季节。

村里的桑树很多。不少人家房前屋后都有一两棵桑树，数我家那棵最高最大。它长在我家宅子西南角，和村子主干道一沟之隔。每年杏子半黄、麦子将熟的时候，紫红相间的桑葚果，在绿叶衬托下，闪着诱人的光泽，勾得我们口水直冒。

摘桑葚、吃桑葚是我们那个时候的一件大事。下午放学后，我和跟我年龄差不多的村里小伙伴们，猴急地来到树下，把书包往树下随便一扔，往手心里吐口唾沫，抱着桑树粗大的树干就往上爬。

"看谁先吃到桑葚！"我身手敏捷，第一个爬到了树上，伸手抓着头顶的树枝，脚踩着树杈，另一只手摘下桑葚果，就往嘴里送。每吃一口桑葚，心跳就会加速，味蕾异常兴奋，甜的酸的桑葚一起在嘴里咀嚼，满满的清新甜美的滋味。我一边吃，一边摘了往下扔，小伙伴们撩起上衣衣角，边喊边去兜树上掉下来的桑葚，没等分桑葚时，就已经忍不住吃了几口。

新摘下来的桑葚

桑葚果大小不一，颜色深浅不同，口感自然不同。深紫色的甜，红色的酸，青色的没滋落味，不能吃。我们一般只摘熟透的，青涩的让它继续长。

等吃得差不多了，再也摘不到好果子，抓紧树枝用劲摇晃也没有战果了的时候，我才意犹未尽地溜下树来。看到伙伴们嘴唇、牙齿都吃黑了，我忍不住哈哈大笑："你的牙都吃黑了！"小伙伴笑道："你牙比我还黑，像个齙牙子！"再看看手上，手指也被桑葚汁液染成了紫色；尤其是穿浅色衣服的伙伴，被桑葚染成了花，回家少不了挨打。

因为桑葚带来的诱惑太大，我家的桑树总是招来一些不讲"武德"的熊孩子，爬到桑树上，折断不少树枝，离开的时候，树下残枝败叶一片狼藉，这让我大为恼火。母亲倒胸怀宽广，公开同意他们上树摘桑葚，还会帮他们找寻够槐花的钩子摘，并再三提醒他们在树上要小心些。母亲说："桑葚儿就是张嘴儿货，谁来都让吃，咱家多的是，别摔着就好。"

现在回想起来，小时候家里有一棵桑葚树，在小伙伴面前也是很风光的事。它带给我的甜蜜和欢乐，至今记忆犹新。

后来，村里实行排房化，房前屋后能种树的地方越来越少，村里的桑树变少了。我渐渐长大，离开了家乡，一年到头为生活奔波，经常错过家乡摘桑葚的季节。偶尔回到村子，几乎见不到桑树的影子了，村里的孩子们，再也无法体会爬树、摘桑葚的乐趣了。

市面上出现的桑葚，被商家装在塑料盒子里，为了让它们有个好卖相，商贩给它们统一化了"妆"，颜色是深紫深紫的，这种桑葚我买过几次，味道早不是记忆里的甜。

幸运的是，我现在居住的小区，居然有几棵桑树，而且长势不错。布谷鸟唤来夏天的时候，沉甸甸的桑葚把枝条压得低垂下来，路人伸手可及。有意思的是，桑树的主人也和妈妈一样，谁来摘都不会说什么，还会把桑葚摘下来，送给附近的邻居们品尝，尤其是孩子们吃。

看到大家开心，我也帮邻居摘了起来，爬树还是和小时候一样利索，桑葚的味道也是纯天然的童年记忆。桑树主人见我忙了半天，送了我不少桑葚果，吃起来可真甜啊。

为了给桑葚保鲜，我从网友那里学了一招：往洗净淋完水的新鲜桑葚里加入适量的冰糖、白砂糖，放进不锈钢锅里开火煎熬，熬成桑葚酱，放凉后盛入玻璃容器，放在冰箱里，随吃随取，可以将桑葚保鲜半年以上。

虽然童年早已远去，但回想起来，桑葚果的味道却是那样酸甜；在太阳金晖的照耀下，那一树的桑葚和翠绿的桑叶相映相衬，紫的、红的、绿的，构成一幅美妙的天然图画，在记忆里永存。

2022 年 5 月

夏天的花朵

凌晨四时，一阵悦耳的鸟鸣，把我从睡梦中唤醒。又躺了一个小时，我穿衣起床，下楼遛狗。外面的空气真好。

我牵着狗，边走边四处观看。那些在夏天里盛开的花儿，一样一样接受着我的注目欣赏。

昨天晚饭前后就已经绽放的地雷花，美丽了一夜，现在似乎累了，一会儿太阳一出来，就会把花瓣悄悄收拢。夏菊的叶子有点像青蒿，也有点像大茴香。茎秆苗条，纤弱娇嫩，粉色的、红色的小花随时在风中起舞。在春天已占尽风头的玉兰，不甘于在夏日里被人们冷落，不经意间花开二度，悄悄绽放出可爱的花朵。懂它的，再次惊异于它的一树新芳。

"昨日一花开，今日一花开。今日花正好，昨日花已老。始知人老不如花，可惜落花君莫扫。"这是唐朝诗人岑参写的《蜀葵花歌》开头部分。蜀葵花在夏天很常见。北京北五环北侧靠近奥森公园那一段，种了很多蜀葵。每次驱车经过，我都会被姹紫嫣红的蜀葵花惊艳，一丈多高的秆茎，自上而下开着一长串花朵，红的、粉的、白的，姹紫嫣红，争奇斗艳，构建起一段长长的花墙。轻车从花墙边快速驶过，轮下生风，香风将蜀葵吹动，花墙依次摇曳，花波涌动。

小区里也有蜀葵。它的生命力顽强，很少有人种植，好像它从来就是野生的一样。蜀葵花拥有野性之美，像大山里走出来的姑娘，不用雕琢，不用粉饰，却自带美颜。

火红的石榴花，很多人都喜爱。一树葱绿之中，上上下下点缀着耀眼的石榴花。绽开如美女裙子的石榴花，外面由一层结实的壳保护，花瓣像薄绢，靓红娇艳，金色的花蕊，看上去像一位披着红纱巾的少女。我自己种过一棵石榴树，七八年之后才开花，连续开了几年的花，一个石榴也没结下。不是所有的花开花落，都能迎来秋天的累累果实。

夏天似乎是凌霄花的季节，一根枯树、一节篱笆、一段矮墙，都是它们可以攀附并绽放风采的道具。一团团一簇簇的绿叶中间，随时伸出来一束又一束红色的花朵，厚实的花瓣，小喇叭口一样的形状，有点像石榴花。"好风凭借力，送我上青云。"依靠自己的力量不足以在天地间挺立时，借助贵人之手扶摇直上，得风得雨得阳光，从而实现自己的梦想，也无可厚非，只是莫忘了当年来时的路。

春花娇艳芬芳，夏花热烈多情。做人当如夏花，乐观向上，勇于追求，全心投入，绚烂绽放。

2022 年 6 月 21 日

晨韵悠悠

太阳还没有露头，布谷鸟就一声接一声地叫个不停，嘹亮，空灵，悠远，搅动了多少人甜美的梦。

喜鹊和麻雀比我起得更早，在窗外"喳喳喳"、"叽叽叽"地叫着，呼朋引伴，浅吟低唱。

我轻轻推开家门，早就急不可耐的秀秀后腿猛地一蹬，伸头窜出了家门，急匆匆冲下楼去。秀秀披一身浅棕色的毛，双眼周围却长着金黄色的毛，而且一直延伸到脖子上、双耳后缘和四条腿膝盖以下。草坪、竹林、矮树丛，是它的乐园，它在这里追蝶逐猫，拉屎撒尿，尽得狗生之乐。

小区里的梧桐树高大健壮，硕大的树冠、繁密的叶子撑起一把巨伞，将树下的地面遮得密不透雨。六十四、六十五号楼前的那两棵梧桐树上，今春各自新添了一座喜鹊的巢，喜鹊夫妻整天在这里进进出出，幸福地繁衍、养育着它们的下一代。

这是一座名副其实的花园小区，每一个季节都有鲜花绽放，即便冬天也不例外，金黄色的蜡梅卧雪饮冰，只为伊人飘香。仲夏的清晨，虽然不像春天那样到处繁花盛开，却也随处可见花儿朵朵：善于借势生姿的凌霄，低调绽放、花期长达三四个月的紫槿，香气四溢的月季、从黄杨丛中钻出来的打碗花、牵牛花，在人家不锈钢围栏里轻轻摇曳的金光菊、紫茉莉，还有盛开在一楼邻居大爷院墙上的黄色南瓜花等。

红日悄无声息地升腾起来，霞光映红了天空，映红了大地。树木、墙壁、停放在路边的汽车、早起的人，人家的屋顶，像刚刚脱掉了夜的黑衣，换上了另外一套亮色的衣服。

一只小喜鹊沐浴着朝阳，在地上一蹦一跳的，三下两下就飞到了树上，那一定是喜鹊夫妻的爱子爱女在练习飞翔技能吧。绿化带内的大叶黄杨、瓜子黄杨、月季、木槿、棠棣，商陆、蔷薇、打碗花、牵牛花、鹅芷草，还有一些叫不出来名字的野草野花，在霞光映照下，挂露顶玉，无息无声，却好像深藏满腹的情怀。这些花草树木，每天都在努力生长、开花、结实，它们每天都在变化。

"芳菲歇去何须恨，夏木阴阴正可人。"山楂果一天天长大，核桃和柿子已初具规模，青枣也争先恐后地探出脑袋，尽可能多地接受阳光的照耀。榆柳、白杨、香椿，所有植物都到了一年中最繁茂的季节。

我正在一棵晨曦初照的老桑树下走着，突然从树上掉下来一个小东西，低头一看，是一只伏贴（方言，又称伏了、伏蝉，蝉的一种），深褐色的身体仰躺在柏油马路边，好像受了伤，一动不动。我一声口哨，把树丛里自由纵横的秀秀喊了过来。一只白头鹎站在附近一根月季树枝上，紧张地盯着地上的伏贴。白头鹎离我不到两米，这是我平生和白头鹎的第一次近距离接触。据我以前的观察，白头鹎对靠近它的人类相当警惕，举着的相机离它稍近一点，它就机警地飞走了。

今天的这只白头鹎是怎么了？怎么突然不怕人了？很快，我弄明白了白头鹩不怕危险和人保持如此近距离的原因:这只跌落地上的伏贴,一定是它付出了智慧、耐心和气力在桑树间发起突然袭击的战利品。好不容易得到的战利品,本来已是自己的囊中之物,马上就能美餐一顿,怎么能轻易放弃呢?

但是一切已经晚了。秀秀发现地上的伏贴之后,马上开始发起了进攻。它一会儿弯腰弓背发起冲锋,一会儿匍匐在地左抓右挠,一会儿用嘴咬,一会儿用爪子扑,三五分钟的工夫,伏贴已经被它折磨得奄奄一息,最终气绝身亡,成了它口中的美餐。秀秀捕蝉,白头鹩在后。秀秀用尽各种招数戏杀伏贴的时候,白头鹩始终没有远离,一会儿站在低处的桑树枝上盯着,一会儿又飞落在高处的桑树枝上望着,希望有机会夺回自己的战利品。白头鹩最终失望而归。所幸这仅是动物间的一餐之争,并非生死之战。白头鹩虽然在这场美餐之争中失败了,并无性命之虞。

想想自己实在罪过,不应该坏了白头鹩的好事,自己非但没有喂它什么吃的,反而让秀秀从它口中夺食,抱歉抱歉,下不为例。

旭日缓缓升高,小区内可以看到的人也越来越多。上班的,送孩子上学的,拾荒的,跑步的,负责清运垃圾的,做生意的,男的女的,老的少的……共同构成了一幅流动的人间烟火图,和谐而美好,早已将不久前狗鸟之间美餐之争的不愉快轻轻掩盖了。

清晨是一首百鸟领唱的曼妙之歌,一首雾霭氤氲、闪着露珠的诗,是一场序曲,为我们的生活舞台拉开一场场煌煌大戏。

2022 年 7 月 7 日

夏天的云

江河湖海、山川大地是云的家乡。夏天高温炎热,云生得多,姿态万千、风情万种,恰如地上的风景、人类的情绪。

过了不惑之年,尤其是近几年,我对于生命、生活有了不同以往的领悟,开始更多地关注、观察头顶的云朵。走路的时候,等红绿灯的时候,往地铁站走的时候,我常常抬头仰望天空,拍了很多有关云的照片,最多的便是夏云。

地上的山岳平原、江河湖海,夏日的天空都有;地上的飞禽走兽、花鸟虫鱼,夏日的云里都有。甚至地上没有的景物、动物,夏天的天空也会有。

当你心情舒畅时,你眼前的夏云灵动飞舞,尽情舒展;你生气的时候,夏云似乎也阴沉着脸，将大团大团乌黑的云铺满天空；伤心的时候，你会看到风中有朵雨做的云，或者倾盆而下，淋漓酣畅，或者绵绵密密，缠绵悱恻……

清晨或夕暮，如果机缘巧合，我们能有幸一睹燃烧半个天空的玫瑰色朝霞，或是将大地万物染成红色的火烧云。

有的夏云，玲珑婀娜，裙袂飘飘，仙气十足；有的夏云，有如千军万马一字排开，气势恢宏；有的夏云，形成一幅大写意的水墨丹青；有的则像挂在天空的一幅西方巨大油画；还有的夏云，奔腾跳跃，动感十足，只消两三分钟工夫，就消失得无影无踪，再也寻它不着……

夏天的雨说来就来，刚才还是丽日晴空，转眼间乌云密布，狂风大作，大雨倾盆。一阵暴雨之后，狂风吹散了乌云，太阳重新挂在天空。雨过天晴，天空瓦蓝瓦蓝的，澄澈透明，纤尘不染，放眼寻望，天边却有几朵闲云，静静地飘着，恬淡、宁静、洒脱。

夏云从来不是哪朵云，也不是哪片云，它诞生于天地之间，浮游于苍穹之上，聚是一团云，散作丝缕尘烟。

八月的天，孩子的脸。夏云是一幅随时变幻的画，不论它拥有多么绚丽的万千繁华，一阵风就可以让它瞬时烟消云散，看懂了它的本质，我们就能看淡人间名利，求得心灵宁静，从尘俗中得到解脱。

夏云是一首风格不定的诗，沉郁也好，飘逸也罢，隽永也可，或催人奋进，或引人深思，读懂了它，我们就像是阅尽了人间悲欢，仍不失赤子之心。

朋友啊，别只顾在名利场中痛苦跋涉，累了的时候，放缓脚步，抬头看看夏天的云吧。

2022 年 7 月 15 日

与秋天邂逅

虽然酷热不堪，秋天还是如期而至。

立了秋，便有了新的希望，再过上十天半月，暑气就消退了一半。天高远起来，云轻淡起来，远处的山明晰起来，脚下的步子轻快起来。

梧桐、白杨、桃李、榆柳、枣树、柿树、山楂树、核桃树，垂挂着一年里最繁密的叶子，或硕大翠绿，或细长如眉，或近乎圆形。树叶颤动，树尖滑来一缕凉风，夏日里的所有酷热难耐，似乎都被它的吹拂治愈。

花圃里的月季，依然姹紫嫣红、香气袅袅，她决意不再担纲这个季节的女一号，激流勇退了。

一道几十米长的铁篱笆，被牵牛花织成了一堵花墙。层层叠叠的绿叶间，伸出一朵朵紫色、蓝色、粉色、白色的花朵，像一只只小喇叭，吹送出一个个清爽宜人的梦。最上面的铁栏杆，被牵牛花的藤蔓缠绕，细嫩的龙头相互纠缠，向天空伸展，欲与天公试比高。地上是碧涛绿浪的牵牛花墙，天上是湛蓝的天、悠闲的云，二者相映成趣，颇值得人流连玩味。

一楼人家的木架子、铁架子，爬满了南瓜、丝瓜、葫芦的青藤，肥厚的南瓜花、薄绢似的丝瓜花、灰白色的葫芦花，撒缀在深浅不一的绿叶间，像是在架子上铺了一块锦缎，让人满怀期待、充满希望。闭上眼想象，一个多月后，长形的、圆形的、两头粗中间细的，各种各样的青皮南瓜、黄皮南瓜从架子上垂下来，等着你采摘，那种收获的喜悦该让人感觉多么舒心、多么有成就感啊！

一场秋雨过后，暑气遁得更远了。核桃的果实大多数仍然由绿皮包裹，踩开一个落在树下的核桃，嫩皮下的白色果肉已经饱满，还没有真正成熟，闻不到浓郁的果香。个别早熟的核桃已露出棕褐色的皮。

柿子的个头已经够大，压弯了树枝的腰，只等阳光和风儿把它们变成诱人的黄色红色。挂着雨珠的枣子，在晨曦里闪着点点红的光、白的光、青的光。海棠果密密匝匝，一嘟噜一嘟噜，不管有风无风，总有一部分果子争先恐后从枝头跳下来，扑入大地敦实温暖的怀抱。山楂果还小，青果表面布满了小黑点。走向成熟是一辈子的事，只要时间来得及，未来总是可以期待的！

不知道从哪一天起，伏天里整日叫个不休的蝉，终于消停了，只是在天气好的时候才叫上那么一阵。谨小慎微的白头翁，躲在香椿树的枝叶间，怯怯地、呼朋唤友地鸣叫。

"咦？你们闻到没有，这是什么香味儿？"小区广场上晨练的大爷问身边的同伴。

"没有。什么香味儿？"同伴答道。

"女人的化妆品味儿！"大爷推断说。

环顾四周，根本没有化了妆的女人！大爷所说的香味儿，其实是萝藦花的香气。萝藦是爬藤植物，野生，善于在黄杨、小檗的夹缝中求生存，灰白色的五瓣小花香气扑鼻。大多数人只闻其香，不知其名。

原本在夹缝里艰难挣扎，萝藦却活成了初秋里最令人驻足侧目的样子。可以向别人借力，却从不祈求别人的哀怜，即使再难也要向阳而生，这也许是我们平凡人应该活着的模样。

我大学毕业后来北京工作，先是在部队服役，后来转业到现在的单位，再也没有换过单位。从 1996 年 8 月在北京莲花池长途汽车站下车、踏上北京的土地算起，我在北京已经生活、工作了将近 27 年，北京已经成了我的第三故乡（第一故乡是我的出生地河南唐河，第二故乡是我上了四年大学的古都开封），这里的季节变换我已经经历了无数次，每一次的感受都有不同，因为每年的生活都在变化，心境也随之发生改变。

慢慢地，原来充斥我双眼的那种迷惘消失了，渴求成功与辉煌的眼神淡了，我学会了与环境和解，与自己和解。过了不惑之年，我更加注重向内求索，追求心灵的宁静喜悦。不知从哪一天起，我开始关注身边的一草一木、一花一叶，觉得它们都那么可爱。仔细观察，还总能从它们身上发现意外和惊喜。

与秋天邂逅，寻觅秋风吹过的印痕，细闻秋花秋果的味道，捕捉秋天美好的瞬间，探寻春华秋实的生命真谛，让自己的心灵之湖静下来，凉下来，那么惬意，那么舒心。

2022 年 8 月 25 日

阳台上的丝瓜

今春，我在阳台的不锈钢护栏上种了几盆菜，有南瓜、丝瓜和辣椒。苗出得差不多了，开始间苗，南瓜留下了两棵，分种在两个花盆里，丝瓜留下一棵，辣椒留下来四五棵，后来只活了一棵。

我天天早上去侍弄它们，南瓜秧和丝瓜秧长势都不错。为了给它们一个宽松、舒适的生长环境，我砍来几根竹子，在妻子的帮助下，在护栏内给它们搭了一组上下两层的架子。南瓜的秧苗一棵长得苗壮，另一棵病病歪歪的，丝瓜的秧苗倒是很健康。

南瓜丝瓜长出藤来了。明明眼前有竹竿，南瓜藤就是不往上爬，我只好动手帮它，把它的藤轻轻绑缚在竹竿上，但它似乎不明白我的良苦用心，触须就是不往竹竿上攀；丝瓜秧好像天生比南瓜秧聪明，把它的藤轻轻绑缚在上下垂直的绿皮竹竿上，约摸一两个小时后，它嫩嫩的藤丝就开始往竹竿上缠绕了。丝瓜藤仿佛长有眼睛，而且也有思维，很快能明了主人的意图，乖乖地向上爬绕。

春去夏来，阳台上的南瓜、丝瓜、辣椒渐渐长起来了。风铃辣椒长成了小树，南瓜藤虽然一再需要我的帮助，但龙头一直在向上、向前延伸，开了很多金黄色的大美花儿，丝瓜藤的前面部分也越来越粗壮，也开了几朵薄薄的五瓣黄花儿。

丝瓜藤也有不听话的时候，它长到竖竿和横竿交叉的地方，表现出对阳光和空气的极度渴望，一次次把头伸到护栏外面，但每一次都被我无情地移进护栏以内。没办法，我不能让自己种的丝瓜爬到楼上人家的窗上，我要让它按照我的意志，顺着护栏顶部下面的横向竹竿向前攀爬。虽然不情愿，丝瓜藤还是伸出它的五个小爪子，该吸附的地方吸附，该绕圈的地方绕圈，紧紧地抓着横向竹竿向前爬绕。

正当我对秋后的收获充满憧憬的时候，整个小区要进行老旧小区保温、防水改造的通知赫然贴在单元门口。附近的居民楼很快行动起来了，先拆各家的护栏，为后期保温改造升级搭脚手架扫清障碍。我让妻子去找居委会领导求情，希望能留下我们家的护栏不拆。不想拆的原因，其实就是想保留下阳台上的南瓜、丝瓜、辣椒等蔬菜以及花草。居委会领导给出的答复是：除非你们能拿出家中有跳楼倾向的精神病人的证明，否则一律拆除！

拖了一两个星期之后，不锈钢护栏最后还是让建筑工人拆了，阳台上的绿藤、黄花最后成了一地鸡毛。南瓜藤被我剪断了，只剩下根部的一小段，放在阳台里面的榻榻米草席上，很快就因空气不流通秧枯藤萎、死掉了。白色泡沫箱里的丝瓜藤，被我搬到楼下的一个灯柱子旁边，依然藤青叶绿，一片生机，没几天又长长了一些，稳稳地攀附在绿化带的大叶黄杨上。正当我庆幸阳台上的丝瓜劫后余生的时候，不幸的事再次发生，丝瓜藤根部往上十几厘米处不知被哪个粗心鬼踢断了！

伤心几天后，我和妻子商量，虽然时令上已立了秋，不妨再在阳台榻榻米草席上原来种南瓜的大花盆里重新育一株丝瓜。

爱吃丝瓜的妻子立即赞同我的想法。说干就干，丝瓜籽育下了。三五天后，顺利长出一棵丝瓜独苗。

我们知道它不可能像春天里的丝瓜那样能给人无限希望，因为它生不逢时，老天给它的温热阳光不会太多了。我对妻子说：不要对它抱太大希望，别指望它能结出丝瓜来，就把它当成一棵绿植养吧，它只是长出一根青藤，青藤上长几片绿叶，能给这阳台增加一些绿意、增添一片生机就够了。妻子点点头。

日子一天天流走，榻榻米上的丝瓜波澜不惊地生长着。秧苗成藤了，绑定插在花盆里的竹竿上，丝瓜藤巧妙地伸出它纤嫩的须爪，温柔而坚定地沿着依旧青绿的竹竿爬行。我和妻子轮流为它浇水，如何生长、将来长成什么样，就只能顺其自然了。

十一长假期间，十月三号起，来自西伯利亚的一股强冷空气自北向南席卷神州大地。人们身上的衣服不断加厚，阳台榻榻米上的丝瓜藤一定也感受到了来自大自然的阵阵寒意。

长假结束后的一天早上，我到榻榻米上关窗户，转身抬头看时，惊喜地发现：在离根部约两米远的地方，丝瓜藤结出了一个两三厘米长的小丝瓜！小丝瓜像个小棒槌，头上顶朵小黄花。再往藤尖看，十多厘米远的地方，还有一个更小一些的丝瓜，浑身通绿。

真是神奇的丝瓜！从育下种子到结出果实，才不到两个月的时间，而且直接结出了丝瓜，完全不像以前的老丝瓜藤，开了那么多公花作铺垫，却迟迟不见结瓜。

我和妻子一致认为，阳台上的这株丝瓜是有智慧的，它似乎知道老天给它的时间已经不多，一分一秒也不浪费，从土里吸收营养和水分，珍惜每一次的阳光照耀，攒足了浑身的劲儿，努力向上生长，最终结出果实，功德圆满，不留下一丝遗憾。

然而它并未止步于此，在以后的日子里，继续在顶部结出更多的小丝瓜，在第一枚果实的后面，相继长出一束一束绿苞，随后绽开一朵一朵娇艳的五瓣黄花。虽然已到了中秋，阳台上的丝瓜仍然是一派生机，装点着我们家平淡无奇的生活。

阳台上的丝瓜最后能不能长成食材，已经不重要了。它脚踏实地扎根泥土，向阳而生，不负韶华，用尽全力开出花，结出果，实现了自己最大的价值。我们每一个人不也应该这样度过自己的一生吗？

2022 年 10 月 16 日

朱砂红桃

端午节前夕，表婶从微信上问我要家里的地址，说她种的朱砂红桃今年挂果了，现在已经成熟，要给我寄些尝尝。给表婶地址后的第三天上午，快递小哥将一箱沾着家乡泥土气息的桃子，送到了我的手上。

我急不可待地拆开箱子先尝为快，一股朱砂红桃特有的香甜扑鼻而来。啊！还是原来的味道，让人感到陌生又熟悉。拿起一个桃子，用手轻轻一捏，桃是桃，核是核，又甜又糯，实在美味。

品尝了表婶的朱砂红桃，二姐和我关于小时候吃桃子的记忆之门瞬间打开了。在二姐和我的印象里，小时候吃过的朱砂红桃要比表婶寄来的个头大。二姐定定地望着我，仿佛要揭开一层神秘面纱似的笑问："你还记不记得小时候咱们从门缝挤进屋里偷桃吃的事儿？"我平静地回答："当然记得啊！"

上世纪 70 年代末，大队有林场、果园，种有几亩朱砂红桃树。成熟的桃子摘下来后，按人头分给每家每户。我们家一共六口，分得两筐桃子，我们小孩子本以为可以大快朵颐一回，结果却大失所望：父亲不许我们吃桃子，他计划把桃子当礼品送给大姑、二姑、四姑和小姑家品尝！在父亲看来，他的几个姐姐妹妹知道我们村种有桃树，如果分了桃子不送给她们尝尝，对他来说是很掉面子的事情。

父亲把两大筐鲜桃子锁进堂屋里，钥匙随身带着。但那时候缺吃少喝的，我们肚里馋虫多，一把铁锁可以锁得住堂屋的门，却锁不住我们想吃桃子的心。父母带着钥匙到生产队地里上工去了，我们盯着紧锁的堂屋门，口水早流得有三千尺了。怎么才能吃到鲜甜可口的朱砂红桃子呢？

我们在堂屋门前绞尽脑汁，最终靠集体智慧找到了一个"智取美桃"的好办法：姐弟二人联手，从堂屋两扇门之间错开的缝隙里钻进去偷桃，再从门缝里把桃子递出来。二姐负责拽门，我往屋里钻。二姐用两只手分别把着左右两扇门的边框，向前后两个方向同时发力，尽量把门缝掰得大大的，我利用自己头小、身材矮小的天然优势，先把头挤进去，随后是上半身、下半身依次挤进去，我听到自己的小心脏扑通扑通直跳。匆忙拿到桃子，再通过门缝递出来。隐约记得那时候的朱砂红桃个头大、脆甜可口，但究竟是啥味道，吃起来怎么样，现在却没有更多的印象了。

四十多年过去了，当年姐弟俩挤门缝偷桃子吃的事，早已隐入岁月的尘烟。

查阅资料才知道，朱砂红桃，也叫中华血桃，原产地在我们唐河的邻县桐柏。《桐柏县志》记载，朱砂红桃是世界上桃子品种中最古老的品种之一，早在 2000 多年前，桐柏县就已经开始种植朱砂红桃了。朱砂红桃接近球形，果皮表面有三分之二以上覆盖着一层诱人的红晕，果肉大红或紫红色，头部有一个可爱的小尖，让人一见就相当有食欲。它的"血桃"之称绝非浪得虚名，它的含铁量是苹果和梨的 4-6 倍，是补血益气、养阴生津佳品。

离开家乡多年，我吃过不少其他品种的桃子，九宝、黄桃、寿桃等，就是吃不到朱砂红桃。在我的心目中，朱砂红桃才是桃子中的正品、极品，是其他桃子无法替代的，因为它藏着我童年时代对于桃子的美好印记，承载着我略带伤感和心酸的童年记忆。

2023 年 6 月 27 日

紫气氤氲二月兰

认识二月兰，始于"拍照识花"小程序。对二月兰了解的加深，是在读了季羡林老先生的散文《二月兰》之后。

初次被二月兰的气势打动，是在真正认识它几年前的一个暮春午后。我驾车驶过海淀区闵庄路一带。车子在平坦的柏油路上不急不慢地行驶，路两旁栽种的绿化树已成了气候，枝繁叶茂，绿荫成片。在那些披着绿盖头的树下，一大片一大片紫色的野花在林间怒放，一团一团的紫气直逼人的眼。我不知道这些恣肆开放的野花叫什么名字，问车上的朋友，朋友摇摇头，也不清楚它叫什么。

不同气质的人，会向周围散发出或短或长的生物电波，从而形成不同的人气。我相信，不同种类的花朵，也会散发出不同的生物波，形成具有自己特色的"花气"。

二月兰的"花气"惊艳到了我，在我心里植下了一个等待揭开的谜。

不知道为什么，可能是到了一定年龄，近五六年以来我对植物产生了浓厚的兴趣。花草树木、蔬菜瓜果，只要有机会，我就会亲近它们，有条件时，我也会尝试种植一部分植物。杏树、香椿、石榴，我在小区楼下的空地种植了一棵两棵。风铃辣椒、红叶草、长寿花，我也在花盆里栽种了一年又一年。外出郊游或是到小区楼下散步，我对身边的花花草草也关注有加。关于二月兰的谜，就是这样慢慢揭开的。

三月（阴历二月）一到，北京的天气刚刚转暖，二月兰就在春寒料峭的露天野地悄悄绽放了。你只要稍稍留意观察，山坡、林下、溪畔、篱边，一丛丛、一簇簇的二月兰，你拥我挤，竞相绽放，为树木穿上紫色的花裙，给人间铺上一块一块的紫色锦缎。

连成一大片的二月兰，紫气氤氲，如梦如幻，慢慢会让人会产生一种幻觉，仿佛自己突然间迷失一般，不知怎么就来到了一个紫色的仙境。我是谁，我在哪里？是我在赏花，还是花们在看我？"我看青山多妩媚，料青山见我应如是。"

查阅资料得知，原来二月兰是个有故事的花儿。相传三国时期，蜀国军师诸葛亮曾命令士兵广泛种植二月兰（也叫芜菁），缓解了蜀军屡出祁山、蜀道艰难军粮常常供应不及的暂时危机。蜀军离去后，当地百姓普遍采食，称之为诸葛菜。但也有学者质疑诸葛菜是另一种植物。

二月兰适应性极强，耐寒、耐旱，对土壤条件要求极低。最让人喜欢的，是它的花期很长，一个二月兰居群，花期前后可延续两个多月，最佳观赏期也可达一个月之久。除了长寿花夕、我不知道还有哪种花，花期有二月兰这么长久。

"千古幽贞是此花，不求闻达只烟霞。"没有桃花杏花的粉艳，没有梨花的雪白，没有牡丹花的高贵，没有月季花的艳丽，谦逊质朴、无私奉献的二月兰，默默地伴着寒风云霞，努力绽放，与世无争，却自得其乐。

"达则兼济天下，穷则独善其身。"虽然当不上"国花"、"市花"，二月兰没有怨天尤人，没有慨叹怀才不遇，它在每年的八九月播种最为适宜，寒冬季节仍能保持绿株不枯，积蓄能量，待到早春，"把花开遍大千世界，紫气直冲云霄，连宇宙都仿佛变成紫色的了"（季羡林《二月兰》名句）。

除了绿化环境、供人观赏，二月兰还有一定的药用价值。花未开时，采来二月兰的嫩茎、嫩叶洗净，在开水中焯上数十秒，去苦味，便可炒食或凉拌，可为人体补充胡萝卜素、维生素等营养成分。

我们平凡的人，实在应该多向二月兰学习，不论外界环境多么恶劣，条件多么艰苦，也要克服一切不利因素，吸足养分，抱定信念，走过严寒，拥抱属于自己的怒放的春天。

2020 年 5 月 26 日

致敬二月兰

每天清晨开车到天通苑北地铁站，几公里的路程，慵懒不振的眼神，总是被路中心绿化带那绵延不绝的二月兰振奋起来。

网络上的说法，二月兰名字的由来，是因为它一般在农历二月前后开放。根据我个人在北京的观察，农历二月之内开放的二月兰很少，它的盛花期往往在三月上中旬。

以前不知道它的名字时，对它关注少。看了季羡林先生写的《二月兰》，自己也曾忍不住写了一篇有关二月兰的短文，现在每天看到它们的倩影，感觉胸中仍有要宣泄的情绪。

二月兰也叫诸葛菜、紫金草，是可以吃的一种野菜。前几天我还从小区背阴的一片荒废菜地里剪了一塑料袋尚未开花的二月兰茎叶，让妻子洗净、焯水，然后加了碎蒜、生抽、醋和香油，凉拌了吃。二月兰没有什么

二月兰花海

特别的味道，像普通的青菜一样，吃到胃里凉凉的，有一种熨帖的感觉。网络资料说，二月兰含有多种维生素，有益于身体健康。

二月兰对生长环境的要求很低。篱边、林下、沟旁、荒坡，建筑垃圾中、石头缝里，只要有一粒种子，有一点水分，它就会准时在料峭的寒风中悄悄钻出来，舒展身子，慢慢生长。

春风吹醒了大地，吹开了迎春花，也吹开了二月兰。一朵一朵的小紫花在你不经意间绽开了，一棵一棵的紫色花束在微风中摇曳，在劲风中剧烈扭动。花盛之时，有风吹来，绿茎摆动，紫波荡漾，令人不由得投以惊羡、欣赏的目光。

二月兰每天都以它独有的姿态迎送过往的人们，它们在高大的杨树和粗壮的梧桐树下铺开紫色的锦缎，在繁花凋零的紫叶碧桃树下迎风高歌，在低矮的丁香花树周围欢乐跳舞。尽管没有专业绿化人员为它们施肥、浇水，生长环境恶劣，缺乏爱的呵护，但它们从来不小瞧自己，它们在自己的世界里自由呼吸，尽情吸纳阳光雨露，吸收地下有限的营养，在寒风里生长，在春天里绽放。

它们每天保持美美的心情，以野性的美妆点春天，给人们带去美的享受，给诗人以澎湃的激情，给平凡的人们带去心灵的慰藉。

原野上的二月兰，汇成紫色的无边无际的海洋，在我眼睛的余光中涌动成浪、成潮。多想跳进这美丽的海洋，像它一样自由地歌唱，自由地舞蹈，让自己也变成它的一部分。

致敬这些可爱的小野花！

2022 年 4 月 11 日

第五辑　山河远阔

星夜登泰山

冥冥之中，我感觉自己欠着神州名山一笔债。北方的山质朴遒劲，南方的山秀气婉约。云海日出，奇峰怪石，松涛阵阵，仿佛早已等我千年。如果念而不登，我就会负了它们。我怎么能负它们呢？

清明节小长假，高铁疾驰，祥云当头，仅仅两个小时，就把我从繁华如梦的北京带到了泰山脚下。

我决定登泰山，是去年年底做出的决定。有个比我年轻十多岁的女同事，因为膝盖半月板损伤，上下楼都费劲，爬山的事情她根本不能考虑。她的遭遇使我心头一震：说不定哪天自己也没法考虑爬山的事了，何不趁现在腿脚还算灵便，把祖国的三山五岳、峻岭奇峰都爬个遍？

一位文友说得好，从电脑、手机屏幕上看到的风景，都不是真正属于自己的风景。况且，泰山已经有二十多亿年的寿命了，身为天地之间一粒微尘的人类，去拜访一下这位大寿星，不应该吗？

出了高铁站，坐上巴士旅游专线，40分钟后到了红门。泰山就在眼前了。夜幕悄悄降临，给泰山蒙上了一层黑色的面纱。在红门附近吃了快餐，我快步加入登山的队伍。因为提前做了攻略，我身着轻便冲锋衣，脚踩轻便登山鞋，一个双肩背小包，一根木拐杖，一只手电筒，做到了轻装前进。

正是清明节小长假第一天，选择夜登泰山的游人像潮水一般，上山的道路到处人声鼎沸，把本应日落而息的泰山吵得毫无睡意。从山口往上走，走两步，停一步，大概走了40分钟，才到达红门宫的山门入口处。抬腕一看，晚上9点12分。

我发现周围几乎全是年轻人，像我这样四十多岁的游客寥寥无几。便一下子想起苏轼的诗句："老夫聊发少年狂，左牵黄，右擎苍。锦帽貂裘，千骑卷平冈。"登山的游客装束各异，有穿长袖的，有穿短袖的，穿裤子的，穿裙子的，有穿几层的，也有只穿一层的。但大家却有一样登山道具是相同的——登山杖。有的人带了手电筒，有的人则没带。

一些年轻的游客被夜登泰山的兴奋情绪包裹着，故意把登山杖往脚前的石阶上用力击戳，别人一个石阶戳一下，他们戳两下，而且声音更响，仿佛在提醒自己，也像是在提醒别人：我在爬泰山了！他们年轻，浑身有使不完的力气，像我这般的中年人跟他们比赛，就只能比谁更有耐力。

走了大约半个小时，额头、前胸、后背都已经汗涔涔了。我拉开上衣拉链，让凉爽的山风给自己降降温。

随着登山队伍向上游动，不经意间听到身后有位年轻女子对同伴说：看啊，天上有好多的星星！我停下脚步，站在石阶边上，也抬头看天空。因为刚爬不高，山树留给我们目光可及的天空并不宽大，头顶一片有限的天幕上，有一群星星正朝着我们闪动。

每到一个旅游景点，都会有人稍作停顿，用手电筒照着前面的匾额，看自己到哪里了。能够记得的沿途景点有：一天门、孔子登临处、红门宫、斗母宫、经石峪、壶天阁、回马岭等。但在第一次星夜登泰山的我看来，这些景点只不过是一个个令人遐想的名字，它们附近有否树木、岩石、溪水和石刻，我却无法得知，夜色掩盖了它们的样貌。每到一处景点，心中的欣喜就会增加一分：我离泰山极顶又近了一步！

泰山名冠五岳之首，是历代文人墨客钟爱有加的名山。山上山下1800多块大大小小的石刻，述说着泰山从秦朝至今2200多年间的风雨变迁。登山途中，自然会想到以前课本上学过的与泰山有关的诗词、文章来。最先想起的是杜甫的《望岳》，还没等我张口，身边已有年轻游客开始旁若无人地高声朗诵了：

"岱宗夫如何？齐鲁青未了。
造化钟神秀，阴阳割昏晓。
荡胸生层云，决眦入归鸟。
会当凌绝顶，一览众山小。"

再往深处想，姚鼐的《登泰山记》、李健吾的《雨中登泰山》，小学时候学过《挑山工》，都和泰山有关。

站在路边歇息时，我有意多次抬头向天，希望多看看泰山顶上那夜空的星斗，以弥补久居北京、难以见到满天星辰的缺憾。我欣喜地发现：一弯新月正挂在西边的天空，静静地俯视着莽莽苍苍的泰山。它一定很好奇今晚山道上为什么会有如此众多的游人罢。也许她阅历够深，见识够广，早已习惯看到我们这般披星戴月登山、准备观看泰山日出壮丽景象的疯狂人类。

晚上10时40分左右，中天门到了。听身边的游客说，到了中天门，离登顶泰山就只剩一半的路程啦。我让身边一位游客以中天门牌坊为背景，帮我照了一张照片。

目标实现过半，意志力就稍微放松下来，困意也瞬间袭上来。我找到网友推荐的一家半山宾馆，租了个下铺的床位，打算暂时保养一下身体。宾馆房间条件一般，一个房间摆了4张上下铺铁床，有人早早就来了，不同韵味的鼾声在暗夜中此起彼伏。我在床上来回翻腾了几番，最终在极度困倦的情况下勉强入睡，半醒半梦中听到宾馆外面山路上不断有游人走过的脚步声、交谈的喧闹声。今晚的泰山上，不知道有多少人无眠呢。

凌晨2时，同屋的游客开始陆续起床。其中一人嘴里还嘟囔道："可不能再睡了，我跑一千多里来这里，就是要看日出的，再睡就看不到日出了！"重新穿戴整齐，简单洗漱，提起登山杖，重新上路。路边有卖黄瓜和西红柿的，我买了一根黄瓜补充体力。明显感觉山上寒气逼人，赶忙又租了一件质量好些的绿色军大衣穿上，然后继续拾阶而上。

台阶越来越陡，因为前面游客甚众，走几步，必须停几步，所以爬起来并不觉得很累。快到十八盘，走得更慢了。有游客说，这就叫登泰山啊，不就是走台阶嘛，跟爬楼梯差不多哈。有人说前面不远处就是十八盘，再前面就是南天门了。于是觉得胜利在望，攒足了力气往前走。走了一阵，再抬头看，眼前仍横着一条长长的、高高的石阶山道，山顶似乎仍然很遥远。身边有位年轻的女性用几乎绝望的语气叹道："还没到啊，累死人了！"我没作声，只在心里对自己说：再坚持一下，成功往往就在于最后的小小坚持！

两边的山岩黑黢黢的，或站或蹲在石阶两边，与参天的松树为伴，一声不响，像睡着了似的。

从旅游攻略和身边陌生游客的聊天中得知，红门这条路线是经典的登山线路，10公里左右的长度，6000多级台阶，光十八盘就有1000多级台阶。因为是夜间爬山，没有机会领略泰山各著名景点的风姿，感觉不到景点的区别，不过是它们的名称不同而已。从中天门往上，云步桥、五大夫松、朝阳洞、十八盘、升仙坊，一直通到南天门。云步桥让人想到泰山的高峻，如果季节适宜，一定有云雾在这里自在游荡，让人感觉仿佛在云中踱步一般。被秦始皇赐名的五大夫松又称"秦松"，"秦松挺秀"为泰安八景之一。升仙坊会立即让人感觉自己已经登到泰山相当高的一个位置，因为按常理，得道的仙人一般都住在深山老林里，寻常百姓难以企及那样的高度。

凌晨4时30分左右，天空依然漆黑一片。我随着前看不到头、后看不到尾的游人队伍，终于来到了神往已久的南天门。站在南天门西边的空地上向下回望，只看到夜幕笼罩下的泰安市区一片灯火闪耀，早已被我们抛在悠远的山下。想到那灯火阑珊的地方，就是我们傍晚出发的地方，内心立即生出一番感慨，赶紧拿出手机，拍了几张泰安夜景。我尽可能把疲惫的双眼睁大，四处观察，发现南天门一带有一片平地，有山顶宾馆、有一排数家旅游纪念品商店。很多游客经过通宵攀爬，早已哈欠连连。南天门一带的马路边地上，东一个西一个在垫子上躺着、睡着的全是人。过了天街，人山人海，山不动，海亦静，再往前走根本无路可走了。

恍惚间，很多游客误以为自己已经成功登顶了，就放松了继续攀登的动力。大家以为到了天街，看日出就已经稳操胜券了，于是跟着身边游客随波逐流。其实，旅游攻略早有强调，泰山最高峰是玉皇顶，看日出的最佳地点是日观峰。我懊悔自己竟然也是他们当中的一员，就这样冒着寒夜、放弃安享美梦、顶着星光爬了一夜，最终却没能实现观看泰山日出的心愿。

不能占据最佳观日点的游客们并没有绝望，都在努力寻找身边相对好一些的观景点，望眼欲穿地盼着看到伟大的奇观。"出来了，出来了！"有人指着东边的天际线，激动地喊叫着。大家无比虔诚地、静静地望着远处的天边，像期待看到一个将要出世的娃娃。我站在南天门西南角一个观景亭附近，日出时天际露出的一抹五彩云霞展现在眼前。那云霞瑰丽而静谧，比平日里在别处看到的彩霞多了一份圣洁和神秘。当日天晴，泰山日出虽然没有别人笔下描绘的那样壮观，但毕竟太阳又一次从泰山升起来了！最大的遗憾是日观峰那边的山峰挡住了我们的视线，红日从海上冉冉跃升的精彩一幕生生被错过了。

后来听日观峰景点做快照业务的泰山本地人说，只要花上100元，他就能带游客来到最佳观日点，并负责给游客拍摄、打印出3张7寸的照片来。事后想想，好不容易登一次泰山，不就是为了看看日出，花上100元又何妨呢？这么想着，就以拱北石、"云海"石刻为背景照了几张快照，作为自己第一次登泰山的纪念。

后来从新闻中得知，4月3日早上登上泰山山顶的游客竟然多达3万人。原来，我是那3万人中的一分子！那么多人在那样有限的山顶空间，没有发生踩踏事件，真是一件错过看日出之外的大幸事。

太阳升起之后，人们开始寻路下山。我却有些不甘心，心想既然已经来了，就一定要到玉皇顶、日观峰那里去看看。山路并不十分狭窄，但由于游客众多，上山的和下山的游客经常堵在一起，像北京上下班高峰时候的堵车一样，想上的上不去，想下的下不来。旅游管理部门的工作人员开始疏导人流，让一部分游客先停下来，其他游客先走。

大约两个小时后，很多游客乘缆车或步行下山了，一部分游人还在玉皇顶、日观峰、南天门一带流连观光。在附近浏览了历代摩崖石刻、"无字碑"、"孔子小天下处"等景点后，我终于心满意足，按计划乘缆车下到中天门，在中天门归还了租来的大衣，再乘坐下山的巴士，一路盘旋呼啸，回落至天外村附近的山麓，结束了我的第一次泰山之行。

如果说登山是一种征服，不是我们去征服一座座大山，而是我们去征服自己，征服那颗原来不敢挑战自己的心。

我想，我还会再去登泰山的。

2017 年 4 月 8 日

征服华山

自去年清明节夜登泰山之后，览尽祖国三山五岳胜景，成了我心中日益迫切的一个生活小目标。去年正逢家中多事之秋，爬山的计划被搁置了下来。斗转星移，岁月这个最好的心灵理疗师，逐渐把我的心灵疗愈。于是，登山旧念又起。

一

国庆长假前夕，我终于有了西去登华山的机会。9 月 27 日凌晨，夜色中的古都西安非常低调地迎接了我。

出了西安火车站，一眼就看见霓虹灯装饰下的西安古城墙。这段上世纪八九十年代重修的城墙，浓重地烙上了改革开放年代的时代印记：城墙下的半圆形过道两边，是经营百货、副食的商铺，二楼是网吧，三楼是可供旅客短暂休息的客房。

原本打算第一天就去登华山的，但天气预报说，27 日当天天阴，而且 18 时左右会下雨，之后的几天都是晴天。旅游攻略里说，下雨天山路湿滑，不适宜登山，所以我临时更改了旅游计划：先去华清宫和兵马俑，第二天再去登山。我为自己能及时更改出行计划而感到非常满意，因为 27 日中午，我刚到秦始皇兵马俑博物馆外，不大不小的雨就开始下起来了，如果这时候在山上，冒雨爬山该是多么尴尬凄惶啊。

28 日，天气果然晴好，是登山吉日。上午 8 点半，从西安火车站对面的汽车站坐上了旅游巴士。全程高速，两个小时之后，云遮雾罩中的西岳华山，在众人的千呼万唤中，终于露出了巍峨而又曼妙的身姿，峰岩险峻，绿树隐隐。

大巴车上一共有 20 多名华山游客，大都一路沉默。因为不想再做登泰山时那样的独行侠，我就主动和身边的两个小伙子攀谈起来：90 后的小何，来自湖南农村；80 后的小周，来自江西某县城。二人以前互不相识，因为同住一间青年旅店，便结为登山伙伴。我说了自己的想法，他们没有犹豫，欢迎我的加入。于是，三人建了一个小小微信群，小何命之为"华山三侠"，一个临时登山小队随即问世。因为我是 70 后，自然成了"华山三侠"的韩大侠；小周是二侠，小何最年轻，是少侠。

我们略一商量，一致选择景观最多的玉泉院"自古华山一条路"的徒步登山路线。旅游巴士把一车人拉到玉泉院附近的一家饭店门口，饭店里的两个人见巴士到来，异常热情地欢迎我们，那种热情让我顿时起了疑心。怕无端掉进坑里，我们三人没有进店，径直往回走，步行两公里多，回到刚才巴士路过的华山游客服务中心。然后乘坐免费摆渡车再回到玉泉院附近。后来才发现，我们完全可以从刚才那家饭店再往南走 100 米，到游客摆渡中心，乘免费摆渡车回到游客中心取票、购票，既能节省体力，又能节约时间。

在山脚下一家私人超市，每人吃了一碗泡面，又补充些登山必需品：防滑手套、士力架、压缩饼干、红牛饮料等，我们披挂出征了。抬手看表，上午 11 时 40 分。

出现在眼前的第一个人文景观是五龙宫，我们的首要目标是登顶华山，所以对这个小道观只是瞥了一眼，就往前走了。向前不远，是老一辈革命家彭真题字的"华山"山门，"华山三侠"在山门前第一次合了影。接着来到五龙潭，但因为是枯水期，根本寻不到潭的影子，只能看到一座不大不小的单孔桥，桥头画有阴阳太极图案，表明这里是道家地界。桥东栏杆外伸出 5 个雕刻龙头，桥西栏杆外露出 5 条龙尾。

从五龙桥往上大概 100 米，是华山大门。迈进大门，是一条几经整修的登山石坡路，东侧（左侧）是深浅不一的山溪，一路泉水欢唱，西侧是不断升高的山峦，山上绿树成荫，给人清爽宜人的感觉。但因为是上坡山路，海拔升高速度很快，没走多远，我们已经开始气喘吁吁了。

时间接近中午，气温很快升到 20 多度，我开始感觉浑身燥热。虽然进山前信心十足，意气风发，但走了大概 40 分钟后，两条腿已经有酸疼的感觉了。路上陆续碰到几名昨天登山、坚持徒步下山的游客，但见他们步伐混乱，双腿打颤，像是刚刚经历过一番激烈厮杀的"残兵败将"，有的挂个木棍，有的背个背包，歪歪扭扭、踉踉跄跄往山下而行。也许明天这个时候，我们也会像他们这般狼狈不堪吧。等人家稍微走远，我们三人目光交流之后，实在忍俊不禁，哈哈大笑了一阵。

越往前走，路东侧溪水的声音就越大。溪水清冽，可一眼看到溪底的各种大小石块，因为眼前是秋季，水流并不大。但可以想见夏天雨季时溪流滚滚的样子，洪流中枯木、乱石夹杂，似有千军万马从高处山涧呼啸而来。

因为溪水长期浸润的缘故，溪岸上的很多岩石湿漉漉的，岩石缝里、山树根部生出青蒿、续断（一种藤蔓类植物，茎上带细小的刺），还有很多叫不上来名字的绿色植物，清爽着我们的眼睛。有一棵树的树干更是别致，斜倚着身子，树干下杂草如茵，因为常年见不到阳光、加上周围长期潮湿，树干上长满了厚厚的一层青苔，翠绿可爱。后来仔细观察，路两边这种躯干上长着青苔的山树还有不少。

从装备来看，我们三人都是业余登山爱好者，不光背包皆非专业户外装备，包里除了吃的、喝的，穿戴用具准备得十分不齐。二侠小周更是要命，上身只穿了一件羊毛衫，下身是牛仔裤和皮鞋，刚爬一段山路，他已经浑身是汗了，而且热得难以忍受。我劝他把上衣脱了，赤着上身前进。他犹豫了一阵，坚持往前走了一段，最后脱下了羊毛衫。小周体力很好，一直把我和小何甩在后面，很多时候甚至消失在我们的视线之外。少侠小何也是长衣长裤，二侠小周半裸前行的时候，小何的天蓝色长袖衬衫后背全被汗水浸透了，前胸也湿了一大片，但他坚守着自己的这身打扮，不愿意半裸示人。直到后来上身几乎全湿，他才从背包里拿出另外一件黑色短袖 T 恤换上。本人还是比两位少侠多了点生活经验，提前在长衣长裤内多穿了件短袖文化衫和运动短裤。走了将近一小时山路后，我脱掉外面的长衣长裤，一身轻装，顿感浑身清爽，登山的力量更足了。

二

我和小何不想错过路边任何一处值得一看的风景，发现值得观赏的景点就会驻足欣赏一番。王猛台、灵官殿等一些小的古迹遗址、楼台庙宇，被我们一眼扫过。但走过号称"华山天险第一关"的五里关后没多远，一处修饰一新的道观吸引了我和小何的目光。道观位于石路右侧，观门两旁挂着大红灯笼、门楣上写着"桃林道院"几个大字。我们决定上去看一下，也让已经有明显疲乏感的双腿双脚歇息片刻。

道观大门敞开。迈上台阶，步入观内，影壁墙上张贴着"国家宗教活动场所"

标识，字体不大，却也显眼。右转上到院子中，一个年轻的道士蹲在正午的阳光下忙碌着，从一片植物种子中捡拾着杂质。院子大概40平方米大小，水泥路两边种着几株一人多高的幼树，树下是人工挖掘出的菜地，但地是空的，也许是收获完了，等待来年新一轮的播种。

院子西侧耸立着一面高大的天然石壁，上刻"人闻清钟"、"第一关"等字，字迹工稳，没有落款。石壁内凿出一个圆形房间，供奉着塑像。听到我们进来，院中的年轻道士没有抬头，可能他见过太多像我们这样好奇的游客了，我们也没有打扰他。看了一圈，我们走出院子。往南有一个平台，拾级而上，见平台上种着几株桃树，枝繁叶茂，有少数树叶已经变老变红。小何说："果真有桃树啊！"走出桃林道院，看到路边条石上刻有两句诗文："依旧坪树对流水，曾经桃花笑春风"，平仄格律虽不工稳，但还真是应景。

再往上走，路边又见到另一处"国家宗教活动场所"，但从建筑新旧、香火鼎盛程度上看，这里和"桃林道院"相比，似有天壤之别。守护院子的是一个老者，我向他双手合十致问，他也以礼回我。随便转了一下，见不到可看的风景，我们便接着往山上赶。

登山路上不时能见到零售店铺，老板热情地向游客推销他们的黄瓜、西红柿、矿泉水等补给品和登山用品。随着山路海拔的升高，这些商品的价格也不断上涨。

就这样走走停停、歇歇看看，经过石门、莎萝坪、响水石、药王洞、毛女洞、青柯坪、东道院，我们来到回心石。华山的每一个景点名字，背后都有传说和故事。石门是一块斜出山路的巨石，因巨石下面的天然石洞横在登山路上，成为此处上山之人必穿之"门"，华阴县旧志称石门为华山天险第二关。莎萝坪因坪上种植有莎萝树而得名。莎萝树就是菩提树，自印度引进，据传陈抟老祖曾在坪上亲手种植过一株，清时树干已十分粗壮，需两人方能合抱。叶如手掌，绿萼白花，绿伞如盖。不幸的是，1884年间一场山洪，将此树及坪上所有建筑毁于一旦。

响水石，是一块路边巨石，中间凹，两边凸，人们把耳朵贴在石头上，可听见水声阵阵，但石头附近根本没有任何水流。有分析说，这是石头内部构造形成的物理回音效果。

青柯坪在响水石南，因坪上长有很多青柯树而得名。面积40余亩，是华山地界上面积最大的坪地。这里地势平坦，三面环山，周围崖壁深谷，浓荫蔽日，时见楼阁掩映于苍山翠林之间，远处翠峰耸立，阳光普照，身处此境，有身处世外桃源之感，人称"小蓬莱"。

离响水石不远的地方，溪流声消失了，再走一阵，溪水又出现了。估计溪谷中有一段暗河，水在溪底石头下悄然流淌，但游人已经看不见、听不到了。

关于回心石名字的来历，有两种说法。一种说法是，自这块巨石往上，才算真正开始登华山，山势陡峻，险路重重，胆小者、体力不支者，见此石只能半路折返；另一种说法，是说元朝道士贺志真带领徒弟在华山日夜凿洞，凿成一个，就让给别人。两徒弟遂心灰意懒，看不到出路，认为师父的本领不过如此，于是心生歹意，趁师父在南天门外岩壁上凿洞时故意将绳索砍断，企图将师父摔死于崖下。但当他们跑到"回心石"处时，却发现师父从山下迎面上来，两人大惊，方知师父已修炼成仙，于是回心转意，随师父回山上凿洞，修炼道功。后人将两人回心转意的地方称为"回心石"。

从回心石往前走不远，华山五险中的两险相继出现在我们面前：千尺幢和百尺峡。身临其境，才发现它们其实远没有我事先想象的那么险。千尺幢位于华山一段陡峭的山崖上，不知何年由前人依壁凿成。石阶宽一尺左右，窄10厘米左右，最窄的石阶仅能容下成人半只脚。石梯仅能容一人侧脚上下，370个石阶，如无铁索牵护，难以攀登。

攀爬千尺幢，必须抓紧铁链，脚下踏实，手脚并用，方能稳步前行。如果顺利，不久便能攀爬至顶。但因为前面游人爬着爬着停了下来，更有胆子大的游客停住拍照，一度造成狭道拥滞，爬到幢尽头又比刚握住铁索链时想象的速度更慢一些。

从幢底往上看，只能看到一线天；人行至幢半腰，感觉在石头缝隙中向上爬行；爬到顶部再回望，下面的人像是在石井中一样。

到了千尺幢顶部，走过十来步平地，就来到百尺峡面前。百尺峡长约百尺，共有石阶91级，和千尺幢属同一类山险。过了前者，后者其实再无危险可言。两侧是石壁，石壁中劈出一石峡。明人为百尺峡题诗云："幢去峡复来，天险不可瞬。虽云百尺峡，一尺一千仞。"到了百尺峡顶，头顶有一巨石，上写"惊心石"，登至峡上，又有一块巨石，往回看，石上写有"平心石"三字。

过了千尺幢、百尺峡，从群仙观再往上走，就到了老君犁沟。这是群仙观至猢狲愁的一段槽形险道，两旁垂吊攀山铁索，上有台阶570级。相传从前这里根本无路可走，太上老君驾青牛过华山，念其艰险，挽铁犁耕出这条道路，状如耕地时留下的犁沟，故称"老君犁沟"。其实，这里是山水长期冲蚀形成的一段险路。老君犁沟的尽头是"猢狲愁"，意即身躯灵便的猴子到这里也会发愁，可见此处崖壁极其陡峭。

<h1 style="text-align:center">三</h1>

我们决定首先登顶北峰。沿着指示牌所指，一路高歌猛进，我们向着北峰挺进。到了"北峰顶"石门处，二侠以为已经登顶北峰，精神上为之放松，忙着拍照留念。

我没有就此陶醉，坚持继续向北挺进，又向上走了 10 分钟左右，才来到竖有金庸题字"华山论剑"石碑的北峰峰顶。这是个修整一新的长方形平台，40 平方米以上，长形条石铺地，东南角竖着刻有金庸题字的标志性石碑，北边是华山旅游开发公司摆设的商铺，为游人提供有偿拍照服务。店里备有几把剑，供游人租用。

此时已是下午 4 点半，阳光从西边的天空斜射过来，终于登顶北峰了，我的精神一下子放松下来，决定在北峰峰顶留下一张纪念照片。由于离国庆旺季还有几天时间，游人拍照的生意清淡，工作人员非常热情，专门派出二人团队为我拍照：一人担任"武术指导"，教我正确持剑，摆出与人论剑的雄姿，另一人专门捕捉镜头。有那么一瞬间，我感觉自己真的成了金庸笔下的剑侠，武功高强，正气凛然。

拍完照，我坐下喝水，和旁边的工作人员聊了几句天，我的"论剑"照片就闪亮出炉了：照片上的我，短衣短裤，右手举剑，剑锋横于头顶之上，左手食指和中指并拢，拇指和无名指、小指捏在一起，双目圆睁，雄姿勃发，英气似乎直上眉梢（自己想象出来的英气）。远处的华山南峰和东峰，在背后形成一个天然的元宝形状。旅游商店的广告词做得不错：头顶元宝，脚踏青山，预示着人将有好财运。

北峰海拔 1614 米，是华山五座主峰中海拔最低的山峰。因其四面悬绝，上冠景云，下通地脉，巍然独秀，宛若云台，所以又叫云台峰。诗仙李白曾有《西岳云台歌送丹丘子》诗云："三峰却立如欲摧，翠崖丹谷高掌开。白帝金精运元气，石作莲花云作台。"

收起照片没多大会儿，其他二侠也上来了。三人有说有笑，换着不同的角度拍照合影。已经失去威力的太阳行将西坠，抬手一看已是下午 5 时多，便相互招呼着下了云台峰。

从北峰返回来，面前有三条路可走：来时的老路，通往中峰、南峰之路，通往东峰之路。为不辜负来华山的初心，我们选择沿途景点最多的山路，一路向南，往中峰、南峰方向走。经过擦耳崖、天梯、王母宫、都龙古庙，我们向苍龙岭、金锁关方向进发。

擦耳崖听起来挺险，但经过上世纪八九十年代的整修，古人面贴石壁才能通过的险况已不复存在，石阶可容两人并行。过了擦耳崖没多远，就到了天梯下。这是一段在近90度的石壁上凿出的石阶，上下均需攀附石阶两旁的铁链小心移动。天梯有南北复道，相距10米左右，游人拥挤的时候，一上一下，可以加快通行速度。

勇武的皇帝也喜欢来华山游玩，汉武帝、唐玄宗就是其中的代表。华山御道的得名，据说就因为他们两个。当年皇帝驾临之时，当地官员早在临崖道旁凿臼立桩，并拉起帷幔遮险，于是称为御道。御道在崖壁上开凿而成，东临深壑，西依绝壁，在恶劣天气下行至此处，但听山风恶啸，乌云低压，让人感觉有如身处鬼关，所以人们称这里为"阎王碥"。现在的御道，两边均揳进坚实的铁链，只要用心攀爬，倒是没有任何危险可言。

过了御道没多远，路过都龙庙。山上庙宇、道观众多，我们的初心是登顶和历险，所以除了刚开始进山时专门去看了一下桃林道观，其他的庙观我们都是过而不入，一扫而过。坐在石阶上休息时，都龙庙前一位道士吸引了我们的眼球。从几丈开外的地方看过去，只见这位三十岁上下的道士，站在道观外最高一级石阶上的平台处，双脚与肩同宽，轻轻弯腰下身，两手掌交叉反转下探，轻轻松松摸到了脚下20厘米左右处的石阶。道士尔后起身，双脚纹丝不动，再弯腰下去，身体重心前移，臀部和腰部一半前伸一半后倾，分寸拿捏十分到位，双臂互抱下探，臂肘竟然挨到了脚下的地面！若非每天习练，怎能有这么柔韧的四肢，真是让人开眼。

苍龙岭，名字听起来就颇有气势。这是北峰通向东、南、西各主峰的必经之路，岭呈苍黑色，势若游龙，现修石阶530级。古时未修石阶时，游人只能骑着这段刃形山脊匍匐前行。据说唐代大文豪韩愈当年游至此处，内心突然万分恐惧，上不敢上，下不敢下，爬在岭背上大哭，无奈投书岭下求救。华阴县令得知消息，派人将其抬下山。于是，现今逸神崖上可看到"韩退之投书处"几个青色大字。

感谢后人的付出，如果没有现今的石阶，一段几百米长的黑色山脊，人爬在上面寸步而行，两侧是悬崖峭壁，稍不留神就会坠落崖谷，估计很多游客到此，都会像韩老前辈那样畏惧不前。我和其他二侠正手脚并用沿着陡峻的石阶向苍龙岭顶攀爬，身边快速闪过一个下山的身影，定睛一看：一名年轻女子，身穿运动便装，双手不拄不扶，一路小跑往苍龙岭下奔去。望着她迅速远去的背影，我不由得发出一声赞叹："啊啊，真乃奇女子也！"

四

翻过苍龙岭，是被誉为关中八景之首的"华岳仙掌"：一块锥状巨石，兀立在一个观景台的悬崖边上，常年与山松为伴，任它雨打风吹，千年不倒。传说这里的仙掌印是巨灵神劈山开河以解山下百姓多年饱受水患之苦所留。李白有诗赞之："巨灵咆哮擘两山，洪波喷箭射东海。"

过了仙掌崖，夕阳西坠，躲到西峰后去了。我举起手机，对着西边的山峦、松树和天空拍照：小半个太阳倚在西峰后，将它的金光照射在山岭较高的地方，喧嚣了一天的华山开始归于平静，松树的剪影清晰地留在我的手机里。

在落霞的照耀下，我们来到金锁关。此关应是一个香火繁盛的景点：南北两面石阶两旁的铁栏杆上，写着各种美好祝福的祈愿丝带、祈愿铜锁，重重复重重。三四名工人正在关南部墙根处整修道路，他们一起动手，吃力地把埋压在泥土中的一串铜锁拉出地面，我走上去笑问："这些锁有五六十斤吧？"其中一名工人回答我："五六十斤？二百斤都有了！"

还没过金锁关，考量了下时间和体力后，我们决定当晚留宿山上。过了金锁关，我们放慢了脚步，缓步来到华岳的中峰——玉女峰。峰顶照样竖立着金庸先生的题字石碑，碑上标注着玉女峰的海拔高度——2037.8米，还刻写着金庸14部武侠小说的首字连诗："飞雪连天射白鹿，笑书神侠倚碧鸳。"

在玉女峰顶逗留片刻，我们继续前行，计划趁天黑之前找到夜宿之处。看路标，东峰就在东边不远处了。我们把东峰下的引风亭看了一遍，感觉这名字背后一定有它的传说和故事。在华山，各种传说故事比比皆是，人文资源丰富。

我们过东峰脚下的云梯而不上，径直前行去寻山顶宾馆。天色暗下来了，在中峰找好了住宿之所——一个16人间的大房间，发现全是上下铺铁床，似乎让人一下子回到了中学时代。当晚，此房间一共住有13名游客，年龄在25岁到60岁之间，其中男游客9人，女游客4人，每个床位每晚100元。东边有个6人间、楼上还有个4人间，也是上下铺铁床，一个床位130元。

太阳一落山，山上的凉气立马就从四面包围上来。不知什么时候就起风了。山风从门缝钻进来，寒气袭人。躺在床上，我感觉双腿酸软，特别是右腿，膝盖像受了伤，疼得厉害。

旅馆外面的草地上扎有两顶帐篷。帐篷的主人是跟我们差不多时间到的山顶。睡袋是保障他们在山顶平安过夜的坚实后盾。背着帐篷上山，再背着帐篷到处爬山，这劲头也真是令人佩服。

在极其简陋的住宿环境里，虽然彼此初次晤面，但大家的交流欲望很强。相互询问了来处、家乡、大致年龄，然后就围绕登山全面展开话题。我们从晚上6点多入住开始，一直聊到9点多，因为第二天凌晨还要早起看日出，大家才意犹未尽地熄灯就寝。

半夜如厕，耳畔传来阵阵松涛，抬头看天，满天星斗在天穹闪闪烁烁，银汉直贯南北，清晰可见，让人感觉仿佛回到了遥远的家乡、懵懂的童年……在家乡，只要是晴朗的夜晚，总能看到那么多星辰，美丽而深邃。寒风吹得我直打哆嗦，右腿膝盖仍然生疼。转回山顶旅馆，屋内弥漫着酣睡的气息，打鼾声和磨牙声混成一曲二重奏，间或伴着一声长长的喘息声。

凌晨4时许，门外有年轻男女毫无顾忌的说话声。睡在大房间门口的我，披衣下床，出去探看，只见一男一女两名游客，站在房檐下躲避风寒。一问方知，他们是昨晚8点半开始爬的山，准备今天在东峰看日出。简单交流了几句，我回房间躺下，继续休息。半醒半睡中，陆续听到越来越多游客的说话声从山路上飘来。想必他们都是夜爬华山、计划看日出的游客。

5时30分，房间里的游伴相继起床。有人打开了房间里唯一的照明灯，窸窸窣窣穿衣服的声音四起。5点50分，我叫醒二侠，催促他们赶快穿衣下床。5分钟后，我们背上各自的背包，向着东峰出发了。感恩上苍，时光不老，睡了一夜之后，我的右腿膝盖竟然感觉不到疼痛，奇迹般地恢复如初了。

一行人来到东峰云梯下，三三两两的游客开始向上攀爬。有的人爬了五六级石阶就打退堂鼓了，他们克服不了内心的恐惧，对自己缺乏信心。

说实话，站在云梯下面，我对自己也没有十足的信心。尤其是爬到中间有负角度的地方，那种极度的恐惧感登时占据了我的心灵。那一刻，我感觉自己的心跳突然间加快了，双手和双腿止不住地颤抖，如果双手稍有不慎掉落梯下，至少会摔成残废，甚至直接见马克思报到去了。我鼓励着、安慰着自己，再坚持几步，你行的！你行的！左手换铁链，左脚往上抬；右手换铁链，右脚往上抬，这样脚下会更牢固，更安全。前后花费了漫长的10多分钟，我终于爬到了云梯顶部，往下回望，心还在剧烈跳动，手脚还在微微颤抖！

二侠没有走云梯，他们选择走北面的后修复道，那里只是多走了几步路，像上楼梯一样，没有任何危险。过了云梯这一关，十几分钟工夫，大家爬上观日峰。这里早已聚集了众多游客。天微微发亮，天空纤云不染，远处的山岭上，到处雾霭沉沉，天公作美，真是看日出的绝好天气。

游客已经把建有安全围挡的观日台围了三层，当年杨虎城将军建造的山塔底座上也站满了等着看日出的游客。等着观日出的男女游客，穿着打扮五花八门，有穿单衣的，有穿羽绒服的，也有租军大衣的，甚至有披着被子来的。

为了看到日出那一瞬美景，有像我们昨天下午进山的游客，有昨晚连夜登山的游客。人的一生，鲜花和掌声等所有代表成功的事物，就像日出那一刻，从来都只是短暂的。但为了追求这短暂的愉悦和幸福，多少人付出了汗水甚至生命的代价。

幸运的是，我所站立的观日之地，虽然前方有三层游客，所幸他们个头都不高，站在他们身后，抬一下脚，我就能看到远处的天边和山峦，不愁看不到日出。大家耐心等待着，有游伴的小声聊着天，没有游伴的默然站立，静静守候。这样等了20分钟左右，天边地平线上，晕黄的光越来越亮，最远处的山峦那边，一抹红光逐渐露出峥嵘。

红光越来越亮，太阳马上就要出来了，各种手机、相机一齐对着东方的天际拍个不停。红色的霞光不断扩大面积，一个白色的亮点从山那边跃出。6点32分，一轮红日完全从东方的山际线跃了上来，霞光万丈，映红了东天，染红了群峰。人们一派呼叫，照片拍得更欢实了。

昨天欣赏了日落，今天又看到了日出，我们三人都十分满意。从观日台下来，大家在云梯下重新集合，或喝上一碗15元的八宝温粥，或喝上一罐自带的八宝凉粥，或吃一块压缩饼干，算是早饭。少侠小何观日前没有爬云梯，这会儿想弥补一下缺憾。他攀登了十多级石阶，我在下面教他攀爬要领：左脚和左手行动一致，右脚和右手行动要一致。谁知他一听我说爬个云梯还有要领，吓得赶紧从石阶上退了下来。

五

我们从云梯的复道往上返走，前往鹞子翻身和下棋亭。走过观日台，二侠小周打前站，先行到了鹞子翻身处。我和少侠小何登上东峰最高处，环顾沐浴在朝辉中的千山万壑，一览众山小。华山松屹立山巅，枝苍叶翠，映托碧空，煞是好看；西南天空残月当空，迟迟不愿意落下。华山之巅，明月接日，日月同辉，共同守护着西岳这座亿年神山。不远处，座座险峰挺立，雄浑、峭拔，俨然一股不可侵犯之势。站在崖边向下看，可见万丈谷底，令人心中不免一惊，赶紧站稳了脚跟。

　　从东峰峰顶下来，本人携少侠径直来到鹞子翻身景点，和二侠小周会师。原以为"华山三侠"一定都会体验一下鹞子翻身之险的，可到了关键时候，只有大叔级的本大侠决心一试此险，其他二人都放弃了。他们甘愿在上面帮我看守背包、手机，等我40分钟。

　　和云梯一样，鹞子翻身也建在几乎直上直下的石壁上，是通往下棋亭的必经之路。几名工作人员守在那里，负责向敢于体验此险的游客出租安全背带，30元一位，同时负责教游客如何使用安全背带下崖。

　　系好安全背带，游人须背部向外，面向石阶，手攀铁索，脚踩绝壁上的石窝，一小步一小步往下走。到了崖路转换、该换安全扣的时候，工作人员会提醒你。就这样步步惊心地走下去，再一步一步走过一段横在崖壁上的险路，再往下爬一段，才算过完鹞子翻身。

　　从鹞子翻身处下来，走过几段上上下下的陡峭山路，下棋亭就到了。下棋亭又名博台，相传是宋太祖赵匡胤和陈抟老祖下棋的地方，老赵输了三盘棋，最后将华山送予陈抟。亭内有残局一副，据说是赵氏输华山的残棋，一千多年过去了，至今依然无人能破。

　　离开下棋亭、鹞子翻身处，我们向南峰挺进。一路无险，很快到达了素有华山第一险道之称的"长空栈道"。二侠的表现，再一次出乎我的意料：鹞子翻身处他们放弃了体验，但面对这华山第一险的"长空栈道"，他们毫不犹豫地决定要体验一把，不计代价。因为在他们心中，华山第一险道不体验的话，简直等于白来了一趟华山！

　　去过华山的人都知道，"长空栈道"确实考验人的心理素质。因为人在栈道，上下几乎都是90度直角的悬崖绝壁（栈道到谷底的垂直落差足足有700多米），虽然一侧崖壁上有铁索可攀，但另一侧没有栏杆，是完全悬空的，脚下只有30厘米宽的条石、橡木可以依托，悬空的身体下面，处处是万丈深谷。游人行于栈道之上，紧握铁索，两股战战，一步一小心，唯恐手脚发生一丁点儿的闪失。

　　和鹞子翻身处一样，这里也是每人30元租一次安全背带。游人不算多，我们还是排了半小时左右的队，交完钱、按工作人员要求在登记本上填写了姓名和身份证号，穿戴上安全背带，调节好松紧，踏上了栈道。有了鹞子翻身的经历，"长空栈道"对我来说已经不算太危险。但人站在木板上，仍然无法做到景点说明上所说的"勇者如履平地"。明明知道没有掉下悬崖的危险，可就是无法不让自己胆战心惊。双手抓紧铁链，每走一段，先打开其中一个安全绳挂钩，挂在前面一段钢丝绳上，再合上后面的安全绳挂钩，然后才敢往前迈步。

70 名游客一组，排着队向前蠕动，因为只能单向通过，必须 70 人全部过完，才能重新排队返回。所以，尽管"长空栈道"全程只有 100 米长，一个来回却可能要花费一两个小时。到了栈道尽头，大家都盼着早点回去，不停有人催问后面的游客："你后面还有几个人？"

等本组最后一批游客上来，前面等了许久的游客热情地向晚到者介绍后面的"全真崖"，说那里如何如何值得一看。热情背后的真实意图是，担心晚到者滞留在铁索返程口，阻挡大家返程。我们从 9 点 12 分开始排队，返回栈道进口时，已是 11 点 15 分左右了。

体验了华山第一险道，我们心满意足地往南峰峰顶进发。半道上经过一个庙观，进去随意看了看，径直抵达南峰峰顶。南峰是华山第一高峰，被称为"华山极顶"，因北雁南飞后常休憩于此，故又名落雁峰。此峰海拔 2154.9 米，峰顶的石碑上刻着"华山"二字，不像其他峰顶碑牌上只写着"华山北峰"、"玉女峰"等名字，应当是华山的地理标志中心了。

从昨天临近中午进山到目前，24 小时之后，我们终于成功登顶华山，彻底征服了西岳。

登上南峰的游客，驻足流连，排队在南峰石碑前合影留念，往来络绎不绝。人在峰顶，顿觉周围各山峰都在向我们这里拱仰。举目环视，但见峰峦起伏，苍山叠翠。西峰之外，八百里秦川尽收眼底，黄河、渭水如两条玉带，飘游在三秦大地，将不知名的城镇和乡村串在一起，如两串珍珠项链。

南峰石碑旁边有一汪绿池，据查证为"仰天池"，生于华山极顶的岩石上，天然形成，形状不规则。据说涝不盈溢，旱不枯竭，甚为奇异，是华山十大谜之一。那小小天池里的水，倒是挺绿，就是不够清澈，可能是死水的缘故吧。

从南峰下来，小周提出不再登西峰峰顶，直接从西峰坐缆车下山。看来，他此次华山之游已经尽兴。但我们二人说，既然只剩最后一座主峰，精彩当然不容错过啊。少数服从多数，没办法，小周只得陪我们一起往西峰峰顶进发。

去西峰没有任何险道，走上几百个石阶就到了西峰第一平台。石阶很宽阔，足以容纳四五人同时上下。第一平台再往上不远，就来到斧劈石前。斧劈石如今断而为三，上面的两块断石，相邻处平整如削，真像是利斧劈开的一样。这是一块有着千年故事的石头，因沉香劈山救母的传说得名。石头旁边立着一把巨大铁斧，据说这就是沉香劈山的利器。游人争相握斧照相，希望能从巨斧那里获得成功的力量。

从斧劈石再往北走过一段山路，攀铁索上了一小段崖壁路，华山西峰就到了。西峰海拔2086.6米，状如莲花，故被人称作莲花峰。站在莲花峰北望，在有限的几座山峦之外，一马平川，公路城镇、田地河流，历历在目。近处青松滴翠，黄叶映衬，与东峰上杨公塔遥遥相对的第二座杨公塔巍然矗立，向世人昭示一代名将杨虎城的家国情怀。

看了日落、日出，遍游了各华山险道，"华山三侠"乘兴下山。为了保护上山过程中损耗过多的膝盖，我们一致决定乘缆车下山。大侠和少侠原计划行至北峰乘索道，但此计划被二侠小周一票否决。从北峰坐索道，一人80元，西峰索道一人140元。

不过，西峰索道140元也是物有所值，我们三人都是第一次乘坐这种斜长4211米、相对高差近1000米、空中距离近20分钟的索道，一路上几次经历轻微失重，中间还跨过一座山峰，吓得有点恐高的二侠和少侠闭上眼睛，大气不敢出。华山之险，就连乘坐索道也体现出来了。

征服了华山，也征服了做攻略时就已经心跳不已的自己；跟着比我小近两轮的年轻人一起去征服华山，让我这个大叔级的登山爱好者仿佛又年轻了一回。

2018年10月7日

自行车专用道骑行记

5月31日，我家附近的北京首条自行车专用道开通了，我心里一直痒痒的，想早一点上去尝个鲜。无奈儿子今年高考，由不得我任性妄为。

全国高考结束后的第二天早上，太阳还没有露脸，我来到了专用道起点。天空一片湛蓝，一丝云彩也没有。在这样的天气背景下，红绿相间、被两边白色金属护栏护佑着的、崭新的自行车专用道，显得格外高端大气上档次。

我扫了一辆共享单车骑上，迅速启动骑车少年狂模式，沿着起点前面不远处的骑车坡道，一口气骑到专用路的高架段入口处。东方已晓，时间尚早，专用路上只见到几个人影。极目西望，燕山如黛，起起伏伏的，清晰可见。抬手看表，北京时间5点30分。

公开资料显示，自行车专用道东起13号线回龙观地铁站东北隅，沿13号地铁北侧向西延伸，第一段是高架部分，长2.72公里，跨越回龙观、龙泽地铁站和京藏高速、龙域东一路；第二段是路基部分，长 2.74 公里，下穿京包铁路，沿龙域环路北侧、西侧绿地与西二旗北路交接；第三段是原道路改造部分，长 1.04 公里。终点位于后厂村路和上地西路交叉口。全长 6.5 公里，共有进出口 8 处，养护区 1 处，服务区 1 处。

颇感惬意的我，一边骑一边左顾右盼，仿佛刘姥姥进了大观园。对我来说，自行车专用路上上下下都是新鲜的。专用路一共有 3 条骑行道，外边两条是绿色的，中间夹着一条红色的，每条道都是 2 米宽。我靠着右边的绿色骑行道，一路向西。起初的路段，建在离地面约 5 米的高架上，在这样的路段上骑行，有一种高高在上的感觉。不知道恐高的朋友们在这段路上骑行，是否会感到害怕。其实他们不必担心自己的安全，因为这条造价以亿元计的自行车专用路，是一条富有科技含量的安全路。

自行车专用路的科技含量，主要体现在三个方面：一是它在地铁接驳换乘的地方，建造有智能化的立体停车库。有限的空间，能够停放尽可能多的自行车，极大地方便骑行者的绿色出行；二是建设者们践行海绵城市的现代理念，建造了雨水渗透、储蓄系统，设计年蓄水量可达 7800 吨，可为严重缺水的首都北京节约宝贵的水资源；三是在桥梁进出口的坡道上，设置了自行车助力装置，骑行者可以依靠它为自己节省体力。

专用路高架段两侧，绿色的树木之外，矗立着一座座时尚、漂亮的住宅楼，多数是 6 层板楼，也有一些是 20 层以上的高层。此时的住宅楼沐浴在晨曦之中，其中的大多数人还在酣睡，正做着红樱桃般的梦。与此同时，像我一样的一些早行人正在专用路上体验骑行的美妙。我时不时停下车，拿出手机，给漂亮的自行车专用路拍照，宽阔整洁的骑行道路、现代简约的白色金属护栏、路两旁新栽的国槐、海棠、茵茵绿草、红艳花朵，都被我收入镜头。

这个专用道设计很有特色，地上写有 400 米、800 米、1500 米等的距离提示，绿底白字的道路指示牌上，写着附近出口处的地理名称。在行人头顶，时不时还会有骑行道的红绿灯，提示你该走哪条道。前面说了，骑行道一共 3 条，其中中间红色的骑行道是潮汐道。0 点到 12 点，为缓解上班早高峰时的路面压力，自回龙观至上地方向的潮汐骑行道开启；12 点至 24 时，上地至回龙观方向的潮汐骑行道开启，以缓解下班高峰的路面压力。骑到京藏高速上面，你可以稍做停顿，看一看高速路上飞驰而过的各种轿车，它们也是生活中的一道风景。卞之琳诗曰："你站在桥上看风景，看风景的人在楼上看你。"从高架下驰过的轿车里，驾驶员和车上的乘客，也许正把你当一部分风景来欣赏呢。

骑至大概 1.7 公里的地方，专用道变成弯道，盘旋半圈下来，下穿京包铁路，来到专用道的路基段。路基段两侧，环境进行了重新规划、整治，新种的草皮和绿化树特别多，让人觉得空气里都弥漫着泥土和花草的芳香。明年春天的时候，这专用道两旁，百花竞放，蜂飞蝶舞，鸟语花香，该是多么漂亮的一条画廊啊！可以毫不夸张地说，新开通的自行车专用道，是京北一座新的地标，是横跨昌平、海淀两区一道闪光的风景线！可不是吗，一到晚上，这条专用路两侧的护栏灯和路灯纷纷亮了起来，形成一条光带，夜骑的人骑车走过，光带好似流动了起来，站在下面往上看，会有一种如梦如幻的感觉。

大概 2.5 公里的地方，有一个服务区。看到这个服务区，我不禁哑然失笑：区区几公里长的骑行路，还专门设个服务区，有必要吗？但转念一想，也许真有骑友用得上呢。骑友们累了，可以在这里歇歇脚，上个卫生间，如果自行车缺气或没气了，可以找这里的工作人员帮忙。这对于骑友来说，真是太方便了。

到终点的时候，我看地上显示才 5.4 公里，真有一种还没骑过瘾的感觉。可能道路改造的骑行路段，没有像这 5.4 公里封闭起来吧。

返程路上，骑行的人多了起来。据我观察，大叔大妈级的骑友偏多，也有不少爷爷奶奶级的骑友，他们上了岁数，早早就睡不着了，到自行车专用路上骑车，权当锻炼身体。除了岁数较大一些的骑友，我也看到有情侣骑友，还有几家亲子骑友。有的小朋友，可能也就三四岁、四五岁，在父母的前引后护下，骑着小自行车前行。

返回起点，我又下意识地看了下手腕：6 点 40。因为骑骑停停，走走看看，来回花了 70 分钟。如果下次再来，不停歇的话，来回 50 分钟应该差不多了。那些在专用路上飙车的骑友，他们一个来回，半小时够了吧。

2019 年 6 月 9 日

坡峰岭游记

坡峰岭红叶风景区位于房山周口店境内，近几年经过开发，在游客中逐渐声名远播。这里的红叶虽然远没有香山红叶名气大，但对于看惯了香山红叶的游客来说，从北京近郊移步至远郊，换一个地方赏红叶，别有一番韵味。

为了避开拥堵，我们在前一天下午就驱车来到景区附近，在网上预订的民宿客栈里住下。下午在前往坡峰岭的路上，天空被沙尘笼罩，空气质量很差，但第二天一早天公作美，沙尘遁散，丽日和风，非常适宜登山游玩。趁着大批游人尚未到达，我们一行人迎着拂面的晓岚上了山。

山脚处，豆腐坊、驴拉磨坊、红背篓等几处具有浓郁农家风味的作坊、商店吸引了不少游客。我们一行中带孩子的家长，也忙着领孩子参观拍照。大金猪雕像和一动不动任游人抚摸、拍照的拉磨毛驴，像是赏红叶大餐前的开胃小菜，吊足了人们的胃口。

因为开发时间不长，坡峰岭景区的景点并不繁密复杂。指路牌很清晰，我们沿景区专门为赏红叶开辟的环形步道拾级而上。没走几步，那三三两两站立路旁欢迎游客的黄栌树便吸引了不少游人驻足观赏，狭窄的山路很快显得拥挤起来。热心的游客友善地对驻足不前的游人喊道："好看的风景还在上面呢，别挤在这里啊！"游客们对提醒者报以歉意的微笑，抬脚继续沿石板路向上走去。

越向上走，叶子已经变黄、变橙、变红的黄栌树就越多，树下、灌木树丛中也已经有一些落叶。游客们纷纷拿出相机、手机拍照，将火红的树叶、燃烧起来的山岭、站在树下的游人一一收入镜头。

到了第一观景平台，三五成群的游人已经不约而同在那里汇聚。大家顾不得劳累，瞪大了眼睛，这里瞅瞅，那里看看，俯瞰一下被甩在脚下的山路、眺望一下远处的山峰，呼出几口胸中的浊气，已经有些心旷神怡了。

不常运动的同行者中，有的到了第一观景台就打道回府。我有过登顶泰山、华山的经历，对于坡峰岭这样海拔只有几百米高的山峰，当然不能轻言放弃。

后来的登山赏红叶过程中，因受了同行者中大学同窗的委托，我和年方11岁的初一小男生张鹤同结成了登山伙伴。我不怕孤独，但我更喜欢和朋友结伴登山。张鹤同小朋友瘦瘦长长的，人小鬼大，见识颇广，而且异常聪明，我俩很快结下了无话不谈的忘年之谊。

山路蜿蜒曲折，引着我们穿过一片片如云似霞的红叶林。到处是红叶的海洋，到处是燃烧的秋色，每走一步就是不同的风景。在周围群山的拱迎中，我们先后来到水波石、好汉岩、鹰嘴岩、琵琶岩等旅游景点，登上第二、第三观景平台。每登临一处相对的制高点，比如一段石阶的尽头、一个观景台，或是一块巨大的山岩，我们就停下脚步，回望一下、环顾一番，贪馋地欣赏着身边的美景。

人们说，坡峰岭美景最适合以一步三回首的姿势来欣赏。这话说得很有道理，沿石阶向上走，你看到的红叶树只是局部，而站在高处往下看，便能将脚下红叶的全貌尽收眼底。

鹰嘴岩是坡峰岭峰顶一块像鹰嘴的白色巨石，尖尖的鹰嘴下面是万丈深渊，岩石上安装了水泥围栏，胆子大的游人可以登上岩石，倚栏凭望。我和张鹤同小朋友胆子都不算小，在鹰嘴岩上美美欣赏了一阵。近处的山脊半隐半裸，让人想起夏季北京城里穿着无袖白褂子的北京大爷；向上看，岭顶却被红色晕染；远处的山岭或高或低，参差不齐，有被暗绿色植被覆盖的，也有露出山体本色的。因了周边红叶的衬托，这远近的山峦看起来十分和谐。

登顶鹰嘴岩之后，我们开始下山。下山的风景更加迷人，随手一拍便可以当做电脑桌面：大片大片野生的黄栌你挨着我，我挤着你，将漫山遍野染透，毫无保留地向游人展示着各自的魅力，构成一幅大自然的秋景图，任人们向它发出由衷的赞叹。坡峰岭红叶的美，其实是无法用语言准确描述出来的，你只有亲身体会，才能真正感受得到。

坡峰岭之美，还在于它有一个隐藏于山间的云湖。华山极顶有一个并不清澈的小小天池，旱季水位不减，涝季水位不增，被世人称为华山一绝。不知道云湖是不是山上的雨水汇聚形成的，它竟然能够在北方较为干旱的自然环境中生在半山腰里，也算是一个奇观吧。从山顶向下望去，它像是镶嵌在坡峰岭上的一块冰种翡翠，又像是王母娘娘遗落人间的一面宝镜。又似乎是一双水汪汪的大眼睛，给坡峰岭增添了一股灵性，使整个山灵动了起来，润朗了起来。

上下山6公里的山路，我们一共走了3个多小时。整个登山过程中，天空始终是瓦蓝瓦蓝的，气温也十分宜人，没有冷风凄雨侵袭之苦，虽然下山时膝盖隐隐作痛，但因为饱览了满山红叶的自然美景，觉得所有的疲乏劳累都十分值得。

在我看来，黄栌红遍山野之时，是它们一年四季中的狂欢季、欢乐季，它们欢迎八方友人前来做客，陪它们度过一年里最风光的时日，然后在飒飒秋风的帮衬下，摇落一身的华丽，换上冬季的银装，等待下一年新的轮回。

希望在下一年的轮回中，我还能再去游赏坡峰岭。

2020 年 11 月 4 日夜

在暴雨和冰雹中

下班晚高峰，京承高速出京方向道路上，一辆辆轿车你追我赶，在不同的车道上，朝着不同的目的地飞驰。

飞驰的车队中，我熟练地驾驶着车子，按照导航指示的路线，向着北七家镇北亚花园小区驶去。刚才从北五环绕匝道进入京承高速时，我看到天空还是一片阳光灿烂。尤其是南半边的天空，蓝天白云，风轻云淡，没有一丁点儿暴风骤雨即将降临的迹象。

车子刚过高速收费站，风云突变，黑压压的云团从北边远处的山尖奔腾而出，直向南边的天空涌卷过来。从云的形状和运行态势来看，随云而来的风力量一定不会小，浓得化不开的黑云和疏淡的乌云扭打着，翻滚着，一路狂奔。仅凭肉眼观察，人们会觉得那云离自己还远，应该跟自己扯不上任何关系。我就是这么判断的。虽然我的车子也是冲着北天的云团而去，但过不了多久，我就会左转向西而去。我还替那些一路向北、向着承德方向远去的司机担心，这些司机朋友迎着乌云而去，怕是要和狂风暴雨搏斗一番了。

我的车速已经飙升至110多公里，接近最高限速120公里了。流线型的车子疾驰着，我手握方向盘，一边紧盯着前方的道路，一边用余光观察天空越来越近的云团。那些翻卷的黑云、乌云，不断地变换着形状，急速地占领新的阵地，扩大自己的地盘。渐渐地，我的情绪亢奋起来，与大自然里某种力量相抗衡的斗志被激发起来。我不由得想起学生时代语文教材上学过的课文——《海燕》。我记得这是苏联文学家高尔基的一篇著名散文诗，作者用形象有力的语言刻画了一个和暴风雨作斗争的勇敢的海燕形象。我不由得默诵起这篇课文的最后一段：

这是勇敢的海燕，在怒吼的大海上，在闪电中间，高傲地飞翔；
这是胜利的预言家在叫喊：
——让暴风雨来得更猛烈些吧！

诵完，我突然产生一种错觉，感觉自己就是那只勇敢的海燕，正驾驶汽车在乌云翻卷的大地上自由飞奔。这样想着，我觉得自己浑身充满了力量，充满了战斗精神。

车子在朝着未来科技城、北七家方向的匝道左转弯前，我看到那片汹涌的云海前端，已经到达未来科技城的一座高楼附近。打头阵的乌云迅速被巍然屹立的高楼劈开，但越过高楼之后又快速汇合，继续向南挺进。

过了北七家收费站，我的汽车离开高速，来到定泗路上。太阳早已被厚厚的云层遮住，失去了往日的威严。车子过了第三个红绿灯路口，我听到外面"呼"的一声，突然刮过来一阵风，紧接着，不大不小的雨点从天而降，硬生生地砸在车的前挡风玻璃上、车顶上。

"糟糕，雨还是让我赶上了！"我心里嘀咕起来。

这时，车子离我的目的地只有 4.7 公里左右。平时，再有十几分钟就能到达目的地了。我并没把一时的狂风骤雨当一回事。但没过多久，我就意识到，自己犯了"轻敌"的错误，对这场突如其来的暴雨造成的影响估计过低。雨越下越大，风越刮越猛。

短短几分钟的工夫，暴雨如注，积水成河。马路边上有些骑电动车的行人，压根没有为这场暴雨做任何准备，什么雨具也没带，很快淋成了落汤鸡。那些即使带了雨伞或穿了雨衣的行人，在这场始料未及的大暴雨面前，显得非常弱小和无助。头部和上身是干的，下身却很快湿于雨水之中。三五成群的行人，狼狈不堪地在暴雨中骑行，举步维艰。

又是仅仅几分钟的工夫，我发现：更可怕、更糟糕的情形还在后面。现在，暴雨里还添上了可怕的冰雹。老天爷似乎发了怒，一边往地上疯狂地泼雨，一边向世间的万物扔下大小不一的冰粒、冰球。天地间白茫茫一片，万千条小溪在流淌，一齐向地势低洼的地方汇聚。

人坐在车里，只听得"哗哗哗哗"的下雨声中，同时夹杂着异常刺耳的"噼里啪啦"声，那是冰雹砸在车顶、车玻璃上发出的打击乐声。我不由得惊叫起来："妈呀，这么大的雨，还有冰雹！！"我无法保持镇定了，惊恐地望着车外，自言自语道："好大的冰雹，这么多年我还是第一次遇到！"我担心冰雹会不会把自己的车玻璃砸烂，那样的话，损失就大了。但令我万分庆幸的是，虽然冰雹曾经一度给我心理上造成极大的压力，但始终没把我的车玻璃砸破。

所有车辆的车速瞬间降了下来，目测只有每小时 10 公里左右。我把雨刷器开到了最高挡，只见挡风玻璃上两根雨刷器来回快速摆动，让人不禁想起奥运会田径赛场上奋力奔跑的短跑运动员。雨水依然固执地、持续地向我的车上倾泻。车窗外，风声、雨声、冰雹声，混合着雨刷器"嘣嘣嘣嘣"奋力摆动的声音，合奏起一曲天地自然交响曲。

龟行在路上的车辆，一辆一辆打起了双闪，提示前后车辆注意避让。有些胆子小的司机，慌乱之中把车开进辅路，有的干脆直接往辅路边上的大树下钻，希图能借此躲过冰雹的袭击。马路上的积水越来越多，越来越深，最深的地方，已经没及半个轮胎。车子行处，掀起一个又一个浪头，将浑浊的积水向前方和两边推开。

个别冒失的司机，只顾急着赶路，不注意降减车速，经过路边公交车站的时候，只听"哗——"的一声，轮胎激起一米多高白色的水花，把站台上候车的乘客打得一身的水。等冒失司机发现自己的不是，心里一个劲儿地道歉，却为时已晚，大雨对路边乘客的二次伤害已既成事实了。

内心激烈斗争了一阵，我也把车开到辅路边上的一棵大杨树下。几分钟后，雨似乎小了些。我对自己说了一声："走吧！"打开左转灯，把方向盘一打，往主路上前后看了一下，确认安全后，迅速把车开回主路。

10分钟左右，骇人的暴雨夹冰雹极端天气终于接近尾声。经过一段积雨比较多的地段，我把车子开到直通北亚花园的天权路上。两三分钟后，目的地到了，我长长地舒了一口气。

下高速之后的这段4.7公里、平时只需十几分钟走完的路程，我今天走了40多分钟。原来以为跟我无关的这场暴风骤雨外带冰雹，跟我亲密接触了一次。

我想：多年以后，我无论如何也忘不了这场被我命名为"8·9暴雨夹冰雹"的极端天气。

2021年8月15日

一抹彩霞染京华

北京的早春，晨曦初露，大地渐渐苏醒。微风拂面，仍然给人寒冷的感觉。

不到七点我就来到了单位大院，四围一片静寂，尚未熄灭的路灯默默伫立在道路两旁、广场边上。猛抬头，从大院入口向东看，一幅摄人心魄的天然油画直挂东天：一大片亮光，占据了这幅油画的C位，上面是一大块厚厚的黑云，因为阳光的晕染，云层的外缘呈现出不常见到的玫瑰色。

太阳尚未露出面庞，温暖的霞光已经洒向大地，缕缕流光渗入大地，如一大团锦簇，不经意间铺满了东边半边天，色彩绚丽，无比温馨。

空气分外清新，晨风吹拂着树梢，一轮红日正在地平线下努力上升。那抹玫瑰色朝霞，犹如镶嵌在云上，给人以浪漫的惬意的想象，深深地吸引着我的眸子、我的心。

高天上看不见的风迈着细小的脚步，缓缓移动，推动着迷人的朝霞，将半边天空涂抹成少女玫瑰色的梦。那如梦似幻的霞光，像六九之后初生的柳叶，令人怦然心动，心潮为之起伏。

院子里依然光秃秃的玉兰、杨树、槐树、月季，沐浴在玫瑰色的霞光里，仿佛穿上了一层漂亮的轻纱。嗅一嗅，好像能闻到春天里花朵初绽时那种淡淡的清香。每一根树枝都有一抹玫瑰色，仿佛是思春男女眼角不易被人察觉的一缕情思。漫步在清奇的晨曦里，大脑中能够想到的，尽是美好的事物：富有朝气的青年人的脸庞、心爱的人牵手拥吻、永不褪色的爱情、优秀的作品、美丽的诗行、动人的歌声……

这抹玫瑰色的朝霞，给人间带来了一抹缤纷的色彩，高耸入云的现代化办公大厦、静默的居民楼，都因为它而笼罩上了一层浪漫的气息，似乎在默默诉说着一段动人的故事。轻轻地，它撩动着流年。我站立在这玫瑰色的朝霞里，像是站在童年遥远的梦里。不知不觉间，流年一晃而过，我们每个人都已经踏进新的一年。

一墙之隔的回迁房建筑工地上，几台高高的塔吊巍然屹立，似乎是几面大旗，向世人宣示自己不容任何人挑战的权威。几只花喜鹊在高高的杨树枝头鸣叫，你唱我和，打破了整个院子每天清晨才会出现的短暂宁静。

北京已经一步步接近春天，空气里已经有春的丝丝气息。

来不及看得更久，来不及想得更多，天空渐渐变得明亮晴朗，黑色的云在天空慢慢洇开，变薄、变淡。多彩而明亮的晨光把大地照得异常清新明净。环顾四周，广阔的天空透着一股清新的活力，霞光把大地和天空渲染成一首无声的赞美诗，向这片令无数国人向往、古老与现代交织、充满活力的热土发出美好的祝福，希望在这里奋斗的每一个人都能找到自己的目标、实现自己的理想，甚至每一只鸟都能安享平安喜乐。

时间悄悄流逝，清晨的阳光变得越来越温暖，充满了蓬勃的活力，它将驱散失意者心头一切消极、抑郁、焦虑的情绪，让整座城市散发出崭新的生机。风儿吹拂，在朝霞的映照下催尽了春意；通惠河悠悠东流，潮起潮落，在朝霞的铺排下阅尽人世繁华。

朝霞慢慢消退，一幕唯美的景象最后还是被抹掉了，可是这又有什么呢。春天去了，春天又要回来了。一座梦幻的京华在这蓝色的天空下阔步前行，下一站，一定有无数场值得期待的奋斗与拼搏、成功与欢乐。

朝霞在北京洒落的光芒，让天地间的生灵们能从这蓝天白云之中，不断获取奋进的力量，追随心灵的呼唤，去实现属于每个平凡人最美好的人生梦想。

2023 年 2 月 15 日

太行大峡谷游记

早就听说林州不光有红旗渠精神，还有风景独特的太行山美景，我乘坐火车，连夜赶到林州，来欣赏太行山的美景。

早上 7 点 45 分，我们一行七人出发了。走马路、上公路、穿隧道，车子拐过一个又一个山间弯道，二十多公里的路程，四十多分钟就到了。

车子开往景区门口，必须从一座漫水桥上通过。同行的游客说，这是一座网红桥，很多自媒体从业者经常在这里开直播。桥面能同时容纳两辆汽车通过，桥两边站了一群游客，像是在夹道欢迎我们。

车子从桥上涉水通过时，桥两边的游客突然举起手中的水枪，一齐朝车身上喷射。迅雷不及掩耳之际，车子的前挡风玻璃、左右车窗玻璃，被喷得一片模糊。一车人吓得惊叫起来。幸好司机有经验，车窗户提前全关了，否则我们身上也会被喷上水。

不是云南傣族才有泼水节吗？怎么移师太行了呢？虽然受到了点惊吓，一车人是兴奋的、开心的，像在泼水节上被少数民族同胞泼到了水，感觉此行受到了欢迎和祝福。

进入景区，摆渡车把我们送到当天的第一景点桃花谷。桃花谷是太行大峡谷的谷中之谷，全长近四公里，主要有黄龙潭、飞龙峡、二龙戏珠瀑、九连瀑等美景。

脚边是日夜长流的溪水，耳边是哗哗哗的溪流声，不远处有一块巨大的拱石，一头着地，一头伸向天空，不知道在这里停留了多少个世纪。站在溪岸向上看，危崖耸立，直连天际。大人们把行李放在石桌上，坐在石凳上聊着身边的风景，孩子们自然是闲不下来的，他们走下溪岸，走进清澈见底、清凉舒爽的溪水里，将水枪吸得满满的，对着自己的同伴就射，或是拿着抄子到处抄小鱼玩。两只蓝色的蝴蝶，在绿树和溪水间翩翩飞舞，往来盘旋，它们莫不是梁山伯和祝英台变成的那两只彩蝶？它们也要来欣赏太行大峡谷的美景吗？

走过一个十几米长的石头墩桥，我们来到黄龙潭边。流入黄龙潭的瀑布共有两级落差，白色的水帘不断地向下一级岩石倾泻，颇有一番气势。早有人在这里拍照留念，这里的潭水一片碧绿，仿佛天上掉落的一块碧玉。欣赏完黄龙潭的美景，我们沿着狭窄的人工石阶向上攀登，来到一个平台，跨过一座溪桥，贴着石崖走过一段路面潮湿的山路，又看到一处瀑布。查看景区提示牌，才知道这是飞龙瀑。

桃花谷的海拔从 800 米到 1736 米，高差近千米，又因为峡谷不同的地形，形成了一条条宽窄不一、形态各异的山涧飞瀑。溪水跌落成瀑，瀑落聚潭，潭与潭以瀑溪相连，每一处瀑布有着与众不同的韵致，令人眼里尽是瀑溪之美，而不觉得重复乏味。

给我印象最深的瀑布，是二龙戏珠瀑和九连瀑。何谓二龙戏珠？溪水急急注下，被夹在两座山体之间的一块不规则形状巨石阻遏，一股急流被迫分成两股流下。两股银色的水流恰似两条游龙，那块巨石便是它们整日嬉戏争抢的珠子了。

九连瀑宽 50 米，高 26 米，颇有贵州黄果树瀑布的仪态，所以被人称为"小黄果树瀑布"。人站在九连瀑十几米远的地方，巨大的水流声像虎啸，像龙吟，让你不得不对它产生敬畏之心。瀑水飞流而下，搅动空气形成了风，风里有令人倍觉清凉的水雾，前赴后继地向你的脸上、胳膊上扑来，丝丝柔柔的，像婴儿的手抚摸着你。

人在山谷中游览，突然抬头向上看，一条挂壁公路从半山腰里穿过，车辆在公路上蜿蜒前行。山民们逢山开路的精神真是令人敬佩和慨叹！

下午，我们坐景区观光车，游览了太行天路。司机身材壮硕，剃着光头，是一位技术娴熟的驾驶高手，载着一车十几名游客，在道狭弯急的山间公路上疾驶。石崖在我们身边迅速后退，车上的游客无不抓紧了扶手或护栏，生怕出现意外。碰到相对而行的其他观光车，司机也不减速，吓得对面车上的游客尖叫起来。天有些阴，近处的山峰尚能清晰可见，远处的山峰却像罩上了一层纱雾，只能见到青山隐隐。

太行大峡谷一带的山很有特点：山体突兀高耸，从山顶到山根成多层阶梯状分布，每一级石阶都被碧绿的植被覆盖，大石阶之间裸露着大山的胴体。林州太行山在形成过程中，是不是经过多次大陆板块沉降，或是大规模山体滑坡，才形成了这样独特的地貌？我想一定是的。同时我还发现，这一带的山，兼有北方山脉的雄伟，南方山脉的灵秀。

山里天气多变。下午 3 点多，突然下起雨来了，不很大，也不算小。幸好，我们也该离开景区了。撑着雨伞，穿着景区里临时买来的塑料雨衣，我们乘景区观光车出了景区，上午送我们到景区的车子已经来接我们了。

不久，山里起雾了，是雨雾，在山峰与山峰之间慢慢移动着。雨雾越聚越浓，形成了壮观的云海。云海就在我们车子前面的山间公路上流动，整个太行大峡谷景区像是一片人间仙境了。

所幸有下午的这一场雨，让我们领略到了太行大峡谷的云海。我们真是幸运的游客。

来一趟太行，不爬爬山，总觉得是一种遗憾。景区门票第二天仍然有效，我和同伴骑着电动车，再一次来到了太行大峡谷景区，来了一次太行深度游。

同伴并不急着爬山，带我在景区附近四处转悠。我们走走停停，静观雄伟的山体，远眺山下的田野平畴，驻赏写生的青年学生，和驱车露营的驴友攀谈几句，走进几家背山临溪、装修不凡的文化民宿，坐在结满细长皂荚果子的树下木椅上喝茶聊天，松风轻吟，树鸟啁啾，回忆过往，展望未来，好不惬意。

有一家民宿，叫"雨后千山"，只是听了名字，就叫人无比向往。另一家，院子不大，但院内竹青树绿，石台石缸摆放得错落有致，走进去豁然开朗，红木沙发配多宝格，并在外侧砌一五十厘米左右高的书墙。还有我给起名的摘星阁，民宿的名字叫"一家人"，但远没有我起的名字别致。摘星阁建在一块往下滴水的临空巨石上，共四层，从第一层开始，每层依次再向空中伸出一截，让人看了不免替住在里面的游客担心。每一层都有户外阳台，阳台上建有护栏，住进去的游客可从房间来到阳台观光。往上看，白云飞鸟，往下看，如临深渊，胆子小的人肯定不敢住这里。

下午3点半，我们开始在王相岩景区爬山。同伴平时很少爬山，在我的感召下今天豁出去了。我们拾级而上，在山林间向上攀登，经过荡魂桥、傅说像、地下龙吟等景点，一路来到了景区的分界点仰天池。仰天池也有一挂瀑布，很瘦，可以称之为一线天瀑布，瀑水就是一条线。但瀑布很高，足有40米高，所以也有一点气势。

爬山和游览大峡谷不同，人在半山腰间走，看到的多是山岩、树木。走到有溪涧的地方，明明眼前只是树，耳朵里却传来哗哗的涧水声，别有一番风韵。背后明明是夕阳，却让人想起电影《少林寺》主题曲《牧羊曲》里的句子："日出嵩山坳，晨钟惊飞鸟……"

爬山可以和大山零距离接触，因为我们就行走在大山之间。仔细听，仿佛可以听到山在呼吸，山在说话。不是吗？看对面那座山头，多像一个人头，树为发，洞为眼，岩为鼻，它好像在朝我们微笑呐。

从王相岩景区出来，夕阳正热情地倾洒着无私的光芒，将巍巍太行镀上了一层金辉。我在这金辉照耀下离开了景区，结束了为期两天的太行大峡谷之旅。

2023 年 8 月 22 日

游月坨岛

三年新冠疫情，我与旅游绝了缘，近在咫尺的海滨风景，似乎变得遥不可及。周末赋闲在家，做做家务、刷刷手机、翻几页书、打几个电话，两天就过去了，似乎什么收获也没有。妻子说想去海边玩玩，于是就动身了。

真正行动起来才发现，我们和海滨风景之间，虽然相隔了一千多个日夜，其实只有三个多小时的车程。海景那么近，那么美，我们去河北；坐轮渡，吹海风，我们到乐亭；沧波涌，红草摇，我登月坨岛。

游船轮机轰鸣着，一闪而过的洁白浪花欢叫着，把我们从三贝明珠码头送到了号称"渤海圣境，神奇三岛"的月坨岛上。几串紫红色的槐花站在枝头，张开笑脸欢迎我们，红艳艳、圆溜溜的海棠果在碧绿的树叶间为我们跳迎宾舞。

品尝了岛上餐厅新煮的虾、蟹、蛤、贝，酒足饭饱后，我们穿过鹊桥、凤仪桥，在一片秋日阳光里来到人声鼎沸的沙滩浴场，这里的海沙细软，赤脚踩在上面既享受又放松。我们换上泳衣下了海。

此时正值下午 3 时。我一步一步走进海里，直到海水没及胸部。我用双手抓着尼龙绳串起来的圆形塑料浮漂，让整个身体在海水里悬浮起来，任一浪高过一浪的碧波向自己涌来。清洁的海水温和而多情，一浪接着一浪扑过来，像母亲的手抚摸着你，像婴孩时代的摇篮摇晃着你。鸥鸟一点儿也不怕生，悠闲地在我们头顶翻飞，时而向着我们俯冲，像是在向我们发出问候，又似在和我们嬉戏。据说，这里的沙滩南北长近 4 公里，是夏日里人们休闲放松的一处理想之地。

伸向海滩的木质栈桥南侧，摩托艇、沙滩车、三角翼滑翔机的生意都很好。来到这里的人们，在钱包允许的前提下，选择一两款适宜的运动项目，让自己的身体尽量释放出更多的内啡肽，享受生活的美好。

入夜，景区各处的霓虹灯亮起来了。闻涛阁前是一片黄色的灯海，无数只细小的彩灯在草丛间闪烁不定，给人的眼睛蒙上一层浪漫的光雾，像夏夜天空里无数颗闪耀的星星。花月路滨海大道护栏上蓝光璀璨，和对岸一排排民宿建筑上发出的橘黄灯光一道，投射在两岛之间狭长的水面上，随着水波的摇曳碎成无数片玛瑙、琥珀，给海岛的夜色增添了一份神秘和梦幻。风静的时候，月光水榭那里简直就是一副江南水乡图，粉墙黛瓦，清波依依，精致的房屋衬托着屋脚下的碧水，屋脚下的水倒映着华美的屋舍，相得益彰，各美其美，美美与共。唯一的遗憾是，房屋之间只是一些高脚平板桥相连，少了精巧的石拱桥相搭配。

但月坨岛并不缺少好看的桥。将主岛和副岛连接起来的鹊桥，桥面宽阔整洁，桥两头各建有一个巨大的半圆形、半镂空建筑，红黄相间，设计风格简洁大方，造型奇特优美，夜晚的霓虹清晰地勾勒出它优美的轮廓，更是大放异彩。

月坨岛比邻渤海，上午 8 时 50 分许海水涨潮达到高峰，随后便一点一点退潮，凌晨 1 时 30 分左右达到退潮最低谷。我和同伴打着手电筒，趁着夜色去赶海。我们赤着脚，沿着伸向海滩的木质栈桥南侧的沙滩走着。微微风促波，水清鱼蟹明。一只只可爱的青色小鱼儿静静地趴在水底，张着明亮的眼睛，机警地观察着周围的动静。要徒手抓到它们并不容易，我刚把手伸进水里，稍有动静，它们倏的一下逃走了。我们实践了多次，终于找到了捉小鱼儿的方法：手下水要同时做到稳和慢，千万不能惊动了小鱼儿，手掌悄悄靠近，而且要放在它身后只有几厘米远的地方，等它们后挫一下身体逃跑的当儿迅速出手，将它们擒拿在手。离沙滩近的小鱼儿，也可乘其不备，出其不意，用手掌将鱼和水一起铲到岸上，它们在岸上蹦跳的时候迅速下手捉住。

我们用了将近一个小时，捉到五条小青鱼儿、四只小虾、三只背部约有 1.5 厘米宽的小蟹，还有几只以小海螺为家的寄居小蟹。我们将它们装在盛有海水的塑料袋子里，借着手电光、满意地清点着"战利品"，禁不住高声吆喝着，仿佛一下子又回到了早已远逝的童年。

我早早起床，带着昨晚的"海货"，一路小跑到了位于月坨岛东部的海滨浴场，想欣赏一次壮观的海上日出。可惜天公不作美，当天浓云遮天，太阳是按时升起来了，只是我没有缘分看到。有人说，不完美才是生活，不完美才是人生。这次没看到海上日出，是一个小小的缺憾，但一想到有缺憾才是正常的人生状态，我迅速就释然了。

海潮在一点一点上涨，我小心翼翼下了海滩，把昨晚赶海捉来的鱼、虾、蟹全部放生了。对它们来说，海洋才是它们的家，是它们可以自由生活的广阔天地。一个人离开了家乡，不免会生出乡愁，我不想让它们像我一样无端生出长长的、也许一辈子也化解不了的乡愁。

离开月坨岛的当天上午，我和妻子一起去寻五彩滩。五彩滩位于月坨岛最南端，与菩提岛隔海相望，因滩内遍布盐蓿，多种植物随四季变得五彩斑斓，故名五彩滩。我们踏小径，越草丛，走了三公里砖铺路，到了五彩滩。

五彩滩海风习习，天远水阔，红色、灰白色、碧绿色、浅黄色的陆生植物、水生植物交错相生，叫不上名字的白色野花迎风摇曳。单在这初秋时节，这里已然是多姿多彩，令人禁不住啧啧称叹，流连忘返。除了植物，我们还见到了把长喙插入海沙觅食的鹬鸟、低空飞翔并发出嘹亮叫声的海鸥、远远地躲开人类在浅水岸边闲栖的白鹭，以及海燕等多种鸟类。

风景步道边上，七八位绿化工人正忙碌着打草、铲草，用电动三轮车清运。有了这些普通守岛人的辛勤劳动，月坨岛今后一定会变得越来越美。

在五彩滩漫步，轻松自在地说笑着，两个多小时不知不觉就过去了。我们恋恋不舍地离开了五彩滩，在游船轮机的轰鸣声中，在雪白浪花的依依道别声里，离开了唐山月坨岛。

2023 年 8 月 30 日

第六辑　红尘絮语

守望幸福

拥有幸福的人生，是千百年来无数人穷其一生追逐的梦想。中外文学作品中，张生与崔莺莺、灰姑娘、白雪公主等故事主人公，虽然历尽坎坷磨难，但有情人终成眷属，善良人得偿所愿，"从此过上了幸福美满的生活"。

人们活着的意义就是为了得到幸福。

为了找到人生幸福的真谛，有的人不惜以牺牲生命为代价。梁祝化蝶、焦仲卿自挂东南枝、刘兰芝举手投清池、杜十娘怒沉百宝箱……因为无法得到自己想要的幸福，他们只好走上绝路。他们共同的价值观是：不幸福，毋宁死！

人生苦短，几十载倏忽而过。少年不识愁滋味，不知道什么是幸福；青年时意气任性，不懂得什么是幸福；中年人上有老，下有小，经常压力巨大，很难感知幸福、拥抱幸福；及暮年，历经几十载人生风雨，对幸福的含义有了比较独到的见解，但能够享受幸福的时日已不多矣！

有人开悟早，对幸福的感知力强，早早就过上了幸福的生活；有人缺乏独立思考，常常在岁月的河流中随波逐流，迷失在物欲的世界里，忘记来人世走一遭，是要得到幸福、享受幸福的；不少人一辈子只有过短暂的快乐，从来没有享受过幸福，这实在是人生的悲剧。

到底什么是幸福？怎样才能得到幸福？一千个人，可能会给出一千个不同的答案。

有人说：只要我有足够多的金钱，我就能幸福。这是当今很多人深信不疑的人生"至理"。但研究表明，建立在物质基础上的"幸福"并不能持久。靠买彩票中大奖一夜暴富的人，如果缺乏管理金钱的心智，很快就会将巨额金钱挥霍一空，甚至招来杀身之祸。现实中有很多富人并不幸福的例子，足以证明拥有金钱就可以拥有幸福是一种谬论，至少是一种极不全面的幸福观。

幸福与财富没有必然联系。有钱人不一定幸福，穷人不一定不幸福。越是有钱人，越是害怕失去，安全感和幸福感反而较低。事实证明，那些收入偏低的人，幸福感往往比有钱人明显高得多，他们也比有钱人更加注重友情，投入更多精力提升自己的道德修养。

金钱买不来幸福，但金钱却可以为我们提供保障幸福的物质基础，是影响人们幸福感的一个重要物质因素。君子爱财，取之有道。金钱我所欲也，人格尊严我所欲也，二者不可兼得，舍金钱而取人格尊严者也。但知易行难，多少人在通向金钱的道路上，不择手段，丧失人格尊严，为世人唾弃，悲亦哉！

有人说，找到那个对的"他（她）"、夫妻恩爱、婚姻美满就是幸福。在一定的前提条件下，这个观点是成立的。这些前提条件包括但不局限于：社会稳定、夫妻二人身体健康、有固定的收入、子女孝顺等。有人把婚姻视为生命的全部，持此观点者，有了可以相爱一生的灵魂伴侣，觉得自己的一生就是幸福的。但恩爱一生的夫妻，如果其中一方甚至双方恶病缠身，却又无经济能力求医问药，只能在万般痛苦中苟延残喘，这样的人生，还能算得上幸福吗？身体是载幸福之车，只有恩爱，没有健康，一样难以拥有幸福。总之，美满的婚姻、健康的体魄都会影响我们的生活幸福指数。

有人说，拥有权力就能幸福。君不见，一些单位领导法治意识淡漠，私心大于公心，置党纪国法于不顾，贪污受贿，为权力寻租者私下提供种种方便，损害的是国家和人民的利益。这些蝇营狗苟的领导真的幸福了吗？近年来，党中央相继出台一系列政策，不断加大打虎拍蝇的反腐力度，多少曾经作威作福的高官，一朝东窗事发，锒铛入狱，身败名裂，遗臭万年。这样的官员，虽然曾经手握重权，一朝落马，成为阶下囚，连人身自由都没有了，更遑论幸福哉？那些靠个人工作能力上任的党政领导干部，被人民赋予神圣的权力，上台后对权力保持敬畏之心，小心用权，一心为百姓谋福利，办实事，为官一任，造福一方，拥有这样的职业生涯，才有了实现幸福人生的事业基础。权为民所谋，才能成为提升个人幸福感的真正因素。

权力和个人自由相比，后者对个人幸福感的影响明显更大，作用更重要。个人自由，包括生活选择的自由、工作选择的自由、婚姻选择的自由等。如果我们面临的人生选择都能由自己作主，我们就会比较接近幸福。

关系很重要，关系的好坏有时候决定一个人是否幸福。每个人都会和社会发生关系，包括家庭关系（夫妻关系、父子关系、母子关系等）、工作关系（上下级关系、同事关系等）、社会关系（亲戚关系、战友关系、同学关系等）。如果你的各种关系都处理得恰到好处，就会有一种人生掌控感，你的人生幸福指数就会直线攀升。

知足和感恩，也严重影响着人们是否幸福。贪得无厌、不懂得感恩的人，即使坐拥千万豪宅、整天山珍海味，也未必能真正幸福。

幸福是一种持续的、内心平静而喜悦的心境和生活状态。

在通往幸福的道路上，一定的经济基础、美满的婚姻、健康的体魄、个人自由、处理好各种社会关系、知足和感恩，以上这些因素并非缺一不可。其中，健康和经济基础可以归结为物质类因素，婚姻、关系、个人自由、知足和感恩，可以归为精神类因素。在有些条件下，缺乏必要的物质因素，人们照样可以幸福。但如果缺乏精神因素，人们很难获得真正的幸福。精神层面带给人们的幸福，往往比物质层面带给人们的幸福要持久、牢固。因此，要达到人生的幸福境界，最重要的是修心，把自己的婚姻经营好，把各种关系处理好，自己的事情自己作主，经常提醒自己学会知足、懂得感恩。

有时候，幸福是比较出来的。我们不能只向上比，有时候还需要纵向看一看，跟自己的过去比，有时候则需要横着比，甚至向下比。这样一来，我们就有了继续活下去的信心和勇气，有了明天一定比今天活得更出彩的人生豪情。

幸福是不可言说的。说出来，只有失去才倍觉珍贵的幸福就已经烟消云散了。身处幸福彩云上的人，无须向人夸耀，更无须以别人的肯定与认可来确定个人幸福的存在。

2019 年春节，儿子高三，处于紧张的复习备考阶段，妻子需在家照顾儿子的生活起居，我只身一人回到老家，陪父母在家过年。没有通知中学同学和同乡故友，我一个人在老家的小村里，每天陪父母迎来日出，送走晚霞，坐在灶膛前添柴烧锅，有时候帮母亲洗碗涮锅，没有县城豪华餐厅里的高朋满座、推杯换盏，没有玉壶光转下的引吭高歌，没有同学间的深夜长谈。日子虽然过得平淡无奇，但我分明感到在这样的平淡中，自己的内心是宁静而喜悦的，无疑，那几天的我是幸福的。

我不是富翁，无法体会富翁的幸福。但我相信，即使是世界上最富有的人，能使他感到幸福的事情，肯定不是自己的公司又多了一笔丰厚的利润，而是他的妻子始终真心地爱着他，他的子女一个个都受到了良好的教育，成为能够自食其力的社会有用之才。他庆幸自己虽然已经到了耄耋之年，但依仗上天的青睐，和多年来坚持不懈的运动锻炼，自己的身体依然十分康健，无须向天再借五百年，自己的一辈子已经无可遗憾了。

幸福是一种能力，有人称之为幸福力，它和智力、财力一样，都是人们可以靠后天努力不断提高的一种人生智慧。

每个人都在追求幸福，但不是每个人都能拥有幸福。所以，我们对幸福要保持觉醒，学会从精神层面为自己的幸福做足储备，做到心中有爱，眼中有光，让自己变成一道光，照亮周围的世界，温暖自己的身心。

我们要学会看淡，学会放下，学会在大风大浪中，始终能保持心灵的宁静。学会在平凡的日常，对身边的人间仍然充满了好奇和热爱。如此，守望幸福才能梦想落地：一半是活色生香的人间烟火，一半是意境悠悠的诗和远方。

2021 年 2 月 21 日

你觉得自己够"老"了吗？

2014—2016 年间，为了拿下北师大心理学硕士学位，我早读夜听，背概念、记笔记、看文献、写论文、准备论文答辩，忙得天昏地暗，三月不知肉味。那时儿子十四五岁，看我那么辛苦，可怜我，对我说："你都这么老了，还学什么啊学！"

地铁上，两名女乘客聊天，我无意间"偷听"到了她们谈话的大致内容，两人说到年龄差距带来的认知问题。其中一个女乘客说，她听到一个 00 后女小学生这样不屑地谈到 90 后女生："那个 90 后的老太太，还敢跟我争？"争什么，好像是男朋友吧。女乘客对 00 后女生如此称谓 90 后女生表示惊愕和无语。我也是。

年老、年轻之间，界限就这么明显吗？好在我学过心理学，在波谲云诡的人世乱象里，还不至于那么容易迷失。

国际上，1994 年以后，把 0 — 6 岁的孩子称为婴幼儿，7 — 12 岁的人称为少儿，13 — 17 岁之间称为青少年，18 — 45 岁称为青年，46 — 69 岁称为中年，69 岁以上者称为老年。看了这个关于年龄阶段的国际划分标准，一些 45 岁以下的朋友明天早上可能会笑醒，照此标准，自己依然是妥妥的青年，还是那早上八九点钟的太阳，未来可期啊。

我出生于上世纪 70 年代初，儿子说我太老的时候，我也不过四十四五岁，国际上都认可我是"青年"，我老什么呢？至于 90 后的女子，才 20 多岁，正是人生曼妙时光，娇艳如花，芳香四溢，所谓妙龄女郎是也，跟青春期少女口中的"老太太"，相去十万八千里！

我又想到微信群里有人转发的一张照片：一对山村兄弟，哥哥 80 多岁，弟弟 72 岁，两人并肩而立。照片上配的文字说，这是弟弟去看望哥哥，两人一起合的影。哥哥对弟弟说："你这个年龄多好啊！"一个年逾七旬的老人，阅尽人世沧桑，历遍人情冷暖，对于明天和未来还有多少期待，还会有多少理想等待实现、能够实现呢？以前常听老家五六十岁的人说自己是"半截子入土的人"了，由于那时农村人预期寿命普遍较短，他们似乎依稀看到自己的大限

2017年1月参加北师大心理学院硕士论文答辩

（自左至右分别为：作者，硕士导师、中国EAP奠基人张西超教授和同学谢华）

之日了。72岁的年龄尚且被人羡慕，何况我们这些40多岁甚至30多岁的人呢？季羡林大师年过九旬尚笔耕不辍，有很多计划要去完成，对标大师，难道我们不应该觉得汗颜、精神上为之一振吗？

昨天晚饭后，我和一个72岁的社区大妈，因养狗的话题聊起天来。她是通州漷县镇人，顶着灰白头发，穿着朴素精练，言语中一半透射出拥有多套房子的自豪，一半却又害怕自己活不过身边宠物狗的隐忧。她问我多大了，老家哪里，我一一作了回答。当她得知我不到50岁的年龄时，羡慕不已："你才40多岁，多年轻啊！"说得我浑身轻飘飘的，全然忘却了儿子说过我太老了的话，仿佛身体的每一个细胞重新焕发了活力，重新灵动起来，回到了那个浑身是力气、似乎一跃就能飞上树梢屋顶的年龄！

没有比较，就没有伤害。

没有比较，就没有满足和幸福。

岁月，流年，这个无形却又有形的物主，她让多少如花娇容渐渐枯槁失色，又让多少青壮小伙儿变成驼背老人。有人怕她，有人恨她，但有更多的人爱她！

珍爱时间的人，将她视若奇珍异宝，将汗水付于她，将心血付于她，将生命付于她，而她，会用金灿灿、沉甸甸的果实回报他们，将鲜花和荣耀奉献给他们。

岁月不老，青春永在。只要心不老，我们就永远不会老。不管你多少岁，总有人羡慕你这个年龄。要么羡慕你拥有一大把可以任意挥洒的青春，羡慕你的未来充满了无限可能，或是羡慕你拥有广泛的人脉和社会资源，抑或是羡慕你曾经沧海的丰富人生阅历。

站在生命的山路上，我们头顶苍穹，脚踏大地，我们要俯下身子，站稳脚跟，向着光辉的山峰前进。我们要心怀祖国，奉献社会，还要牵念家人，孝养父母，关爱孩子。只要脚步不停，就一定能到达一个又一个新的顶点。

不管多少岁，我们都不老，让我们乘快意之风，策马扬鞭，追星逐月，汲五千年文明之精华，撷海内外人类优秀文明之成果，殚精竭虑，鞠躬尽瘁，尽管在自己的学习、工作和生活中去"折腾"，去谱写无愧于人生的时代新篇！

2019 年 7 月 6 日

吃苦是福

前天吃晚饭时，上高一的儿子一本正经地给我和妻子说了一件事。

平时他很少主动跟我们家长聊天，今天突然来了个 180 度大转弯，我的胃口被这小子吊起来了，想听听金口难开的青春期男生要给我们传达什么信息。

他用我们早已习惯的快语速说：我最近结交了一个朋友，也是高一学生，家里特有钱，他爸是一个特有名的集团公司的 CEO，每个月给他两三千块的零花钱，妈妈你看，你一个月的工资，和人家一个高一学生每月的零花钱差不多。关键问题是，我这朋友上学不用吃苦，将来高考考不上一本，他爸会送他去国外读书。反正人家里有钱，可以有很多选择。如果咱们家也那么有钱，当时上初三的时候，我就没必要那么吃苦了。我将来要挣好多钱，让自己的孩子可以有多种选择，不用那么吃苦了。

嘻，我以为要说什么呢，原来如此。

儿子说完了，我对他讲：人家李嘉诚是亚洲首富，肯定比你朋友他爸有钱。但李嘉诚很少让自己的两个儿子过早享受奢华的生活，在两个儿子还小的时候经常带他们挤电车上学、放学，也往往给他们很少的零花钱，甚至让他们当高尔夫球场的球童，去挣自己的零花钱。假如你那个好朋友 18 岁之前不吃些生活的苦，将来继承了他爸的财富，可能很快也会挥霍掉。

儿子若有所思地点点头，说：好，回头我跟他说说这一点。

人们常说吃亏是福。其实，吃苦，尤其是人年轻的时候吃些苦，又何尝不是福呢？ 16 岁的儿子阅历有限，他还不懂得这个富有辩证意味的生活道理。

年轻时不吃苦，最大的可能是，年老的时候就要吃苦。年轻的时候吃苦，可以积累宝贵的人生阅历，可能会带给我们后半生的福；年轻时只知享受，等到年老的时候，迎接你的可能就是贫穷、无奈和凄凉。

苦和福是一对孪生姊妹，可以相互生成、转化。证严法师曾说：吃苦了苦，苦尽甘来；享福了福，福尽悲来。

我出身于一个农民家庭，父母既不是高官，也不是富翁，我无法选择自己的出身，也无法回避冷酷的现实。放眼望去，自己身边的朋友、同学，大多

253

数人和自己是同样的家庭境况，谁也不比谁牛到哪里去。动辄富可敌国、雄霸四野的达官贵人，又能有几人呢？既然我们来自草根阶层，父母依靠不了，亲戚依靠不了，要想过上富足一些的生活，不吃苦怎么可能呢？靠买彩票中大奖一夜暴富？几千万分之一的人才会有这样的好运气。还是老老实实谋一份自己不太讨厌的差事，勤勤恳恳付出，每个月拿一份工资，养活自己、养活家人吧。有勇气创业的，那就拼上个三五年，在自己擅长的领域闯出一片天地，努力把生意做得风生水起，活出你的精彩来。

困苦犹如初春里的寒风，虽然痛彻心扉，却让你感觉到希望就在眼前，再坚持几天，就一定会迎来百花齐放、万紫千红的丽日胜景。世界上没有人类到达不了的峰顶，也没有人类探测不到的海沟。只要有理想和目标，纵然风餐露宿、凄风苦雨，咬牙坚持走下去，就一定能到达理想的彼岸。人间没有只供享乐的天堂，整天逍遥享乐，人生就如失重一般，轻盈得四处飘零，只要稍有风雨，便会落得个悲惨下场。

一块生铁，只有经历几百度高温烧烤，再经过打铁师傅强壮胳膊的千锤百炼，最后经过冷水的淬炼，才能被打磨成一件实用的物件、一把锋利的宝剑。经过汗水和磨难锤炼的人生，才会显得越发饱满厚重。青年时代不经历躬耕苦读，诸葛亮可能就无法帮助刘备成就三分天下的不世之业；朱元璋少年时代没经历过乞讨流浪，后来也可能不会如此发奋，创下大明二百多年的王朝基业；就连伟大的浪漫主义诗人李白，如果他忍受不了登山之苦，哪能饱览我国的名山大川，写出千古不朽的名诗佳句？

在这个芸芸世界里，不管是谁，不管他官再大，钱再多，每个人的福报都是有穷尽的。我们见过不少这样的实例，继承了亿万家产的官二代，因为不思进取，心志不济，一味地奢侈度日、享受福报，结果没多久，家财尽失，身无分文，凄惨度日。每天只顾吃喝玩乐的人，早晚会变成一个懒人、一个庸人、一个废人。这样的人，整日酒肉声色，日久天长，各种富贵病接踵而来，高血压、高血糖、动脉粥样硬化等"隐形杀手"就会一个个找上门来。

现代研究证明，经常只会享福的人，对外界环境的适应能力降低，免疫系统功能下降，大脑功能渐行性退化，分析判断能力下降，晚年容易患老年痴呆症，家人不认识、离开不远就再也找不到回家的路。

像我儿子这样，对物质充满了崇拜的21世纪新一代，应该是普遍存在的吧。学校的老师们既教书，又育人，不知道他们是如何对学生们传授正确看待物质与精神、理想与现实的矛盾的，作为家长，发现这一问题，我也有教育责任，于是我从手机上找到李嘉诚如何教育孩子的故事，让儿子学习参考。儿子表面上没有说什么，至少他欣然地看完了一大段亚洲首富如何教育两个儿子吃苦、体验现实生活的故事，我的目的就已经达到了。他读了，肯定会对他今后如何正确对待苦与福的关系起到一定积极作用。

印象里，儿子很少主动帮我们夫妻做家务，不愿意吃苦。有时候要他帮忙做家务，他表现出一百个不情愿的样子。学习成绩马马虎虎，最多能够在班里排到前十名，在全年级就要排到很远的位置了。记得有一篇调查报告说，当代最受雇主欢迎的应聘者，往往不是学习成绩最好的那些，而是能够独立思考、放得下架子、吃得了苦、善于解决实际问题的毕业生。对照起来，感觉儿子离最佳的状态还差一大截的距离。

我非常替儿子他们这一代人担忧，我称他们为"令人担忧的一代"。他们中不少人在学习上被动应付，物质生活方面很会享受，吃不了应吃的苦。哎，新生代的00后们，什么时候才能真正成熟起来，不让家长担心呢？

没有吃不了的苦，却有享不了的福。吃不了该吃的苦，将来又怎能享受你想要的福呢。吃苦是福，在理。

2017 年 5 月 1 日

擦出你人生的火花来

为了帮儿子往墙壁上挂地图，我从五金商店买来几根金黄色的水泥钉。小铁锤足足敲了5分钟，水泥钉的大半个身子还是顽固地挺立在墙壁外面。我抡圆了右臂，使出浑身力气，将铁锤往钉子上狠狠砸去，只见眼前几点火星溅出，钉子竟然从墙壁上弹跳出来，不知飞哪里去了。

铁钉进出火星，让我想起了童年时期打陀螺的一个情景：放学了，大部分老师和同学都已经离开村子西南的小学回家了。我和几个童年小伙伴没有回家，相约着在校园里的一处空地上打陀螺，越打越起劲儿，直打得天昏地暗。

不知过了多长时间，天色渐渐昏暗下来，陀螺在鞭子的抽打下不知旋转了几千转儿，钢珠和坚硬的黄土地面摩擦了不知几千遍，钢珠越来越热，越来越热，我一时兴起，用更大的力气一抽，陀螺腾空而起的刹那，和地上的礓石碰上了，在我面前喷溅出橘黄明亮的火星来。

那时未见过大世面的我，看到陀螺底部与礓石摩擦产生的火星，既新奇又激动，不由惊喜地高叫起来："哇，陀螺冒火星了！"一个永远不知疲倦的顽童，发现了新奇的现象后，神经细胞更加兴奋，陀螺抽得更加起劲儿了。天色已晚，陀螺与礓石摩擦产生火星的机会更多了。于是，我看到更多由自己创造出来的、金石摩擦产生的火星，像秋天夜空里划过头顶的流星，不等你定睛细瞧，便消失在茫茫夜空。

发热的陀螺钢珠与礓石碰撞产生火星，发热的水泥钉与水泥墙在外力作用下产生火星，都是生活中稍微用心就可以观察到的自然现象。

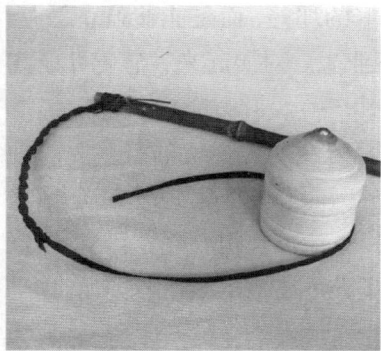

陀螺，图片来自网络

其实，我们每个人的生活里，也是可以碰撞出耀眼的火星来的。灵光一闪后的一个奇思妙想，是在我们头脑中产生的思维的火花。生活的理想和我们不断付出的努力之间，也是会碰撞出火星火花来的。崇高伟大的目标，遇到坚忍不拔的努力，一定能碰撞出璀璨夺目的火花来。钢珠与礓石、水泥钉与墙壁，都是硬碰硬，而且前提条件是钢珠和水泥钉已经被人为磨得发热了，再加上那么一点外力，火星四溅，奇异的景象出现了。

人生的小目标也好，大目标也好，就是那钢珠与水泥钉，必须在人们汗水的打磨下越来越热乎，越来越接地气，越来越接近现实。为了将目标照进生活的现实，人们必须顶着所有压力、克服所有困难和阻力坚持下去，最后，一天天的量变终将引发质变，不管是小目标还是大目标，在投入足够多的汗水与心血之后，必然产生足以使人引以为骄傲的火花来，这就是我们常常看到的成功和荣耀、鲜花与掌声。

"炉火照天地，红星乱紫烟。赧郎明月夜，歌曲动寒川。"为了冶炼出朝廷需要的铜材，唐朝的冶炼工人非常投入地工作。炼烧炉里的火光把他们坚毅的脸庞映得通红，最后看到自己辛勤冶炼出了有用之材，成就感油然而生，他们不由得高歌一曲，为自己的成功歌唱。

不是所有打陀螺的人，都能够看到钢珠发出的火星；不是所有钉水泥钉的人，都能够看到钉子发出的火星。只有专注于打陀螺或钉钉子的人，才更有希望看到钢珠或钉子迸发的火星。君不见，生活中有不少人，生活目标有了，却迟迟迈不开行动的步伐，双眼仰望星空，却不愿脚踏实地付出心血，最后只落得个一事无成的悲惨结局。

不是谁制定了人生目标，就必然能取得成功。只有锲而不舍朝着目标一步一步迈进的人，才更有希望看到理想之石与辛勤的汗水擦出耀眼的火花。

朋友，如果你已经有了明确的人生目标，那么立即行动吧，莫让懒怠、迟疑、动摇支配了自己，快擦出你人生的火花来吧。

2017 年 1 月 3 日夜

生当如嘉树

"南国有嘉树，花若赤玉杯。"宋代文人梅尧臣所称的嘉树，意指茶树。本文所称嘉树，泛指一切对人类、对社会有益的栋梁之材。

生当如嘉树！人活着就要长成一棵参天大树，像一棵嘉树那样造福社会、造福人类。

刚刚从母体脱胎而来的我们，曾经是一棵多么弱小的幼苗，一丁点的风吹雨打，都可能要了我们的命。那时候，我们一点能力都没有，完全靠父母亲的呵护，才能一天天长大。没有父母，我们的人生寸步难行。母亲用甘霖般的乳汁喂养我们，教我们学说话、鼓励我们迈开人生的第一步，父亲则用自己的力量为我们撑起一片温馨安宁的天空。

进入童年，我们变成一棵初具其形的小树。除了父母供给我们吃穿用度，我们开始沐浴知识和文化的阳光雨露。辛勤的园丁帮我们开启智慧的大门，让我们迎来一个又一个充满希望的早晨，送走一个又一个收获满满的黄昏。一番番春花夏雨，一场场秋月冬寒，我们开始在故乡的土地上扎根，生长出孱弱、却是亮闪闪的枝叶。我们还是那样弱不禁风，根本抵挡不住狂风暴雨的侵袭，但我们幼小的心灵里，已经升腾起要长成一棵大树的理想之光。

青少年时代，我们成了一棵左右摇摆的树。今天北风厉害一些，我们就向南倾倒；明天南风强势一些，我们就向北倾倒。我们风华正茂、一腔书生意气，我们爱冲动、考虑问题常常有些偏颇。有时候，我们会在周围人的影响下，忽然向外生出一两枝斜枝，影响整个树干的美观。所幸我们终于遇到一位热心、有经验的园丁，他以满腔的赤诚，拿出自己不随便示人的"剪枝神器"，眼里放出慈爱的光芒，对着这些旁枝斜叶一阵猛修，虽然一时之间我们感到了疼痛，感觉自己有点不伦不类，但随着岁月流逝，我们临水照镜，终于发现经过前辈修剪后的自己，比以前漂亮多了，有了长成一棵嘉树的潜质。

　　不经意间，我们身上生出一朵又一朵惹人爱怜的花蕾。看着这些充满无限可能的花蕾，守护我们的园丁更加渴望看到花朵的绽放。他们祈祷东风早些到来，他们祈祷气温徐徐升起来，他们祈祷一场春雨在暗夜里悄悄降下来。终于，气温升起来了，春雨降下来了，东风吹过来了，"膨"的一声，我们身上的第一朵花悄然绽放了。我们异常惊喜于自个儿身上花朵的绽放，园丁们更是狂喜不已。他们用热切的、含着泪光的眼睛欣赏着我们。他们希望我们继续绽放更多灼灼之花。他们更精心地帮我们培土、施肥、浇水，我们却有点厌烦他们甜得令人发腻的关怀了。

　　绽放了花朵之后，我们对自由的天空充满渴望，于是开出更多的花儿，是一树一树的繁花，或早或晚，挺立在肥沃的土地上。掌声响起来了，有人为我们热烈喝彩，也有人似乎对我们产生了妒忌。

　　人无常少年，花无百日红。不知不觉间，我们的一树芬芳被最后一缕东风摧落，花谢花飞飞满天，落英缤纷、香溢四野，我们的青春时代悲壮地谢幕了。繁花凋零，我们一生最美的时代结束了，渐渐淡出人们关注的焦点圈子。下一季繁花遍地之时，我们已不再被很多人关注。

　　但如果我们不放弃自己，能够忍耐无尽的委屈和寂寞，愿意把根继续往泥土里扎下去、扎下去，向大地汲取更丰富的营养，把花季里没有吸够的养分再补充一些，我们的躯干就会变得更加粗壮，枝叶会变得更加葱绿。当年我们弱小的时候，总喜欢抱怨大自然的无情、命运的不公，我们诅咒那些伤害我们的狂风骤雨，对那些飞沙走石感到深恶痛绝，有时候我们觉得天空是那样黑暗，似乎看不到未来和希望。但当我们成长起来以后，我们的躯体更加强壮，视野更加开阔，我们看到了更加辽远的世界，头顶的天空更加辽阔，这时我们才知道，原来那一场场折磨我们身心的风雨对谁都是平等的。感谢这些风雨，感谢生命过往遇到的挫折，正是因为它们，我们才有了今天的成长，才拥有了今天的沉稳和厚重。

　　变得强大之后，无论再遇到多大的狂风暴雨，我们多了一份淡定，多了一份从容，雪雨风霜再也撼动不了我们成功的决心。我们仰望星空、扎根泥土，向天空伸展自己刚劲的枝干，春开一树繁花，夏擎一片绿荫，秋结累累硕果，冬点一处江山。我们不仅能够抵挡大自然的各种侵袭，还能够为树下的幼苗、花花草草遮风挡雨。

　　长成一棵参天大树，我们的生命便充满了无限可能。长着一身漂亮羽毛的鸟儿来我们的树枝上搭窝，成双成对地出入在繁密的绿叶间，你侬我侬，卿卿我我，幸福地生活着。它们分工协作，共同付出辛勤的汗水，一起欢快地唱歌，共同哺育着下一代。

生命会创造出无数的奇迹，一棵树也是这样。今年花儿谢，明年会再开。青春的花儿令人艳羡，老树繁花更令人心生敬意。

即使有一天，老树走到了生命的尽头，永远地睡着了，春风再也无法把它唤醒。但老树依然会把它的虬枝伸向天空，纵然是死，也要向阳而死，不屈而死。

纵然变成一棵永久丧失生机的枯树，它也愿意让穷苦的人家把它砍倒，劈成一小截一小截木柴，投入熊熊灶膛，为寒门人家蒸煮一桌喷香可口的饭菜。

咦，人生如嘉树，足矣。

2021 年 6 月 22 日

苦是那甜的兄弟

20 世纪 90 年代有一首流行歌曲，歌名叫《昨夜下了一场雨》，其中有几句歌词是这样唱的："苦的要变成甜，甜的要酿成蜜，那甜可是苦泡的。"以前唱这首歌的时候，自己还是一名在校大学生，生活阅历浅，对歌词的含义理解不透彻，以为苦的变成甜只是一种直观、形象的比喻，不相信生活中真有苦变甜的事情。但是今天，我通过亲身体验发现：自然界苦的变成甜还真有其事。

大家都知道，苦瓜是典型的苦味食品，人们多在夏季食用，其性凉，有降火清心的作用，食后令人倍感凉爽舒适。用苦瓜泡茶，可使人烦渴顿消，暑清神逸。以前我一直认为，苦瓜终生与苦结缘，虽然比不上黄连的那种变态苦，但它永远和甜沾不上边儿。但生活现实告诉我，我错了。

我喜欢利用业余时间种些菜蔬花草。今春，我在阳台护栏上的花盆里种了几样蔬菜：上海青、苦瓜、葫芦、南瓜……上海青就长出了一棵，但它就像民间故事《长鼻子》里的那棵高粱一样，帮叶硕大、鲜嫩滴翠，占尽阳台风流，等长到几乎不能再长时，我把它连根拔出，摘洗干净，切碎下锅，做成了美味可口的清汤面。苦瓜也只有一棵，秧苗长势不错，尖嫩的龙头一个劲儿地往上蹿，我为它系绳，为它引导生长方向，它也很配合，主干向着护栏顶部攀爬。可 1 米多高的护栏哪里容得下它，到了顶部，它又折身向下，顺着我横向系着的一根竹竿向前，穿过塑料泡沫池子里的两株风铃辣椒枝干，把前进的头部垂挂在护栏外面的阳光里。

259

苦瓜开了很多小黄花，结了三次苦瓜，长成的只有前后两次。第一根长成的苦瓜，成了我们餐桌上的一道凉拌菜，替我们降了些夏天的火气。第二根苦瓜，是在立秋20多天后才摘下来的，因为摘得不及时，整个苦瓜已变成橙黄色，而且下端裂开了口子，外面裹着鲜红色浆汁的一粒种子破膛而出，裸露在秋风里。我努力了两三次，才把这最后一根苦瓜摘下来，它好像非常留恋生养它的瓜藤。

我把熟透了的苦瓜放在一个盘子里，把它撕成一块儿一块儿的。手感上，熟透了的苦瓜肉质绵软，完全没有了它青壮年时期那种肌腱有力的模样，这时的苦瓜，搁以往的话，只有取出其中的种籽、留待来年育苗这唯一的功用了。但隐隐地，今年我对它有更多期待。望着细瓷盘子里的这一小堆苦瓜和鲜红浆汁包裹着的种籽，我突然灵光一闪：熟透了的苦瓜到底是啥味道？以前也收过苦瓜的种籽，但从来没有尝过它的味道，今天何不来尝尝？

儿子早去了学校，家中只有我和妻子二人。我不怀好意地让妻子先尝，她一眼看穿我的用意，执意不当第一个吃螃蟹的人。动议是我提出来的，此情此景，一种悲壮的情绪涌上心头：我不下地狱，谁下地狱？于是，我平生第一次在熟透的苦瓜面前大起胆子，冒着不可知的风险，捏起其中一块熟透了的苦瓜肉，放在舌头上舔了一下。有一丝甜味！奇怪呀，难道是我的味觉出了问题？苦瓜怎么会是甜的呢？我更加大胆了一步，开始品尝包裹苦瓜籽的鲜红色浆汁的味道。啊！甜味更加明显，更加浓郁！我像发现了新大陆似的，异常惊喜地对妻子说："老婆你尝，甜的！"

妻子半信半疑地尝了尝，熟透了的苦瓜果真是带甜味的，尤其是它的种籽外包浆，更是甜如蜜糖。从开花到结果，最后到成熟，经过了多少个日夜的苦苦煎熬，苦瓜才实现了华丽转身，产生了质的飞跃，由过去的苦，变成了今日的甜！正如本文开头歌词所唱："苦的要变成甜，甜的要酿成蜜，那甜可是苦泡的。"

苦瓜何以会变甜呢？我请教了一下"度娘"。原来，苦瓜在生长过程中，它身体中的淀粉慢慢被水解，逐步转化为糖分，等到熟透，就变甜了。熟透的苦瓜又怎么会变红呢？因为苦瓜含有一种番茄红素，苦瓜越老番茄红素就越多，所以会让苦瓜肉和籽泡儿变红。

梅花香自苦寒来。人生不经历痛苦的磨砺，就不会有成功和鲜花相伴。人们的理想都很美好，但真正能将理想变成现实的，一定是那些不怕吃苦，既能仰望星空，又肯脚踏实努力前行的奋斗者。苦和甜是一对好兄弟，苦的可以变成甜的，但绝不是轻易就能实现这个转变的。

朋友，你觉得自己眼下的生活是苦的吗？你想品尝苦尽甘来的幸福滋味吗？那么，不妨学习一下苦瓜，经风经雨地成长，忍受人生旅途上的风吹日晒，再经历一番内心的煎熬、演变和升华，待功夫到家，你的气质就会发生本质上的改变，你的生活和事业就会变成甜的啦。

2021 年 9 月 6 日

吃尽半生犹喜五仁月饼

又是一年中秋到，皓月千里，银辉如纱似雾，本该是个团圆的日子，因为疫情，却难以和家人团圆，一起赏月吃月饼。

月不亏人，清辉洒向别墅大宅，也洒向农家小院。花前赏月，月下共酌，低吟浅唱，视频连线，银屏传情，聊解乡愁，可视为人生不如意中之一快乎？

单位食堂现在越来越人性化，中秋节前供应月饼、腊八早上熬出一锅料足味醇的腊八粥，满足了众人对节日的味蕾需求。

八月十四日早间，单位食堂提供了月饼，有五仁、豆沙等馅，我随意往自己的饭盘中夹了一块，低头一看，圆圆的月饼中间赫然写着"传统五仁"四个字，心中一喜。这传统的五仁月饼，馅中有花生、白芝麻、葡萄干，甜味过重，半块之后就再也吃不下去了。

记忆里，还是小时候的五仁月饼好吃。可能是提前好多天就做好了，而且当时没有冰箱冰柜，只能在自然条件下存放，所以那时候能吃到的五仁月饼，口感奇硬，费牙。但里面的馅种类丰富，能给人以满满的获得感。除了花生、芝麻，杏仁、冰糖、青红丝是必不可少的。慢慢地咬上一口，花生、芝麻的香，冰糖、青红丝的甜，油炸面粉的香，汇集在一起，冲击着味蕾。香在唇齿间，甜在人心里，生活的幸福感、过节的愉悦感，一齐涌上来，将整个童年浸润包裹，将时代的记忆精雕细磨，刻留在大脑回沟里，沉淀成香甜味的梦。

那时候因为穷，我们一家六口，常常是一块月饼切成两半，甚至四瓣。父亲用菜刀切开月饼，母亲招呼我们几个过来品尝。听到母亲的呼唤，身着素衣的我们姊妹四人，便欢呼雀跃着来到厨房，在一灯如豆的煤油灯光照耀下，从砧板上捏起属于自己的一小块月饼，立马捧在手心，先是仔细端详一阵，仿佛吃月饼是一种盛大的仪式。吃月饼的人和即将被吃下肚子的月饼，先要相互熟悉一下，认清对方的"身材长相"，彼此了解一下对方的"性格禀性"，仔细打量每一个细部，然后才是吃这个庄重的流程。没有谁敢像猪八戒吃人参果那样一口吞下，只能慢慢咬、细细品。

现在的月饼，包装精美、品种繁多，按产地分有京式、广式、苏式、台式、滇式、港式、潮式甚至日式等；按口味分，有甜味、咸味、咸甜味、麻辣味；月饼馅有五仁、豆沙、冰糖、芝麻、火腿等；月饼皮有浆皮、混糖皮、酥皮三大类。

尝遍天下月饼，归来仍忆少年。豆沙馅的太腻人，莲蓉馅的粘口腔，咸味的吃不习惯，麻辣的口味太重，只有蛋黄馅的还可以接受。但归根结底，最令人难忘、最能与中秋节庆相匹配的，还是传统的五仁月饼。

岁月赓续，月华不老，撷一瓣桂花，赏一轮银辉，解两地相思，消三地乡愁，愿君四季花开，五体通透，化不如意为天上云烟，将十万烦恼抛进万里海涛。

一块五仁月饼，从少年吃到中年，从青丝吃到鬓白，以前慢慢地吃，是怕吃完就没了，现在慢慢地吃，是在细细咂摸童年的味道。

2022 年 9 月 9 日

揽一片阳光在心里

阳光能给人带来好心情。午后一点半，我拉上厚厚的窗帘，将冬日的暖阳挡在卧室之外，躺在床上午休。不知道睡了多久，楼下建筑工人回收架子钢管的当当声，把我从睡梦中唤醒。我知道自己睡足了。

掀开被子，披衣下床，拉开窗帘，窗外依然阳光灿烂。走进客厅，已经西斜的冬日将阳光洒满客厅，普普通通的客厅，沐浴在一片金光之中，给人一种金碧辉煌的感觉。客厅餐厅之间的厚玻璃成了一块三棱镜，强劲的阳光穿透玻璃，在两米外的地板上折射出赤橙黄绿青蓝紫七种美丽梦幻的色彩。

看着满屋子的阳光，我的心情像蓝天里的飞鸟，越过山峦、森林和河流，一直飞向遥远的彼岸。我举起相机，想把这一屋子的阳光留存下来，我拍下红木沙发的背面、橘红色鞋柜的正面，还有躺在地上尽情玩耍的小狗子，它们都是阳光照射进客厅的现场证据。

我还没来得及细细欣赏我的得意之作，前后只有十几分钟的时间，阳光已经从我眼前悄悄滑走了。世间美妙的事物总是那样稍纵即逝！我们活力四射的青春芳华，我们和家人朋友的喜庆欢聚时刻，我们历尽艰辛最后取得成功的那一刻，不等我们细细咀嚼和品味，都成了岁月中的往事。

我的心里浮上来一串串忧郁的泡沫。来到窗前，窗外依旧阳光灿烂，但太阳的真身已经隐藏在西南角居民楼看不到的那一面。居民楼的边上，有一棵高大的梧桐树，梧桐树顶上，有一个喜鹊的巢。我曾经在一篇《喜鹊的房事》中写过，喜鹊的巢是大地的眼睛，是树林的纽扣。它们俯视着大地，树和树连缀成林。被高楼挡住阳光的鸟巢空落落的，喜鹊们不知躲到了哪里。我热爱的阳光始终在，只是暂时不能再进入我的客厅罢了。

七彩的阳光滑走了，明天依旧会照进来。想到这儿，心海里那一串串忧郁的泡沫迅速破灭，消散了。我发出一声长长的叹息。和着我的叹息的，是楼下建筑工人严寒天气里堆放架子铁管的一声咣当。因为感染新冠病毒在家养病，因为阳光的问题让我发了这么多感慨。可是建筑工人们就没有感慨吗？从今年四五月份开始，他们就远离四川的家乡和亲人，加入温泉花园小区的老旧小区改造项目中来，夏日的烈阳他们经历过，冬日的暖阳每天也会有一两个小时照射在他们身上，他们对阳光是什么感受？

记得有人说过，阳光、空气和水最容易得到，最廉价，而又最容易被人们忽视。人们拥有它们的时候不以为然，而一旦其中的任何一个被人为破坏了，被污染了，才会倍感它的珍贵。

照在我们身上的阳光，才属于我们自己。有些青春时光，注定会被蹉跎；人生有欢聚时刻，也会有不欢而散；有成功，更多的是泪水、痛楚和失败。蹉跎了有什么，不欢而散有什么，痛苦和失败又有什么？人活一世，难免会有懊悔和遗憾。世界本来就不完美，更何况我们每个个体！

揽一片阳光在心里，让它的光照亮我们的心扉，温暖我们孤寂的心灵。珍惜今生能够拥有的，争取让更多的阳光照在我们身上，照在心里。

2022 年 12 月 16 日

好好和父母说话

身边有一些 90 后、00 后的年轻人，平常和单位领导、学校老师、同事同学、朋友网友说话时，可能有足够的热心、耐心和爱心，对他们诚心诚意付出，一心一意交流，但一回到家中，和父母说不上三句话，便冷言冷语，缺乏耐心，更说不上真诚献上一片爱心了，有的还对父母虚心假意，三心二意。他们自觉和父母话不投机，经常搞得家庭气氛紧张，缺乏幸福家庭应有的温馨和谐，时间一长，父母开始在子女面前谨小慎微，说话做事小心翼翼、战战兢兢，如履薄冰，背地里唉声叹气，却又无可奈何。

从心理学上分析，子女长大成人后，独立意识增强，社会阅历逐渐增加，父母的谆谆告诫他们听的次数多了，便开始产生厌烦心理。加上有的父母不注意学习，在对子女持续开展家庭教育方面有江郎才尽之嫌，自己原来拥有的一桶水在孩子那里成了一碗水，而孩子快速增长的知识储备倒成了可以反哺父母的一桶水；又因为一家人长期生活在一个屋檐下，孩子对父母身上明显的缺点了如指掌，对父母昔日的权威地位产生了怀疑和动摇，第一次尝试挑战父母的权威成功之后，便一发而不可收，对父母的敬畏之心迅速或慢慢地瓦解了。

其实在伦理上，这些90后、00后的年轻人是知道尊重父母、孝顺父母的，他们当然希望自己的父母身体健康、快乐幸福，他们也清楚：父母一切都好，自己在求学、工作和生活中才能有足够的底气，如果父母身体出现问题，他们也会跟着受牵连，学习、工作和生活会直接受到影响，因为他们要付出时间、金钱成本，去陪父母求医问药，以图让父母早日恢复健康。

但他们却不明白一个道理：人的情绪影响人的健康。他们虽然希望父母身体健康、四季平安，可一旦回到家中，父母稍微多问几句有关自己工作、事业、婚姻方面的情况，他们就表现得粗暴、武断、蛮横，口出恶言，大伤其心，让父母出现愤怒、恐惧、委屈、失望、压抑等负面情绪，从而直接或间接影响父母的身体健康。他们在远离父母的时候，或许在寺庙道观焚香烧烛、跪在诸方神灵面前祈祷，希望保佑父母及家人无病无灾、平安幸福，但他们在父母面前的现实表现却是多么讽刺和可笑！他们对父母蛮不讲理、对父母高声训斥的时候，全然把父母二十多年来的养育之恩抛到了九霄云外，我相信有时他们事后也后悔，后悔自己不该像一个恶人一样对待父母，后悔自己不知何时起变成了一个不肖子孙，后悔自己活成了自己讨厌的样子。

善念起，恶念消，只要他们心底仍然是善良的，本质不发生变化，这些年轻的90后、00后成为中华民族传统孝道文化的优秀传承者还是大有希望的。

在此，我想对这些年轻的后生进一言：今后回到家里，和父母面对面交流的时候，把父母当成单位领导、学校老师、同事同学、朋友网友，对他们保持足够的热心和耐心，对他们诚心诚意付出爱心，好好和父母说话。希望你们能够每日取得一点进步，逐渐改掉以前的简单粗暴、冷言冷语，甚至恶言恶语，把"你别生气了好不好！"换成："妈，你能给我讲讲你现在的心情和感受吗，咱们一起好好聊聊吧？"把"你知道什么呀！"换成："噢，亲爱的妈妈，你听我说，这件事我是这样考虑的，是如此如此安排的，你看有什么不合适的地方没有？"诸如此类。

你对父母的态度改变了，家庭的小宇宙就会迅速发生可喜的变化：你终于也可以像其他的幸福人家那样，和父母面对面坐在一起促膝长谈，家里欢声笑语不断，快乐的空气立即会把家里的空间填满。家和万事兴，家人之间的关系和谐了、融洽了，什么事情大家商量着来，消除了彼此之间的情绪内耗，心往一起想，劲往一起使，好钢用在刀刃上，集中力量办大事，就是有天大的困难，也能无往而不胜。这样的家庭，就是拥有了好风水的家庭，生活在这样的家庭，如果已经占尽了天时地利，再加上人和这一项，做什么事不成功呢？作为这种家庭的一员，又怎么能够不幸福呢？

年轻的朋友们，从今天起，从现在开始，好好和父母说话吧！

2024 年 1 月 22 日